부기맨을 찾아서

CHASING THE BOOGEYMAN

CHASING THE BOOGEYMAN

by Richard Chizmar

Copyright © Richard Chizmar 2021

All rights reserved.

Korean translation edition is published by arrangement with
Chizmar Enterprises Inc. c/o Nelson Literary Agency, LLC
through Danny Hong Agency.

Korean Translation Copyright © Minumin 2023

이 책의 한국어 판 저작권은 대니홍 에이전시를 통해
Nelson Literary Agency, LLC와 독점 계약한 ㈜민음인에 있습니다.

저작권법에 의해 한국 내에서 보호를 받는 저작물이므로 무단 전재와 무단 복제를 금합니다.

부기맨을 찾아서

리처드
치즈마

이나경 옮김

RICHARD CHIZMAR

황금가지

이번에도

카라에게 바칩니다

독자 여러분에게

『부기맨을 찾아서』는 제 고향에 바치는 오마주이며 범죄 실화 장르에
대한 애정을 담은 소설입니다. 제 개인사에서 영감을 받은 삶의 장면들이
소설 전반에 등장하지만, 그 밖의 사건과 실제 인물, 장소, 간행물은
지어낸 것이며 이 범죄 소설에 박진감을 주기 위해 이용한 것입니다.
그 밖의 이름, 인물, 배경, 간행물, 사건은 제 상상 속에서 태어났습니다.
그렇죠, 제 상상이란 공간은 그다지 살기 좋은 동네는 아닙니다.

차례

추천의 글

    나는 범죄 관련 글을 쓰고 때로 연쇄 살인범을 쫓아 전국을 돌아다니기도 한다. 클리블랜드의 《프리 타임스》에서 취재 기자로 처음 일을 시작했는데, 당시 그 도시 서부에서 젊은 여성들이 연달아 실종되고 있었다. 우리 중에 살인범이 숨어 있다는 사실을 모두가 알았지만 찾을 수가 없었다. 나는 한 달간 피해자 어맨다 베리와 지나 데헤수스의 사건을 취재했다. 어맨다의 전 남자친구 중 하나가 수상쩍었지만, 경찰은 증거를 찾지 못했다. 그러다가 2013년 어느 날, 아들이 체육 시간에 구르기를 하는 모습을 지켜보던 중 나는 클리블랜드 경찰서의 예전 정보원으로부터 메시지 한 통을 받았다. 어맨다와 지나가 방금 웨스트사이드의 주택에서 걸어 나왔어요. 세 번째 여자도 여기 있어요. 그날 늦게 에리얼 카스트로가 구속됐다. 내 취재 노트를 다시 뒤져보니 카스트로의 이름이 있었다. 지나 데헤수스가 납치되기 전에 마지막으로 함께 있었던 사람이 카스트로의 딸이었다. 당시 내 편집자는 카스트로의 딸과 인터뷰하지 말라고 요청했었다. 그 애가 미성년자였기 때문이다. 편집자의 말을 듣지 않았다면 어떻게 되었을까 하는 생각을 나는 영영 떨치지 못할 것이다.

카스트로가 잡힌 뒤 여름, 나는 가족과 휴가차 메릴랜드주 오션 시티에 갔다. 모든 일을 잊고 아이들이 바닷가에서 모래성을 만드는 동안 스티븐 킹과 존 어빙의 소설을 읽을 생각이었다. 그곳 콘도의 낡은 식당에는 자꾸 흔들거리는 테이블이 있었는데, 이틀째 되던 날 그것을 해결해 보기로 했다. 콘도 사장의 책장에서 적당한 크기의 책을 찾다가 빛바랜 리처드 치즈마의 범죄 실화 서적 『부기맨을 찾아서』를 우연히 발견했다. 책을 뒤적거리는 사이에 곧 테이블 문제는 잊어버렸다. 저녁 식사 때 즈음, 나는 그 책에서 밝힌 사항과 1988년 소도시 에지우드를 뒤흔든 미제 살인 사건에 빠져들었다. 자정까지 그 책을 다 읽었다.

휴가에서 돌아올 때 나는 『부기맨을 찾아서』를 챙겨 왔다. 훔친 것이긴 하지만, 그 책으로서는 식당 테이블 밑에 깔리는 것보다는 더 나은 운명이라고 생각했다. 집에 돌아와 범인을 찾았는지 인터넷을 잠시 검색했지만 법률 정보 사이트인 렉시스넥시스에 실린 예전 기사밖에 나오지 않았다. 지난 10년간 아무런 새 소식이 없었다. 하지만 치즈마가 출판사를 차리고 스티븐 킹의 책도 냈다는 사실에 놀랐다. 심지어 내게는 대학 시절에 산 그의 잡지 《묘지의 댄스》가 있었다. 잡지의 사설면에는 그의 연락처가 기재되어 있었다.

나는 즉흥적으로 치즈마에게 메일을 보내기로 했다. 혹시 부기맨 미스터리에 새로운 소식이 있습니까? 슬쩍 훔쳐 온 그의 책을 사진 찍어 첨부했고 내 전화번호도 넣었다. 5분 뒤 전화가 왔다. 치즈마였다. 그날 밤 두세 시간 동안 그 살인 사건 이야기를 한 것 같다. 20여 년이 지난 일이지만 치즈마는 여전히 모든 사항을, 인터뷰한 모든 정보원을 기억하고 있었다. 거기서 여태 빠져나오지 못한 것 같았다. 나는 젊은 시절 그가 살인범을 추적한 여정을 특집 기사로 쓸 계획이었지만, 다른 기삿거리, 새로운 기삿거리가 계획을 방해했다.

그러다가 2019년 9월의 그날 아침, 트위터에서 "부기맨"이 실시간 검색어로 등장했다. 나는 링크를 클릭하면서도 기대했다가 실망하기 싫어 신작 공포영화 홍보이리라 부러 생각했지만, 정말 에지우드의 살인 사건이 맞았다. 경찰이 체포한 사람의 이름을 보고 온몸이 굳었다. 정말이지 예상 밖의 인물이었다.

그날, 아니 그 주 내내 치즈마는 전화를 받지 않았다. 나는 《워싱턴 포스트》의 칼리 올브라이트의 기사를 통해 자세한 사실을 알게 됐다. 안도하는 분위기가 감돌자, 골든 스테이트 킬러[1]가 체포되던 때가 떠올랐다. 괴물이 마침내 잡히고 나면 비현실적인 마법 같은 느낌이 든다. J. R. R. 톨킨은 그런 느낌을 '유카타스트로피(eucatastrophe)'라고 불렀다. 카타스트로피의 반대 현상을 의미하는 단어로서, 더 희귀하기 때문에 더 중요하다.

---

1 캘리포니아 전역에서 1974년부터 1986년까지 13건의 살인을 저지른 연쇄 살인범 조지프 제임스 디안젤로.

이 사건에 대해 리처드 치즈마가 최종 집필한 글을 기다려 왔다. 그가 실제로 교도소에서 범인을 인터뷰했다는 소식을 들었고, 무엇을 알게 됐는지 궁금했다. 그러므로 이처럼 오래 기다린 최종 판본의 소개를 요청받은 것은 상당한 영광이다.

치즈마의 여정에서 배운 것이 있다면, 인내와 희망이 결국 악과 무관심을 이긴다는 것이다. 거의 언제나. 독자 여러분도 한마음이기를 바란다.

2020년 3월 3일
제임스 레너

제임스 레너는 『프림로즈 레인의 남자』, 『뮤즈』 등의 소설과 모라 머레이 실종 사건을 다룬 『범죄 실화 중독자』의 저자이다. 레너는 클리블랜드에서 범죄 담당 기자로서 커리어를 시작했다. 현재 팟캐스트 '범죄의 철학'을 진행하고 있다.

서문
"어떤 괴물이 그런 짓을 하지?"

1988년 여름과 가을, 내 고향 메릴랜드주 에지우드에서 일어난 비극적인 사건 기사를 스크랩하며 노트하기 시작했을 무렵에는 이것저것 적어 둔 것이 언젠가 책 한 권이 될 줄은 몰랐다.

아주 가까운 친구나 동료 중 이 말이 사실임을 믿기 어려워하는 이들이 많지만, 나는 장담한다.

아마 내 잠재의식 밑바닥에서 작용하는 무엇인가가 이 사건에 이야깃거리가 있다고 눈치챈 것 같기는 하지만, 겉으로 드러나는 리치 치즈마, 스물두 살의 앳된 청년은 아무것도 알지 못했다. 6월 초의 어느 날 오후, (그때까지도 할부금을 내며 애지중지하던 애플 매킨토시 컴퓨터를 포함해) 몇 안 되는 짐을 갈색 도요타 코롤라의 뒷자리와 트렁크에 싣고 95번 고속도로를 타고서 핸슨 로드와 투필로 로드의 교차 지점에 있는 부모님 댁으로 향하던 그때는 말이다.

내가 안 것이 있다면 다음이 전부다. 사흘 전, 내가 자란 집으로부터 겨우 몇 블록 떨어진 곳에서 한 소녀가 한밤중에 자기 방에서 자다가 납치당했다. 이튿날 아침 근처 숲에서 무참히 살해된 그 아이의 시신이 발견됐다. 지역 경찰은 용의자도 특정하지 못했다.

이 정보 대부분은 신문 기사 두 편과 저녁 뉴스에서 얻은 것이었다. 처음에 기자들은 시신 상태에 관해 적절히 애매하게 발표했지만, 옛 친구의 숙부가 하퍼드 카운티 보안관이어서 그 참혹한 상태를 낱낱이 알려 줬다. "세상에, 리치. 어떤 괴물이 그런 짓을 하지?" 친구가 이렇게 물었다. 평생 섬뜩한 사건에 관심을 가진 나라면 변태 행위를 잘 알지 않느냐는 듯이.

그날 나는 대답할 말이 없었고, 1년이 더 지난 지금도 마찬가지다. 내가 아는 것이 없어서 그런지 모르겠지만 세상에는 도무지 이해할 수 없는 일도 있다. 삶 그리고 죽음 가운데 알 수 없는 일이 너무나 많다.

내가 집으로 돌아가기 전날 저녁에 통화할 때 아버지는 평소처럼 말수가 없으셨다. 아버지의 주된 관심사는, 장 보러 갈 때 참고하도록 첫날 저녁 내가 먹고 싶은 음식이었다. 하지만 어머니는 몹시 힘들어하시며 슬픔에 갈라진 목소리로 말씀하셨다. "갤러거 가족을 알고 지낸 지 20년도 넘었잖니. 우리가 여기 오고 조금 있다가 그 집도 왔어. 조슈아는 아장아장 걷는 아이였고 나타샤는 아직 태어나지도 않았지. 너도 돌아오면 조슈아에게 연락하렴. 여동생을…… 특히 그렇게 잃다니 어떤 마음일지 상상도 못 하겠구나. 그렇지? 우리랑 같이 장례식에도 갈 거지? 너랑 조슈아는 함께 졸업했잖니, 응?" 그런 이야기가 계속됐다.

나는 여동생을 잃는 것을 상상조차 할 수 없고(내가 치즈마 집 안의 막내라 여동생이 없다는 사실은 조금도 상관없었다. 그런 뜻이 아니었다.), 물론 함께 장례식에 갈 것이며, 조슈아와 나는 사실 함께 졸업하기는 했지만 다른 무리에 속해서 그다지 친하지는 않았다고 대답했다.

비교적 젊은 나이임에도 나는 이미 성공회 신자의 길을 걷고 있었는데, 우리 부모님, 특히 어머니는 독실하셨다. 아시아에서 지진으로 많은 사람이 죽거나 남미에서 홍수가 나거나 먼 친척이 말기암 진단을 받는 등 주위 세상이 고통당할 때면, 어머니는 멀든 가깝든 그들 모두의 곁에서 함께 괴로워하셨다. 늘 그랬다.

통화하던 중 어머니는 거의 숨 가쁘게, 옆집의 나이 지긋한 부인 노마 젠타일과 지난 일주일간 매일 아침 미사에 가서 갤러거 가족을 위해 같이 기도했다고 하셨다. 부인과 어머니는 또 집에서 튀긴 닭과 코울슬로를 가지고 찾아가기도 했다. 아버지가 뒤에서 전화를 너무 오래 한다고 어머니를 꾸짖는 소리와 이어서 어머니가 "어머, 당신이나 조용히 해."라고 맞받아치는 소리가 들렸다. 어머니는 다시 통화로 돌아와 그렇게 흥분해서 떠들어 대서 미안하다고 하더니 에지우드에서 이런 일은 처음이라고 단언하셨다. 내가 미처 대답도 하기 전에 어머니는 잘 자라고 인사하고는 전화를 끊었다.

이튿날 오후 늦게 짐을 가득 실은 차를 몰아 95번 고속도로를 빠져나와서 핸슨 로드로 향할 때, 라디오 뉴스 앵커 역시 어머니와 같은 말을 했다. 에지우드 같은 도시에 폭행이나 구타, 무단침입, 절도, 이따금 살인이나 마약 관련 범죄 등은 많지만 이정도로 끔찍하고 타락한 범죄는 비슷한 것도 기억나지 않는다는 것이었다. 보이지 않는 스위치가 켜지고 다른 세상, 다른 시대에 떨어진 느낌이라고 앵커가 말했다. 우리의 작은 도시는 남아 있던 순수함마저 잃어버렸다.

그날 내 옆 조수석에는 학교의 우편용 지관통에 담긴 메릴랜드 대학교 신문방송학과 졸업장이 놓여 있었다. 나는 졸업장을 끼울 액자를 사지도 않았다. 그달 초에 열린 졸업식에서 연단에 올라가지도 않아서 부모님이 실망하시기도 했다.

끝없이 느껴졌던 4년 반 동안 공식 교육에는 신물이 났다. 현실 세계로 나가 직접 무엇인가를 할 때가 되었다.

다만 한 가지 작은 문제가 있었다.

그 무엇인가가 무엇인지, 잘 알 수 없었다.

지난 2년간 신문 기사라면 파일로 한가득 차도록 써냈다. 대부분 대학 신문에 낸 스포츠 관련 기사와 공익 관련 특집 기사 몇 편이었다. 운이 좋아 고향 하퍼드 카운티의 주간지《이지스》(2회)와《볼티모어 선》(1회)에도 기사를 냈다. 평생 볼티모어 오리올스의 팬이었던 나는《볼티모어 선》에 낸 얼 위버[2] 특집 기사가 특히 자랑스러웠다. 졸업장과 달리 그 기사는 액자에 잘 넣어 안전하게 포장해서 뒷자리에 실어 두었다.

---

2 미국 프로야구 감독, 볼티모어 오리올스 팀에서 17년간 감독직을 맡았다.

그러니 잘 써낸 기사들과 따끈따끈한 졸업장으로 무장한 내가 어서 집에 자리를 잡고 전투적으로 일자리 찾기를 시작했으리라 생각될 것이다.

그런데 그렇지 않았다.

기사 첫 단락을 제대로 쓰는 법이니 익명의 정보원을 이용하는 법, 주저하는 상대를 인터뷰하는 법 등, 지루한 강의를 듣던 와중에 나는 전혀 다른 종류의 글쓰기에 반해 버렸다. 규칙도 훨씬 적고 "치즈마, 서두르라고, 인쇄 넘겨야 한다니까!"라고 허둥거리며 외쳐 대는 상사도 없는 글쓰기 말이다.

그렇다. 진정한 저널리스트라면 모두 골칫거리로 여기는 것, 가짜로 이뤄진 제멋대로의 피터팬 세상, 소설에 반해 버린 것이다.

잠깐, 그냥 소설도 아니다. 그중에서도 장르소설이다. 범죄, 미스터리, 서스펜스, 그중에서도 가장 골칫거리인 공포소설.

나는 이미 미국 이곳저곳의 소규모 잡지사에 여섯 편의 단편을 팔았다.《사이펀트》,《사막의 태양》,《스타송》,《기이한 것의 목격자》등 화려한 제목의 잡지들. 서툴게 스테이플러로 찍어 제본하고 너무나 아마추어 같은 흑백 그림으로 표지를 장식한 판매 부수 500부 이하의 잡지들. 운이 좋으면 자당 1페니를 지불하지만 종종 그나마도 주지 않는 잡지들.

젊은 시절의 무지와 치기를 더욱 확실히 증명하듯이, 나는 한 걸음 더 나아가 공포 및 서스펜스 잡지를 직접 내기로 했다.《묘지의 댄스》라는 미심쩍은 제목을 붙인 야심 찬 계간지였다.(잡지명은 내가 쓴 두 번째 단편의 제목에서 훔쳐 온 것인데, 그 제목으로 대여섯 명의 편집자로부터 칭찬을 받았지만 이야기 자체에 대해서는 전혀 칭찬을 받지 못했다.) 창간호는 몇 달 뒤인 1988년 12월에 출간할 계획이었고, 언제나 그렇듯이 힘에 부쳤다. 주야로 끝없는 실무 훈련이 기다리고 있었다.

하지만 가장 큰 난제가 우선이었다. 고지식하고 곧이곧대로 사시는 보수적인 부모님에게 진짜 일자리를 찾기는커녕 이력서를 쓸 생각도 없다고 설명하는 일이었다. 그 대신 내게는 다른 계획이 있었다. 먼저 어릴 적 살던 집 2층 내 방에 자리를 잡고, 그 후 7개월간 거의 매일 밤 부모님과 저녁 식사를 함께 하며 곧 있을 결혼식(과 예비 신부 카라가 존스 홉킨스 대학교에서 학부 과정을 마치고 물리치료를 전공해 적어도 우리 둘 중 하나는 안정된 수입을 얻을 수 있도록 볼티모어시로 이사할) 준비를 하면서, 트레이닝 바지나 파자마 차림으로 조그만 잡지를 만들고 악당과 괴물이 등장하는 단편을 쓰는 것이었다.

틀어질 리 없는 계획 아닌가?

다행히 어머니와 아버지는 천사 같은 분들임을 증명하며(지금까지도 마찬가지다.) 이유는 도무지 알 수 없지만 내 계획을 지지하고 나를 꿋꿋이 믿어 주셨다.

전말은 이랬다. 그렇게 나는 1988년 초여름, 어릴 적 살던 집에서 옆 마당을 내려다보는 창가 책상 앞에 자리를 잡았다. 컴퓨터 화면에서 눈을 들어 밖을 내다볼 때마다, 어린 시절 친구들의 유령이 웃통을 벗고 깔깔 웃어 대며 잔디밭을 가로질러 높다란 수양버들 아래 흔들리는 그늘 속으로 사라지는 모습을 상상했다. 수양버들의 가느다란 가지에 테이프를 붙여 고친 위플볼이 수없이 걸렸고, 그 시원한 그늘에서 공기놀이를 하고 샌드위치를 먹고 야구 카드를 바꾸던 기억이 났다. 열한 살 때는 그 수양버들 아래서 첫 여자 친구와 키스를 하기도 했다. 그 애 이름은 론다였고, 한 번도 잊은 적이 없었다.

하지만 그것은 과거였다. 비록 금빛으로 물들고 달콤한 향수에 젖어 있긴 했지만, 당시 내 미래에는 반짝이는 새 선물 상자가 열리기를 기다리고 있다고 생각했다.

후텁지근한 하루하루가 흘러가고 화면의 글자가 쌓여 가면서, 집으로 돌아가기로 한 결정이 옳았다는 확신이 점점 강해졌다. 마치 무슨 운명이 이뤄진 것 같았고, 솔직히 놀라웠다. 명랑하고 인내심 많은 녹색 눈의 미인 카라(우연히도 그녀 역시 에지우드의 대가족 출신이었다.)가 결혼식까지 몇 달간 집에서 지내라고 처음 제안했을 때 나는 제정신인가 싶었다. 나는 부모님을 진심으로 사랑하지만, 무려 5년 전인 열일곱 살 때 이후로 명절 일주일 이상 집에서 지낸 적이 없었다. 내게는 부모님과 다시 한 지붕 아래 산다면 우리가 서로를 미치게 할지 모르며, 어머니는 어느 날 저녁 급기야 내 식사에 독을 탈지도 모른다는 당연한 두려움이 있었다.

하지만 다행히도 카라는 백만 달러짜리 미소와 함께 면도날처럼 예리한 선견지명이 있었고, 그 후 오랫동안 늘 그랬듯이 매사에 옳았다.

핸슨 로드에서 보낸 7개월은 내게 꼭 필요한 시간이었다. 어찌 보면 내게 그 시간은 성년기에 접어드는 일종의 교량 역할을 했다. 그리고 좋은 점과 나쁜 점이 모두 있었다.

우선 좋은 점은 어린 시절 쓰던 방에서 편안하고 조용히 열심히 작업하면서 필력이 늘었다. 단편을 여러 편 팔았고 《묘지의 댄스》 창간호가 예상대로 제때 나왔으며 어느 정도 성공했다. 오랫동안 만나지 못했던 사람들을 만났다. 옛 우정을 다시 꽃피웠다. 그해 여름 아버지를 도와 잔디를 깎고 울타리를 손질했고, 가을에는 낙엽을 쓸고 배수구를 치웠다. 우리는 아버지의 차고 작업장에서 일했고, 종이 접시에 치즈와 크래커를 잔뜩 담고 차가운 쿠어스 맥주 여섯 캔을 지하에 가져가 오리올스 경기를 함께 봤다. 어머니의 요리를 실컷 먹으면서 체중계 숫자가 올라가는 것을 봤고, 부모님이 어두운 침실에서 시트콤을 보며 웃는 소리가 밤이면 내게는 자장가였다.

하지만 나쁜 점도 있었다. 그 근사한 추억 위를 성난 잿빛 먹구름처럼 떠다니는, 도저히 뭐라고 설명할 수도 상상할 수도 없는 상황. 무고한 여자아이 넷이 살해됐다. 네 가족이 찢어졌다. 그리고 얼굴 없는 미치광이, 내가 단편을 쓰면서 상상했던 그 어떤 괴물보다 더 무시무시하고 사악한 범인의 손에 도시 전체가 사로잡혀 있었다.

세 번째 살인 사건이 일어난 지 얼마 뒤, 잠시 나는 그 애들 중 누구도 사실 잘 모른다고 생각하려고 노력했다. 하지만 내가 그 아이들과 잘 아는 사이였는지는 상관없었다. 나도 그렇다는 것을 알고 있었다. 그들은 우리 이웃이었다. 친구의 친구, 친구의 동생, 그리고 몇몇 경우에는 친구의 자녀였다. 그리고 에지우드 사람이었다. 세상에서 내가 잘 알고 사랑하는 유일한 곳.

그때 이후로 그 일을 생각할 시간이 많았고(정확히는 1년 반이었다.) 오래전 6월의 오후에 라디오 방송 디제이 여성이 우리가 순수를 잃는 경험을 한 것 같다고 한 말이 실감 났다. 그런 일을 겪고 나니 결코 이전으로는 돌아가지 못하리라는 느낌이 든 것이다.

그리고 돌아가서도 안 될 것 같았다.

그것이 바로 애도의 핵심인 것 같다. 우리가 잃은 것을 결코 잊지 않는 것.

살인 사건이 일어났을 때 내가 핸슨 로드로 어떻게 돌아가 있었던 것인지, 왜 그렇게 된 것인지 설명할 수는 없다. (내가 아는 많은 사람이 믿고 싶어 하듯이) 운명이었는지, 단순한 우연이었는지 모르겠다. 결국, 이유는 중요하지도 않다.

나는 거기 있었다.

나는 목격자였다.

그리고 어찌어찌 하다 보니, 그 괴물의 이야기가 내 이야기가 됐다.

1990년 6월 20일
리처드 치즈마

1장

에지우드

"그 긴 자갈길을 느릿느릿 헐떡이며
오르던 중에 내가 먼저 친구들에게
무서운 이야기를 하기 시작했다……"

1

1988년 여름과 가을, 부기맨과 그의 섬뜩한 시절 이야기를 하기 전에 우선 내가 자란 소도시에 대해 이야기하고 싶다. 그 곳과 거기 사는 사람들을 또렷이 떠올리며 다음 이야기를 읽어야 우리 모두가 잃은 것을 정확히 이해할 수 있어야 한다. 차를 몰고 내 고향 거리를 지나가다 보면 자주 떠오르는 존 밀턴의 말이 있다. "순수란, 한번 잃고 나면 다시는 되찾을 수 없다. 암흑은, 한번 보고 나면 다시는 잊어버릴 수 없다."

우리 에지우드 사람들에게는 이때가 암흑기였다.

2

나는 대부분의 소도시에 두 얼굴이 있다고 믿는다. 하나는 역사적 연대표와 인구분포, 경제와 지리 등을 포함하는 확인 가능한 사실로 이루어진 공적인 얼굴이다. 그리고 감춰진 얼굴이 하나 더 있다. 그곳을 가장 잘 아는 사람들이 쉬쉬하며 전해 주는 연약한 거미줄 같은 이야기와 기억, 소문과 비밀이 이루는 훨씬 사적인 얼굴.

볼티모어에서 북동쪽으로 40킬로미터 거리, 메릴랜드주 하퍼드 카운티의 남부에 위치한 에지우드도 예외는 아니었다. 남쪽으로는 체서피크 만, 서쪽으로는 건파우더 강, 동쪽으로는 부시 강이 만드는 역삼각형 반도 가운데 꼭대기에 위치한 에지우드는 본래 여러 아메리카 원주민이 살던 곳이었으며, 그중에서 포하탄과 서스쿼해녹 부족이 대표적이었다. 부시 강을 최초로 항행한 사람의 하나였던 존 스미스 선장은 그리운 영국 고향 이름을 따서 그곳을 "윌로비스 플루"라고 이름 지었다. 1732년, 그곳 강가에 미 대륙의 초기 감리교 교회 중 한곳인 프레스베리 예배당이 세워졌다.

1835년 그 지역을 가로질러 놓인 철도는 지역 농산물 시장에 유통 경로를 제공했고, 1850년대 중반 철도 연장으로 에지우드의 발전 기반이 마련되었다. 근처의 건파우더 강을 가로지르는 목조 철도 교각은 1861년 볼티모어 폭동 중 불에 타서 소실되었고, 1864년 7월에 다시 남부연합군이 불태웠다.

1878년 에지우드 인구는 정규 주민 36명에 불과했지만, 철도와 이웃 농촌의 비옥한 농장 덕분에 차츰 성장했다. 얼마 지나지 않아 이 지역에는 새로운 주택이 많이 들어섰으며, 그중에는 기차로 볼티모어까지 매일 출퇴근하는 사업가들이 세운 호화 주택도 여럿 있었다. 학교, 우체국, 호텔, 잡화점, 대장간이 곧 마을에 들어섰다.

다양한 물새를 잡을 수 있는 소중한 사냥터가 근처에 있었기 때문에 에지우드 기차역도 인기가 높아졌다. 곧, 멀리 뉴욕과 보스턴의 북동부 도시 신사들도 사냥을 하러 에지우드를 찾아왔다. 화려한 전쟁 영웅이자 존경받는 필라델피아 변호사인 조지 캐드월러더 장군은 이 지역에서 32제곱킬로미터에 달하는 넓은 부동산을 차츰 사들였고, 부유하고 영향력 있는 친구들을 불러들였다. 장군은 다양한 사냥 클럽에 물가의 땅을 임대했고 부동산에 10여 곳의 농장을 세웠다. 열심히 일한 소작농들은 캐드월러더 장군에게 수확의 상당 부분을 지불했다.

에지우드 초기의 저명인사로는 허먼 W. "보스" 핸슨도 꼽을 수 있다. 부농이자 메릴랜드의 오랜 하원의원이었던 핸슨은 영리한 사업가이기도 했다. 핸슨이 경영하는 회사의 가장 수익률 높은 작물은 토마토였으며, 그는 그 지역에서 네 곳의 통조림 공장을 운영하며 다른 지역 농부가 키운 토마토를 모두 사들여 주문량을 맞춘 적도 있었다. 퀸 브랜드 토마토 통조림은 미국 전역에서 판매되었고 해외 수출까지 했다.

그 시점까지 에지우드의 역사에서 유일하게 극적인 사건은 1903년 여름, 무장한 범법자 무리가 에지우드역에 정차한 급여 열차를 도둑질하려던 것이었다. 지역 경찰서장과 부하들이 맹렬한 총격전을 벌여 경찰 두 명, 급여 회사의 민간인 직원 한 명, 범법자 여섯 명 전원이 사망했다. 지역 신문 기자는 기차역 벽에서 250개가 넘는 총알 구멍을 확인했다. 다행히 이런 폭력은 여전히 농촌 지역에 있던 에지우드에서 드문 일이었다.

철도를 따라 조금 내려가면 매그놀리아역이 있는데, 그곳에 무성히 자라는 아름다운 목련나무 때문에 붙은 이름이었다. 그 역 건너편은 매그놀리아 목초지로, 볼티모어 사람들이 피크닉과 야외 행사, 나들이 장소로 즐겨 찾는 곳이었다. 수풀 가운데 널찍한 정자가 있어 댄스파티와 결혼식에 사용되었고, 1900년대 초 매그놀리아에는 우체국과 교회, 학교, 통조림 공장과 잡화점, 구둣가게, 이발소가 있었다.

에지우드와 인근 지역 주민의 목가적인 생활은 1917년 10월, 미국 정부가 철도 남쪽의 모든 땅을 사들여 에지우드 아스널 군사 단지를 만들며 극적으로 변화했다. 화학무기의 다양한 면면을 취급하는 여러 시설을 짓기 위해 수천 명이 몰려들었다. 정부는 머스터드 가스, 염소, 클로로피크린, 포스진 등 독극물을 만들기 위해 거대한 공장을 세웠다. 심지어 말, 당나귀, 개에게 씌우는 방독면도 만들었다. 1918년 7월에 그곳 공장 고용 인원은 민간인 8342명, 군인 7175명으로 최고치에 달했다.

캐드월러더 장군 같은 부유한 주민은 잃은 부동산을 배상받았지만, 땅을 빌려 쓰던 농부나 소작농은 배상을 받지 못했다. 많은 흑인 농부들은 매그놀리아 지역으로 이주해 소박한 주택 단지 템비타운을 세웠다. 잡화점, 교실 두 개짜리 학교, 블랙홀이라는 허름한 재즈 클럽이 템비타운 북동쪽 경계선을 따라 좁다란 건물 세 채에 들어섰다. 1920년, 클럽은 의심스러운 화재로 소실됐다.

군인 급증으로 에지우드는 곧 확연히 달라졌다. 학교, 주택, 다양한 사업체가 지역 전체에 퍼졌다. 제2차 세계 대전으로 한 번 더 군인과 민간인이 밀려들었다. 현대식 기차역을 급히 지어 인구 대량 유입을 처리하고자 했다. 에지우드 곳곳에 민간인 주거 구역과 주택이 더 지어졌고, 시더 드라이브라는 10만 제곱미터 규모의 주택 단지도 그중 하나였다. 에지우드를 가로지르는 4차선 고속도로인 40번 도로의 완공과 함께 새로운 주민 유입은 경제 발전에 더욱 박차를 가했다. 단독주택이 모여 멋대로 자리 잡았던 에지우드 메도스 단지는 1950년대 세워졌다. 올드 에지우드 로드와 핸슨 로드가 그 단지를 반으로 나눴고, 두 도로에는 곧 상업지구가 점점이 들어섰다. 핸슨 로드 남쪽으로, 적당한 가격의 타운하우스 단지 코츠 오브 하퍼드 스퀘어가 지어져 40만 제곱미터가 넘는 비옥한 농장이 사라졌다. 새로운 단지를 내려다보는 녹색 언덕 위에, 1800년대 초 토머스 핸슨이 지은 원래의 "핸슨 저택"이 서 있었다. 이 웅장한 빅토리아 시대 저택은 창문 51개와 박공 7개를 자랑했으며, 에지우드 주거 시설 최초로 실내 배관을 완비했다. 1963년, 에지우드 공공도서관이 핸슨 로드의 장사가 잘되는 애크미 슈퍼마켓 맞은편에 문을 열었다. 그해 말, 95번 고속도로에 에지우드 출구가 생기면서 주민 수는 더욱 늘었다. 이 지역 젊은 대학생 유입을 지원하기 위해 세 곳의 널찍한 학교(고등학교, 중학교, 초등학교)가 윌로비 비치 로드를 따라 41만 제곱미터의 땅에 섰다.

그러나 호황이 있을 때면 피할 수 없는 파산도 함께 온다. 미국의 베트남전 참전 이후 에지우드 아스널의 여러 무기 시험 프로그램은 축소되거나 완전히 취소되었다. 군인과 민간인 인력은 동해안을 따라 있는 다른 기지로 전근되었고, 곧 아스널에서 동떨어진 이곳저곳은 유령 마을의 모습이 되었다. 몇 년간 미국 정부가 버려진 지역에 낙하산 부대 학교를 연다는 소문이 돌기도 했지만, 그 계획은 실현되지 못했다.

1980년대 말, 주 영토에는 들어가나 지방자치단체에 속하지 않은 에지우드의 미편입지구는 44제곱킬로미터 가까이 됐다. 인구는 약 1만 8000명으로, 백인 68퍼센트, 아프리카계 미국인 27퍼센트, 히스패닉 3.5퍼센트였다. 가구 소득 중간값은 미국 전체 평균에 조금 못 미치는 4만 500달러였다. 가구 평균당 2.81명이 살았고, 평균 가족 구성원은 3.21명이었다.

그것이 메릴랜드주 에지우드의 공적인 모습이었다.

3

내가 알고 사랑하는 에지우드는 다음과 같다.

나는 핸슨 로드와 투필로 로드 교차 지점에 위치한 녹색 덧창이 달리고 집 앞이 비탈길인 소박한 이층집에서 자랐다. 그 집과 보도, 거리, 주위 마당이 다섯 살 때부터 열일곱이 되어 대학으로 떠날 때까지 내 세상의 전부였다. 부모님은 지금까지 거기서 살고 계시다.

나는 다섯 남매 중에서 첫째인 형(존)과 세 누나(리타, 메리, 낸시)를 둔 막내였다. 넷째인 낸시 누나와의 터울이 8년 가까이 됐다. 즉, 나는 아마 실수로 생겼을 것이다. 부모님에게 정말 그런지 물어본 적은 없지만 누나들과 형에게 충분히 들어 대체로 그럴 것이라고 짐작한다. 어쨌거나 그런 것은 중요하지 않았다.

아버지(미 공군으로 은퇴한, 점잖고 인품 좋으며 조용하고 성실한 분)와 어머니(몸집이 자그마한 최고의 주부이며 아버지와 결혼한 에콰도르계 미인)는 똑같은 사랑과 이해, 인내로 자녀를 대하셨다. 음, 거의 그랬다. 치즈마 자녀 중 마지막까지 부모님과 산 것은 물론이고 막내이자 몇몇 사람의 의견에 따르면 가장 귀여운 아들로서, 나는 당연히 부모님이 가장 애지중지한 자녀였을 것이다.

하지만 이건 주제에서 벗어난 이야기다.

우리 집의 흰색 현관문과 큼지막한 내닫이창은 에지우드 전체에서 가장 통행량이 많은 도로인 핸슨 로드를 내다보고 있었다. 길 건너에 서 있는 속도제한 표지판은 시속 40킬로미터라고 했지만, 그 법을 지키는 운전자는 드물었다. 우리 집 오른쪽은 길 건너 투필로 코트부터 에지우드 로드의 프레스베리 합동 감리교회까지 이어지는 훨씬 조용하고 가로수가 늘어선 투필로 로드와 닿아 있었다.

작은 옥외 통로가 우리 집 식당과 차 한 대가 들어가는 차고를 연결했다. 그 차고는 아버지만의 공간, 성소였다. 자라면서 나는 그곳에 기가 죽기도 하고 매료되기도 했다. 이유는 몰라도 그곳은 늘 디즈니 애니메이션 「판타지아」에 나오는 뒤죽박죽이되 환상적인 마법사의 작업실을 떠올리게 했다. 아버지가 직접 만드신 좁다란 작업대가 안쪽 벽 공간을 거의 차지했다. 그 위 벽에 걸어 놓은 벽걸이에는 알 수 없는 이름을 붙여 나는 아직도 이해하지 못하는 방식으로 정리한 수십 개의 연장과 도구가 빼곡히 걸려 있었다. 작업대 반대편에는 정사각형 정리함 네 개가 쌓여 있었는데, 그 안의 작은 플라스틱 서랍은 저마다 깔

끔한 표가 붙어 있고 다양한 크기의 너트, 볼트, 못, 나사받이가 채워져 있었다. 작업대 앞면 양쪽에는 커다란 강철 죔쇠가 장착되어 있었다. 밑에는 잘라 놓은 목재와 플라스틱 통 여럿, 낡은 발받침 두 개가 가지런히 쌓여 있었다. 차고의 남은 벽은 기대어 세워 둔 합판, 수리가 필요한 낡은 가구, 크고 위험하게 생긴 기계(번뜩이는 금속 이빨을 가진 테이블 톱, 트윈 벨트식 연마기, 홈 파는 기구, 천공반)가 차지했다. 친구들과 내게 그 기계들은 다 비슷비슷하게 복잡한 고문 기구처럼 보였다. 벽 위쪽에는 역시 아버지가 직접 만드신 선반이 줄줄이 달려 있었고, 작은 상자, 유리병, 아버지가 전부 대문자로 '로프, 테이프, 철사, 브래킷, 클램프, 볼 베어링'이라고 마스킹테이프에 적어 붙이신 낡은 커피 깡통이 쌓여 있었다. 다시 말해, 여덟 살 꼬마에게는 마법의 재료란 뜻이었다.

불행히도 집의 다른 공간은 그렇게 흥미롭지 않았다. 작은 주방, 식당, 거실, 현관이 1층을 차지했다. 아버지가 수집하신 인상적인 재즈 레코드가 들어 있는 골동품 스테레오 캐비닛이 창문 아래 자리 잡고 있었고, 마호가니 책장들이 벽을 따라 놓여 있었다. 소파와 세트인 안락의자는 어째서인지 녹색이었다. 2층에는 세 개의 작은 침실과 욕실 하나가 있었다. 내 방은 가장 안쪽 구석에 있었고 옆마당과 뒷마당을 내려다보는 창문이 나 있었다. 홍수가 나면 잠기는 맨 아래층의 지하실은 검은 패널 벽으로 되어 있었고 소파, 아버지와 어머니의 리클라이너 의자, 아버지가 거의 매일 저녁 솔리테어 게임을 하는 흑백 대리석 커피 테이블, RCA사 텔레비전이 있었으며 뒤쪽 벽 가운데에는 손으로 조각한 아름다운 뻐꾸기시계가 걸려 있었다.

집에서 내가 좋아하는 곳을 꼽으라면, 식당 뒤쪽 유리 미닫이문을 통해 드나들 수 있는 방충망을 쳐 둔 널찍한 테라스였다. 그 테라스에서 숱한 여름밤을 보내며 만화책과 페이퍼백 도서를 읽고, 농구 카드와 축구 카드를 정리하고, 친구들과 보드게임을 했다. 어머니는 직접 만든 레모네이드 한 주전자와 오븐에서 갓 꺼내 따끈하고 촉촉한 초콜릿칩 쿠키를 내오시곤 했고, 친구들과 나는 세상 부러울 것이 없었다. 날씨가 따뜻하면 우리는 거기서 함께 자기도 했다.

일찍이 독서를 즐기고 티브이로 공포영화와 서부영화를 열심히 보기는 했지만, 나는 야외 활동을 좋아하는 아이였다. 이사를 온 날부터 나는 옆 마당에 서 있는 고목 버드나무 아래서 숱한 시간을 보내며 볼티모어 오리올스 야구팀의 사이 영(Cy Young) 상을 받은 투수인 짐 파머라도 되는 양 공을 던졌다. 오래된 테니스화 뒤꿈치로 풀밭에 투수판을 새겨 넣은 뒤에 내가 제일 잘하는 특유의 하이 레그 킥 와인드업으로 콘크리트 벽, 지하실 창문에 위험할 정도로 가까이 그려 넣은 네모 안에 강속구를 연달아 던지곤 했다. 그 창문을 한 번도 깨지 않은 것은 작은 기적이라고 지금도 생각하지만, 창문 왼쪽 가장자리에 면한 녹색 덧창은 내 어린 시절 자만심에 큰 대가를 치렀다. 내 상상속의 우완 타자들에게 너무 높거나 가까이 들어가서 빗나간 공에 수백 번 맞아 알아볼 수 없이 금이 가고 부서진 그 덧창은 두 개의 구부러지고 녹슨 못으로 겨우 벽에 붙어 있었다. 그 너덜너덜한 덧창은 지금까지도 아버지와 내 사이에 불편한 화제로 남아 있다.

우리 집 앞에서 핸슨 로드와 나란히 난 보도에는 다양한 크기와 모양의 금이 서른세 개 나 있다. 투필로 로드를 따라 난 보도에는 열아홉 개가 있다. 나는 그 길을 내 손바닥처럼 잘 알았다. 12년간 날마다 그곳을 걷고, 스케이트보드를 타고, 자전거를 타고 다녔다. 어릴 적 친구들과 나는 건설부지에서 줍거나 아버지 작업실에서 "빌린" 콘크리트 블록과 합판으로 램프를 만들고 자전거를 타고 그 위로 뛰어올랐다. 대체로 우리는 헬멧 없이, 웃통도 벗고 다녔다. 한번은 몇 블록 떨어진 곳에 사는 꼬마에게 눈을 가리고 해 보라고 설득하기도 했다. 그때 혼이 난 뒤로 다시는 시도하지 않았다. 가끔은 판돈을 올려 쓰레기통이나 풀이나 나뭇잎을 가득 채운 비닐봉투 위를 뛰어넘기도 했다. 또는 보도에 나란히 누워 서로의 위를 뛰어넘기도 했다. 단언컨대 햇볕이 내리쬐는 콘크리트 위에 팔을 옆구리에 붙이고 눈을 감고 누워, 자기가 에빌 나이벨[3]이라고 진심 믿는 멍청한 친구가 자전거를 타고 내 위로 뛰어넘게 한 일은, 청소년 시절 맹목적 충성심의 절정이라 할 수 있다.

어느 여름날 오후, 내 친구 노먼의 누나 멜로디가 트랜스 앰[4]을 옆집 앞에 세우더니 내려 자기도 하게 해 달라고 애원했다.

---

3 미국의 스턴트 배우.
4 폰티악 사의 파이어버드 자동차의 한 종류.

멜로디는 이미 운전면허증도 있고 필터 없는 담배를 피웠으니 무시할 수 없는 동네 인물이었다. 처음에는 거절한 노먼은 결국 포기하고 연두색 오토바이처럼 생긴 허피 자전거를 건넸다. 어제 일처럼 기억난다. 새까만 트랜스 앰의 스피커에서 데이비드 보위의 노래가 울려 퍼졌고, 멜로디는 투필로 로드의 언덕 위까지 자전거를 타고 올라가 체리 코트 구석의 소화전에 닿을 때까지 돌아서지 않았다. 그러더니 페달을 밟기 시작했다. 빠르게. 너무 빠르게. 친구들과 내가 보도에 서서 경외심에 입을 벌리고 있는데, 멜로디는 시속 40킬로미터는 족히 되는 속도로 램프 바닥을 치고 적어도 5~6미터 높이 공중으로 날아오르며 길고 짙은 금발을 슈퍼히어로의 망토처럼 휘날렸다. 허피 자전거의 타이어가 요란한 딱 소리를 내며 지면과 다시 만났을 때, 우리는 모두 환호성을 올렸다가 재빨리 다시 조용해졌다. 타이어들이 곧바로 흔들리면서 마구 떨렸던 것이다. 우리 중 누군가 핸슨 로드의 자동차를 조심하라고 외치기도 전에 자전거는 모퉁이의 정지 표지판과 충돌했고, 살기 위해 내내 그 자전거를 붙잡고 있던 멜로디는 헝겊 인형처럼 보도로 날아갔다. 동시에 멜로디 곁으로 달려간 우리는 생전 처음으로 시체를 보게 된 것이라고 믿었다. 그 대신 멜로디는 까진 팔꿈치와 벌어진 두 다리, 도로에 긁혀 피투성이가 된 오른쪽 팔을 짚고 일어나더니 웃기 시작했다. 믿을 수가 없었다. 멜로디가 살아 있는 것도, 그 모든 상황을 우스워하는 것도. 빌어먹을 전설이었다.

감명을 받지 않은 것은 노먼뿐이었다. 부모님으로부터 얼마 전 받은 생일선물이었던 자전거의 테두리가 고칠 수 없이 프레첼 모양으로 흉하게 휘어졌기 때문에 화가 난 노먼은 원색적인 언어를 일제 사격했다. 그중 대부분은 나중에 들었다. 솔직히 그쪽에는 신경도 쓰이지 않았다. 그 대신 나는 눈을 휘둥그렇게 뜨고 우리 집 옆 마당에 서서 멜로디의 드러난 상체의 예쁘장한 황갈색 속살을 내려다보고 있었다. 입고 있던 주황색 탱크톱이 밀려 올라가고 보도에 닿으면서 찢어진 바람에, 그 속살이 아주 후하게 드러나 있었던 것이다. 납작하고 매끈하고 가무잡잡한 배 위로 얇은 진홍색 레이스 브라가 하얗고 봉긋하게 드러난 가슴을 감싸고 있는 것이 살짝 보였다. 당시 아홉 살짜리가 현실 세계에서 처음으로 보게 된 브래지어와 가슴이었다. 나는 붐비는 해변에 간 추잡한 노인처럼 그 모든 광경에서 눈을 떼지 않았고, 결국 멜로디는 일어나 옷을 털고 트랜스 앰에 다시 올라타더니 떠났다. 내 어린 시절 가장 멋진 하루로 꼽는 날이었다.

아버지는 사람들이 자기 물건을 잘 챙겨야 한다고 굳게 믿는 분이었다. 아버지에게는 그것이 자긍심의 문제였다. 우리 자동차는 늘 깨끗이 세차 후 왁스칠이 되어 있었고, 집 안팎은 똑같이 정돈되어 있었다. 하지만 아버지는 잔디밭을 가장 특별히 가꾸신 것 같다. 봄가을에 비료를 주고, 덤불과 나무를 규칙적으로 손질했으며, 여름의 폭풍우 뒤에는 떨어진 나뭇가지를 줍고 보도를 따라 난 풀을 뽑고(이 작업을 특히 꼼꼼히 하신 아버지가 통행로 양쪽에 참호를 깊이 파 놓은 바람에 우리 자전거 타이어가 거기에 빠져서 여러 차례 고속 주행 사고가 일어났다. 아버지가 의도적으로 하신 건 아닌지, 아직도 잘 모르겠다.) 거의 종교적인 열심을 다해 정확히 일주일에 한 번 잔디를 깎았다.

어쩌다 보니 우리 집 마당은 인근에서 가장 큰 편이었고, 아버지에게는 분한 일이었지만 그곳은 자주 내 친구들의 놀이터가 됐다. 우리는 위플볼에서 킥볼, 미니 골프와 전쟁놀이까지 온갖 놀이를 다 했다. 아버지의 소중한 잔디에 야구의 삼루가 다이아몬드 모양으로 영영 새겨졌다. 개가 물어뜯은 낡은 프리스비와 쓰레기통 뚜껑이 베이스 역할을 했다. 투필로 로드를 가로질러 늘어진 전신줄이 자동적으로 홈런 구역을 표시했다. 우리가 노느라 뛰어다니면 마당이 종종 흔들렸고 에지우드 아스널에서 무기 시험 작전을 실시하면, 멀리서 쿵 하는 폭발음이 들려왔다. 전투기와 헬리콥터 부대가 항공기 기술자로서 아버지가 아침 일찍 출근하던 애버딘 성능 시험장에 오가느라 머리 위로 날아다니는 경우도 드물지 않았다. 그럴 때면 우리는 하던 일을 멈추고 보이지 않는 기관총과 바주카포로 그 비행기를 떨어뜨리는 시늉을 하곤 했다.

나는 종종 보행로에서 마술쇼를 하며 참석자에게 10센트씩 받았고, 낡고 버려진 장난감과 만화책을 게임 상품으로 이용하며 옆 마당에서 즉석 카니발을 열기도 했다. 모두 더 어린 아이들의 호주머니에서 잔돈을 빼내려는 시도였다. 핸슨 로드와 투필로 로드 모퉁이 보도에 카드 테이블을 차려 놓고 차가운 레모네이드를 종이컵에 담아 지나가는 운전자들에게 팔기도 했다.

마당 앞쪽 구석에 다 자란 자두나무와 가지가 마구 뒤얽힌 야생 능금나무가 있어 이웃과 종종 벌어지는 전투에 충분한 화약을 제공했다. 그 나무는 자동차에 폭격하기에 완벽한 엄호가 되어 주기도 했다. 어릴 적 내게 한 가지 약점, 아무리 걸리고 훈계를 듣고 야단맞아도 고칠 수 없었던 나쁜 습관이 있었다면 그것은 지나가는 자동차에 능금이나 흙덩이, 눈덩이를 던지는 것이었다. 시원한 여름 풀밭에 배를 깔고 엎드려 다가오는 차를 기다리다가 벌떡 일어나 조그맣고 동그란 물체를 그 차에 던지고 쿵 하는 아름다운 타격음을 듣고 나면 내가 무슨 말을 하는지 이해하게 되리란 것 말고는 이 성격 결함을 설명할 방법이 없다. 운전자가 차를 세우고 뒤쫓아 오면 더욱 재미있었다. 핸슨 로드에 살던 우리에게 그것은 순수한 즐거움과 아드레날린이 솟구치는 귀한 순간이었고, 우리는 그 시간을 자꾸만 되풀이하고 싶었다. 당황한 아버지가 이 중독으로 인해 내가 소년원, 심지어 교도소에 가게 될 거라고 믿으셨던 긴 시간이 있었다. 좀 지난 뒤 아버지는 그 문제에 대해 훈계하기를 그만두셨다. 상냥한 어머니는 "너희 남자애들은 왜 반딧불을 잡거나 공기놀이를 하지 않니?"라면서 설득하셨지만 그 시절에 그런 것은 애들 장난일 뿐, 별 흥미를 끌지 못했다. 대학 진학 직전이 되어서야 그 습관을 영영 버리자, 부모님은 그 누구보다 안도하셨다.

녹색 덧창이 달린 집과 오래된 버드나무가 어릴 적 내 세상의 중심이었다면(나중에는 그곳이 내 "삶의 수레바퀴"의 중심지라고 생각하기 시작했다.) 그 집에서 뻗어 나가는 크고 작은 길은 전부, 계속해서 굴러가는 바퀴의 축을 닮았다. 그 축 하나하나가 서로 다른 방향으로 나아가 결국에는 헤매고 다닐 공간이 떨어지면, 전체적으로 내 사랑하는 고향의 외곽선을 설정하게 되는 것이다.

지도에서 뭐라고 하든지, 내게 에지우드는 코츠 오브 하퍼드 스퀘어(핸슨 로드를 따라 우리 집에서 북쪽으로 1.5킬로미터 정도 거리)에서 부시 강과 맞닿은 플라잉 포인트 공원(우리 집 앞에서 정확히 1.5킬로미터 거리의 고등학교에서 남쪽으로 3킬로미터 떨어진 곳)의 물가에 이르는 곳이었다. 그렇다. 낡고 상투적인 이야기다. 친구들과 나는 운전을 하기 전까지 날마다 1.5킬로미터를 걸으며 학교에 다녔다. 한 블록 반 차이로 통학버스를 타지 못하게 됐지만, 우리는 사실 개의치 않았다. 먼 길을 걸어 다닌 덕분에 등하교 시간에 장난 칠 시간이 많아졌고, 피할 수 없는 노동인 숙제를 미룰 수 있었다. 또한 지나가는 자동차, 혹은 더욱 반가운 학교 버스에 작고 동그란 물체를 던질 기회도 더 생겼다.

나는 많은 친구와 함께 자라는 축복을 받았지만 가장 친한 친구, 진정한 동지는 핸슨 로드 우리 집에서 언덕 위쪽으로 세 번째 집에 사는 지미와 제프리 캐버노였다. 캐버노 형제는 손재주가 좋고 짓궂었으며 함께 놀면 끝내주게 재미있었다. 브라이언과 크레이그 앤더슨은 그들 바로 옆집에 살았다. 저돌적인 앤더슨 형제는 너무 비슷하고 성격이 급해 계속 잘 지내기는 어려웠다. 기억에 남는 두 가지 사건이 그때의 관계를 잘 설명해 줬다. 한번은 말다툼이 과열되어 크레이그가 2층 부엌으로 달려가더니 싱크대에서 더러운 스테이크 칼을 움켜쥐고 내려와 브라이언의 허벅지를 찔렀다. 다행히 그날 형의 다리에 붕대를 감고 구급차를 부른 것은 크레이그였다. 또, 어느 뜨겁기 짝이 없는 여름날 오후 화가 머리끝까지 난 크레이그는 진짜로 핸슨 로드 한가운데서 반바지를 발목까지 내려 쪼그리고 앉더니 자기 손에 대변을 본 뒤 달아나는 브라이언을 따라가서는, 동물원의 성격 나쁜 원숭이처럼 형의 맨 등에 갓 눈 똥을 던졌다. 둘 다 참 역겹고 억지스러운 이야기지만 내 눈으로 똑똑히 본 일이다. 참으로 놀라운 광경이었다. 결코 잊지 못할 것이다.

지미와 브라이언은 학교에서 나보다 한 학년 아래여서(제프리와 크레이그는 몇 살 더 많지만 그다지 현명하지 못한 형들보다 서너 학년 아래였다.) 우리 셋은 특히 가까웠다. 많은 나이와 세 누나 덕분에 몸에 밴 잘난 체 덕분에 나는 보통 동네 친구 모임에서 대장 노릇을 맡았다. 지미와 브라이언은 내가 대장을 맡는 것에 상관하지 않는 것 같았고, 그들이 하자는 놀이도 항상 열렬히 환영했던 것으로 기억한다. 누구에게 묻느냐에 따라서 우리는 삼총사도, 세 얼간이도 됐다. 사람들은 우리를 알았고 우리도 그들을 알았다. 에지우드에서도 우리 동네의 모든 아이와 대부분의 어른은 매일 우리의 레이더 안에 존재했다. 그리고 우리에겐 정보도 있었다. 예쁜 여자아이들이 사는 곳. 지름길이 있는 곳, 어느 주유소의 어느 담배 자판기에 남은 성냥이 늘 있는지 (이 소중한 통화와 같은 값어치가 있는 것은 단 하나, 폭죽뿐이었다.), 어느 쓰레기 수납기에 환불받을 수 있는 탄산음료 병이 가장 많은지, 어느 나무 위의 집에 지저분한 잡지가 감춰져 있는지. 우리는 어느 부모가 자식의 엉덩이를 때리는지, 어느 부모가 술을 너무 마시는지도 알았다. 어느 수영장 있는 이웃이 일요일 아침에 교회에 가는지(즉 수영장에 가서 놀아도 안전하다는 뜻이었다.) 그리고 나이가 들어서는 어느 가게에서 주류를 살 수 있는지, 경찰이 어디에 속도측정기를 들고 숨어 있는지, 섹스하기에 어느 주차장이 안전한지.

우리에겐 여느 여름날이 어린 시절 모험을 전부 선사했다. 인간에게 알려진 모든 야외 스포츠와 우리가 너무 지루한 나머지 발명한 것들을 죄다 했다. 도로의 타르 방울을 발가락으로 터뜨렸다. 캐버노 형제의 수영장에서 마르코 폴로 게임을 하며 속임수를 썼다. 근처 개울과 연못, 강에서 낚시를 했다. 끝없는 숲을 탐험하며 비밀 지하 요새를 지었다. 가끔 우리의 좋은 친구 스티브 사인즈가 자기 아버지의 22구경 반자동소총을 들고 따라오기도 했다. 우리는 숲에서 까마귀와 독수리를 사냥하거나, 빈 깡통이나 병을 쏘면서 긴긴 오후를 보냈다. 서로의 신발을 가리키고 "뛰어!"라고 외치고는 방아쇠를 당겨 몇 초 전에 친구의 발이 밟았던 흙을 퍼뜨리면서 총기 안전 수칙을 연습하기도 했다. 아직 우리 모두 발가락이 전부 있는 것은 기적이다.

우리는 시더 드라이브 초등학교 지붕 배수관 위에서 춤을 추면서 멀리 눈 덮인 산꼭대기에 오른 척하기도 했다. 혹은 핸슨 로드와 에지우드 로드 교차로에 있는 텍사코 주유소 꼭대기의 비슷한 배수관에 기어올라 지나가는 운전자들에게 엉덩이를 드러내기도 했다.(기억에 남는 어느 날 오후, 아버지가 퇴근길에 우리의 앙상하고 허옇게 번쩍이는 엉덩이를 목격하시는 바람에 그 장난은 아쉽게도 중단됐다. 나는 일주일간 외출 금지를 당했다.)

에지우드 같은 소도시에 사는 것이 어떤지를 여러분도 이해해야 한다. 지루함은 이상한 일이 벌어지게 했고, 우리가 한 짓에는 설명이나 이유가 없는 경우가 많았다. 어느 해 여름, 우리는 오랜 친구 칼로스 바르가스와 함께 데어데블 클럽이라는 우리만의 모임을 만들었다. 알 수 없는 이유로 우리는 그 입회식 때 미니카를 아무나 이웃의 수영장에 어둠을 틈타 던졌다. 또 빈 땅콩버터 병에 두꺼비를 넣어 모으는 데 이상할 정도로 몰두하기도 했다. 나는 어느 7월의 오후 내내 웃통을 벗고 죽은 2미터 길이 뱀을 목에 감고 돌아다니기도 했다. 몇몇 가게에 들어가기까지 했지만 결국 쫓겨났다. 나 자신을 포함해 그 누구도 내가 왜 그런 짓을 했는지 알지 못하지만 사실 그것은 상관없었다. 그 순간에는 너무 재미있었을 뿐이니까.

우리 동네에서 몇 블록 거리, 도서관 바로 맞은편에 위치한 에지우드 쇼핑 플라자도 몇 시간 동안 즐길 오락거리를 제공했다. 플라자 드럭스는 사탕 대부분과 만화책, 농구와 야구 카드 전부를 산 곳이었다. 거기까지 걸어갈 수 있게 된 때부터 열여섯 살이 되어 면허증을 딸 때까지 어머니날 선물도 해마다 거기서 샀다. 30센티미터가 넘고 치즈가 완벽하게 녹아내린 정말 맛있는 피자 샌드위치를 2달러에 파는 주류 가게도 있었고, 세탁소 뒤에는 10센트라는 믿을 수 없이 싼 가격에 풍선껌을 여러 통 파는 구식 사탕 자판기가 있었다.(다른 곳에서는 한 통에 25센트였기 때문에 나는 일주일에도 서너 차례 그 기계에 10센트 동전을 한 줌씩 넣었고, 학교에서 풍선껌을 한 알에 5센트에 팔아 상당한 이익을 본 뒤 결국 피자 샌드위치를 더 사 먹는 데 썼다.) 그리고 마지막으로 최고는 진정한 내기 당구장이었다. 우리 친구 브룩 호킨스의 아버지 소유인 그곳에서 우리는 핀볼을 했고, 에잇볼 게임을 하는 법을 배웠고, 술에 취한 사람들이 더러운 카펫에 떨어뜨린 25센트 동전을 찾았다. 조명이 어둡고 술꾼은 많아서 거의 항상 동전을 찾을 수 있었다.

바깥의 쇼핑센터 주차장 끝에는 나이가 좀 많은 남자아이들이 45센티미터 받침대를 쌓아 3미터 높이의 스케이트보드 경사면을 만들어 놓았고, 가로등 덕분에 우리는 그 경사면을 밤낮으로 탔다. 가끔은 여자아이들이 몰려들어 우리를 구경하고 환호하기도 했다.

건너뛰어 요점만 말하자면 캐버노 형제와 앤더슨 형제는 길 건너 도서관에서 별로 시간을 보내지 않았지만, 나는 예외였다. 나는 성인 서가의 탱탱한 의자에 앉아서 책을 연달아 읽어 댔다. 조지 암스트롱 커스터 장군[5]이 어릴 적 좋아하던 주제였고, 서부와 남북전쟁, 미지의 현상에 관한 것도 마찬가지였다. 나는 미스터리와 범죄소설에 끌렸고, 유령과 늑대인간, 네스호의 괴물과 빅풋[6]을 진심을 다해 믿었다.

어느 토요일 오후, 어딘가 서부에서 진짜 빅풋 사냥꾼이 찾아와 도서관 안쪽 구석에서 큰 전시를 했다. 제멋대로 난 희끗희

---

5 남북전쟁에서 활약한 미군 장교이자 기마병 지휘관.
6 북아메리카 숲에 살고 유인원과 비슷한 생김새를 가졌다고 하는 미지의 동물.

끗한 콧수염에 굵은 일자 눈썹을 지닌, 말이 느리고 등이 굽은 그는 연설로 청중의 마음을 사로잡더니 사진과 지도, 편으로 고정한 진짜 빅풋의 털 한 뭉치까지 전시했다. 그날 나는 지미를 꼬드겨 데리고 갔었는데, 우리는 앞줄 가운데 앉아 홀린 듯이 빠져들었다. 강연이 끝난 뒤, 지미와 나는 옆 서가에서 머리를 맞대고 계획을 세웠다. 우리가 재빨리 전시 장소로 돌아가 보니 빅풋 사냥꾼은 몇몇 추종자와 사진도 찍고 담소를 나누고 있었다. 지미가 내게 고개를 끄덕이고는 시선을 끄는 행동을 벌이며 계획을 실행에 옮겼다. 지금까지도 그다음에 어떻게 됐는지 정확히 기억나지 않지만, 그 애가 바닥에 쓰러지며 발작을 일으키는 시늉을 한 것 같다. 쓰러진 친구 주위로 염려하는 사람들이 모이자, 나는 전시 테이블로 살그머니 다가가 진짜 빅풋의 털 몇 가닥을 챙겨 주머니 깊숙이 넣었다. 몇 분 뒤 우리는 무사히 탈출했다. 이 일은 자부심과 수치심을 느끼며 여기에서 처음 밝히는 것이다. 그때 훔쳐 온 빅풋의 털이 어떻게 됐는지는 아직도 모른다. 짐작하자면 내 책상 서랍에서 그것을 발견한 어머니가 콧잔등을 찡그리고 고개를 저으며 내다버리는 모습이 떠오른다.

도서관이나 에지우드 쇼핑 플라자에서 놀고 난 뒤 집으로 돌아가는 길이 둘 있었다. 하나는 횡단보도로 에지우드 로드를 건넌 뒤 핸슨 로드를 따라 서너 블록 걸어가는 것이었다. 자전거나 스케이트보드를 탄 경우에 이 길로 다녔다. 하지만 걷는 경우에는 늘 지름길로 다녔다.

그 길은 쇼핑센터 오른쪽 에지우드 로드의 위험한 구간을 건

넌 뒤, 무시무시한 메이어스 저택 앞 긴 자갈길을 걸어 올라가야 했다. 괴물 같은 그곳을 지나고 나서 하나는 작고 하나는 그렇게 작지 않은 뒷마당 두 곳을 가로지르면 바로 투필로 로드의 보도가 나온다. 거기서 한 블록만 더 가면 우리 집이었다.

모든 소도시에는 유령이 나오는 집이 있다. 무시무시한 일이 일어났다는 집, 나쁜 일의 기억이 아직 가시지 않은 곳, 지날 때마다 심장이 두근거리고 팔에 소름이 끼치는 곳이다. 우리 동네에서는 그곳이 메이어스 저택이었다. 우리가 태어나기 200년도 더 전에 지어져 19세기에 마녀들의 원조 집회장이었다는 메이어스 저택은 짙은 그늘이 드리운 넓은 테라스와 두 개의 박공 기둥, 불길하게 도시를 내려다보는 수십 개의 창문이 있는 거대한 빅토리아시대풍 건물이었다. 낮 동안에도 그곳은 살짝 불안한 느낌을 줬다. 그 집이 나를 지켜보고 재어 보는 것이 느껴지지만, 실제로 움직이지는 않으리라는 것을 알(바랄) 수 있었다. 대낮에 건물이 움직일 리는 없었다. 그 집은 그보다는 똑똑하고 음험했으니까.

밤이 되면 상황은 딴판이 됐다. 굶주리고 경계심 강하고 약삭빠른 그 저택은 어둠 속에서 우리를 압도했고, 감히 그곳을 지나가는 것은 동네 아이들 중에서도 손꼽히게 용감한 몇 명만이 엄두를 낼 무시무시한 대모험이었다. 우리를 가리켜 "용감하다"고 말할 사람은 몇 없었지만, 우리는 단순한 게으름과(따지고 보면 지름길은 지름길이었으니까) 스스로를 괴롭히려는 피학적 욕망 탓에 그곳을 지나갔다.

그 긴 자갈길을 느릿느릿 헐떡이며 걸어 오르던 중에 내가 먼저 친구들에게 무서운 이야기를 하기 시작했다. 나는 이런저런 시시한 사건들을 늘어놓아 이야기를 서서히 만들어 가면서, 양념처럼 재미있는 부분을 뿌리고 가장 무섭고 끔찍한 이야기가 저택 옆을 지나갈 때 나오도록 속도를 조절했다. 그때가 되면 내게 애원하는 것은 보통 지미였다. "제발 그만해, 치즈, 그만 좀 하라고!" 나는 듣지 않았다. 가끔은 어깨 너머를 돌아보며 끔찍한 광경을 본 척 눈을 치뜨고 피가 얼어붙는 고함을 지르기도 했다. 그리고 나는 집을 향해 달리기 시작했다. 핸슨 로드와 투필로 로드 교차점에 닿을 무렵, 우리의 고함은 숨넘어가는 웃음소리로 바뀌어 있었고, 또 그러고 싶어서 견딜 수 없었다.

소도시가 대체로 그렇듯이 에지우드에도 괴담과 전설이 여럿 나돌았다. 내가 초등학교에 다니던 시절, 원치 않는 임신에 절망한 여학생이 고등학교 뒤 철로에 서서 달려오는 열차에 뛰어들어 자살했다는 이야기가 나돌았다. 그 후로 많은 목격자가 그 유령이 근처 숲을 돌아다니는 것을 봤거나 들었다고 주장한다. 우리의 가깝고 믿음직한 친구 밥 에어링은 지금까지도 에지우드 아스널의 접근금지 구역에 몰래 들어가 창고 창문으로 안을 들여다봤을 때 흰 실험복을 입은 과학자들이, 신에게 맹세코, 외계인에게 실험을 하고 있었다고 주장한다. 밥은 그 외계인 머리는 자전거 타이어만 했으며, 보송보송한 살갗은 하늘색이었다고 했다. 처음에 우리는 그 말을 믿지 않았지만, 밥은 도서관에서 2주간 예전 신문 파일을 뒤지더니 1960년대와 70년대에 아스널에서 일급 기밀 외계인 연구를 실시했다는 비슷한 소문을 보도한 기사 흑백 사본을 가지고 왔다. 그래서 거짓이라고 쉽게 반박할 수도 없었다. 그렇게 증거가 있었으니까.

'러버밴드맨'이 언제 에지우드에 처음 등장했는지는 아무도 모르는 듯하다. 누나들에게 물어봤더니, 10대 시절에 그 이야기를 처음 들었다고 했다. 하지만 내가 아는 아이들은 전부 그를 너무너무 두려워했다. 러버밴드맨이 실제로 인간인지, 일종의 초자연적 존재인지, 에지우드 아스널 실험실에서 탈출한 돌연변이인지는 불확실했다. 사람들이 숙덕이는 소리를 잘 들으면(당연히 우리는 아주 열심히 들었다.) 러버밴드맨은 키가 210센티미터에 빼빼 말랐다. 팔은 나뭇가지처럼 뻣뻣하게 늘어져 있었다. 새까맣고 짧은 머리카락이 곤두서 있었다. 눈은 까맣게 찢어져 있었고, 입은 음울한 직선이었다. 치아를 본 사람은 아무도 없었다. 다시 말해, 치아를 본 사람 중에 살아서 어떻게 생겼는지 전한 이가 없다는 뜻이다. 러버밴드맨은 늘 검은 옷을 입고 해질녘에 놀이터나 들판에 웅크리고서 훔쳐가서 잡아먹을 아이를 찾았다. 내가 일곱 살 때, 길 아래 교회 놀이터에서 아이들과 술래잡기를 한 적이 있었다. 그네 근처에 길이가 3.5미터쯤 되는 밝은색 콘크리트 터널이 둘 있었다. 아주 어릴 적 우리는 그 터널을 잠수함이라고 했다. 그날 저녁, 나는 그 터널에 숨었다. 좀 지나도 아무도 찾으러 오지 않아서 밖을 살그머니 내다봤다가 무시무시하게 키가 크고 흐느적거리는 사람이 길 건너 숲에서 나오는 것을 목격했다고, 성경에 대고 맹세한다.

그 사람은 15~20미터를 걸어가더니 갑자기 방향을 바꿔 놀이터로 터덜터덜 걷기 시작했다. 문득 두려워진 나는 터널로 돌아가 가운데로 가서 꼼짝 않고 가만히 있었다. 몇 분 뒤, 썩은 과일을 한 바구니 햇볕에 너무 오래 놓아둔 것처럼 지독하게 시큼한 악취가 났다. 나는 숨을 참고 구역질을 하지 않으려고 애쓰며 가만히 있었고, 낡은 검은 바지를 입은 거미처럼 가는 두 다리가 터널 입구를 획 지나갔다. 한 시간쯤 기다려 발자국 소리가 들리지 않자 혹시 몰라서 머릿속으로 50까지 센 뒤 도로를 향해 미친 듯이 달려 나갔다. 친구들이 밥 에어링 집 앞에서 노는 것을 보고 무슨 일이 있었는지 말했다. 잠시 후, 브라이언 앤더슨의 아버지와 함께 놀이터로 모두 돌아갔다. 이상한 인물의 흔적은 아무 데도 없었다. 하지만 난 미치지 않았다. 내 눈으로 똑똑히 봤다. 냄새도 맡았다.

그리고 물론, 팬텀 폰들러(쓰다듬는 유령)도 있었다. 사건이 벌어졌을 때 나는 대학교에 있었지만, 어머니가 나를 위해 모아두신 주간지 《이지스》 덕분에 그 이야기를 잘 알고 있었다. 사실 "팬텀 폰들러"라는 이름을 처음 지은 것도 《이지스》의 한 기자였다. 1986년 8월 이후, 누군가가 에지우드에 거주하는 여성 최소 24명의 집에 침입해 그들이 자는 사이에 발과 다리, 복부, 머리카락을 만졌다. 모든 경우, 여성이 깨어나면 범인은 달아나 사라졌다. 그때까지도 경찰은 범인을 잡지도, 특정하지도 못했다.

이 이야기, 그리고 내가 전할 수 있는 여러 다른 이야기는 내

고향이 지닌 어두운 면의 일각일 뿐이다. 나의 시각이 어느 정도 편파적인데도 불구하고, 내가 보는 에지우드는 아련한 노스탤지어나 화가 노먼 록웰의 작품에 등장하는 미국인의 행복한 황금빛 추억으로 물든 곳만은 아니다. 소도시가 대부분 그렇듯이 그곳에는 범죄와 폭력, 속임수와 비밀, 비극과 실망이 존재했다. 살기 어려운 곳이 있었고 해가 진 뒤에는 혼자 가고 싶지 않은 장소가 있었다. 처음 대학에 입학했을 때, 기숙사 남학생 대부분이 주먹싸움을 해 본 적이 없다는 사실이 내게는 충격으로 다가왔다. 고등학교를 졸업할 무렵 나는 이미 열 번 이상 주먹싸움 전적이 있었다. 말이 나와서 더 얘기해 보자면 내가 고교 2학년 때 교장은 횡령으로 구속되어 실형을 선고받았다. 그보다 2년 전에 중학교 교사는 메릴랜드, 펜실베이니아, 델라웨어에서 무장 은행 강도짓을 한 죄로 구속되었다. 방학 중에 저지른 범죄였다.

하퍼드 카운티 대부분의 지역과는 달리, 에지우드 아스널이 가까운 탓에 드나드는 군인 가족 수가 급속도로 많아진 우리 동네 인구 분포는 다양했다. 다수의 아프리카계와 히스패닉 사람들이 에지우드에 살면서 학교에 다녔고, 이처럼 계몽되었다는 현대에도 그들의 존재에 부담을 느끼는 사람들이 있었다. 내가 운전을 하는 나이가 되었을 때 만나던 여자 친구 중 시외에 사는 몇 명은 에지우드의 파티나 스포츠 행사에 참석하지 못했다. 그들의 부모는 보통 변명으로 "기분 나쁘게 생각하지 말게."라고 했다. 나는 예의 바르게 미소 짓고는 그 말을 무시하고 그 여자 친구들을 데리고 갔다. 3학년 때, 에지우드 고등학교 라크로스[7] 팀이 학교 역사상 처음으로 주 전체에서 1등을 하자, 훨씬 더 부유한 근처 도시 폴스턴의 학생들이 관람석에서 "괜찮아, 상관없어, 너희들은 언젠가는 우리 밑에서 일할 거야!"라고 노래하며 우리를 조롱했다. 그런 엘리트주의 태도는 에지우드의 단합을 강화할 뿐이었다. 우리는 세상과 맞섰고, 그런 것이 좋았다. 우리는 단순한 지역사회 이상이었다. 우리는 가족이었다. 그렇다, 우리는 고급차를 타지도, 잘 손질한 정원이 딸린 저택에 살지도 못했다. 우리 부모는 컨트리클럽 회원도, 비즈니스 조직의 일원도 아니었다. 그들은 재향군인회와 학부모회 회원이었다. 그리고 나와 내 친구들에게 그건 얼마든지 좋았다. 노동계층 자부심의 근원이었고, 당연한 일이었으니까.

에지우드의 두 가지 특별한 기억이 내 영혼에 영영 새겨져 있다. 하나는 내가 겨우 다섯 살 때, 이곳으로 이사 온 지 얼마 안 됐을 때의 일이었다. 12월의 쌀쌀한 밤, 갓 내린 눈이 땅에 몇 인치 쌓여 있었다. 저녁 식사 후, 아버지와 나는 두툼한 겨울 코트를 입고 스키 모자를 쓰고 장갑을 끼고 부츠를 신고서 밖으로 나갔다. 집 앞 도로와 보도는 대부분 깨끗이 눈이 치워져 있었다. 핸슨 로드에 들어선 몇몇 주택의 창문과 지붕에는 크리스마스 장식등이 반짝였다. 다니는 차도 거의 없었고, 사방이 평화롭고 고요했다. 아버지와 나는 손을 잡고 별말 없이 투필로 로

---

7 긴 손잡이가 달린 라크로스 스틱과 공으로 하는 팀 스포츠.

드를 따라서, 체리 코트와 주니퍼 드라이브를 지나 걸어 베이베리의 큰 언덕 꼭대기 모퉁이에 다다랐다. 아버지는 왼쪽으로 돌아 언덕 아래를 내려다보셨다. 아버지를 보고 나도 따라 했다. 그리고 그 풍경에 깜짝 놀랐다. 거리 양편에 보이는 모든 집이 색색의 크리스마스 장식등을 밝혀 두었고, 그중 많은 수가 화려하게 깜빡였다. 하얀 눈이 쌓인 앞마당들이 빨강과 초록, 파랑과 노랑, 은빛과 금빛으로 물들며 만화경 같은 색색으로 반짝였다. 한 앞마당에서는 사람들이 모여 「고요한 밤」을 불렀고, 근처 어느 집 지붕 위에서는 하늘을 나는 순록에 에워싸인 플라스틱 산타가 부드러운 바람에 흔들렸다.

여기가 내가 사는 곳이구나. 그렇게 생각한 기억이 난다. *여기가 내 고향이야…… 그리고 마법 같은 곳이야. 여기서 절대 떠나고 싶지 않아.* 내가 황홀해서 숨도 쉬지 않는 것을 느낀 아버지는 내 손을 꼭 잡았다. 나도 손에 힘을 줬고, 좀 더 거기 서 있다가 우리는 다시 그 광경을 바라보며 길을 따라 내려왔다.

우연히도 내가 잘 간직해 둔 두 번째 특별한 사건 역시 눈 내리는 겨울 저녁에 일어났다. 나는 열다섯 살이었고, 친구들과 길고 쌀쌀한 오후 내내 우리 집 바로 아래 시더 드라이브 초등학교를 에워싼 언덕에서 썰매를 탔다. 가장 큰 언덕 꼭대기에 급수탑이 서 있었고, 그 길고 가느다란 다리를 보면 나는 평생 최고로 꼽는 영화 「우주 전쟁」에서 날뛰는 외계인의 위협적인 모습이 떠올랐다. 더 어릴 때는 그 급수탑이 나오는 악몽을 자주 꿨지만, 그때는 나이가 들고 용감해진 터라 친구들이 잠시 전 저녁을 먹으러 모두 집으로 돌아간 뒤에도 언덕 위에 혼자 남았다. 이웃 아이 몇 명이 나와 함께 남았지만 20분 정도 사이에 그 애들도 사라졌는데, 나는 노느라 정신이 없어 알아차리지 못했다. 배도 고프고 지치고 추웠던 나는 마지막으로 썰매를 한 번 더 타고 집으로 향했다.

급수탑 아래 작은 언덕 꼭대기에 다다랐을 때, 다시 눈이 내리기 시작했고 나무 사이로 멀리 세 블록 정도 떨어진 곳에 있는 우리 집이 보였다. 지붕 배수관을 따라 걸어 둔 붉은 크리스마스 장식등이 반짝였다. 집 앞 양쪽에 선, 커다랗고 가지가 무성한 나무들은 반짝이는 녹색 장식등으로 덮여 있었다. 큰 창과 작은 지하실 창문에서는 네모난 하얀 빛이 반짝였다. 나는 얼어붙은 듯 걸음을 멈추고 숨도 쉬지 않았다. 어머니가 주방에서 라디오의 크리스마스 노래를 따라 흥얼거리면서 저녁 식사를 준비하시고, 아래층 소파에서 아버지가 뉴스를 보며 카드로 솔리테어 게임을 하시는 모습을 떠올렸다. 내리는 눈을 맞으며 거기 꼼짝 않고 서서 주위를 둘러봤다. 핸슨 로드에는 달리는 차가 한 대도 없었고, 사람 한 명 보이지 않았으며, 내 젖은 코트에 눈송이가 톡톡 내려앉는 소리뿐, 온 세상이 완전히 고요했다. 외로운 느낌이었다. 어쩐지 울적했다. 우리 집을 다시 올려다봤다. 그리고 어린 나는 난생처음으로 깨달았다.

그 얼어붙은 공간과 시간 속에 서서 나는 주위 세상이 실제로 참 넓다는 것을, 그리고 언젠가는 고향이라고 부르는 그곳을 곧 떠나 나 혼자 모험을 떠나게 되리란 것을 깨달았다. 친구들도 사방으로 흩어질 것이며 몇 명은 다시는 보지도, 대화하지도 못할 것 같았다. 부모님과 형과 누나들은 나이가 들 것이고, 그들과도 결국 작별하게 될 터였다. 변하지 않는 것은 아무것도 없을 것 같았다.

숨이 턱 막히더니 문득 눈물이 나고 다리가 후들거렸다. 다섯 살 때로 불쑥 돌아갔지만, 곁에서 손을 잡아 주는 아버지가 없었다. 그 순간 괜찮을 것이라고, 나는 자라서 행복해질 것이며 언젠가는 작가가 될 것이라고, 내가 종이에 적는 글은 사람들이 이 세상을 이해하는 데 도움을 줄 거라고 다짐했던 기억이 난다.

눈보라를 맞으며 거기서 얼마나 더 서 있었는지 모르겠다. 기억나는 것은 어느 순간, 나도 모르게 썰매를 옆구리에 끼고 다시 걷기 시작하여 저녁 시간에 맞춰 집에 돌아갔다는 것뿐이다.

그 후로 그 순간을 종종 떠올렸지만 지금까지는 말한 적도, 글로 쓴 적도 없었다.

(이 장 첫 부분의 역사적인 내용 대부분은 두 권의 훌륭한 책, 제프리 젤브레이스의 『메릴랜드주 에지우드: 과거와 현재』와 조지프 F. 머레이, 아서 K. 스툼플, 에이미 L. 스툼플의 『미국의 여러 모습: 에지우드』에서 찾을 수 있다. 두 권 모두 강력 추천한다.)

위: 베이베리 드라이브와 에지우드 로드 교차로의 에지우드 메도스 단지 표지

위(왼쪽): 에지우드 아스널의 무기 시험(《볼티모어 선》 제공)

위(오른쪽): 옛 에지우드 기차역(《이지스》 제공)

왼쪽: 메이어스 하우스
(알렉스 밸리코 제공)

위: 시더 드라이브 군인 주택(저자 제공)

왼쪽: 에지우드 도서관
《이지스》 제공)

위: 핸슨 로드에 있는 저자의 집(저자 제공)

2장
첫 희생자

"따지고 보면 살인자들은
범죄 현장으로 종종 돌아가
자신이 일으킨 피해를 지켜보지 않는가?"

1

나타샤 갤러거를 처음 본 기억은 가족과 일요일 아침 미사에 갔을 때였다. 그때 내가 열두 살이었으니 나타샤는 여섯 살이었을 것이다. 형과 누나들이 모두 집을 떠난 뒤여서 그날은 부모님과 나만 교회에 갔고, 아버지가 볼티모어 콜트 경기 티켓을 갖고 계셨기에 10시 미사가 끝나자마자 재빨리 나갈 작정으로 일부러 뒷줄에 앉았다.

갤러거 가족은 몇 분 늦게 도착했다. 등 뒤에서 무거운 문이 끼익 열리는 소리가 들려서 어깨 너머를 돌아봤다. 어린 조시가 부모 사이에 서서 나처럼 신이 난 표정을 짓고 있었고, 나타샤는 옆에서 어머니 손을 잡고 있었다. 나타샤는 폴카 도트 무늬 원피스를 입고 긴 금발을 하나로 묶고 있었다. 그 가족은 가운데 통로를 조심스레 몇 걸음 걸어 들어와 목을 쭉 뽑고 앉을 자리를 찾았다. 아버지는 곧 이리 오라고 손짓하시며 어머니와 나를 성도석 가운데 쪽으로 밀었다. 갤러거 가족은 하나씩 우리 옆으로 다가와 앉았다. 모두 착석한 뒤, 나는 슬쩍 몸을 앞으로 숙이고 자세히 봤다. 조시는 졸린 눈으로 보더니 제임스 딘과 엘비스도 자랑스러워할 만큼 멋들어진 모습으로 나를 향해 고개를 끄덕였다. 그 애 왼쪽에 앉아 있던 나타샤는 잇새를 드러내며 활짝 웃었고 나를 향해 손가락을 꼼지락거리며 크게 손을 흔들었다. 나는 곧바로 자세를 펴고 앉아서 앞만 봤다. 얼굴과 귀가 달아올랐다. 나이와 상관없이 여자아이들은 모두 내게 그런 영향을 주는 것 같았다. 그것이 싫었다.

다음번에 나타샤를 본 것은 여름이었다. 나타샤는 우리 집 앞 보도를 따라 깡충깡충 달리며 두 팔을 머리 위로 들어 흔들면서 콧소리가 섞인 고음으로 「스쿠비두」 주제가를 불렀다. 그날 그 애는 내가 거기 있는지 모른 채 내게서 4미터 넘게 거리를 두고 스쳐 지나갔다.

지금은 베어 낸 지 몇 년 되는 오래된 참나무 한 그루가 앞마당 가운데 서 있어서 지나가는 차로부터 테라스를 편리하게 가려 주며 보도에 잎이 무성하고 두꺼운 가지를 늘어뜨렸다. 나는 그 나무에 기어올라서 보통 스티븐 킹의 책을 친구 삼아 지면으로부터 4미터쯤 위에 올라앉아 있는 버릇이 생겼다. 세상에 보이지 않는다는 느낌이 좋았다. 내가 꾸준히 흘러가는 차들과 이따금 지나가는 보행자들을 지켜보는 동안, 그들은 사실상 손만 뻗으면 닿을 수 있을 만큼 가까운 곳에 내가 있는지도 몰랐다. 나는 거기 숨어서 소리 없이 앉은 채 그들의 삶은 어떤지, 어디로 가는지, 행복한지 슬픈지 상상하면서 이런저런 생각을 했다.

「스쿠비두」는 어릴 적 내가 제일 좋아하던 일요일 아침 만화라서 나타샤가 부르던 가사를 나도 외고 있었는데, 함께 부를까 하다가 놀라게 하지 않으려고 잠자코 있었다. 그 애는 투필로 로드 모퉁이의 보도 끝에 닿자 걸음(과 노래)을 멈추더니 양쪽을 보고 길을 건넜다. 안전하게 반대편에 다다르자, 다시 뛰며 노래하기 시작했고, 더욱 활기찬 속도로 핸슨 로드를 계속 달려갔다. 책의 새로운 장(章)으로 넘어간 내가 고개를 다시 들어 보니 아이는 가고 없었다.

그해 여름 말, 나타샤와 그 애 친구 둘이 내 레모네이드 가판대에 들렀다. 셋이 모두 머리카락은 젖고 타월을 목에 두르고 있어서 수영을 하고 왔나 보다 싶었다. 친구 하나가 돈이 없다고 하자 나타샤는 작은 동전지갑을 꺼내더니 레모네이드 세 잔 값을 모두 냈다. 교회에서 본 때와는 달리, 수줍은 듯 눈도 맞추지 않고 한마디도 하지 않았다. 그러나 자전거에 다시 타더니 어깨 너머로 나를 돌아보고 말했다. "나중에 봐, 리치 리치." 그 애가 내 이름을 아는 것에 놀란 나는 그 자리에 서서 아이들의 뒷모습을 지켜봤다.

1982년, 고등학교 3학년 때 나는 그 애를 마지막으로 봤다. 크리스마스 휴가 전 주, 지미 캐버노와 나는 체육관 안 관람석 맨 윗줄에 앉아 있었다. 체육관에서는 에지우드와 벨 에어의 레슬링 선수들이 준비 운동 중이었다. 스피커에서 밴 헤일런의 음악이 울려 퍼졌다. 경기 15분 전, 홈팀 구역은 이미 가득 차 학생들이 모두 일어서 있었다. 지미는 내 옆에서 지미답게, 입에서 껌을 쭉 뽑아내 손끝에 빙빙 감아서 우리 앞 2학년 학생의 흐트러진 곱슬머리에 던지자고 부추기고 있었다.

체육관으로 들어오며 겨울 외투를 벗는 갤러거 씨를 내가 먼저 봤다. 부인과 딸이 추위 속에서 주차장을 가로질러 들어오느라 뺨이 장밋빛으로 달아오른 채 떨면서 그 뒤를 따랐다. 나타샤가 분홍색 스키 모자를 벗자 길고 반짝이는 구불구불한 금발이 어깨로 쏟아져 내렸다. 마지막으로 봤을 때보다 키가 더 컸고,

모두가 반할 소녀로 자라고 있었다. 오빠 조시가 있어서 중학교 남자아이들이 멋대로 그 애한테 덤비지 못해 다행이었다.

갤러거 씨는 모인 사람 중 누군가에게 손을 흔들었고, 그들 셋은 모두 한 줄로 체육관 반대편 응원석으로 걸어갔다. 반쯤 가다가 나타샤가 갑자기 방향을 바꾸더니 바닥 가운데 있는 에지우드 램스팀의 빨강과 하양 레슬링 매트 쪽으로 다가갔다.

그제야 조시가 매트 왼쪽 구석에 누워, 다리를 아래 접고 등과 팔은 불가능해 보이는 자세로 뻗고 있는 것이 보였다. 나타샤가 조시 앞에 서더니 뭐라고 말했다. 조시는 놀란 표정으로 올려다봤다. 그 애는 내 예상처럼 동생의 방해에 짜증을 내는 대신 환하게 미소 지으며 벌떡 일어나 동생을 끌어안았다. 포옹을 마친 뒤 그들은 하이파이브를 했고, 나타샤는 서둘러 부모님을 따라갔다.

그때 이렇게 생각한 기억이 났다. *여동생이 있다고 그렇게 나쁜 건 아닌가 보네.* 스피커에서 AC/DC의 음악이 나오자마자 그 생각은 사라졌고, 나는 아무것도 모르는 여학생의 머리카락에 껌을 붙이려는 지미를 말리는 일로 돌아갔다.

2

내가 대학에서 보낸 5년 동안, 나타샤 갤러거는 확실히 성장했다. 165센티미터의 키에 몸무게는 45킬로그램이 겨우 되던 나타샤는 재능 있는 타고난 체조선수였다. 그 애는 체조를 좋아했고 윌리엄 파카 비즈니스 센터의 하퍼드 체조경기장에서 일주일에 다섯 번 열심히 연습했다. 마루운동과 평균대가 특기였다. 나타샤는 치어리딩도 좋아했고 1학년생으로서는 유일하게 에지우드 고등학교 치어리더팀에 들어갔다. 나타샤의 가족과 친구들에게 나타샤에 대해 기억에 남는 일을 물어보면 아름답고 언제나 행복한 10대의 모습을 그려 줄 것이다. 나타샤는 시나몬 껌과 색색의 머리핀에 푹 빠져 있었고, 삶을 너무나 사랑했다. 그 애는 웃기 좋아했고, 남들을 웃겼다. 음치였지만 모인 사람들 중에서 가장 크게 노래했다. 어리바리하면서 늘 들떠 있었고, 조금도 자의식이 없던 나타샤는 그 나이로서는 드문 여자아이였다. 낙서를 하고 몽상하기도 즐겼다. 꽃을 좋아하고 어머니를 도와 정원도 가꿨다. 게다가 그렇게 유능한 운동선수치고 밖에서는 귀여울 정도로 서툴렀다. 땅에 쓰레기가 있으면 줍고 낯선 사람에게도 좋은 하루 보내라고 인사하는 아이였다. 영화를 보면서 자주 울고 남을 꼭 끌어안아 주는 사람이었다.

사망 기사에 그렇게 적혀 있었다.

3

메릴랜드 대학교 캠퍼스 외곽에 위치한 방 세 개짜리 아파트, 사람이 일으킨 재난 상태였던 그곳에서 룸메이트를 도와 가구를 꺼내다가 나타샤 갤러거가 살해됐다는 소식을 처음 들었다.

그날 아침 동전 던지기에서 졌기 때문에 우리 모두 먹을 중국 음식을 사러 가는 길에 자동차 라디오로 뉴스 단신이 들어왔다. 기자가 "에지우드 근교에 사는 소녀"라는 희생자의 성을 말할 때, 나는 그린벨트 로드에서 브레이크를 밟을 뻔했다. 잘못 들었기를 기도하며 아파트로 돌아가자마자 집으로 전화를 걸어 아버지와 통화했다. 아버지도 자세히 아시는 내용은 없었고, 정말 우리 이웃 나타샤가 맞는다는 사실만 확인해 주셨다. 통화는 짧고 우울했다.

저녁 뉴스와 이튿날 몇몇 지역 신문 1면에 온통 그 소식이 나왔다. 그날 오후 늦게, 나는 옛 친구 두어 명에게 전화를 걸어 나머지 이야기를 들었다.

내가 알게 된 것은 다음과 같았다.

이틀 전인 1988년 6월 2일 목요일, 15세의 나타샤 갤러거는 오후 9시까지 지하의 가족실에서 부모와 텔레비전을 보며 저녁 시간을 보냈다. 프로그램이 끝난 뒤 나타샤는 밤 인사를 하고 위층에 올라가 잘 준비를 했다. 여름 방학이라 9시는 잠자리에 들기 이른 시각이었지만 나타샤는 오후 내내 친구 집에서 수영을 해서 볕에 타고 피곤한 상태였다.

9시 10분경, 나타샤는 계단 위에서 두 번째로 밤 인사를 외쳤고, 갤러거 부부는 딸이 복도를 걸어가 자기 방 문을 닫는 소리를 들었다. 한 시간쯤 뒤, 그들은 티브이를 끄고 위로 올라가 현관문이 잠겼는지 다시 확인한 뒤 자러 갔다. 집에는 그들 셋뿐이었다. 레슬링을 하다가 어깨 부상을 입은 뒤 2학년 때 대학을 중퇴한 조시는 당시 근처 조퍼타운에서 타운하우스를 빌려 살면서 앤더슨 하드웨어에서 종일 일했다.

이튿날 아침, 캐서린 갤러거는 출근하는 남편을 배웅하고 식기세척기를 돌린 뒤에 주방 시계를 확인했다가 9시가 다 된 것을 보고 놀랐다. 나타샤는 휴가 간 이웃의 개를 돌보고 있었는데 늦잠을 자다니 그 애답지 않았던 것이다. *오늘 아침 주방 라디오 소리가 좀 컸지. 나타샤가 벌써 일어나 샤워를 하는데 못 들었나 봐.* 갤러거 부인은 이렇게 생각하며 복도를 걸어가서 딸이 일어났는지 확인하기로 했다.

욕실이 빈 것을 보고 화가 난 갤러거 부인은 나타샤의 방 문을 두 번 두드렸는데도 대답이 없자 문을 열고 안으로 들어갔다. 딸의 침대가 비어 있었다. 전날 딸이 꺼내 놓은 새 반바지와 티셔츠가 아직 책상 앞 의자에 걸려 있었다. 나타샤가 좋아하는 노란색 플립플롭이 침대 밑에 놓여 있었다.

화가 가라앉고 어리둥절해진 갤러거 부인이 돌아서다가 창문에서 이상한 점을 발견했다. 지난 한 주간 에지우드에 초여름 더위가 찾아와 기온이 30도를 웃돌았다. 나타샤는 아버지에게 중앙 에어컨을 켜자고 졸랐지만, 당연히 아버지는 거절하며 딸에게 설교했다. "7월 첫 주까지는 안 돼. 규칙 알잖아. 우리가 그렇게 부자니?" 나타샤는 부루퉁했지만 그것도 잠시뿐이었고 진심으로 화를 내지도 않았다.

갤러거 부인은 천천히 창가로 다가갔다. 창문은 거의 활짝 열려 있었고, 얇은 커튼이 후텁지근한 아침 바람에 흔들리고 있었다. 하지만 부인의 눈길을 사로잡은 것은 그것이 아니었다. 방충망이 없었던 것이다.

더 가까이 다가간 부인은 곧 창틀에서 동전 크기의 검은 자국을 발견했다. 자신도 모르게 손을 뻗어 그것을 만졌더니 손끝에 탁한 붉은색이 묻어났다. 부인은 손을 얼굴 가까이 들어 올렸다. *피랑 참 비슷하네 싶었어요. 부인이 나중에 경찰에 말했다. 하지만 확실히는 알 수 없었어요.*

갤러거 부인은 처음으로 당혹감이 차오르는 것을 느끼며, 붉은 것이 블라우스에 묻지 않도록 주의하면서 창틀에 기대서서 밖을 내다봤다. 바로 아래 잔디밭에 방충망이 놓여 있었다. 거의 반으로 휘어져 있었다.

가슴이 울렁거렸다. 갤러거 부인은 달려가고 싶은 것을 꾹 참고 주방으로 돌아가, 출근한 남편에게 전화를 걸었다.

그때가 오전 9시 7분이었다.

4

두 명의 경찰관이 오전 9시 20분, 처음으로 호손 드라이브의 갤러거 가족 주거지에 도착했다. 캐서린 갤러거가 집 앞을 서성이고 있었다. 얼굴에는 눈물 자국이 나 있었고, 두 손은 꼭 쥐고 있었지만, 부인은 그들에게 명료한 목소리로 차근차근 정보를 제공했다. 메릴랜드서 경찰관은 보고서에 부인이 "겁에 질리고 놀랐지만 완전히 침착했다. 전하는 사건 전말은 분명하고 일관성 있다."고 적었다.

경찰관 한 명이 갤러거 부인을 집 안으로 인도해 거실에서 기다리라고 부탁한 뒤, 나타샤의 방을 잠시 조사했다. 두 번째 경찰관은 옆 마당으로 갔고, 아무것도 건드리지 않으려고 조심하면서 열린 방 창문과 땅에 떨어진 망가진 방충망을 살펴봤다.

방충망을 살핀 경찰관이 집 앞으로 돌아올 때, 하퍼드 카운티 보안관 순찰차 두 대가 보도 앞에 섰다. 갤러거 부인에게 질문하러 안으로 들어가기 전, 그는 도착하는 다른 경관들에게 주변 지역 수색을 시작하라고 부탁했다. 그 무렵 이웃 몇 사람이 바깥 보도에 모여 있었다.

오전 9시 29분, 러셀 갤러거가 집에 도착해 캐딜락을 세우고 안으로 달려갔다. 이웃들은 집 안에서 성난 고함이 들렸다고 했고, 갤러거 씨가 딸 방의 범죄 현장으로 달려가는 것을 막아야 했다는 사실이 후에 알려졌다.

오전 9시 41분, 어머니에게서 역시 전화를 받은 조슈아 갤러거가 집에 도착했다. 그는 조퍼타운에서 평소 15분 걸리는 거리를 10분도 안 걸려 도착했다. 조시는 보도에서 기다리는 이웃 몇 명과 짧게 이야기를 나눈 뒤 안으로 들어갔다.

5

오전 10시 7분, 호손 드라이브에 경찰이 처음 도착한 지 45분도 안 되어, 하퍼드 카운티 보안관이 자택 뒤 숲에서 나타샤 갤러거의 시신을 발견했다. 나타샤는 전날 밤 잠자리에 들 때 입고 있었던 하늘색 반바지와 탱크톱 차림으로 발목을 겹치고 손은 무릎에 올린 채 나무에 기대어 앉아 있었다. 목 주위는 심한 타박상을 입고 부어 있었으며, 광대뼈에 금이 가고 두 눈에 멍이 들었고 오른손 엄지와 약지가 부러졌다. 검시관은 부상 대부분이 오랜 시간 싸우느라 생긴 것이라고 결론 내렸다. 그 싸움 중 일어나지 않은 일은 이것이었다. 왼쪽 귀가 알 수 없는 형태의 날카로운 칼날에 잘려 나간 것이었다. 무기나 잘린 귀의 흔적은 범죄 현장에서 발견되지 않았다. 예비 보고서에는 사인이 교살로 적혀 있었다. 사망 추정 시각은 미정이었다.

6

곧바로 소문이 퍼지기 시작했다.

이웃이 이웃에게 전화를 걸고, 뒷마당 울타리 너머로 혹은 커피나 차를 마시며 소문을 전했다. 낯선 사람과 친구 모두 술집에서, 샌토니 슈퍼마켓의 냉동식품 진열대에서, 또는 우체국에서 줄을 서서 기다리며 이야기를 나눴다. 아이들은 부모가 이야기하는 것을 듣고 그 내용을 운동장과 놀이터에서 퍼뜨렸다.

사건 사흘 뒤 집에 도착한 나는 이미 나타샤 갤러거에게 일어난 일에 관해 대여섯 가지 이론을 듣게 됐다.

가장 널리 퍼진 이야기는 에지우드의 정체불명의 팬텀 폰들러가 결국 몰래 숨어들어 만지는 것만으로 만족하지 못하고 냉혹하게 살해하고 신체를 훼손했다는 것이었다. 그가 그 짓을 조만간 다시 할 것이라는 추측도 퍼져 있었다. 지역 경찰은 재빨리 이 주장이 사실이 아니라고 반박했고, 주민들에게 경계하되 침착하게 지내라고 요청했다. 무슨 말이라도 하고 싶었던 경찰은 근 6개월 만에 처음으로 팬텀 폰들러 수사에 관한 놀라운 사실을 밝히기까지 했다.

하퍼드 카운티 보안관서의 벅 플레밍스가 말했다.

"현재로서는 아무런 연관이 없다고 생각합니다. 지금은 공개할 수 없는 다양한 이유로 이 범죄들은 두 명의 다른 인물이 저지른 것으로 믿고 있습니다. 사실, 긴 수사를 거쳐 최근 팬텀 폰들러의 정체를 밝혔다고 생각했습니다. 무관한 사건으로 한 용의자가 구속된 후 저희 범행이 중단됐고, 그래서 당시 문제의 남성을 저희가 찾던 사람이라고 판단했습니다.

해당 용의자는 잠시 풀려났다가 다시 구속됐습니다. 용의자가 풀려난 기간 동안 사건이 다시 시작되었기에 저희 추측이 옳았음이 확인되는 듯했는데, 재구속 후에도 사건이 계속됐습니다. 현재로서는…… 어떻게 받아들여야 할지 모르겠습니다."

플레밍스는 또 한 번 놀랍게도, 최근의 팬텀 폰들러 사건이 겨우 2주 전에 일어났지만, 보안관서의 요청에 따라 공개되지 않았음을 인정했다.

"전과 같은 방식이었습니다. 여성이 일어나니 침실에 한 남성이 서 있었습니다. 남성은 피해 여성의 머리카락과 얼굴을 만지고 있다가, 여성이 비명을 지르자 달아났습니다.

그래서 다시 원점으로 돌아왔습니다. 내내 같은 남성이었는지, 모방범이 돌아다니는 것인지는 알 수 없습니다. 변한 것이 별로 없다는 사실은 저희도 잘 압니다. 범인이 2주 전에 저지른 범행은 1986년과 1987년의 범행과 똑같습니다. 정확히 똑같은 방식이었고, 나타샤 갤러거 관련 사안과는 증거에 입각한 유사성이 없습니다. 하지만 저희 경찰이 이 끔찍한 사건을 해결하기 위해 24시간 수사 중인 것을 믿어 주십시오."

특히 심란한 또 한 가지 이론은 나타샤 갤러거의 아버지와 관련된 것이었다. 가까운 이웃 몇 명의 주장에 따르면, 러셀 갤러거는 딸의 시신이 발견된 뒤 며칠간 극도로 이상한 행동을 했다. 보통은 극기심이 강하고 강건한(지나치게 남성적이라고 말할 사람도 있었다.) 갤러거 씨는 그 후 48시간 동안 자리에서 일어나지도 못했다. 한 이웃이 주장했다. "정신이 나간 것 같았어요. 내가 거기 있는 동안 계속 울면서 '미안하다, 미안해.'라고 중얼거리기만 했어요. 눈이 너무 부어서 제대로 뜨지도 못하더군요."

처음에는 갤러거 부인이 온종일 집에 몰려드는 경찰관, 형사, 이웃, 기자들을 상대했지만 곧 조시가 나서서 선을 그었고, 플로리다주 올랜도에 사는 부인의 여동생이 그다음 주에 찾아와 도왔다. 갤러거 가족의 이웃집에 아주 오랫동안 살았던 로즈 엘리엇의 말에 따르면, 갤러거 부인은 남편을 입원시킬 생각까지 했다. 그 정도로 부인이 처한 상황이 극단적이었던 것이다.

대부분의 사람에게 갤러거 씨의 행동은 외동딸이 며칠 전 참담하게 살해되었다는 사실로 설명될 수 있었다. 그는 분명 절망에 빠졌고 상상할 수 없는 고통에 시달리고 있었다. 또한 나타샤의 죽음을 자기 탓으로 돌린 것으로 알려져 있었다. 결국 집 안에 에어컨을 켜지 못하게 한 것은 그였으니까. 운명의 밤, 나타샤의 방 창문이 열려 있었던 것은 그 때문이었다.

보험사에서 러셀 갤러거의 동료였던 프랭크 로건이 말했다.

"러셀이 딸의 살해에 어떤 관련이라도 있다고 볼 여지는 전혀 없어요. 관련이 있다는 주장은 완전히 터무니없고 무책임한 말이죠."

하지만 몇몇 다른 사람은 나타샤가 살해당하기 전 며칠 동안 갤러거 씨의 행동이 좀 이상했다고 바로 지적했다. 한 주민은 이렇게 말했다.

"정말 이상한 일이었어요. 바로 지난주에 나한테 싸움을 걸지 뭐예요. 갑자기 나더러 우리 개가 자기 집 마당에 용변을 보게 한다고 우기더라고요. 갤러거 씨 집 근처에서 15년간 살았지만, 우리 개가 그 집 잔디밭에 똥 누게 한 적은 한 번도 없었어요. 그 사람이 굉장히 화를 내길래 왜 저러나 싶었죠."

또 다른 호손 드라이브 주민도 비슷한 염려를 내놓았다.

"보통 말수가 적고 내색을 안 하는 사람이에요. 아, 친절하긴

해요. 인사로 손도 흔들고 '좋은 하루 보내요.'라고 말도 하죠. 그런데 최근에는 초조해 보이고 딴 데 정신이 팔린 것 같았어요. 그리고 평소보다 말이 훨씬 많았어요. 뭔가 숨기는 게 있는 것처럼."

다른 주민들은 곧바로 레니 백스터를 의심했다. 레니는 에지우드 로드를 따라 쓰레기를 줍고 일을 맡기는 사람이 있으면 마당을 손질해 주며 지내는, 훈장도 받은 베트남전 참전용사였다. 레니는 돈을 구걸한 적도, 남이 주는 돈을 받은 적도 없었다. 고등학교 근처의 페리 애비뉴에서 어머니와 함께 살았지만, 70년대 후반에 어머니가 돌아가신 후에는 주택 할부금을 낼 수 없어 집을 잃었다. 봄, 여름, 가을, 연중 대부분은 우체국 뒤 숲속에서 텐트를 치고 살았다. 그가 텐트 주위에 부비트랩을 설치했다는 설이 있었지만 나는 믿지 않았다. 내가 만난 사람 중에 그가 겨울에 어디로 가는지 아는 사람은 없었다.

레니의 문제는 이것이었다. 처음 보면 여자아이를 목 졸라 죽일 만큼 강해 보이지만 오래전 골반을 다친 탓에 다리를 크게 절었고, 긴 대화를 하기는커녕 말할 때 사람 눈을 제대로 보지도 못했다. 또 냄새가 심했고 치아를 거의 다 잃어 가고 있었다. 레니 백스터가 나타샤 갤러거를 집 밖으로 꾀어내 숲으로 들어갔다고 생각하기는 좀 어려웠다. 증거를 잔뜩 남기지 않고 그런 짓을 하기란 확실히 불가능했다. 오로지 편리에 입각한 가정일 뿐이었다. 레니 백스터가 그 범죄를 저질렀다면 이미 붙잡혔으리라는 데 한 치의 의심도 없었다.

몇몇 사람만 주고받는 소문들도 등장했다. 나타샤의 침실 구두 상자에 감추어 둔 일기장에 고학년 남자아이와 몰래 만난 이야기가 적혀 있다는 것도 있었다. 질투하는 여자 친구와 다툼이 계속되다가 갑작스러운 폭행이 있었다는 설도 있었다. 그런 이야기는 모두 뒷받침할 증거가 없었지만 그래도 예상대로 숙덕이는 사람들은 계속 있었다.

에지우드에 돌아간 첫 주에 나는 나타샤 갤러거 살해 사건에 대해 이야기하고자 하는 사람이라면 누구든 전부 만났다. 예전 친구들, 지인, 은행 직원과 우체국 직원, 오랜 이웃과 전혀 모르는 사람들까지. 남들의 이야기를 엿듣기도 했다. 그 사실이 자랑스럽지는 않았지만, 아무리 조금이라 해도 알던 여자애가 내가 자란 집 근처에서 살해됐다는 사실을 도저히 납득할 수 없었다. 마치 영화 같았다. 악몽 같았다.

7

장례식은 다음 금요일까지 연기됐다. 나타샤의 시신이 부검을 마치고 나오기를 기다려야 하기 때문이었고, 생각하니 그건 더럽게 끔찍한 일이었다. 어머니 말이 옳았다. 그런 일이 우리에게 일어난다면 어떨지 상상조차 할 수 없었다.

그때까지 내가 참석한 장례식은 몇 안 됐다. 숙부 두 분, 고등학교 3학년 때 암으로 돌아가신 친한 친구 어머니의 장례식이 전부였다. 그래도 그런 경우 어떻게 행동해야 하는지 알고 있었다. 우선 대화는 거의 없었고, 한다면 소리를 죽이고 손짓으로 대충 해야 했다. 둘째로 날씨가 참석자의 기분과 맞을 것이라고 예상했다. 어둡고 폭풍우가 치고 암울할 것이라고. 당연히 차가운 비가 내릴 것이라고 생각했다.

나타샤 갤러거의 장례식 아침은 화창하고 온화했다. 눈부시게 파란 하늘에 엷은 흰 구름이 흘러가, 해변에서 피크닉을 하고 연을 날리고 강에서 보트 타기 딱 좋은 날이었다. 잘못된 느낌이었다. 터무니없이 느껴졌다.

장례식은 윌로비 비치 로드의 프린스 오브 피스 성당, 나타샤를 처음 본 곳에서 치러졌다. 프랜시스 신부님이 너무나 엄숙하고 많은 사람이 참석한 미사를 집전했고, 일어난 일을 납득해 보려고 최선을 다했다. 신부님도 식을 가능한 짧게 끝내려고 한 것 같다. 그날 장례식의 고통과 쓰라림은 보통 장례식의 열 배는 족히 됐다.

부모님과 나는 옆집 젠타일 가족과 함께 앞쪽에 앉았다. 어머니와 노마는 설교 내내 티슈 뭉치를 주고받았다. 갤러거 부부와 조시는 우리보다 몇 줄 앞에, 나는 모르지만 친척이지 싶은 사람들과 앉았다. 주위에서 들은 이야기와 달리 갤러거 씨는 꿋꿋하고 차분해 보였다. 아마 그 무렵에는 눈물이 메말랐을 것이다. 갤러거 부인은 고개를 숙이고 가녀린 어깨를 떨면서 내내 흐느꼈다. 조시가 팔을 어머니에게 두르자 부인은 아들의 어깨에 머리를 기댔다. 그때 나는 카라가 함께 있었으면 싶었지만,

카라는 홉킨스에서 여름 계절학기 수업을 듣느라 첫 실험에 빠질 수 없었다.

갤러거 가족의 슬픔에서 눈을 돌리려는 이기적인 시도로, 나는 목이 뻐근한 척 성당을 둘러봤다. 거의 모든 자리가 차 있었다. 낯익은 이웃 수십 명.(대부분은 주름이 생기고 살이 붙었고, 살이 빠진 사람도 있었고, 모두 더 늙은 모습이었다.) 몇 년 동안 못 본 부모님 친구들, 예전 선생님과 코치, 고등학교 동창 몇 명이 보였지만, 어린 시절 가까웠던 친구는 아무도 없었다. 그들은 대부분 떠나고 없었다. 캐버노 가족은 제프리가 고등학교를 마치자마자 사우스캐럴라이나로 이사 갔다. 브라이언 앤더슨은 웨스트버지니아에 있는 대학교에서 여름 계절학기 수업을 듣고 있었다. 크레이그는 무엇을 하는지 알 수 없었다. 아무도 몰랐다. 스티브 사인즈는 공군에 입대해 메인주 북부에서 근무 중이었다. 칼로스 바르가스는 워싱턴DC 외곽에 살면서 엔지니어 일을 시작했다. 토미 노엘과 몇몇 친구들은 아스널에서 근무했다. 나머지는 대부분 민들레 꽃씨처럼 전국에 흩어졌다. 그렇게 생각하니 문득 슬펐다.

뾰족한 팔꿈치가 옆구리를 찌르는 것이 느껴져 돌아보니 아버지가 "집중해라"라는 낯익은 표정을 얼굴에 새기고 나를 빤히 쳐다보셨다. 나는 미안한 표정으로 고개를 끄덕이고 다시 프랜시스 신부의 말을 듣기 시작했다.

그러나 아버지가 꾸짖으시기 직전, 교회 뒤쪽에 처음 보는 남자 둘이 앉아 있는 게 보였다. 그들은 검은 정장을 입고 멍한 표정을 짓고 있었다. 쭉 내민 턱은 프랜시스 신부를 가리키고 있었지만, 두 눈은 사람들을 열심히 훑고 있었다. *경찰이구나.* 곧바로 든 그 생각에 견갑골이 선뜩했다. 충분히 납득이 되는 일이었다. 따지고 보면 살인자들은 범죄 현장으로 종종 돌아가 자신이 일으킨 피해를 지켜보지 않는가?

8

나타샤 갤러거의 장례식이 지나고 몹시 습한 여름날 동안, 몇 가지 흥미로운 전개가 벌어지기 시작했다.

까닭을 알 수 없었지만 나는 우체국이나 40번 도로에 있는 프랭크 피자나 에지우드 로드의 식료품점에 어머니 심부름을 갈 때마다 먼 길을 돌아 집으로 가고 있었다. 40번 고속도로에서 우회하는 24번 도로로 가거나 핸슨 로드로 곧장 다니는 대신, 뒷길을 선택해 통행이 적은 옆길을 지나서 결국 호손 드라이브로 들어서서 갤러거 가족의 집을 지나쳤다.

처음 지나갔을 때는 갤러거 씨가 막 차를 세우고 갈색 종이봉투를 들고서 내리는 중이었다. 나는 운전석에서 몸을 낮추고 가속 페달을 밟으며 그 집을 지나쳤다. 갤러거 씨 집 앞마당 나무에 크고 빨간 리본이 묶여 있었다. 나타샤의 방 창문 아래 옆 마당 일부에는 노란 경찰 테이프를 붙여 접근을 막고 있었다. 이틀 뒤 그곳을 다시 지나칠 때는 리본과 경찰 테이프가 모두 사라졌다. 그다음 주에는 나무 밑에 꽃다발과 촛불과 사진이 추모의 뜻으로 놓여 있었다.

나타샤의 집 앞으로 지나가기 시작한 이유는 나도 잘 모르겠다. 인간의 본성일까? 그럴지도 모르겠다. 음험한 호기심일까? 아마 그럴 것이다. 새로운 집착? 분명 그렇다. 그런 것을 인정하기 부끄럽지만 달리 설명할 방법은 없었다. 나는 깊고 검은 우물 같은 인간의 사악함을 들여다보는 이야기와 소설, 영화로 밤낮을 채웠다. 게다가 그런 재밋거리를 직업으로 삼고 싶었다. 그러니 그 방면에 대한 매료가 현실 세계로 옮겨 오는 것이 타당하지 않은가? 솔직히 잘 알 수 없었고, 생각하고 싶지도 않았다.

그 무렵 나는 칼리 올브라이트에게 전화를 걸기 시작했다. 내가 알기로 새빨간 안경을 쓰고 목소리가 너무 큰, 똑똑하고 명랑한 칼리는 카라의 어린 시절 친구였지만 특별히 가까운 적은 없었다. 그들 둘은 40번 도로 근처 대부분 물가에 위치한 동네, 롱 바 하버에서 이웃 사이로 자랐지만, 칼리의 가족이 에지우드 시내의 더 큰 집으로 이사하여 칼리가 1학년 중에 벨 에어의 사립 가톨릭 학교인 존 캐럴 고등학교로 전학을 가면서 멀어졌다.

그때 가우처 대학교를 졸업한 칼리는 에지우드로 돌아와 부모와 살면서 《이지스》 신문사에서 일했다. 칼리의 말에 따르면 중고물품 판매나 교회 바자회, YMCA의 무료 진료소 등을 알리는 안내문을 쓰는 것도 대체로 바쁜 일이었다. 거기에 이따금 부고나 고등학교 스포츠 관련 기사를 더하면 몹시 지루한 신참 기자가 탄생했다.

그리고 내가 처음 칼리에게 관심이 생긴 까닭이 바로 그것이었다. 의구심이 있기는 해도, 칼리는 실제로 활동하는 기자였다. 돌아다니며 기자실에 드나들고, 전보 서비스를 사용하고, 수십 년간 큰 사건을 취재한 노련한 기자들을 만날 수 있었다. 나는 칼리가 겨우 스물두 살이지만 진짜 신문사에서 정규직 월급을 받는다는 사실에 매혹됐다. 우습게도 칼리 역시 나와 내 메릴랜드 대학교의 화려한 학위에 비슷한 감정을 품고 있었고 ("그 학교 언론정보학과는 미국 전체에서 3위 안에 들잖아."라고 파티에서 내게 말한 적이 있었다.) 단편을 몇 편 판 경력에 대해서는 더욱 그랬다. 그렇다, 우리는 서로 좀 우러러보는 사이였다고 할 수 있고, 그 후 몇 주간 칼리는 소중한 정보원이 되어 주었을 뿐 아니라 믿을 만한 좋은 친구도 됐다.

수사 과정이 모두 비밀로 유지된 것은 아니었다. 그 주 초, 나타샤 갤러거가 살해 전후에 성폭행을 당하지는 않았다는 보도가 나와서 지역 전체가 안도했다. 사망 시각도 자정 직후로 좁혀져, 나타샤가 위층에 자러 올라간 직후 집에서 데리고 나갔음을 시사했다.

다투는 소리는커녕 그 어떤 소리도 부모가 듣지 못했는데 나타샤를 집 밖으로 빼낸 *과정*이 모두가 궁금해하는 두 번째 질문이었다. 물론 첫 번째는 *누가 이 끔찍한 범죄를 저질렀는가*였다.

경찰은 아무 대답도 내놓지 않았다. 가장 평범한 가설은 당연히 나타샤가 범인을 알고 자발적으로 방을 나섰다는 것이었다. 그리고 경찰에서도 언론에서도 그 살인 사건에 관련된 새로운 정보를 내놓지 않고 하루하루 시간만 지나갔다.

《볼티모어 선》기자에게 질문을 받고 에지우드의 오랜 주민 마사 블랙번이 말했다.

"답답하네요. 알려 주는 거라곤 '현재 수사 중이며 24시간 여러 실마리를 좇고 있습니다'뿐이에요. 뭐, 물론 그러겠죠. 2주 전에 우리 동네 애가 살해당했어요. 수사를 안 하면 뭘 하겠어요?

정말 궁금한 건, 용의자가 있냐는 거예요. 이 동네 사람인지, 아니면 외지인인지? 또 그런 짓을 저지를지? 나도 애가 셋이거든요……."

한편 우리 집에서 어머니는 그 일에 대해서 말도 제대로 하지 못하셨다. 몇 번 관련 대화에 참여하면 어머니는 반드시 울음을 터뜨리며 결국 누워야겠다고 하셨다. 하지만 아버지에게는 나름의 가설이 있었다. 아버지는 범인이 나타샤가 대충 아는 사람이었고, 기꺼이 따라나설 만큼은 아니었지만 그자가 먼저 나타샤의 방 창문으로 기어 올라갔을 때 놀라서 고함을 지를 정도는 아닌 사이였다고 믿으셨다. "아마 이 근처 도시에 사는 사람일 거다. 이웃은 아니고. 또, 리치 네 나이 또래의 젊은이일 가능성이 높지." 아버지는 방에 들어간 범인이 클로로포름 같은 약품을 사용해 나타샤를 기절시킨 뒤 창문을 통해 숲으로 나타샤를 데려갔을 것이라고 확신하셨고, 경찰이 YMCA 수영장 인명구조원이나 상점 점원 같은 사람을 살펴보고 나타샤가 지역 여름 캠프에 참가했는지를 확인하여 캠프 지도교사도 조사해야 한다고 주장하셨다.

나는 훌륭한 가설이라고 생각했지만(솔직히 들은 것 중 제일 나았다.) 나타샤의 부검 중 화학물질이나 약품이 나왔다고 공개된 적이 없었고, 경찰 보고서를 보지 않고는 확실히 알 수 없었다. 하지만 그 외에는 매우 납득이 가는 이야기였다. 대부분의 열다섯 살짜리 아이들은 부모가 날마다 보는 것과는 매우 다른 삶을 산다. 입 밖에 내지 않은 말, 표현하지 않은 생각, 크고 작은 비밀, 모두 10대 청소년의 것이었다.

처음에는 아버지가 그렇게 많은 생각을 찬찬히 하셨다는 사실에 놀랐지만, 나중에 보니 놀랄 일이 아니었다. 내게 하드보일드 탐정소설에 대한 애정을 물려준 사람이 바로 아버지였다. 아버지는 지하실 책장에 골드 메달 페이퍼백[8] 걸작선을 모아 두는 분이었다. 아버지는 티브이로 방영하는 옛날, 흑백 탐정영화를 사랑하셨고 나중에 다시 보려고 녹화도 자주 하셨다.

아버지도 퇴근길에 한두 번은 먼 길로 돌아오시지 않았을까, 나는 이내 궁금해졌다.

9

당시 경찰도 언론도 공개하지 않은 한 가지 매혹적인 사안이 있었다. 사실 몇 주 뒤 칼리가 무심코 그 이야기를 꺼내 여러 가지 내용을 확인시켜 주기 전까지, 그것을 아는 기자가 있었는지

---

8 1950년 포싯 출판사에서 출간해 큰 성공을 거둔 문고판 시리즈.

도 모르겠다. 나는 그때 수사에 깊이 관여한 모 수사관의 지인에게서 처음 그 이야기를 들었다. 버드 라이트 맥주를 평소보다 조금 많이 마신 그가 불쑥 말해 버렸다. 그때 나는 비밀을 지키기로 맹세했고, 칼리가 따로 내게 털어놓은 뒤에도 약속을 지켰다. 칼리의 말을 잠자코 듣기만 하면서 처음 듣는 척했다. 나는 그렇게 하는 데 특별한 재능이 있다는 것을 알게 됐다.

특종의 내용은 다음과 같았다. 나타샤 갤러거의 시신이 발견되던 날 아침, 구경꾼과 경찰관 서너 명이 갤러거 가족 집 앞에서 이상한 것을 목격했다. 누군가가 보도에 파란 분필로 사방치기 선을 그어 놓은 것이었다. 일반적으로 1에서 10까지 순서대로 적는 대신, 그 사람은 네모 안에 모두 3을 써 놓았다. 형사들은 갤러거 씨 부부와 딸 친구들에게서 나타샤가 10세 생일 이후 사방치기를 한 적이 없음을 확인했다. 집 차고나 나타샤의 침실에서는 어떤 색깔의 분필도 나오지 않았다. 갤러거 가 주위의 주택 네 곳에 사는 어린아이들과, 그 거리 더 멀리 사는 아이들도 그 선을 그린 적 없다고 했다.

형사들은 나타샤 갤러거나 그곳에 사는 다른 어떤 아이도 보도에 사방치기 선을 그리지 않았다고 확신했다.

그렇다면, 누가 그린 것인가?

그리고 그게 의미가 있다면, 어떤 의미인가?

오른쪽: 나타샤 갤러거
(캐서린 갤러거 제공)

왼쪽: 나타샤 갤러거
(캐서린 갤러거 제공)

오른쪽: 갤러거 거주지 앞 보도에
그려진 사방치기 선
(로건 레이널즈 제공)

위: 갤러거 가 범죄 현장(《이지스》 제공)

위: 나타샤 갤러거의 침실 창문에서 떨어져 망가진 방충망(《이지스》 제공)

위: 갤러거 거주지 뒤쪽 숲(저자 제공)

위: 나타샤 갤러거의 시신이 발견된 위치(저자 제공)

3장
케이시

"만약에 정말로 부기맨이 있으면?"

1

열다섯 살 동갑인 케이시 로빈슨과 라일리 홀트는 시더 드라이브 초등학교 시절부터 친한 친구 사이였다. 그들은 두 블록 거리의 집에서(케이시는 체리 로드의 넓은 목장집, 라일리는 베이베리와 투필로 교차점에 위치한 이층 주택에서) 자랐고 둘을 처음 보고 자매지간이라고 여기는 사람도 많았다. 두 아이 모두 긴 검은 머리와 커다란 갈색 눈, 밝고 편안한 미소, 그리고 더욱 밝은 성격의 소유자였다. 케이시와 라일리는 중학교 시절에 약속했다. 졸업 후 함께 클렘슨 대학교에 가고(그 학교의 상징인 주황색은 케이시가 가장 좋아하는 색이었다.) 수의사 일을 시작하기 전 함께 세계 여행을 하자는 것이었다. 그로부터 5년 뒤에는 같이 저금을 모아 동물병원을 차리기로 했다. 아이들이 한 해 중 가장 좋아하는 때는 여름방학이었다. 서로의 집에서 늦게까지 놀다가 함께 자도 된다는 허락을 받았기 때문이다. 그들은 영화를 보고 보드게임을 하고 얼마 전부터는 남자아이나 예쁜 옷에 대해서도 많이 이야기했다. 라일리는 외동딸이었고 여름날 저녁이면 떠들썩하면서도 애정이 가득한, 정신없는 로빈슨 가족 집 분위기를 좋아했다. 케이시는 한 살 많은 오빠와 여동생 둘이 있었다.

18일 전의 사건에도 불구하고, 라일리는 1988년 6월 20일 월요일 오후 9시가 몇 분 지나서 로빈슨 가족의 집 초인종을 누를 때 염려하지 않았다. 사실 라일리는 친구 집에서 팝콘을 만들어 영화 「그리스」를 50번째로 보며 그날 밤을 보낼 계획이었으므로 특히 기분이 좋았다. 둘 다 존 트라볼타가 좋아 어쩔 줄 몰랐다.

"어이, 왔구나." 웃으며 현관문을 연 로빈슨 씨가 핑크색 엘엘빈 배낭을 어깨에 걸머지고 선 라일리를 발견했다. 라일리의 뒤를 본 그의 미소가 살짝 흔들렸다. "케이시랑 함께 온 거 아니니?"

"함께 왔어요. 저희 집에서 티브이를 보고 카드 게임을 하다가 여기로 왔어요."

로빈슨 씨는 이렇게 말하듯 양손을 들어 보였다. 그럼, 대체 그 애는 어디 있지?

라일리가 키득거렸다.

"제가 안경을 깜빡하는 바람에 집으로 달려가서 가지고 왔거든요. 다시 밖으로 나오니까 케이시가 안 보였어요. 혼자 먼저 갔나 보다 했어요."

로빈슨 씨가 돌아서서 문 안을 들여다보며 말했다.

"여보! 케이시 왔어?"

로빈슨 부인의 목소리가 집 안 어딘가에서 작게 들려왔다. "안 온 거 같은데!" 잠시 후에 부인이 다시 말했다. "제니가 걔 라일리 집에 갔대!"

로빈슨 씨는 라일리에게 돌아서서 어깨를 으쓱였다.

"여기 없는데."

"이상하네요."

"오는 길에 다른 아이 집에 갔을까? 릴리네?"

"그런가 봐요. 그런데 오늘 밤에 같이 놀기로 했는데. 저랑 둘이서만."

로빈슨 씨가 이상한 표정을 지었다.

"네가 안경 가지러 갔을 때, 케이시가 어디 있었지?"

"저희 집에서 두 번째 집이요. 크로프트 집 앞이요. 3~4분 만에 다시 나왔어요."

"그럼 다른 사람은 못 봤니? 차를 타거나 걸어가는 사람은?"

로빈슨 씨 목소리가 높아지고, 말 속도도 빨라졌다.

"아뇨." 라일리가 재빨리 대답했다. "그러니까…… 못 본 거 같아요. 사실 자세히 보지도 않았어요." 그러더니 손으로 입을 막았다. "어머, 설마 누가……."

"나도 모르겠구나."

로빈슨 씨가 현관에서 걸어 나가 어두워진 주위를 살피며 말했다. 거리에 움직이는 차는 없었다. 보이는 사람도 없었다. 멀리 어딘가에서 개가 짖고 있었다.

"경찰에 신고해야 할 거 같아요."

"좀 더 기다려 보자." 로빈슨 씨는 마당을 가로질러 라일리의 집을 향해 달리기 시작하더니 어깨 너머로 말했다. "안으로 들어가서 아줌마한테 내가 케이시를 찾으러 간다고 하렴. 데이비드에게 차를 타고 오라고 하고."

고개를 끄덕이고 울음을 터뜨린 라일리는 집 안으로 들어가다가 로빈슨 씨가 케이시의 이름을 외치는 소리를 들었다.

2

홀트 가족의 집 앞에 닿았을 무렵, 로빈슨 씨는 할리데이비슨 티셔츠를 흠뻑 적신 채 헉헉거리고 있었다. 그의 집에서 400미터쯤 될까, 멀지 않은 거리였지만 그는 몸이 무거웠고 내내 전속력으로 달렸다.

딸의 흔적은 아무 데도 없었다.

그러자 그는 두려워졌다.

"케이시!"

양손을 입 주위에 대고 다시 외쳤다. 대답은 개 짖는 소리뿐이었다.

돌아서서 다시 집으로 돌아가는 길에 그는 주위를 자세히 관찰하면서 천천히 이동했다. 망할 관목숲이 어찌나 많던지. 사람이 숨을 만한 울타리와 나무가 너무 많았어요. 그가 나중에 경찰에 한 말이었다.

텅 빈 거리에서 그가 불쑥 소리 내어 말했다.

"젠장. 홀트 씨네 집에 가 볼걸. 그 애가 라일리를 찾으러 돌아갔을지도 모르는데……."

그러나 '그것'을 보고, 하던 말이 목구멍에서 잦아들었다. 6미터쯤 앞, 가로등이 드리운 동그랗고 하얀 불빛 속에 신발 한 짝이 있었다.

그는 재빨리 달려가 경찰이든 증거물 훼손이든, 그 무엇도 생각할 겨를 없이 딸의 귀여운 얼굴만 떠올리면서 짐작이 틀리기를 기도하며 그것을 집어 들었다.

하지만 짐작은 틀리지 않았다.

그것은 케이시의 연두색 척 테일러 하이톱 운동화 왼쪽이었
다. 그 운동화를 신고 다녀서 케이시는 아일랜드 꼬마요정이라
는 별명으로 불렸더랬다. 딸의 신발을 가슴에 꼭 안고, 로빈슨
씨는 집을 향해 달려 나갔다.

3

벨리코 형제는 케이시 로빈슨의 집 바로 아래 살았고, 나는
그날 밤 있었던 일을 그중 형인 알렉스에게서 대부분 들었다.
자주 낚시와 게잡이를 함께 갔고 2주에 한 번 금요일 밤에는 함
께 볼링 경기를 할 정도로 로빈슨 씨와 친했던 알렉스의 아버
지는 그에게서 모든 내용을 직접 들었다. 알렉스의 아버지는 그
이야기를 며칠 뒤 철물점 가는 길에 아들에게 이야기했고, 알렉
스는 아버지가 그렇게 절망한 모습도, 목소리도 처음이라고 내
게 말했다. 그때 알렉스는 정말 경악한 상태였다.

그날 밤의 나머지 이야기는 칼리 올브라이트, 다양한 뉴스 보
도, 주 경찰서와 보안관서 사이 실제 무전 내용으로부터 알게
됐다.

한 주 전, 나는 아버지가 아무 데나 둔 25퍼센트 할인 쿠폰을
가지고 에지우드 쇼핑 플라자에 있는 라디오 셰크 전자기기점

에 가서 경찰 무전 수신기를 샀다. 주로 밤에 글을 쓰면서 무전 내용을 들었다. 그 주에 불쑥 저녁을 먹으러 온 메리 누나가 그런 짓은 병적이라고, 내가 마치 허리케인 철에 날씨 채널 기자처럼 무의식적으로 무슨 일이 벌어지기를 바라는 것이라며 투덜거렸다. "그 사람들은 흥분한 걸 감추지도 않아. 엽기적이라고."

내가 경찰 무전 수신기를 산 이유에 관해서 누나의 설명이 옳지는 않았지만, 그렇다고 틀리지도 않았다. 나쁜 일이 일어나기를 바란 것은 아니었지만…… 무슨 일이 벌어지기를 기다리기는 했다. 무엇인지, 언제인지는 몰라도, 나는 분명 *예상하고* 있었다. 주위에서 온통 느껴졌다. 곧 위협이 닥치리라는 불안한 예감. 긴 여름날이 지나가면서 내 머릿속에 같은 말이 자꾸만 떠올랐다.

폭풍우가 오고 있다.

4

애런 허버드 경관은 시더 드라이브 초등학교 인근 지역을 아주 잘 알았다. 열 살 때 가족이 오하이오에서 에지우드로 이주해서 그는 그 학교를 한 해 다닌 뒤 졸업하여 중학교에 진학했다. 10대 때는 시더 드라이브 주위의 풀밭을 수없이 돌아다니며 야구와 농구, 축구를 하고, 술래잡기와 전쟁놀이, 깡통차기를 했다. 바로 언덕 위 군인 주택에 사는 친구도 많아서 학교가 끝나면 자주 거기로 가서 놀기도 했다. 그 초등학교, 유치원 건물, 근처 운동장을 에워싸는 2.5킬로미터 도로에서 아버지의 5단 기어 스바루를 수동 변속기로 운전하는 법을 배우기도 했다.

케이시 로빈슨이 실종한 밤, 허버드 경관은 어릴 적 뛰놀던 곳을 수색했다. 주위 도로를 서너 번 돌면서 보통 관심을 갖는 곳인 그림자에 감춰진 문간이나 창문, 길 건너 도로 끝에 면한 새카만 수목한계선, 여기저기 흩어져 있는 대형 쓰레기통 뒤, 주차된 버스 사이에서는 속도를 늦추고 순찰차에 장착한 스포트라이트를 비췄다.

모든 것이 정상으로 보여서 그는 차를 초등학교 주차장 안으로 몰고 서(署)에 있는 셜리 래퍼티에게 남은 수색은 걸어서 순찰을 마치겠다고 무전으로 알렸다. 그는 오후 11시 27분, 손전등을 들고 차량에서 내렸다.

인근 세실 카운티에서 30년 이상 봉직하고 메릴랜드주 경찰에서 얼마 전 은퇴한 허버드 경관의 아버지는 아들에게 걸어서 야간 수색을 할 때 중요한 점을 확실히 가르쳤다. 1950년대 후반, 부친 허버드 씨는 경찰이 된 지 2년째였을 때, 창고 하역장에서 한창 도둑질 중이던 현행범을 막다가 죽을 뻔한 적이 있었다. 경찰학교에서도 이런 상황을(그리고 온갖 대치 시나리오를) 아주 자세히 다뤘지만 허버드 씨는 혹시 모르니 외아들에게 단단히 이르며 가르침을 주었다.

"순찰차에서 발을 내딛는 순간, 너는 노출된다. 그리고 노출되면, 어떻게 되지?"

"위험하죠."

아들은 확고하고 자신만만한 목소리를 내려고 최선을 다하며, 성실하게 대답하곤 했다. 그는 아버지가 자신을 염려하는 것을 알았고, 그런 염려가 사람을 얼마나 힘들게 하는지 직접 보고 배웠다. 어머니가 바로 그 증거였다.

위험하죠. 초등학교 뒤쪽으로 천천히 걸어가던 허버드 경관의 머릿속에 이 한마디가 떠올랐다. 그는 왼손에 든 손전등을 비춰 밝은 빛으로 앞의 어둠을 갈랐고, 오른손은 무기 위에 올리고 있었다. 그는 최대한 소리 없이 움직였다.

건물을 한 바퀴 돌고 서너 개의 문이 잠겼는지 당겨 보고 확인한 뒤, 허버드 경찰관은 야구장과 놀이터가 있는 언덕 위로 올라갔다. 바로 몇 년 전 개축한 야구장에는 새로 지은 더그아웃과 전기 스코어보드가 달려 있었다. 외야선 아래, 파울볼 구역에 뻗어 있는 놀이터는 거의 4000제곱미터에 달하는 공간을 차지했다.

허버드 경찰관은 1루 쪽 더그아웃에 손전등을 비춰 숨어 있는 사람이 없는지 확인한 뒤 투수 마운드로 가서 상대 팀 벤치 구역을 확인하려고 했다. 그곳도 비어 있는 것을 보고 소리를 내지 않으려고 노력하며 문을 빠져나가 놀이터로 들어섰다.

손전등 불빛으로 그곳을 훑다가 그는 두 개의 미끄럼틀 중 높은 곳 바닥에 누워 있는 여자아이를 곧바로 목격했다. 소녀의 뜬 눈은 튀어나와 있었다. 가는 팔은 가슴 위에 겹쳐져 있고, 맨발은 땅바닥에서 몇 센티미터 위에 떠 있었다.

아버지가 끊임없이 주입하던 경고가 다시 떠올랐다. *위험하다.*

무기를 꺼내고 어둠을 살피면서 허버드 경관은 가슴팍에 걸린 무전기를 켜, 셜리에게 케이시 로빈슨을 찾았다고 알렸다.

5

이튿날 아침 일찍, 지역 방송국 네 곳은 모두 그 놀이터에서 실시간 속보를 전했다. 그때는 이미 케이시 로빈슨의 시신을 옮긴 뒤였지만, 볼 것은 여전히 많았다. 십수 명의 제복 경찰과 형사들이 현장에 남아 웅크리고 앉아서 실마리를 찾아 흙을 뒤졌고, 다른 이들은 주위에 모여 서서 이야기를 나눴다. 시더 드라이브로 들어가는 양쪽 접근로는 민간 차량에 막혔지만, 임시 바리케이드 뒤에 구경꾼이 대거 모여 모닝커피를 마시고 담배를 피우고 있었다. 몇 명은 일회용 카메라로 사진을 찍었다. 그들은 모두 거기까지 걸어갔다. 핸슨 로드 갓길에 차를 세우고 걸어간 사람도 많았고, 근처 집에서 간 사람들도 있었다.

뉴스 진행자들(여자 셋, 남자 하나)은 엄숙한 표정을 짓고 경건히 낮은 목소리로 속보를 전했다. 30분 전, 보안관서 대변인이 짧은 성명서를 제공했지만 희생자의 신원은 밝히지 않았다.

그렇지만 모여든 구경꾼과 집에서 넋을 놓고 티브이를 보던 시청자 사이에 의심의 여지는 별로 없었다. 에지우드 같은 소도시에서는 소문이 빠르게 퍼졌다.

저녁 식탁을 치우고 저녁 뉴스가 지역 전파를 탔을 무렵, 비극적인 사실이 확인됐다.

사망자의 신원은 케이시 린 로빈슨, 메릴랜드주 에지우드에 거주하던 15세 소녀로 공식 확인됐다. 오후 10시에서 자정 사이에 케이시는 신원 미상의 범인에 의해 살해됐고, 부상의 성격과 시신의 배치는(그 무렵 모든 방송사에서는 "포즈"라는 말을 쓰고 있었다.) 나타샤 갤러거의 경우와 굉장히 유사했다.

그러나 이튿날 아침《볼티모어 선》에 실린 긴 기사를 읽고 나서야 얼마나 끔찍한 범죄인지 제대로 알 수 있었다. 경찰 대변인의 발표에 따르면, 케이시 로빈슨은 안면 및 두부 부상을 여러 군데 입었으며 손과 팔에 방어흔이 있었다. 가슴 한쪽에는 깊은 잇자국이 남아 있었고, 왼쪽 귀는 잘려 나갔다. 공식적인 사인은 교살이었다.

성폭행에 대한 언급은 없었다. 그것은 나중에 나왔다.

6

그 주 수요일 아침에 나온 주간지《이지스》에는 더욱 어두운 뉴스가 실려 있었다. 1면 맨 위에 굵은 헤드라인이 이렇게 외쳤다.

에지우드 소녀 두 명 사망 — 부기맨의 소행인가?

그 아래 중앙에는 케이시 로빈슨과 나타샤 갤러거의 커다란 흑백사진이 있었다. 두 아이 모두 웃고 있었다. 갤러거 가족은 그 기사에 대한 논평을 거절했지만, 로빈슨 부인은 할 말이 많았다.

"5월로 거슬러 올라가서, 방학 전 마지막 주에 있었던 일이에요. 제일 아래 두 딸이 한 방을 써요. 일곱 살 된 제니는 상상력이 풍부해서 자주 무서운 꿈을 꿔요. 특히 티브이에서 심란한 걸 보면 그러죠.

제니가 한밤중에 우리 방에 오더니 남편에게 부기맨이 창문으로 들어오려고 한다고, 그때부터 우리랑 같이 자게 해 달랬어요. 우리는 부기맨 같은 건 없고 나쁜 꿈을 꾼 거라고 했지만, 그날만은 특별히 함께 자자고 했죠.

이튿날 아침 식사를 할 때 평소처럼 밝아진 제니는 자기 직전에 티브이에서 범죄 드라마를 봤다고도 했어요. 그 후로 그 일을 사실 잊고 있었어요. 나타샤 갤러거의 소식을 듣기 전까지는.

그 시점에 남편이 경찰서에 전화를 걸어 그 이야기를 전부 했어요. 형사들이 그날 오후 집에 와서 마당을 살피고 지문을 확인했어요. 아무것도 찾지 못해서 우리 생각이 맞는 것 같다고, 딸이 아마 악몽을 꾼 것 같다고 하더군요.

하지만 만약에 우리가 다 틀리고 제니가 맞는다면 어쩌죠? 그날 밤에 누가 정말로 그 애 방 창문으로 들어오려고 했다면? 만약에 정말로 부기맨이 있으면…… 그자가 돌아와 케이시를 잡아갔다면 어쩌죠?"

7

장례식은 토요일 아침이었다. 그날은 잿빛 하늘에서 비가 계속 내렸고 하늘 멀리서 천둥이 우르릉거렸다. 나는 참석하지 않았지만, 부모님은 노마와 버니 젠타일 부부와 차를 함께 타고 가셨다. 여름 감기에 시달리던 나는 그날 아침 나이킬 감기약과 레몬맛 인후염 캔디에 취해 잤다. 게다가 로빈슨 가족의 아이들은 나보다 훨씬 어렸고, 로빈슨 씨는 전혀 알지 못했으며, 부인은 어느 해 여름 슈퍼마켓에서 일하다가 잠시 본 것이 전부였다. 살인 사건을 자꾸 떠들어 대던 나를 무관심한 표정으로 참아 주던 카라는 내가 가지 않을 핑곗거리를 대는 것뿐이라고 했고, 그 말이 아마 옳았을 것이다. 젠장.

그 전날, 우편함에서 그해 여름 처음으로 단편을 팔게 되었음을 알리는 원고 수락 편지를 받았다. 단편의 제목은 「장미와 빗방울」이었고, 작은 농촌에서 일어난 일련의 알 수 없는 살인 사건을 다룬 이야기였다. 이 이야기에 등장하는 악당은 초자연적인 존재였으며 늘 명함처럼 붉은 장미 한 송이를 남겼다. 그 단편을 사 준 잡지 제목은 《뉴 블러드》였다. 지난 18개월 동안 거기에 글을 실으려다 열 차례 넘게 거절을 당했으니, 그 소식에 기뻐 어쩔 줄 몰라야 했다. 하지만 나는 그 일을 카라 이외에는 아무에게도 말하지 않았다. 사람들이 무슨 내용이냐고 물으면 사실대로 말하기 부끄러울 것 같았다.

그날 아침, 부모님이 케이시 로빈슨의 장례식에서 돌아오시기 전에 나는 침대에서 겨우 빠져나와 윌로비 비치 로드의 세븐일레븐까지 차를 몰아갔다. 딸기 슬러피가 너무 먹고 싶어서 가는 것이라고 생각했지만 사실은 아니었다. 에지우드에서 소도시 특유의 전통적인 잡화점 역할을 하는 데가 하나 있다면 바로 그곳이었다. 다만 에지우드의 노인들은 구식 난로 주위에 아침마다 모이는 대신, 세븐일레븐 뒤에 길게 늘어선 자동 커피 머신 앞에서 새로운 소식과 소문을 주고받았다.

어느 날 아침이든 대여섯에서 여남은 명이 그 뒤에 모여 김이 모락모락 나는 커피를 홀짝이며 필터 없는 담배를 뻐금거렸다. 평균 연령은 60대였다. 직업은 전기기사에서 변호사, 은퇴한 교수, 경찰관까지 다양했다. 하루도 빠지지 않는 핵심 단골 서넛이 있었다. 브라이언과 크레이그의 아버지 프레드 앤더슨도 그중 하나였다. 그는 늘 그 뒤에서 어울렸고, 그날 아침도 예외는 아니었다.

나는 앤더슨 씨를 보자마자 인사를 건넸고 슬러피 기계를 잘못 다루는 척하면서 내내 엿들었다. 대화 주제는 장례식이었다. 모인 남자들의 부인 대부분이 그곳에 참석 중이었으니까. 나는 사람들을 찬찬히 보면서, 우리 모두는 그곳에 모여 세븐일레븐에서 시간을 허비하는 반면 배우자들은 세상을 떠난 지역사회 일원을 기리고 있다는 사실이 무엇을 의미하는지 생각했다.

곧 화제는 진행 중인 경찰 수사와 범인의 정체로 넘어갔다. 거기 모인 대부분은 살인을 저지른 사람이 외부인이라고, 예쁘장한 소녀에게 앙심을 품은 자일 것이라고 느꼈다. 프레드 앤더슨은 귀에 거슬리는 목소리로 반대했다. 그는 범인이 주민이라고, 에지우드의 사람들과 길을 세세히 아는 자일 것이라고 믿었다.

나는 슬러피 뚜껑을 덮고 그들에게 가까이 다가갔다. 용기를 내면서 대화가 잦아들기를 기다린 뒤 이를 악물었다. 나는 범인이 누구인지 구체적인 정보가 있는지, 이름을 아는지 물었다. 그곳은 핀이 떨어지는 소리가 들릴 정도로 잠잠해졌고, 모두 내 어깨 위에 머리가 두 개 놓인 것처럼 나를 빤히 쳐다보기만 했다. 아무도 입을 열지 않았다. 아무 말도 하지 않았다. 나는 초조한 표정으로 딸기 슬러피를 한 모금 삼킨 뒤, 어색하게 고개를 끄덕이고 창피해서 얼굴을 붉히면서 계산대로 걸어갔다.

그 소식은 이틀 뒤 월요일에 나왔다. 채널11에서 보안관서로 연행되어 들어가는 용의자의 동영상을 독점 공개했다. 모두가 알기로 시내에 용의자가 나타난 것은 그때가 처음이었다. 채널11의 기자는 그자가 해버 디 그레이스에 사는 헨리 손턴이며 27세라고 했다. 이웃 서너 곳에서 잔디를 깎고 마당 잡일을 한 것에 더해, 손턴은 애버딘과 에지우드에서 도미노 피자 배달 일도 했다. 나타샤 갤러거가 살해되던 밤, 손턴은 호손 드라이브와 그 옆 블록인 헤어우드 드라이브에 밤늦게 배달을 했다.

성명을 발표해 달라는 압박을 받자, 주 경찰관 세스 히긴스는 이렇게 말했다.

"수사에 도움이 될 수 있다고 믿는 사람들 수십 명과 이야기를 나눴습니다. 손턴 씨는 그런 사람 중 하나일 뿐이며 언론에서 그 사실을 그렇게 확대해석하다니 유감입니다."

용의자가 구속됐다는 뉴스가 나왔음에도 사람들은 예민해진 상태였다. 두 어린 소녀가 에지우드 한복판에서 무참히 살해되었고, 시신은 훼손되어 기괴한 자세로 전시됐다. 지역 신문사들은 현란한 타블로이드 스타일의 헤드라인으로 시선을 끌어 판매고를 늘리려고 경쟁했다.

에지우드에서 설치는 연쇄 살인범?
부기맨의 역습
경찰, 반 고흐 킬러 잡기에 실패

텔레비전 뉴스 방송사는 시청률에 미쳐 더욱 품위를 잃었다. 온종일 뉴스 속보가 정규 방송을 끊어 댔고, 슈퍼마켓이나 주유소에만 나가면 기자가 들이닥쳐 얼굴에 마이크를 대곤 했다. 곧 도시 전체가 사건에 사로잡혔다.

문을 잠그지 않고 살던 주민들이 이제는 하루에도 여러 번씩 문단속을 했다. 열쇠와 가정 보안 시스템의 판매가 천장을 뚫었다. 주민들은 현관문에 작은 구멍을 뚫고 집 주위에 움직임 감지등을 설치하느라 돈을 썼다. 다급한 911신고와 마찬가지로 사냥용품점과 전당포에서는 총기 판매가 치솟았다.

체리 코트의 한 주민은(확인된 바는 없지만 소문에 따르면 은퇴한 해군 장교 휴고 비어만이랬다.) 딸 방 창문 아래 꽃밭에 곰잡이 덫을 감춰 놓기도 했다. 아마도 이 안전 조치 때문에 보안관이 주민의 집을 찾았고, 그는 덫을 창고에 되돌려 놓아야 했다.

그다음 주 초, 나는 글쓰기를 잠시 쉬고 룰린스 펍에서 칼리 올브라이트와 점심 식사를 했다. 그 식당으로 가는 길에 이웃에서 촬영을 하는 카메라맨 두 사람을 지나쳤다. 자전거를 탄 아이들이 거리를 내달리면서 환호성을 올리고 소리를 지르며 6시 뉴스에 나오려 기를 쓰고 있었다.

칼리와 나는 점점 자주 통화를 했지만, 실제로 만날 계획을 세운 것은 그때가 처음이었다. 평소처럼 그 바 겸 식당에는 400미터 거리에 위치한 에지우드 아스널에서 근무하는 군인과 민간인이 가득 차 있었다. 우리는 구석의 작은 테이블에 앉아 낮은 목소리로 새로운 정보를 주고받았다.

칼리의 말에 따르면 피자 배달원 헨리 손턴은 여섯 시간 넘게 취조를 받고 풀려났다. 이유는 알 수 없지만 경찰은 그가 무죄라는 사실을 두 시간 만에 확인했고, 나머지 시간은 그가 나타샤 갤러거가 살해된 날 밤에 중요한 것을 목격했는지 알아보는데 썼다. 아쉽게도 그는 별 도움이 되지 못했다.

경찰이 열심히 분석하던 또 하나의 가설은 범인이 에지우드 기차역을 이용해 시내로 드나드는 가능성이라고 했다. 경찰은 기차 시간표와 승객의 표 구매 내역을 살피며 모종의 패턴이 있는지를 확인하고 있었다.

마지막으로 칼리는 내게 비밀을 지키겠다는 맹세를 시키고 서너 차례 뜸을 들이더니, 새로운 1호 용의자가 케이시 로빈슨의 전 남자친구로서 미성년 음주와 난동으로 체포된 적 있는 17세의 조녀선 데일이라는 사실을 밝혔다. 어울리지 않는 두 사람은 학기 중에 겨우 몇 주간 사귀었고, 케이시의 부모가 반대하여 헤어졌다. 소년은 윌로비 비치 로드 끝 물가에서 고모 내외와 함께 살았지만 그들은 조카를 2주 가까이 보지 못했다. 부부는 조카가 친구들과 오션 시티로 떠났다고 믿었지만 확신은 없었다. 경찰은 그를 열심히 찾고 있었다.

잠시 후 칼리와 바를 가로질러 밖으로 나가면서 나는 오후 뉴스 첫 번째 보도의 마지막 30초를 봤다. 라일리 홀트가 눈물을 글썽이며 집 앞에서 부모 앞에 서 있었다. "너무 보고 싶어요." 라일리는 카메라 앞에서 흐느꼈다. "하루도 빠짐없이 그 애가 없어서 슬퍼요. 혼자 두고 간 게 후회돼요……." 그 말과 함께 라일리는 울음을 터뜨렸고, 화면에는 이맛살을 찌푸린 앵커맨이 등장했다.

이튿날 하퍼드 카운티 보안관서 계단에서 열린 텔레비전 기자회견을 통해 책임 수사관이 공개됐다. 그 사람을 보고 내가 처음 받은 인상은 다음과 같았다. 흑인, 40대 후반에서 50대 초반, 키가 크고 (고등학교 교장처럼) 근엄하며, 자신만만하고, 저렴한 정장을 입음.

그가 마이크에 대고 말했다.

"안녕하십니까. 라일 하퍼 경사입니다. 짧게 브리핑하고 오늘은 이것으로 마치겠습니다. 이후 질문 답변은 없습니다."

참석한 기자들 사이에서 신음 소리가 나왔다. 경사는 재빨리 양손을 들었다.

"하지만 내일이나 그 이후에 할 다음 브리핑 때는 질문에 답변드리겠습니다."

하퍼 형사는 목청을 가다듬은 뒤 계속했다.

"지난 6월 20일 월요일 자정 직후, 15세 케이시 로빈슨의 시신이 시더 드라이브 초등학교 내에서 발견됐습니다. 로빈슨 양은 앞서 오후 9시경 부모님이 실종 신고를 한 상태였습니다. 부검 결과 로빈슨 양이 입은 부상과 에지우드 지역에서 이전에 희생된 15세의 나타샤 갤러거가 입은 부상 사이에 뚜렷한 유사점을 발견했습니다. 두 건 다 사인은 교살이었고, 시신들을 의도적으로 비슷한 자세를 취하게 한 것으로 보였습니다. 그러나 두 사건에 몇 가지 중대한 차이가 존재합니다."

형사는 읽던 서류를 뒤적이더니 다시 한번 목청을 가다듬었다.

"케이시 로빈슨의 시신과 주위에서 발견된 증거 중 치아 자국과 긁힌 자국, 부은 곳과 타박상은 피해자가 사망 전 성폭행을 당했음을 시사합니다. 이것이 나타샤 갤러거와의 뚜렷한 차이입니다."

앞줄에 서 있던 기자 한 명이 질문을 외쳤지만, 하퍼 형사는 무시했다.

"현재로서는 두 사건의 범인이 한 사람인지 여러 명인지 확인할 수 없습니다. 그 점에서 '연쇄 살인범'이나 '부기맨' 등 소문을 일으키기 좋은 이름을 사용하지 않도록, 언론과 대중 여러분께 주의를 부탁드립니다. 지역 경찰은 주민 여러분이 침착하게 경계 상태를 유지해야 수사를 제대로 진행할 수 있습니다.

끝으로 에지우드 주민 여러분 모두가 안전에 유의하시기를, 또 이상한 점이 있으면 곧바로 알려 주시기를 바랍니다. 감사합니다. 그리고 곧 다른 정보를 알려 드릴 것을 약속드립니다.”

8

그날 밤 저녁 식탁에서 하퍼 형사의 기자회견 이야기가 나왔다. 아버지는 형사가 강한 첫인상을 남겼고 자신감과 권위를 적절히 잘 드러냈다고 느끼셨다. 안심해도 되겠다고. 놀랍게도 어머니는 크게 반대하시며 형사의 옷차림에서부터 말할 때 몸을 앞뒤로 흔든 습관, 케이시 로빈슨이 성폭행당했다는 사실을 밝힌 것에 이르기까지 모든 것을 비난하는 연설을 5분간 계속했다. “온 세상에 그 끔찍한 일이 방송되는 것을 듣고 그 가엾은 가족이 어떤 기분이었을까 생각해 봐. 그런 짓을 대체 왜 하지?”

나는 대중에게는 그런 것을 알 권리가 있다고, 특히 사람들이 두려워 떨고 궁금한 것이 있을 때는 그 권리를 지켜 줘야 한다고 설명하고 싶었지만, 그렇게 말할 정도로 어리석지는 않았기에 입을 다물고 있었다. 아버지나 내가, 혹은 다른 누구라도 이길 싸움이 아니었다.

식탁을 치우는데 부엌 전화가 울렸다. 부모님은 전화를 받으려 하시지 않았다. 두 분의 얼굴에 기묘한 표정이 스쳐 지나갔다.

"왜요?" 내가 부모님을 번갈아 보며 물었다. "좋아요, 제가 받을게요." 나는 접시를 싱크대에 올려놓고 수화기를 집어 들었다. "여보세요?"

대답이 없었다.

"여보세요?"

다시 침묵뿐이었다. 나는 수화기를 내려놓고 부모님을 봤다.

"아무 말도 안 해요."

"또 그러는군. 낮에 네 엄마도 두어 번 그런 전화를 받았어. 그래서 좀 섬뜩했대."

어머니는 몸을 떨며 팔짱을 꼈다.

"숨소리는 들리는데, 아무 말도 하지 않더라니까."

"애들이 장난치는 거 아닐까요."

나는 어깨를 으쓱였다.

아버지가 고개를 끄덕였다.

"나도 그렇게 말했어."

"불안했단 말이야. 이제 세 번째라고. 누군지도 알 수 없고."

"누굴 거 같아요, 엄마?" 나는 웃지 않으려고 애쓰며 물었다. "부기맨요?"

어머니가 내 어깨를 행주로 탁 쳤다.

"재미없거든."

"아얏." 나는 여전히 웃지 않으려고 애쓰며 양손을 들었다. "죄송해요. 농담이었어요."

"얘, 안 우스워. 요즘 벌어진 일은 무섭다고. 그런데 넌……"

어머니가 나를 가리켰다. "온갖 사람들이 네게 그 얘기를 하려고 집으로 전화를 하고, 네 책상에는 끔찍한 책이 잔뜩 쌓여 있잖니.『연쇄 살인범 대백과』? 세상에, 내가 그걸 쓰레기통에 안 버린 게 다행인 줄 알아라."

나는 다가가 145센티미터 키의 어머니를 꼭 끌어안았다.

"엄마도 메리 누나랑 똑같이 말씀하시네요. 누나가 엊그제 밤에 저더러 악귀랬어요."

어머니가 눈을 휘둥그레 떴다.

"뭐라고 했다고? 내가 개랑 이야기 좀 해야겠구나."

나는 어머니 뺨에 입을 맞추고 아버지를 봤다. 아버지는 미소를 지으며 고개를 저었다.

9

그날 밤늦게, 아버지가 내 방 문을 두드리고 안을 들여다봤다.

"바쁘냐?"

나는 컴퓨터 화면에서 고개를 들었다.

"예전 단편 다시 읽고 있어요. 왜 그러세요?"

아버지가 들어오더니 침대 가장자리에 앉았다.

"부탁 하나 들어줄래?"

"그럼요. 무슨 일인데요?"

"조심하라고."

"뭘 조심해요?"

나는 정말로 어리둥절해서 물었다.

"우선, 네가 온 동네에 묻고 다니는 그 질문 말이다."

내가 반박하려는데, 아버지가 막았다.

"네가…… 그런 것에 관심 있는 건 알고 있다. 그건 괜찮아. 네 엄마도 뭐라고는 하지만 괜찮다고 생각하고 있어. 네가 똑똑하다는 걸 알고, 저런 걸 얼마나 좋아하는지도 아니까." 아버지는 내 침대 머리맡에 걸린 「공포의 별장」[9] 포스터를 가리켰다. "하지만 조심했으면 좋겠다. 리치, 이건 현실이야. 그리고 당연히 민감한 문제야. 네가 그런 질문을 하고 다니는 걸 못마땅히 여기는 사람도 있어."

"누군지 몰라도 집에 전화 걸었다가 끊는 사람 말씀이세요?"

아버지는 나를 보고 어깨를 으쓱였다.

"알겠어요. 조심할게요. 엄마께 걱정 말라고 말씀해 주세요."

아버지가 나를 노려봤다.

"그렇게 될 리는 없을 거다. 너도 알잖니."

우리는 함께 웃었다.

아버지는 침대에서 일어나더니 「공포의 별장」 포스터에 다시 눈길을 던졌다.

"저걸 저기다 붙여 두고 어떻게 잠이 오는지 모르겠다. 정말 고약하게 생긴 좀비구나."

---

9 스티븐 킹의 『세일럼스 롯』을 바탕으로 제작된 1979년의 영화로 국내에는 '공포의 별장'이란 제목으로 수입되어 방영되었다.

"저런, 아버지." 내가 어이없다는 듯이 말했다. "저건 뱀파이어라고요."

아버지가 다시 한번 포스터를 쳐다봤다.

"아, 맞아. 내 말이 그 말이다. 고약하게 생긴 뱀파이어라고."

"안녕히 주무세요."

나는 다시 웃으면서 말했다.

"잘 자라, 아들."

아버지는 나가시며 문을 닫았다.

10

아버지 말씀이 옳다는 것을 나도 알았다. 조심해야 했다. 내가 하는 행동은 터무니없었다. 학위를 막 받긴 했어도 나는 기자가 아니었다. 신문사 직원도 아니었다. 출판사와 계약을 한 것도 아니었다. 칼리에게 앞서 설명했듯이, 나는 그저…… 궁금했을 뿐이다.

그래서 곧 나는 거의 매일 오후 그 놀이터 옆을 차로 지나갔다. 시더 드라이브는 우체국으로 가는 직선 경로의 중간 지점쯤에 있었으니 그러는 게 당연했다. 그렇지 않은가?

임시 바리케이드는 치워졌고, 놀이터는 다시 열려 있었다. 하지만 아이들 서넛이, 적어도 한 사람의 어른이 지켜보는 가운데 놀고 있었을 뿐이다. 상황이 정상으로 돌아가기까지 오랜 시간이 걸릴 듯했다. 언젠가는 정상으로 돌아간다면 말이다.

케이시 로빈슨이 발견된 미끄럼틀 밑에는 꽃과 봉제인형과 직접 만든 표지가 놓여 있었다. 언젠가 켜진 촛불이 타서 임시 추모 공간 주위에 둥그런 밀랍 자국을 남겼다. 차를 세우고 자세히 보고 싶은 마음이 서너 번쯤 들었지만 그러지 않았다.

11

7월 4일 전 수요일, 칼리가 집에 찾아와 함께 현관 테라스에 앉아서 아이스티를 마셨다. 하늘에는 구름 한 점 없었고 뜨거운 태양이 자비 없이 내리쬐었다. 칼리는 문을 꼭 닫고 다시 한번 들은 이야기를 비밀로 지키겠다고 맹세하게 했다. 내가 여러 번 맹세하고 나서야 칼리는 마침내 입을 열었다.

경찰이 갤러거 씨 집 앞 보도에서 발견한 사방치기 그림의 존재를 일반 대중에게 알리지 말아 달라고 기자들에게 요청한 것처럼, 로빈슨 사건에서도 공개하지 말라고 요청한 게 있었다.

로빈슨 씨 집 앞길 건너 전봇대에 푸들 성견의 작은 사진이 붙은 정사각형 흰색 포스터가 붙어 있었던 것이다. '이 개를 보셨나요?'라고 사진 위에 인쇄되어 있었다. 그 아래 적힌 전화번호는 671-4444였다.

로빈슨 씨 가족도, 길 건너 사는 퍼킨슨 씨 가족도 그런 개를 본 적이 없었고, 누가 그 포스터를 붙였는지도 알지 못했다. 사실 체리 로드에 사는 사람 중 그 누구도 알지 못했다. 형사들이 인근 지역을 돌아봤지만 그것 이외의 포스터는 발견하지 못했다. 곧 누군가가 포스터 아래 적힌 전화번호로 전화를 걸었지만 신호음이 들리지 않았다. 그 후 경찰이 전화회사에 확인해 보니 곧 없는 번호임이 밝혀졌다.

12

경찰이 공개하지 않은(이유가 충분했다.) 또 한 가지는 두 범죄 현장에 증거가 하나도 없어 점점 초조해한다는 사실이었다. 이 같은 강력 범죄가 그렇게 섬뜩할 정도로 정확하게 스스로를 보호하며 자행되는 경우는 극히 드물었다. "범인이 한밤중에 공중에 구멍을 내고 그 속으로 사라져 버린 것 같아." 주 경찰관 한 사람이 오프 더 레코드로 불평했다.

나타샤 갤러거나 가까운 가족 이외의 지문은 침실이나 유리창, 창틀에서 하나도 발견되지 않았다. 추측대로 창틀의 핏자국은 나타샤의 것이었다. 당시 고온으로 인해 창문 아래 땅은 단단히 말라 있었다. 풀밭에는 발자국도, 흐트러진 자리도 없었다. 이웃 사람 중 누구도 나타샤가 납치된 날 밤에 수상한 것을 보지 못했다. 낯선 차가 거리를 지나가지도, 이상한 위치에 주차되어 있지도 않았다. 어둠 속에 도사리던 사람도, 갤러거 씨 집 근처 보도를 따라 개를 산책시킨 사람도 없었다. 가까이서 저지른 짓이고 심한 폭행이 있었음에도 나타샤 갤러거의 시신에서는 증거 한 조각(머리카락이나 섬유질 하나, 범인의 혈액이나 타액, DNA의 흔적 하나) 발견되지 않았다.

케이시 로빈슨 사건은 어느 모로 보나 까다로웠다. 베이베리 드라이브의 주민 한 사람은 케이시가 사라진 시각쯤 자동차 엔진 소리를 들었지만 창가에 다가가 보니 거리에 아무도 없었다고 했다. 다른 이웃은 아무것도 보거나 듣지 못했다. 더욱이 로빈슨 씨가 도로에서 발견한 척 테일러 운동화에서도 관심 가질 것은 나오지 않았고, 사라진 오른쪽 운동화는 아직 발견되지 않았다. 범죄 현장 감식반이 미끄럼틀에서 확인 가능한 지문을 십수 가지 발견했지만 대부분은 어린아이의 것이었다. 미끄럼틀에서도, 주위 놀이터에서도 특이하거나 쓸모 있는 것은 아무것도 나오지 않았다. 케이시 로빈슨은 죽기 직전에 성폭행을 당했지만 범인은 거의 확실히 콘돔을 썼다. 정액도 타액도 발견되지 않았다. 치아 자국도 깨끗이 닦아 놓았다.

그리고 두 피해자 사이에 어떤 중요한 연결점도 없어 보인다는 사실이 있었다. 15세의 백인인 두 소녀는 부모와 함께 안정적인 가정에서 자랐으며 적어도 한 명의 형제자매가 있고 서로 상대적으로 가까운 거리에 살았다. 둘 다 매력적이고 밝고 머리칼이 길었다. 그러나 공통점은 거기까지였다. 에지우드는 작은 도시였고, 같은 학교라서 아는 사이였던 두 아이는 함께 아는 친구도 몇 명 있었지만, 개인으로서나 그룹으로서나 함께 놀거나 시간을 보내는 경우는 거의 없었다. 그들은 통화한 적도, 서로의 생일 파티에 참석한 적도 없었다. 같은 남자아이와 사귀거나 좋아한다고 한 적도 없었다. 나타샤 갤러거는 치어리더였고 케이시 로빈슨은 수학 동아리 회장이었다. 형사들은 두 아이의 연결점이 조금이라도 있는지, 어떻게든 연결할 실마리가 있는지 열심히 찾았지만, 그때까지는 빈손이었다.

경찰서와 보안관서는 언론의 압박도 느끼기 시작했다. 케이시 로빈슨의 사망과 함께, 소도시 에지우드는 더 이상 지역 신문 기삿거리가 아니었다. CNN과 연합뉴스가 취재팀을 파견했고 날마다 상황을 보도했다. 외부 주에서 보낸 취재팀이 거리에서 촬영하는 모습은 도시 전체에서 흔히 보였다.

다행히 《볼티모어 선》의 헤드라인에 처음 등장한 "반 고흐 킬러"라는 별명은 그다지 회자되지 않았다. 하지만 "부기맨"은 달랐다. 6월 말, 대부분의 기자들과 관심 있는 시청자 대다수(특히 30세 이하)는 에지우드의 살인자를 가리켜 그렇게 부르고 있었다. 경찰은 그 별명을 혐오했다. 그것이 선정적이고 나쁜 취향이라고 느꼈기 때문이다. 그리고 거의 날마다 상관에게서 공개적으로 쓰지 말라고 경고받았지만, 경찰에게도 그들 나름대로 살인범을 가리키는 비밀 별명이 있었다. 바로 "유령"이었다.

위(왼쪽): 케이시 로빈슨(로버트 로빈슨 제공)

위(오른쪽): 메릴랜드 오션시티에서 절친 케이시 로빈스와 라일리 홀트(리베카 홀트 제공)

오른쪽: 라일리 홀트가
케이시 로빈슨을 마지막으로 본
보도 위치(저자 제공)

4장
의혹이 증폭되다

"그러면 더 좋은 이야기가 되니까……"

1

6월이 무더위와 함께 속 시원히 끝났다. 7월 4일 독립기념일 연휴가 다가오면서 카라가 드디어 방학을 맞았고 우리는 함께 시간을 보낼 수 있게 되었다. 여름학기가 시작된 이후로 카라는 내 삶 속에서 환영 같은 존재가 됐다. 수화기에서 들려오는 지친 목소리가 전부였다. 카라가 보고 싶었다.

7월 1일 금요일, 우리는 40번 도로의 베네치안 팰리스에서 테이크아웃 음식을 샀다. 주차장에서 나오는 길에 누군가가 식당 쓰레기통 옆에 '부기맨은 살아 있다.'라고 스프레이 페인트로 써 놓은 것이 보였다. 우리는 카라의 집 뒷마당 피크닉 테이블에서 저녁을 먹었다. 강에서 기분 좋은 바람이 불어왔고, 근한 달 만에 온화하고 쾌적한 저녁 시간이었다. 우리는 심야 영화를 보러 갈까 하다가 그건 다음으로 미뤘다. 긴 한 주를 보낸지라 둘 다 지쳐 있었다. 그래서 하퍼드 쇼핑몰로 가 프렌들리 식당에서 줄을 서서 더블딥 아이스크림콘을 사 먹으면서 상점을 구경했다.

그때까지는 소녀들의 살인 사건 이야기를 피할 수 있었다. 1월 결혼식 준비 등, 다른 할 이야기가 많았으니까. 하지만 쇼핑몰을 돌아다니며 이따금 친구나 이웃과 마주치고 모르는 사람들의 대화를 조금씩 듣다 보니 더 이상 무시할 수 없게 됐다.

"모든 게 달라진 느낌이야, 그렇지?"

카라의 말에 나는 끄덕였다.

"모든 게 달라졌어."

"주위를 봐. 미소를 짓는 사람도, 웃는 사람도 없어."

나는 푸드코트 앞을 돌아다니는 10대 무리를 봤다. 카라의 말이 옳았다. 아이들은 긴장한 채, 딴 데 정신이 팔린 모습이었다. 마르고 긴 갈색 곱슬머리를 한 여자아이는 방금 운 듯했다. 그애 남자친구가 위로하려고 꼭 끌어안고 있었다.

"학교에서도 모두 다 그 이야기야. 실험실 파트너가 「핼러윈」에 나오는 해든필드에 사느냐고 묻더라."

나는 살짝 웃었다. 어쩔 수 없었다.

"웃을 일이 아니야, 리치."

"우습지 않아." 나도 최대한 빠르게 웃음을 삼키며 맞장구쳤다. "하지만 똑똑하네."

"카니발을 취소했다는 말 들었어?"

"퍼레이드는?"

"내가 듣기로는 한다는데, 하지 말아야 할 것 같아. 4일은 케이시 로빈슨이 살해된 지 2주 되는 날이라고."

나는 머릿속으로 재빨리 날짜를 계산하고 카라의 시간 계산이 맞는다는 것을 확인했다. 그 무렵 언론의 관심이 쏟아지면서 살인 사건이 열흘 정도가 아닌, 두 달 전에 일어났던 것 같은 느낌이 들었다.

"아직 얼마 안 됐잖아." 카라가 말했다. "무례하게 느껴질 지경이야. 게다가 그렇게 많은 사람이 행사에 나와 있어서 또 다른 일이 생기면 어떡해? 그중 절반은 술에 취해서 제정신이 아닐 텐데."

"보안관이 연휴 내내 순찰을 보강할 거랬어."

"그 사람이 티브이에서 그렇게 말하니 누가 생각났는지 알아?"

"누구?"

"「조스」의 멍청한 시장." 카라는 남자 목소리를 서투르게 흉내 냈다. "……대형 육식 동물이 해수욕하던 사람들을 죽였다고 합니다. 하지만 보시다시피, 날씨가 좋고 해변은 열려 있고 사람들은 즐거운 시간을 보내고 있어요."

나는 미소를 지었다. 카라가 한번 시작하니 막을 수가 없었다.

"이틀쯤 바다에 나가 있게 돼서 기뻐." 카라가 한숨을 쉬며 말했다. "이 모든 상황에서 멀리 떨어져 지낼 수 있어서."

"나도."

나는 카라의 손을 잡았다. 한 주 내내 글을 쓰고 났더니 카라와 카라의 가족과 해변에서 낚시도 하고, 워터스키도 타고, 캠핑을 하며 보내는 시간이 기다려졌다.

차로 돌아가는 길에 채널13 뉴스 취재팀이 주차장에서 나이 지긋한 부부를 인터뷰하는 것을 보고 방향을 틀었다. 그 토끼굴로 더 깊이 들어갈 필요는 없었다. 날마다 뉴스에는 눈을 휘둥그렇게 뜬 주민들이 등장하는 인터뷰가 가득했고, 그들은 모두 같은 질문에 대답하고 있었다. 에지우드에 연쇄 살인범이 있을까요? 지역사회에서 안전하다고 느낍니까? 희생자나 그 가족 중 아는 사람이 있나요?

케이시 로빈슨이 살해된 후로 기자회견이 두 번 더 방송됐고 경찰 당국의 인터뷰가 수차례 있었지만, 추가로 공개된 사항은 거의 없었다. 지역 은행에서는 살인범 체포에 도움이 되는 정보에 보상금 1만 달러를 내걸었고, 하퍼드 카운티 보안관서는 주민들이 전화할 수 있도록 익명의 신고 전화를 설치했다. 경찰은 에지우드 지역 감시 프로그램 설치 소식을 언급하기도 했지만, 나는 그것이 다른 종류의 말썽을 일으킬 수 있다고 생각했다.

하퍼 형사가 성명서를 읽었다.

"대중이 이 수사에 제공할 수 있는 도움은 무엇이든지 감사히 받겠으나, 주민 여러분은 서너 가지 기본적인 행동 수칙을 지켜 주시기를 바랍니다. 첫째, 순찰 시 어떤 종류의 무기도 허용되지 않을 겁니다. 어떤 예외도 없을 것이며, 이 명령을 어기는 사람은 법이 허용하는 최대 범위에서 기소할 겁니다. 둘째, 어떤 경우에도 자율방범대는 수상한 행동을 관찰했을 때 대응해서는 안 됩니다. 그때 할 일은 경찰에 즉시 안전하게 연락하는 것뿐입니다. 셋째, 수상한 물건이 발견되면 어떤 경우에도 제거하거나 건드려서는 안 되며……"

2

카라를 부모님 집에 내려 준 뒤 나는 집으로 가는 길에 시더 드라이브를 따라 차를 운전했다. 오후 9시 직후였고 놀이터는 어둡고 조용했다. 미끄럼틀 아래 만들어진 케이시 로빈슨의 추모 공간이 마지막으로 찾아간 이후로 두 배는 커진 것이 전조등 불빛에 보였다. 꽃과 봉제인형도 더 많아졌고, 직접 글을 쓴 가슴 아픈 포스터는 훨씬 더 많았는데 그중 대다수에 케이시의 사진이 붙어 있었다. 차를 몰고 가는 동안, 경찰차 한 대가 반대 방향을 향해 지나갔다. 운전석의 경찰관이 나를 오랫동안 빤히 쳐다봤다. 나는 고개를 끄덕이고 손을 한 번 흔들었다. 그는 나를 분명히 봤지만, 손을 마주 흔들지 않았다.

집에 도착한 뒤 침실에서 티브이를 보시는 부모님에게 짧게 인사했다. 그러고 나서 침대 옆 테이블에서 읽던 존 솔의 책을 집어들어 아래층으로 내려가 방충망으로 막아 놓은 뒤쪽 테라스로 갔다. 짧은 두 챕터를 겨우 읽었지만, 곧 딴생각에 빠져들었다. 책을 덮고 부엌으로 돌아가 무선전화기를 찾았다. 몇 분 뒤, 테라스에 다시 편안하게 자리를 잡아 칼리 올브라이트에게 전화를 걸었고, 사방치기 선 안에 적혀 있던 알 수 없는 숫자와 잃어버린 개를 찾는 포스터에 관한 대화를 계속했다. 그 무엇도 납득이 되지 않았다.

"무슨 의미가 있을까?"

"나는 모르겠어." 칼리가 말했다. "3과 4가 많았는데. 세 번째, 네 번째 살인? 전에도 살인을 저지른 것일까? 모르겠어. 그 생각밖에 안 나는데."

"그보다는 더 기발한 내용일 것 같아. 더…… *심오한 것*."

"왜? 한니발 렉터 때문에?" 토머스 해리스의 소설 『양들의 침묵』은 그해 여름에 발표되어 굉장한 호평을 받았다. 칼리는 내가 팬인 것을 알았기 때문에 내가 뭐라 설명하기도 전에 계속했다. "그건 지어낸 인물이잖아, 리치. 너도 이런 범인이 천재가 아니란 걸 잘 알면서 그래. 천재 근처에도 못 가지."

"알아, 알지." 나는 심호흡을 하고 적절한 말을 찾으려고 노력했다. "그냥 느낌이 그래. 증거 한 점 남기지 않을 만큼 조심하면서 숫자를 남겨서 경찰을 조롱할 만큼 대담하니 상당히 영리한 놈이라고 믿는 게 당연하지."

"아니면 영리한 사람이기를 네가 *원하는* 것이든가. 범인이 사방치기 그림이랑 포스터를 남긴 사람인지 알지도 못하잖아. 모두 다 괴상한 장난일 수도 있어."

"내가 대체 왜 범인이 영리하길 바라겠어?"

"그러면 더 좋은 이야기가 되니까."

칼리는 주저 없이 대답했다.

나는 다시 반박하려다가 그만뒀다. 칼리의 말이 옳을 수도 있었다. 나는 그저 이 괴물이 명석하고 뛰어나고 기억에 남기를 바라는 것일 수도 있었다. 빌어먹을 소설이나 영화 속 인물처럼. 깊이 생각할수록 나는 거울 속을 찬찬히, 오래 들여다봐야 한다는 사실을 깨달았다.

칼리의 여동생이 다른 방 전화기를 들어 전화를 쓰겠다고 하는 바람에 우리는 대화를 마무리하고 주말에 다시 통화하기로 하고 작별인사를 했다.

나는 책을 다시 펼치고 다음 한 챕터를 겨우 읽고 덮었다. 옆 마당과 투필로 로드를 내다보면서, 성난 무리가 에지우드의 어두운 길을 열심히 돌아다니며 어두운 골목과 그늘진 교차로를 뒤지는 모습을 떠올렸다. 카라의 오빠는 이웃 감시에 참여한 사람을 알았다. 그는 군사용 워키토키와 야간 식별용 안경을 구입했다. 또 다른 감시조는 야간 순찰 때 얼음과 맥주를 가득 채운 수레를 끌고 다닌다는 이야기를 친구에게서 들었다. 그리고 남자 서너 명은 전기 충격기를 갖고 다닌다고 했다.

그제야 거리가 쥐 죽은 듯 고요하다는 것을 느꼈다. 독립기념일 연휴가 시작되는 날이었는데, 핸슨 로드가 완전히 고요했다. 원래대로라면 가족끼리 바비큐를 하며 대화하는 소리, 술에 취한 아버지들이 뒷마당 수영장에 풍덩 몸을 던지는 소리가 이웃 울타리 너머까지 울려 퍼져야 했다. 아이들은 폭죽을 들고 밖에서 뛰어다니며 반딧불을 따라 내달려야 했다. 불꽃놀이와 페트병 로켓이 머리 위에서 펑펑 터지며 하늘을 밝혀야 했다.

나는 그날 밤 한참을 밖에 앉아 그 즐거운 소리와 광경을 그리워했고, 가까이 사는 갤러거 가족과 로빈슨 가족을 생각하는 동안 칼리가 전화로 한 말이 떠올라 조금 부끄러웠다.

그러면 더 좋은 이야기가 되니까.

3

이튿날 아침 일찍, 아버지는 잔디 깎는 기계와 제초기에 쓸 휘발유를 좀 사 오라고 하셨다. 아침 식사 후, 나는 아버지가 차고 구석에 늘 보관해 두는 18리터 통 두 개를 싣고 텍사코 주유소로 갔다.

주유기 앞에 차를 세우고 보니 조시 갤러거가 바로 앞에 서서 낡은 머스탱에 주유를 하고 있었다. 동생의 장례식 이후 처음이었고, 곧바로 다른 주유소에 갈 걸 싶었다. 나는 초조해지면 엉뚱한 소리를 하는 나쁜 습관이 있었는데, 말실수를 해서 조시를 속상하게 하고 싶지 않았다.

그러나 그런 걱정은 할 필요가 없었음이 밝혀졌다. 내가 시동을 끄고 차에서 내리자마자, 고등학교 농구팀과 라크로스팀 코치였던 팍스 코치가 옆의 주유기에 차를 세웠다. 그는 픽업트럭에서 거의 뛰어내리고는 살집 좋은 얼굴에 함박웃음을 머금고 말했다.

"치즈! 오랜만이군!"

"안녕하세요, 코치님. 안녕하셨어요?"

그는 다가오더니 손가락이 아플 만큼 세게 하이파이브를 했다.

"알잖나, 치즈. 좋을 것도 나쁠 것도 없지. 그럭저럭 지내."

팍스 코치가 그제야 내 앞의 차를 보고는 눈이 동그래졌다.

"어, 조시, 거기 있는지 몰랐군."

조시는 주유기에 노즐을 도로 걸고 우리 쪽을 봤다.

"팍스 씨." 그가 고개를 끄덕이며 말했다. "리치, 잘 있었어?"

나는 무표정을 유지하려고 노력했다.

"그럭저럭. 조시, 어떻게 지냈어?"

그는 어깨를 으쓱였고, 나는 속으로 내 자신을 저주했다. 아이고, 잘한다. 어떻게 지내긴 뭘 어떻게 지내? 조시가 다음에 한 말은 놀라웠다.

"너랑 너희 부모님을 장례식에서 봤어. 모두 와 줘서 고마워."

대답하려고 입을 열었지만 말이 나오지 않았다. 다시 시도했다.

"그…… 일은 정말 유감이야."

"나도." 코치의 목소리는 60초 전과 전혀 달랐다. "그리고 장례식에 못 가서 정말 미안하네. 동생 가족과 캠핑하느라 돌아와서야 무슨 일이 있었는지 알게 됐어."

"신경 쓰지 마세요." 알 수 없는 표정으로 말한 조시가 그는 청바지 주머니에서 열쇠 꾸러미를 꺼냈다. "가 봐야겠어요. 어머니가 장 봐 오기를 기다리고 계시거든요."

"부모님께 안부 전해 줘."

조시는 다시 고개를 끄덕였다.

"그럴게요."

나는 어색하게 손을 들어 흔들었다.

"잘 지내."

조시는 차 문을 탁 닫고 시동을 켰다. 그 소리에 비하면 내 도요타 코롤라는 어머니의 재봉틀 소리 같았다. 우리는 그가 속도를 내 에지우드 로드의 자동차 사이로 들어서는 모습을 지켜봤다. 머스탱이 보이지 않게 되자, 나는 깊은 한숨을 내쉬었다.

"정말이지." 코치가 말했다. "무서운 일이다."

나는 트렁크를 열고 휘발유 통을 꺼냈다. 그것을 내 앞 바닥에 놓은 뒤, 펌프 손잡이를 잡는데 코치가 물었다.

"경찰관 만났나?"

내 손이 얼어붙었다.

"무슨 일로요?"

"조시 동생 일로."

무슨 농담이냐고 놀리려는데, 코치의 표정을 보니 몹시 진지했다.

"저요? 경찰이 왜 저를 만나죠? 사건이 있었을 때 여기 있지도 않았는걸요. 칼리지 파크에 있었어요."

"글쎄. 경찰이 나는 찾았어. 그 동네 사람은 전부 면담하는 줄 알았지. 알렉스 밸리코랑 동생과도 면담했다더군. 찰리 엠지도. 대니와 토미 노엘. 팀 뎁톨도."

나는 놀란 표정으로 코치를 봤다.

"뭘 묻던가요?"

코치는 숱이 줄어드는 머리를 쓰다듬었다. 그의 팀에서 경기를 하던 시절부터 알던, 긴장할 때 하는 동작이었다.

"주로 나타샤를 어떻게 생각하는지 알고 싶어 했어. 모두의 주장처럼 사람들이 좋아하고 행동도 올바른 아이였는지? 학교에서 그 애를 질투하거나 싫어하는 아이가 있었는지?" 코치가 인상을 썼다. "그 애를 마지막으로 본 것이 언제였고, 그 애가 살해됐을 때 어디 있었는지도 물었어."

"세상에."

"그러게, 말이 되나? 가족과 휴가 중이었다고 말할 수 있어서 얼마나 다행인지 몰라. 그러니까, 진짜 알리바이가 있어서 기뻤

다니까?”

“다른 건 안 묻던가요?”

“별로. 다행히 아주 빨리 끝났어.” 코치가 웃었다. “오해하지
마. 그래도 긴장해서 바지에 지릴 뻔했다니까.”

“당연하죠.”

코치는 내 등을 철썩 두드렸고 나는 평소처럼 안 아픈 척했다.

“걱정 마, 치즈. 경찰이 자네도 언젠가는 찾을 거야.”

4

공교롭게도 “언젠가”는 바로 다음 날이었다.

부모님이 오전 10시 프린스 오브 피스 성당 미사에 가신 뒤
라 주방에 나 혼자 있는데 누가 현관문을 두드렸다. 문구멍으로
내다보니 현관에 선 키 큰 남자가 티브이에서 얼마 전부터 많이
본 사람인 것을 금방 알아봤다. 문을 열고 하퍼 형사를 맞이했
다. 놀랍게도 처음에는 전혀 불안하지 않았다. 수사 총책임자가
우리 집 거실 소파에 앉아 나와 면담하려고 기다리는데도. 사실
그가 재킷 주머니에서 배지와 신분증을 꺼낼 때 제대로 보지도
않았다.

하퍼 형사는 티브이에서보다 직접 만났을 때 훨씬 부드러운
말투로 매우 정중하게 말했다. 15분에서 20분만 시간을 내어
주면 된다고 했고, 실제로 그랬다. 면담을 마친 뒤 그는 메모하

던 작은 스프링 수첩을 덮더니 고맙다고 인사했다. 그리고 내게 명함을 건네고 돌아갔다.

잠시 후 부모님이 성당에서 돌아오셨을 때 나는 누가 왔었는지 말하지 않았다. 그건 나중에 이야기해야 한다고 이미 결심한 뒤였다.

내가 기억하는 한, 면담 내용은 다음과 같다.

하퍼 형사: 인적 사항부터 시작합시다. 이름, 나이, 주소, 직업을 알려 주세요.

나: 이름은 리처드 치즈마입니다. 22세입니다. 1월에 결혼해서 볼티모어 롤랜드 파크로 떠나기 전까지 주소는 핸슨 로드 920번지입니다. 여기서 부모님과 함께 살고 있어요. 5월에 메릴랜드 대학교를 졸업했습니다. 작가이자 편집자입니다. 아니, 준비 중입니다.

하퍼 형사: 곧 결혼한다니 축하합니다.

나: 감사합니다.

하퍼 형사: 여기 에지우드에서 자랐어요?

나: 다섯 살 때 텍사스에서 여기로 이사 왔습니다. 아버지가 공군에서 은퇴하신 뒤에요.

하퍼 형사: 외아들인가요? 아니면 형제자매가 있나요?

나: 나이 차가 제법 되는 누나 셋과 형이 있습니다. 제가 아홉인가, 열 살 때 이후로는 다들 나가 살았죠.

하퍼 형사: 최근에 살해된 나타샤 갤러거와 케이시 로빈슨 중에

아는 사람이 있었습니까?

나: 나타샤는 동네에서 봐서 조금 알았어요. 하지만 제가 대학에 가고 나서는 본 적 없었습니다. 그러니까 대학 1학년 이후로요. 그 애 오빠랑 같은 고등학교에 다녔지만, 어울리거나 하진 않았습니다. 케이시 로빈슨은 전혀 몰랐습니다.

하퍼 형사: 근처에서 차를 타고 가다가 케이시를 지나친 적이나 슈퍼마켓에서 우연히 마주친 적도 없나요?

나: 그랬다 해도 몰랐을 거예요. 뉴스랑 신문에서 사진을 보기 전까지는 어떻게 생겼는지도 몰랐으니까요.

하퍼 형사: 조슈아 갤러거와 같은 학교를 다녔다고 했는데요. 그 친구에 대해서 어떻게 말할 수 있을까요?

나: 음, 좋은 녀석이랄까요? 2학년 때 수업 두 개를 같이 들었어요. 파티에서 가끔 보기도 했고. 조슈아는 레슬링을 해서 같은 팀 친구들이랑 어울렸어요. 졸업한 뒤에는 네댓 번 정도밖에 마주치지 못한 것 같네요.

하퍼 형사: 조슈아가 어떤 종류든지 말썽을 부린 적이 있나요? 사이가 안 좋은 사람이 있다거나?

나: 아뇨. 없습니다.

하퍼 형사: 나머지 갤러거 가족과 로빈슨 가족은 어떤가요? 접점이 있다든가?

나: 갤러거 씨 부부는 이웃이기도 하고 성당 다닐 때도 뵈었어요. 가게에서 마주치면 서로 인사를 하고, 차

를 타고 지나가면 손을 흔들 정도죠. 로빈슨 부인은 포스트 매점에서 식료품 포장 일을 할 때 알았습니다. 고등학교 2학년 올라가기 전 여름방학 때였어요. 부인이 일주일에 두 번은 그 매점에 왔습니다. 로빈슨 씨는 만난 적이 없는 것 같습니다.

하퍼 형사: 1988년 6월 2일, 나타샤 갤러거가 폭행, 살해당한 밤, 어디 있었는지 말해 줄 수 있나요?

나: 그때는 아직 학교에, 아파트에 있었어요.

하퍼 형사: 칼리지 파크에?

나: 네, 음, 실은 칼리지 파크 외곽의 그린벨트에 있었어요. 룸메이트들과 저는 브리태니 플레이스라는 아파트에 살았어요.

하퍼 형사: 그리고 6월 2일 밤, 룸메이트들과 아파트에 있었습니까?

나: 네, 형사님. 계약 기간이 끝나 가서 그 주 초부터 집을 비우기 시작했어요.

하퍼 형사: 룸메이트는 몇 명인가요?

나: 셋입니다.

하퍼 형사: 셋 모두 그날 밤 아파트에 있었나요?

나: 실은 그중 한 명만 있었어요. 나머지 둘은 가족을 만나러 집에 갔어요.

하퍼 형사: 룸메이트 이름과 연락처를 줄 수 있습니까?

나: 빌 코론, 데이비드 위티, 프레드 앤스웰이에요. 끝나

면 주소록을 가져다가 전화번호와 주소를 알려 드릴게요.

하퍼 형사: 6월 2일 밤 함께 있었던 룸메이트는 누구죠?

나: 빌 코론이에요. 걔도 에지우드 출신이에요. 그 친구 어머니는 지금도 페리 애비뉴에 살고 계세요.

하퍼 형사: 그리고 그 룸메이트가 6월 2일 저녁에 치즈마 씨와 함께 있었다고 확인해 줄 수 있겠습니까?

나: 물론이죠.

하퍼 형사: 이건 전부 정해진 절차예요, 치즈마 씨. 사실 수십 명의 주민에게 같은 질문을 하고 있죠. 불편해하실 것 없습니다.

나: 전 괜찮습니다. 그저 모든 게 좀…… 심란하네요.

하퍼 형사: 댁의 집배원에게도 같은 질문을 했다고 말씀드리면 좀 나을까요?

나: 로리 아저씨에게도요?

하퍼 형사: 갤러거 씨 집과 로빈슨 씨 집 모두 그분의 배달 지역에 있으니까요, 그래서 만났죠.

나: 기분이 좀 나아진 것 같네요.

하퍼 형사: 이해합니다. 네. 거의 다 끝났어요. 빌이라는 룸메이트는 밤새 함께 있었나요?

나: 거의요. 걔가 여자 친구 집에 가긴 했지만, 아주 늦은 시각이었어요.

하퍼 형사: 그게 몇 시쯤이었죠?

나: 11시쯤, 그보다 조금 늦게였을 거예요.

하퍼 형사: 그리고 빌은 여자 친구 집에서 밤을 보냈나요, 아파트로 돌아왔나요?

나: 밤새 지냈습니다.

하퍼 형사: 그 여자 친구 이름을 말해 줄 수 있나요?

나: 그럼요. 대니엘라 애펠트입니다.

하퍼 형사: 그리고, 6월 2일 좀 전에 에지우드에 온 적이 있었죠?

나: 네. 5월 마지막 주였을 거예요. 친구 트럭을 빌려서 책상과 책장, 몇 가지 가구를 집에 실어 왔어요.

하퍼 형사: 그린벨트에서 에지우드까지는 차로 몇 시간 걸리죠?

나: 하루 중 언제냐에 따라 달라요. 보통 한 시간쯤 걸려요. DC의 길이 막히면 더 오래 걸려요.

하퍼 형사: 6월 20일, 케이시 로빈슨이 살해된 날 저녁은 어떤가요?

나: 여기 집에 와 있었어요. 제 방에서 일하면서 경찰 무전 수신기를 듣고 있었어요. 로빈슨 씨가 신고한 뒤에 첫 지시가 나가는 것을 들었어요. 그날 밤 내내 안 자고 들었어요. 부모님이 확인해 주실 수 있어요.

하퍼 형사: 그날 밤에 집에서 나간 적은 없습니까?

나: 네. 안 나갔어요.

하퍼 형사: 좋아요. 두어 가지만 더 질문하고 마치죠. 칼리지 파크…… 아니, 그린벨트에서 돌아온 후로…… 이곳

에지우드에서 이상한 것을 보거나 겪은 적 있나요? 무엇이든지?

나: 딱히 생각나는 것은 없습니다. 주로 방에 들어앉아 작업만 하니까요.

하퍼 형사: 그렇군요. 참, 작가라고 했는데…… 어떤 글을 쓰죠?

나: 음…… 주로 소설이에요. 미스터리. 서스펜스. 범죄. 공포.

하퍼 형사: 공포요? 연쇄 살인 같은 것?

나: 가끔요.

하퍼 형사: 고맙습니다. 시간 내 줘서 감사합니다, 치즈마 씨.

5.

하퍼 형사가 돌아간 뒤 나는 밖으로 나가 집 앞에서 신문을 집어 들었다. 현관 계단에 앉아 어제의 경기 결과를 확인하려고 스포츠면을 찾는데, 1면 접힌 자국 바로 아래 헤드라인이 눈길을 사로잡았다.

귀 자르기: 길고 추악한 역사

전통의 《볼티모어 선》에서 그렇게 선정적인 헤드라인을, 게다가 1면에 찍어 내다니 믿을 수 없었다. 기사를 쓴 사람은 마크

크노스라고 적혀 있었는데, 나는 모르는 이름이었다. 곧바로 읽기 시작해 그 페이지 맨 밑에 닿자 이어지는 기사를 마저 읽기 위해 14면으로 바삐 넘겼다. 굉장한 기사였다.

글쓴이에 따르면, 처벌의 형태로 귀를 자르는 행위는 고대 아시리아 법과 바빌론의 함무라비 법전까지 거슬러 올라가 기록되어 있었다. 영국에서는 16세기 초에 헨리 8세가 기존의 부랑자 처벌법을 수정하면서 처음 적발되었을 때는 차꼬에 채워 사흘간 구속, 두 번째는 귀 자르기, 세 번째는 교수형으로 다스리도록 했다. 미국에서 귀를 자르는 형벌은 18세기 후반, 특히 펜실베이니아주와 테네시주에서 위증, 명예훼손, 방화, 위조 범죄를 처벌할 때 존재했다.

정복한 적의 귀를 자르는 관행은 십자군 전쟁 시절까지 거슬러 올라가지만, 아메리카 원주민들이 전장에서 쓰러진 적의 신체를 훼손하는 의식을 거행하면서 널리 퍼졌다.

베트남전 시기에는 미군이 사망한 베트콩 군인과 민간인의 귀를 포함한 신체를 훼손한 사건이 언론에서 보도되며 떠오르기 시작했다. 이 관행은 본래 베트남전 초기, 미군이 당시 협력하던 몬타그나드족 등 소수 민족에게 베트콩을 사살할 때마다 소액의 포상금을 지불하면서 시작됐다. 돈을 받기 위해 그들은 베트콩 군인을 죽였다는 증거를 제시해야 했고, 귀 한쪽이면 충분한 것으로 결정됐다. 이런 만행을 저지르고 자른 귀 수십 개로 만든 목걸이를 걸고 다니는 전투 사진과 동영상이 퍼지자 미국 내에서 격분을 일으켰다.

최근에는 1986년, 플로리다주 마이애미에서 살인 사건 희생자 아홉 명이 귀가 잘린 채 발견됐다. 지역 경찰은 본래 그 무시무시한 소행이 연쇄 살인범의 짓이라고 믿었지만, 별개의 살인 사건으로 범인이 체포되면서 경찰은 이 살인이 '야훼의 민족'이라는 종교 단체와 관련이 있는 것이 아닌가 의심하게 됐다.

전 마이애미-데이드서의 강력계 형사 대니얼 보레고는 해당 단체의 창시자인 휴런 미첼 주니어, 즉 야훼가 "지역사회 내에서 흑인이 살해되면 보복 내지는 복수로서 백인 악마를 죽이고자 했다"고 말했다.

이 컬트 집단의 신도들은 "죽음의 천사", 다른 신도들을 지키는 일을 맡은 존경받는 집행자가 되기 위해서 야훼에게 "백인 악마의 귀를 가져가야" 했다고 밝혔다.

끝으로 "캔자스시티 도살자"이자 "컬렉터"로 알려진 미주리주 연쇄 살인범 로버트 버델라가 있었다. 1984년과 1987년 사이 버델라는 적어도 여섯 명의 남성을 납치, 강간, 고문, 살해했다. 그는 희생자를 길게는 6주까지 감금했다. 귀를 자르는 것에 더해 하수도 세정제를 눈에 붓거나, 손톱 밑에 바늘을 꽂거나, 피아노 줄로 손목을 묶는 등 다양한 가혹행위를 저질렀다.

세상에.

이 기사를 마저 읽는 동안, 서너 가지 또렷한 생각이 들기 시작했다. (1)흥미롭기는 하지만 이 정보 중 그 무엇도 누군가가 나타샤 갤러거와 케이시 로빈슨의 귀를 잘라 간 이유를 조금도 밝히지 않았다. (2)방금 읽은 글 때문에 입맛이 더러워져 이를 닦고 샤워를 해야겠다. (3)무슨 일이 있어도 어머니가 이 기사를 읽지 못하게 해야겠다.

안으로 들어가기 전, 나는 집 앞으로 나가 그 신문을 쓰레기통에 던졌다.

6

그날 오후 늦게, 칼리 올브라이트가 전화를 했고 새로운 소식이 있었다.

케이스 로빈슨의 전 남자친구가 메릴랜드주 오션 시티에서 발견되었는데, 지난 몇 주 동안 4번가 바닷가에서 우산, 의자, 바디보드를 대여하는 일을 하고 있었다고 한다. 그는 6월 20일 밤 확실한 알리바이를 갖고 있어서 용의선상에서 벗어났다. 형사들에게는 "에지우드 개자식들은 자기 일이나 신경 쓰라고 해요. 난 그 쓰레기 동네 근처에 가지도 않았고, 앞으로 갈 생각도 없어요."라고 말했다고 알려졌다. 참 매력적인 친구 같았다.

전화를 끊기 전, 칼리는 두 가지 더 관심이 가는 사안을 알려줬다. 칼리가 가장 신뢰하는 정보원 한 사람이 나타샤 갤러거의 방에서 마리화나가 든 작은 봉지가 발견됐다고 했다. 경찰은 그것이 살해와 무관하다고 생각했지만, 혹시 몰라 지역 딜러들과 이야기 중이라고 했다. 같은 정보원이 누군가가 최근 신고 전화를 걸어 케이시 로빈슨은 모두가 믿는 것처럼 착하고 순진한 아이가 아니었다고 주장했다. 아마 케이시에게는 아주 가까운 친구들만 아는 나쁜 습관, 병적인 도벽이 있었던 모양이다.

7

저녁 식사 후, 나는 카라의 가족과 다음 날 아침 보트 여행을 떠나기 위해 차고에서 낚시 장비를 정리하고 있었다. 가장 좋아하는 릴에 단섬유를 다 감고 나니, 아버지가 통로 쪽 문을 열고 전화가 왔다고 하며 내게 무선 전화기를 건넸다.

"고마워요." 내가 속삭였다. "누구예요?"

"말을 안 하더라."

나는 수화기를 귀에 댔다.

"여보세요?"

대답이 없었다.

"여보세요?"

나는 더 크게 말했다. 차고에서 무선전화 수신이 잘 안 될 때가 있었다.

다시, 치직거리는 소리밖에 들리지 않았다.

"여보세요?"

그때는 짜증이 났다.

그리고 달칵 소리가 나더니 윙 하는 신호음이 들렸다.

나는 수화기에서 끄기 버튼을 누르고 아버지를 봤다.

"연결이 잘 안 되나 봐요."

아버지가 의심스럽다는 눈빛으로 나를 봤다.

"확실하니?"

"아뇨. 모르는 목소리였어요?"

아버지는 고개를 저었다.

"남자였어. 평범한 목소리였고. 리처드를 바꿔 달라던데."

"허."

"아마 다시 전화하겠지."

"그러게요."

"내 말대로 조심하고 있지?"

"네. 지난 이틀 동안은 카라랑 함께 있었어요. 그 전에는 일을 많이 했고."

아버지가 내 낚시 도구 상자와 낚싯대를 봤다.

"여기서 일 마쳤니?"

"네."

나는 전등을 끄고 아버지를 따라 집으로 들어갔다.

거실에 닿기 직전, 아버지가 돌아서더니 목소리를 낮췄다.

"네 엄마에겐 이 일은 이야기하지 말자, 응?"

"당연하죠."

8

그날 밤, 몹시 피곤한데도 여전히 잠이 쉽게 오지 않았다. 한동안 이리저리 뒤척이면서 집에 전화를 건 알 수 없는 남자를 생각했다. 이전의 장난 전화는 단순히 짓궂은 행동으로 무시할 수 있었다. 친구들과 나도 어릴 적에 여러 번 장난 전화를 걸었다. 아무 번호나 누르고 아무 말도 안 하거나 멍청한 소리를 한 뒤 끊는 것이었다. 하지만 그때는 달랐다. 내 이름을 부르며 바꿔 달라고 했다. 그리고 내가 전화를 받을 때까지 기다려 내 목소리를 들은 뒤에 전화를 끊었다. *대체 누구였을까? 그 전화가 어떤 메시지였을까? 경고였을까? 그렇다면, 어떤 목적의 경고였을까?*

아버지가 염려하시는 것이 이상하지는 않았다. 모든 상황이 이상했고…… 심란했다.

책상 맨 위 서랍에 넣어 둔 하퍼 형사의 명함이 떠올랐다. *그에게 전화해서 알려야 할까? 뭐라고 알리지? 누가 바보 같은 장난 전화를 걸어서 머릿속이 복잡하다고?* 아마 그도 웃음을 터뜨리고 전화를 끊을 것이다.

하지만 그 주 초에 있었던 사건 하나가 떠올랐다. 몇 가지 일을 처리하러 나갔는데, 우선은 우체국에 가서 새로운 단편을 투고하는 것이었다. 그다음, 좁은 주차 공간에서 차를 후진으로 빼내다가 주차장 맞은편에 서 있는 검은 창문의 은색 세단과 부딪힐 뻔했다. 그때는 그 일을 대수롭지 않게 여겼다. 하지만 다음에는 플라자 드럭스에 들러 종이와 어머니가 노마 젠타일에게 보내기 위해 부탁한 생일 카드를 샀다. 나오는 길에 두 대의 차가 지나기를 기다린 다음, 주차장을 가로질러 내 차로 가야 했다. 그중 한 대가 검은 창문의 은색 세단이었다. 마지막으로 40달러 현금을 인출하기 위해 퍼스트 내셔널 은행에 들렀다. 현금인출기 앞에서 줄을 섰는데, 나이 지긋한 남자가 내게 등을 돌리고 옆의 중국식당 문을 열고 있었다. 짧은 검은 머리의 마른 여자가 그 뒤에 따라 나오는 것을 보고 나는 그들이 로빈슨 씨 부부, 케이시의 부모인 것을 깨달았다. 곧바로 내 앞의 보도로 시선을 떨구고 숨을 죽이고서 로빈슨 부인이 나를 알아보지 못하기를 바랐다. 그 순간 떠오른 생각은 이것뿐이었다. *난 저분들 딸 장례식에도 안 갔는데.* 다행히 그들은 뒤도 안 돌아보고 주차장에 세워 둔 차로 곧바로 갔다.

집으로 가는 길에 에지우드 로드에서 신호등에 걸렸다. 로빈슨 부부 생각에 정신이 팔려 있던 나는 녹색등을 기다려 오른쪽으로 돌아 UPS 트럭 뒤를 따라서 핸슨 로드로 접어들었다. 집까지 절반쯤 오다가 룸미러를 확인하니 차 두 대 뒤에 있는 은색 세단이 보였다. 나는 자세히 보려고 속도를 늦췄지만, 차창에 햇빛이 비추는 바람에 누가 운전하는지 알 수 없었다. 몇 분 뒤 우리 집 앞에 왔을 때, 그 차는 보이지 않았다. 30분 뒤, 새로운 단편을 쓰는 데 열중하느라 그 일은 다 잊어버렸다.

그때까지는.

마침내 잠들기까지 아주 오래 걸렸다.

위: 베이베리 드라이브에서 주민에게 질문하는 경찰(로건 레이놀즈 제공)

위: 라일 하퍼 형사(〈이지스〉 제공)

5장

7월

"폭풍우가 오고 있다……"

1

다행히 그때만큼은 아미티 아일랜드의 상어를 미워하는 시장 생각이 옳았다.

에지우드 주민들은 시에서 주최하는 독립기념일 행사를 즐기러 쏟아져 나왔고, 경찰에 따르면 강력범죄로 체포된 사람은 한 명도 없었다.

월요일 아침이 연휴에 꼭 어울리는 날씨와 함께 밝았고, 시민들은 유난히 기분 좋게 잠자리에서 일어나 휴일에 감사하며 최근 있었던 나쁜 뉴스를 과거 일로 여기고자 단호히 결심한 느낌이었다. 컵스카우트가 후원한 소방서 팬케이크 아침 식사와 그다음 어린이 리그 더블헤더 경기에는 많은 사람이 참석해 요란하게 응원했다. 뒷마당 바비큐로 햄버거와 핫도그, 치킨을 굽는 맛있는 냄새와 아이들의 듣기 좋은 웃음소리로 주위가 가득 찼다. 윌로비 비치 로드 끝, 플라잉 포인트 공원은 떠들썩했다. 모래사장에 늘어선 보트들, 쩌렁쩌렁 울리는 라디오 소리 가운데 어른들은 플라스틱 컵에 따른 맥주를 들이켜며 볕에 탄 살갗에 선탠로션을 발랐고, 아이들은 얕은 물속에서 서로 밀치고 술래잡기와 마르코 폴로 게임을 했다. 강 하류로 조금 내려가면 L자형 부두에 낚시꾼과 게잡이가 모여 큰 메기와 농어를 찾아 깊은 강물 속으로 미끼를 던졌다. 가족들과 10대 무리 수십 명이 공원의 풀밭에 퍼져 피크닉을 하면서 술을 마셔 댔고, 프리스비와 편자를 던지고, 빨간색과 흰색과 파란색이 섞인 연을 날렸다.

놀이터에는 단것을 잔뜩 먹고 눈을 동그랗게 뜬 아이들이 몰려들어 뜨거운 햇살에도 불구하고 지칠 기미가 없었다. 여름 공기에는 숯불 그릴과 선탠로션, 찐 게와 갓 깎은 잔디의 향기로운 냄새가 가득했다.

저녁이 되자 사람들은 시내로 향했고 에지우드 로드의 양쪽 길가에 많은 사람들이 모였다. 고등학교 악대가 미국 국기를 연주하며 퍼레이드를 앞장섰고, 모두 잔디밭 의자와 깔개에서 일어나 차렷 자세로 경계를 하는 가운데 기수들이 일렬로 당당히 지나갔다. 어린이 리그와 소프트볼팀 선수들이 유니폼 차림으로 부모와 친구들에게 모자를 흔들며 사진을 찍으면서 그 뒤를 따랐다. 그다음으로 소방차와 구급차, 경찰차가 전조등을 번쩍이면서 사이렌을 울리며 지나갔다. 지역 회사와 퍼레이드 후원사를 광고하는 느린 트랙터, 반짝이는 소총을 바통처럼 돌리다가 하늘로 던지며 석양에 빛나는 제복 금단추를 단 채 완벽하게 발을 맞추는 에지우드 아스널의 군인들, 빨간색과 하얀색의 컨버터블 코벳 차량 뒷좌석에 앉아 사람들에게 손을 흔들고 키스를 날리며 아이들에게 사탕을 한 줌씩 던지는 미스 메릴랜드와 미스 하퍼드 카운티의 행렬이 이어졌고, 전통적으로 맨 끝에는 정복 제복을 차려입고 모두 보란 듯이 창고에서 꺼낸 훈장을 단 에지우드의 해외 참전용사들이 안테나에 미국 국기를 단 오픈지프에 타고 있었다.

퍼레이드가 끝나자마자 사람들은 자기 물건을 챙겨 남은 밤 시간을 즐기러 시내로 흩어졌다. 많은 사람들은 곧 시작되는 불꽃놀이가 잘 보이는 길 바로 아래 쇼핑센터 주차장으로 향했다. 아이스크림과 스노볼 칵테일을 파는 사람들이 종을 울리며 사람들 사이를 헤치고 다녔고, 아이들 무리가 웃으며 그들을 뒤쫓았다. 깔개를 접고 테라스와 뒷마당에 앉아 티브이를 보러 집으로 가는 사람들도 있었다. 주로 나이 지긋한 사람들은 그날 활동에 지쳐 곧바로 잠자리에 들었다.

약속대로 에지우드 거리에는 순찰차가 평소보다 많이 돌아다녔다. 메릴랜드주 경찰과 하퍼드 카운티 보안관서에서 보낸 순찰차였다. 사복 경찰관이 밤낮으로 사람들 무리에 껴들었다. 조깅을 하거나 산책을 나온 연인인 척 교외 거리를 살피는 이들도 있었다. 약물 혹은 음주 운전, 난동, 불법 불꽃놀이, 사소한 기물 파손으로 몇 명이 체포됐다. 그날의 가장 심각한 사건은 외지인 둘이 불꽃놀이 중 마리화나 소지로 체포됐는데, 그들의 차량 사물함에서 불법 권총이 발견된 것이었다.

그날 가장 놀라운 일은 대부분의 사람들이 흩어져 귀가한 지 한참 뒤에 일어났다. 악명 높은 불평꾼이자 심한 알코올중독자인 43세 로드니 탤벗이 술집에서 빠져나와 윈터스 런 여관 앞에 차를 세우고 열쇠를 안에 둔 채 잠갔다. 우습게도 그 행동 덕분에 탤벗은 음주운전으로 붙잡혀 그날 밤을 유치장에서 보내는 신세를 면했다. 주 경찰관이 그를 잡기 딱 좋은 인근 7번 도로에서 대기 중이었기 때문이다.

하지만 거기서 로드니 탤벗의 운은 다했다.

술집에서 차를 태워다 줄 사람을 구하지 못한 탤벗은 근처에 펼쳐진 숲속 늪지대를 가로질러 비틀거리며 귀가하다가 개울에서 발을 헛디뎌 고꾸라지고 토하느라 두 번 멈추기도 했다.

싱어 로드의 트레일러를 두 대 연결한 이동주택에 마침내 도착한 그는 현관문이 잠긴 것을 발견했다. 문을 두드리고는 생각나는 온갖 욕설 그리고 즉석에서 지어낸 욕설 서너 가지로 아내를 불러 댄 뒤 이동주택 뒤쪽으로 가서 낡은 피크닉 테이블 위로 올라가 좁은 침실 창문으로 기어 들어가려고 했다.

좁은 이동주택 안에서 역시 곤드레만드레가 된 아내 어맨다가 곯아떨어졌다가 깨어났다. 그러고는 창문에서 진흙투성이가 된 남편 얼굴을 알아보지 못하고 부기맨이 침입해 자신을 죽이려 한다고 믿어 버렸다. 어맨다는 가만히 당할 생각이 없었다. 그래서 옷장 안에 둔 12게이지 샷건을 꺼냈고, 탄환 상자를 찾지 못하자 총을 돌려 묵직한 개머리판으로 침입자의 뒤통수를 반복적으로 내리쳤다. 부기맨이 정신을 잃고 위협이 되지 못한다고 확신하자, 어맨다는 911에 신고했다.

몇 분 뒤 사이렌을 울리며 경찰차 세 대, 구급차 한 대, 소방차 한 대가 이동주택 앞에 섰다. 로드니 탤벗의 평소 행실을 잘 아는 경찰관 한 명이 살인마라는 자를 곧바로 알아보고 어맨다에게 자기 남편을 살해할 뻔했다고 침착하게 알렸다.

나중에 서로 돌아온 경찰관은 그 이야기를 전하며 고개를 절레절레 흔들지 않을 수 없었다. "믿을 수가 없었어. 어맨다가 놀라서 울먹이며 욕을 할 줄 알았지. 대신에 땅바닥에 자빠진 로드니를 살펴보더니 껄껄 웃기 시작하더군. 5분 뒤에도 *계속 웃*

고 있었어. 소리가 하도 커서 머리가 울렸다니까. 게다가 코가 삐뚤어지게 술을 마시고 멍청한 짓을 했다고 그 여자를 체포할 수도 없었어. 자기 집에서 자기 할 일을 한 것이고, 총은 합법적으로 등록돼 있었으니까."

2

독립기념일이 지난 뒤 목요일, 칼리 올브라이트가 우리 집에 갑자기 찾아왔다. 어머니가 문을 열고 아주 상냥한 목소리로 알렸다. "리처드, 어느 *아가씨*가 너를 찾아왔구나." 내가 현관으로 나갈 때 어머니는 귀여운 눈썹을 치켜뜨며 싱글거렸다. 나는 모른 체하고 칼리가 있는 테라스로 나간 뒤 문을 닫았다. 우리는 다시 맨 위 계단에 자리를 잡았다.

"리치…… 집 안으로 여자를 부르면 안 되는 거였어?"

칼리가 씩 웃으면서 물었다.

"내 말 믿어, 들어가면 후회할 거야. 어머니가 3코스 점심을 먹으면서 귀에서 피나도록 이야기하실걸. 연휴는 잘 보냈어?"

"굉장했지." 칼리는 진지한 표정을 지어 보였다. "팬케이크 아침 식사 모임에서 거북이 경주를 취재하면서 하루를 시작했어. 그리고 오후 내내 취객을 인터뷰하고 말발굽 대회 결과를 기록했고. 어제 신문에 장문의 쓰레기 기사 하나 쓰겠다고 그 고생이었지."

나는 인상을 썼다.

"그거 심하네."

"다행히 저녁에는 노라 로버츠의 신작 소설을 친구 삼을 수 있었어."

"불꽃놀이 보러 안 갔어? 데이트도 안 하고?"

칼리가 나를 노려봤다.

"리치, 나는 표준체중보다 5킬로가 더 나가고 일 중독에 남의 말을 못 들어. 데이트 못 한 지 1년도 넘었다고."

나는 지나가는 덤프트럭을 보는 척 시선을 돌렸다.

"괜한 걸 물어서 미안."

"넌? 연휴 어땠어?"

나는 어깨를 으쓱였다.

"잘 보냈어. 카라랑 드디어 좋은 시간을 좀 보냈지. 물고기도 잡았고. 맥주도 마셨고. 선탠도 하고."

칼리는 내 이마를 흘깃 봤다.

"그러네."

"그래서…… 무슨 일이야?"

칼리는 잠시 입을 다물더니 말했다.

"부탁이 하나 있어."

"당연히 들어 줘야지. 뭔데?"

"오늘 아침에 내가 기사 아이디어를 한 가지 편집자에게 설명했더니, 이번에는 신이 나서 좋다더라고."

"잘됐네."

나는 칼리가 이야기를 끝맺기를 기다렸다.

"음…… 그 아이디어는 너야."

"어?"

"너라고. 네 글과 잡지에 대해서 인터뷰하고 싶어. 생각해 봐. 네가 나중에 성공하면 내가 첫 인터뷰를 딴 게 되잖아."

나는 한숨을 푹 내쉬었다. 고향 사람들 모두에게 내가 무슨 일을 하는지 알리고 싶은지 알 수 없었다. 손쉽게 빠져나가고 싶어서 나는 이렇게 물었다.

"이런 이야기를 하기에 타이밍이 좀 별로인 것 같지 않아?"

"편집자랑 나도 거기에 대해 의논을 했어. 편집자는 너무 어둡고 불쾌한 내용을 피하고 '연쇄 살인범'이란 말만 쓰지 않으면 괜찮을 거래. 에지우드에 조금쯤 좋은 소식이 필요한데, 네가 바로 그거랬어. 지역 출신 청년이 성공하다, 이런 거."

"내가 좋은 소식이라니. 낯설다."

"그럼 네 의견은 어때?"

칼리가 내가 눈을 피하지 못하게 바짝 다가오며 물었다.

나는 조금 더 생각해 봤다.

"너 약은 거 알지? 내가 전화로 거절하기가 더 쉬우니까 전화로 묻지 않은 거지."

칼리는 순진한 표정을 지어 보였다.

"어머, 치즈마 씨, 솔직히 무슨 말씀인지 모르겠군요."

"그럼 그 인터뷰는 언제 하고 싶어?"

칼리는 가방에 손을 넣더니 큼지막한 녹음기를 꺼냈다.

"지금은 어떨까요?"

3

잔디 깎기를 물로 씻고 말리려고 햇볕에 밀고 나가는데 거친 목소리가 외쳤다.

"어이, 리처드. 잠깐 이리 와 보게."

고개를 들어 보니 젠타일 씨가 현관에서 내 쪽을 넘겨다보고 있었다. 관절염에 걸린 앙상한 손가락으로 나를 가리키며 어서 오라고 손짓했다.

버나드 젠타일은(우리가 어릴 때 그는 자기를 버니 씨라고 부르라고 했다.) 80대 후반이었고 딱 그 나이로 보였다. 얼굴은 1년 내내 가무잡잡했고 깊은 주름이 잡혀 있었다. 몸집이 작은 그는 167센티미터를 넘지 않았고 허리가 심하게 굽어서 키가 더욱 작아 보였다. 이웃 아이들은 그가 없을 때면 노트르담의 꼽추라고 불렀지만, 나는 그것이 싫어서 아이들에게 그렇게 부르지 말라고 했다. 청소년 시절 내게 젠타일 씨는 화 잘 내는 마구 씨[10]와 똑같았지만, 부모님 말고는 누구에게도 그 이야기를 하지 않았다. 무례한 짓 같았다. 두 차례 전쟁에서 혁혁한 공을 세운(그리고 물론 그것을 증명할 훈장이 여럿인) 참전용사 젠타일 씨는 점잖은 사람이었고 이야기 솜씨가 탁월했다. 우리가 어릴 때는 대

10 1949년 UPA 애니메이션 스튜디오에서 제작한 만화영화에 등장하는 작은 부자 노인 캐릭터.

공황과 2차 세계 대전에서 예전 재즈클럽과 엘비스 프레슬리를 만난 날에 이르는 온갖 이야기를 들려주곤 했다. 지미 캐버노와 나를 집 앞에 부르더니 옛 서부였다면 우리가 조랑말 속달 우편 배달부 일을 잘했을 것이라는 이야기를 너무나 자세히, 한 시간 가까이 들려준 적도 있었다. 그는 우리에게 이야기하고 또 했다. "키 크고 마른 녀석들. 너희 둘이 딱 알맞다." 그해 여름 내내, 그가 마당에 나와서 놀거나 교회로 달려가는 우리를 보면 주름진 얼굴에 함박웃음을 지으며 같은 말을 반복했다. "저기 있구먼! 키 크고 마른 녀석들!"

테라스로 다가가면서, 나는 젠타일 씨 집 앞마당을 지키는 실제 크기 도자기 조랑말의 머리를 두드리며 행운을 빌었다. 그 조랑말은 바로 그 자리에 거의 언제나 서 있었다. 부모님은 집 안 어딘가에 내가 아장거리던 시절 그 조랑말에 올라타 짧은 다리를 대롱거리는 흑백 사진을 간직하고 있었다.

"어떻게 지내세요, 젠타일 씨?"

"잘 지내지, 잘 지내." 그가 앉으며 말하더니 검버섯이 난 손으로 현관 천장에 매단 관엽 식물 두 개를 가리켰다. "부탁이 있는데, 저것들을 좀 내려 줘, 응?"

나는 그쪽으로 걸어가 발뒤꿈치를 들고 화분을 하나씩 내리다가 마지막 화분은 떨어뜨릴 뻔했다. 그 녀석들이 보기보다 무거웠다.

"거기 그냥 놔둬." 그가 현관 구석을 가리켰다. "내가 나중에 수레로 옮길 테니까. 노마가 여기는 해가 들지 않는대서."

"제가 옮겨 드릴게요. 염려 마세요."

그는 한 손을 들어 내 걸음을 막았다.

"나도 멀쩡하다. 손이 안 닿는데, 노마가 요즘은 사다리에 손도 못 대게 해서 그래. 저놈의 나무 가지치기를 하려다가 머리를 꿰맨 이후로 그러지." 그는 옆의 빈 의자를 팔꿈치로 가리켰다. "잠깐 앉아. 할 이야기가 있어."

나는 의자에 앉았다. 그는 중요한 일을 기억하려는 듯 먼 곳을 응시했다.

"요즘 돌아가는 걸로 봐서 자네가 흥미를 품을 만한 일이야." 그러더니 젠타일 씨는 나를 봤다. "60년대, 자네랑 자네 부모가 옆집에 이사 오기 전의 일이었어. 자네 아버지는 그때 아직 텍사스나 해외에 주둔 중이었을 거야."

나는 모르면서도 고개를 끄덕였다.

"그때는 에지우드가 지금과 많이 달랐다는 걸 알아야 해. 40번 도로는 있지도 않았고 24번 도로도 대부분 없었어. 그쪽에 상점이나 식당도 별로 없었지. 니나가 열여섯 살이 되는 해였어. 노마가 엄청 큰 파티를 열었으니까 기억하지."

니나는 젠타일 씨 부부의 외동딸이었다. 그들에겐 아들도 둘 있었다. 세 자녀 모두 나보다 훨씬 나이가 많았고 오래전 집을 떠났다.

"시더 드라이브의 군용 사택에 살던 어린 남자아이가 어느 여름날 없어졌어. 친구들이랑 근처 개울에 놀러 간 아이였지. 놀다가 친구들은 점심 먹으러 집에 갔는데, 그 애는 피라미를 찾는다고 혼자 남았다고 했어. 하지만 정말 혼자 남은 건 아니었나 보지. 다른 애들이 30분쯤 뒤에 개울로 돌아가 보니 그 아이 신발 한 짝만 개울가에 남아 있었으니까." 젠타일 씨가 나를 봤다. "익숙한 얘기지?"

"케이시 로빈슨이랑 똑같네요."

"아이 부모와 친구들이 사방을 찾아다녔어. 아이를 찾지 못하니 헌병대에 연락했고, 헌병은 보안관서에 신고했지. 일주일 넘게 밤낮으로 찾다가 중단했어.

어쨌든 여름은 흘러갔고, 그 아이 가족과 친구들에게만 빼고 그 일은 과거로 묻혔어. 산다는 게 그렇지. 좋은 일이건 나쁜 일이건 무관한 일이건, 늘 다른 일이 생겨서 우리는 제 갈 길을 가게 되거든.

그런데 8월 말쯤, 아이들이 수영복이랑 야구 글러브를 치우고 교과서에서 먼지를 털어내기 직전, 그런 일이 또 생겼어. 또 다른 아이가 사라진 거지. 그때는 어린 흑인 여자애였어. 그 애가 앞마당에서 노는 걸 엄마가 지켰어. 집 안에서 전화가 울렸고 나중에 엄마는 들어간 시간이 1분도 안 됐다고 경찰에 이야기했지. 다시 나와 보니 아이가 사라졌고. 그때는 신발도 없었어. 아이가 그날 하고 있던 예쁘장한 핑크 리본 하나 남지 않았지.

그다음에는 첫 번째 사건 때랑 거의 똑같은 일이 되풀이됐어. 경찰에 신고했지. 수색조를 짜고 수색을 하고는 결국 해산했지. 그리고 그 어린아이는 다시 보지 못했고 소식도 못 들었어.

그다음에는 동네 사람들이 바짝 날이 섰지. 온갖 추측이 나돌고. 엉뚱한 사람을 고발하고. 긴장이 감돌았어. 쉽게 화를 냈고. 그러다가 이전처럼 시간이 지나면서 정상으로 돌아갔어. 연휴가 지나갔고. 학생들은 학교로 돌아갔지. 더 이상 아이들이 사라지지 않았고. 그러다가 눈 깜빡할 새 다시 여름이 됐어."

젠타일 씨가 눈을 가늘게 뜨고 나를 봤다.

"내 이야기가 무슨 뜻인지 알겠나?"

나는 고개를 끄덕여 수긍의 뜻을 비쳤지만 그건 거짓이었다.

"알 것 같아요."

"알 줄 알았지. 자넨 영리한 청년이니까. 늘 영리했어."

아마 내 지력은 매우 과대평가된 모양이었다.

몇 분 뒤 집 앞에서 아버지가 도와 달라고 나를 부르시기에 나는 냉큼 일어나 실례한다고 말했다. 젠타일 씨에게 작별인사를 하면서 머릿속에 이런 생각이 몰려들었다. 방금 들은 이야기를 어서 칼리에게 전해야지.

4

젠타일 씨와 나눈 대화는 7월 9일 토요일 아침에 한 것이었다. 정오 무렵에 이미 나는 칼리에게 전화를 걸어 에지우드에서 실종된 두 아이에 관한 오싹한 이야기를 전했다. 칼리는 나와 같이 흥분하며 《이지스》 지난 호 파일을 확인해 추가 사항을 알아낼 수 있는지 확인하겠다고 약속했다.

월요일 오후 무렵 칼리와 나는 에지우드 공공도서관에서 테이블을 사이에 두고 마주 앉아 복사본이 가득 든 파일 폴더를 열었다.

나는 방금 읽은 1967년 7월 11일자 신문 전면 기사를 내려놓고 상단 왼쪽의 두 페이지짜리 기사를 집어 들었다. 실종 소년 아직도 흔적조차 없어. 그 애는 7세의 피터 시헌이었다. 내가 재빨리 기사를 다 읽고 나니 칼리가 물었다.

"그래서 어떻게 생각해?"

"어떻게 생각해야 할지 모르겠어." 나는 쌓여 있던 기사 중 다음 것을 손끝으로 칼리 쪽에 밀었다. "신발 한 짝이 남은 것 말고는 지금 사건과 그다지 공통점이 없어."

"나도 그렇게 생각했어. 첫 희생자는 남자고 두 번째는 여자고. 하나는 백인, 다음은 흑인. 그리고 시신은 발견되지 않았고. 그 아이들이 교살된 것은 고사하고, 죽었는지도 모르잖아."

"그리고 나타샤 갤러거랑 케이시 로빈슨보다 훨씬 어린 아이들이고."

"범죄 현장에 숫자와 관련된 것이 남아 있었다는 말은 한마디도 없어." 칼리가 나를 봤다. "실망했어?"

"약간." 나는 갑자기 바보가 된 느낌이었다. "살인 사건들이 어떻게든 연결되어 있다고 생각했는데…… 하지만 관계가 없는 거지?"

칼리는 어깨를 으쓱였다.

"알 수 없고 심란한 상황에서 벌어진, 고향 소도시의 비극이 또 있었던 것이지."

"그런 것 같아." 기사를 훑어본 뒤 나는 칼리를 향해 고개를 들었다. "글만 쓰게 해 주면 넌 좋은 기자가 될 거야."

칼리의 얼굴이 환해졌다.

"너에 관한 기사 기대해!"

"제발, 그냥 잊어버리게 해 줘."

"먼저 읽을 생각은 정말로 없어? 우선 봐 주면 내가 안심이 될 텐데."

"응." 나는 고개를 끄덕였다. "한 번이면 충분해. 그리고 다른 사람들이 읽을 때까지 기다렸다 읽을 거야."

"그렇다면야." 칼리는 파일을 들더니 기사 더미 맨 아래를 뒤져 발견한 것을 내게 건넸다. "또 좀 흥미로운 걸 발견했어."

1972년 3월자 기사였다. 헤드라인은 에지우드 10대 살해였다. 그때 나는 여섯 살이었다.

나는 목소리를 낮추고 소리 내어 읽었다.

"'지난 목요일 저녁, 경찰은 핸슨 로드에 거주하는 실종 청소년, 15세 앰버 해리슨의 시신을 윈터스 런 개울가 진흙에서 발견했다.' 지금 여기서 딱 한 블록 거리네."

칼리가 고개를 끄덕였다.

"'인근 에지우드 고등학교 1학년 해리슨 양은 캐벌리 드라이브에 위치한 친구 집에서 집까지 짧은 거리를 걸어가다가 실종된 뒤 약 48시간 만에 발견됐다. 초동 수사 보고서에 따르면, 해리슨 양은 구타를 당하고 목이 졸렸으며……'"

나는 읽기를 멈추고 칼리를 봤다.

"와. 또 다른 희생자는 없어? 범인은 잡았고?"

"그게 아주 재미있는 부분이야. 다 찾아봤는데, 아무것도 없었어. 후속 기사 하나 없어."

"이해가 안 되네."

"그러게 말이야. 검색 시스템이 오래되고 낡아서 뭔가 놓쳤을 수도 있어. 하지만 《볼티모어 선》을 찾아봤는데도 한마디도 안 나왔어."

"그거 정말 이상하네."

내가 생각해 보며 대꾸했다.

"스파이더맨의 육감이 느껴져?"

나는 놀라서 칼리를 쳐다봤다.

"너도 팬이었어?"

칼리는 어이없다는 표정으로 복사본 더미를 정리하기 시작했다.

"뭐, 남자들만 만화책을 보는 줄 알아?"

5

이튿날 아침, 나는 전날 밤 칠리 핫도그를 먹으면서 콜라 더블빅 사이즈 컵을 들이켠 결과로 방광이 터질 것 같아 동 트기 전에 잠에서 깨어났다. 비몽사몽 화장실로 가는 길에 신문을 접

는 소리와 커피를 달각거리며 젓는 스푼 소리가 들렸다. 계단
에서 멈춰 아래를 내려다봤다. 주방 구석 좁다란 테이블에 앉아
있는 검은 윤곽선만 보였다. 그곳에 혼자 앉아 계신 아버지는
어쩐지 작고 외로워 보였다. 집 안은 소리 없이 고요했고 나는
바로 그런 수백 번의 이른 아침을 떠올렸다. 파자마를 입고 거
기에 서서 나는 생각했다. *가족을 갖게 되면 이런 거야. 밖이 아*
직 어두울 때 일어나서 사랑하는 사람들이 더 잘 살 수 있도록
출근해야지. 아프거나 지치거나 가고 싶지 않을 때도. 아버지를
좀 더 지켜보고 있으니 처음으로 그렇게 가슴이 아팠다. "사랑
해요, 아빠." 어둠 속에서 그렇게 중얼거리고 화장실로, 다시 침
대로 살그머니 돌아갔다.

6

2주 뒤인 7월 27일 수요일, 칼리가 나에 관해 쓴 기사가《이
지스》에 실렸다. 부모님이 그 신문을 구독해서 배달받았지만
나는 와와 편의점에서 한 부를 사서 차에 혼자 앉아 읽었다. 주
차장 그 자리에서 단 한 번 읽었는데 직접 인용에 맞닥뜨릴 때
마다 흠칫거리고 말았다. 나중에 카라는 사진의 내 모습이 잘
생겨 보이고 열정적이고 똑똑한 사람 같다고 말해 줬다. 하지만
나는 순전하고 완전한 얼간이처럼 보였고, 말도 그렇게 했다고
확신했다. 모든 내용이 증오스러웠지만 물론 칼리에게 그렇게

말하지는 않았다. 대신 고맙다고 인사하며 기사 덕분에 부모님이 몹시 자랑스러워한다고 했는데, 그것만큼은 부인할 수 없는 사실이었다. 두 분은 막내아들이 지방지, 그것도 '사람과 장소' 섹션의 첫 면에 실린 것에 기뻐 어쩔 줄 모르셨다. 그날 저녁, 노마와 버니 젠타일 부부가 집에 들러 나더러 신문에 사인을 해 달라고도 했다. 농담인 줄 알았는데 아니었다. 어머니는 미소를 감추지 못했다. 이튿날 아버지는 도서관으로 바로 가서 칼리의 기사를 여남은 장 복사해 전 세계 친척들에게 보냈다.

그러나 이 기사 덕분에 두 가지 기분 좋은 놀라운 일이 생겨났다. 하나는 옛 친구 지미 캐버노가 밤늦게 전화를 걸어 온 것이었다. 타지에서 《이지스》를 구독하는 지미의 부모님이 기사 이야기를 아들에게 했다. 그는 내게 축하한다고 했고, 사촌 결혼식에 참석하느라 주말 동안 에지우드에 올 것이라고 알렸다. 우리는 한 시간 넘게 통화하고 만날 계획을 세웠다.

두 번째 놀라운 일은 이튿날 아침 하퍼 형사가 축하 전화를 한 것이었다. 그는 우연히 기사를 봤고(혹은 자연스럽게 들리도록 일부러 그렇게 말했는지 모르겠지만) 아주 재미있게 읽었다고 했다. 단지 그 이야기를 하려고 전화했다면서 그가 전화를 끊기 전, 나는 혹시나 하고 한 가지 아이디어를 제시했다. "제가 언제 형사님과 함께 순찰차를 타 보면 어떨까요? 에지우드 같은 소도시 경찰관 일을 하면 어떤지 직접 보며 경험해 보려고요." 나는 그 전해 볼티모어 시 경찰인 친구와 함께 서너 번 순찰차를 타 본 적이 있다고 설명했다. 서명해야 하는 양도계약서와 해야 할 일도 다 알고 있었다. 하퍼 형사는 생각해 보고 연락을 주기로 했다. 나는 담담히 기다렸다.

7

같은 날, 수요일 밤, 저녁 식사 후 부모님은 칼로스 시니어와 프리실라 바르가스를 만나러 갔다. 나는 대화를 시작한 지 30초 안에 내 신문 기사 이야기가 나올 것이라고 확신했다.

한편 카라와 나는 그날 저녁 지하실에서 영화를 봤고, 카라는 일찍 인사를 하고 과제를 하러 집으로 향했다. 젠장. 졸업하고 두 달이 꼬박 지났는데도 여전히 학교가 싫었다.

샤워를 하려는데 전화가 울렸다. 재빨리 허리에 수건을 감고 2층 복도에 있는 전화를 받았다.

"여보세요?"

"간단한 뉴스가 있어."

칼리 올브라이트의 목소리가 작고 멀리 느껴졌다.

"알려 줘."

"지역 조경사 31세 매니 소여가 오늘 아침 약 11시 15분에 연행됐대. 갤러거 씨네 뒷마당 나무를 벤 팀에서 일하고, 로빈슨 씨네서 두 집 건너 주택에서 관목을 옮기고 뿌리를 덮어 주는 작업을 했다나 봐."

"우와."

"내 말이. 아직 서에서 면담 중이라고 했어."

"새로운 소식 있으면 계속 알려 줘, 응?"

"그럴게. 안녕."

칼리는 전화를 끊었다. 나는 수화기를 내려놓고 욕실로 다시 갔다. 샤워를 틀었지만, 타월을 벗기도 전에 전화가 다시 왔다. 아이고, 칼리.

나는 복도로 서둘러 나가 수화기를 집어 들었다.

"야, 그것참 빠르……"

"뭐가 빠르지?"

모르는 남자 목소리였다.

"미안합니다. 다른 사람인 줄 알고."

남자가 껄껄 웃었다. 낮고 거슬렸다. 유쾌한 소리는 아니었다.

"누구시죠?"

목소리만은 침착하게 들리기를 바라며 내가 물었다.

대답은 없었지만 숨소리는 들렸다.

"왜 계속 전화하는 거죠?"

달칵.

그리고 신호음이 들렸다.

나는 손을 내리고 전화기를 잠시 노려봤다. 처음으로 그 질문을 던졌다. 정말로 부기맨이었나? 그리고 샤워기를 잠그고 아래층으로 달려가 문이 잠겼는지 확인했다.

8

좋았던 옛 시절과 똑같았다.

차창을 내리고. 라디오 소리를 높이고. 뒷자리 바닥에 버드라이트 여섯 개 들이 팩. 그리고 지미 캐버노가 조수석에 탔다.

"굉장하네. 어릴 적에 네가 들려준 무서운 이야기 같잖아. '우리 가운데 돌아다니는 괴물.'"

내가 막 나타샤와 케이시의 살해, 그리고 《이지스》 옛 기사에서 칼리 올브라이트가 발견한 내용을 재빨리 설명한 참이었다. 우리는 30분간 서로의 안부를 묻고 시내를 돌아다니며 자주 다니던 곳을 전부 들렀다. 지미가 마지막으로 고향을 찾은 지 3년이 지났지만, 별로 변한 것은 없었다.

지미가 창밖을 내다보며 물었다.

"뭐가 그리운지 알아?"

"뭐?"

"예전 급수탑. 거기서 썰매 타던 거 기억해?"

"당연하지."

"거기서 물이 새서 언덕 전체가 얼어붙은 거 기억나? 그 노인네가 스케이트를 타고 거길 미끄러져 내려오다가 죽을 뻔한 거!"

나는 그 일을 떠올리며 웃었다.

"그 '노인네'가 지금 우리랑 비슷한 나이였을걸?"

"설마." 지미는 깜짝 놀란 기색이었다. "정말로 그럴까?"

"그럴걸. 우리는 늙어 가고 있다고."

"그리고 넌 결혼을 하고."

지미가 씩 웃었다.

"응, 그렇지. 그리고 넌 들러리로 내 옆에 설 거고."

"꼭 갈게." 지미는 경찰이 있는지 둘러 본 뒤 맥주를 한 모금 마셨다. 트림을 했다. 에지우드 다이너를 지나칠 때는 창밖을 가리키며 말했다. "저기만큼은 그립지 않다. 조금도."

"나도. 고등학교 이후로는 발걸음도 안 했어."

"아직도 멜이 사장인가?"

"어떻게 생각해?"

나는 지미를 향해 얼굴을 찡그리며 말했다. 멜 풀러턴은 불곰 같은 남자였다. 키 193센티미터에다 113킬로그램은 되는 몸에, 수염은 추레했고 야구모자에는 남부연합기를 붙이고 청바지 주머니에는 레드맨 담뱃갑을 넣고 다녔다. 몹시 치사한 자였다.

지미가 물었다.

"우리가 어릴 때 멜이 늘 거스름돈을 덜 주려고 했던 거 기억 나?"

"앤더슨 씨가 또 그러면 혼쭐을 내주겠다고 한 때까지."

"그 장면을 구경할 수 있으면 돈도 많이 내겠어."

"나도."

나는 퍼스트 내셔널 은행 근처 좁은 주차장으로 들어서며 말했다. 차를 자리에 세우고 전조등을 껐다.

에지우드 로드와 긴 자갈길을 똑바로 바라보며 지미는 처음에 아무 말도 하지 않았지만, 곧 눈이 휘둥그레졌다.

"어이구. 메이어스 저택이잖아."

"저기가 사라진 줄 안 건 아니겠지?"

"그건 아니지." 지미의 목소리가 잦아들었다. "솔직히 말하면 거의 잊고 있었어."

지미가 거짓말을 하는 것인지 확인하려고 표정을 보니 아니었다. 그가—사실 우리 중 누구라도—어린 시절의 그렇게 중요한 일부를 잊고 있다고 생각하니 가슴이 아팠다. 그런 일이 실제로 일어날 수 있다는 생각을 해 본 적 없어서 어떻게 반응해야 할지 알 수 없었다. 짧은 한순간, 눈가가 시큰거리는 것을 느꼈다.

"예전에 꿈에 저 집이 나오기도 했는데."

지미가 침묵을 깨며 말했다.

나는 아직도 저 집이 나오는 악몽을 이따금 꾼다고 말하고 싶었지만, 나만 알기로 했다. 문득 그런 비밀을 나누는 것이 옳지 않게 여겨졌다.

"아버지가 2년 전쯤 저 집 주인이 집을 팔아서 지금은 새로운 사람들이 산다고 하셨어."

지미가 차창 밖을 내다봤다.

"설마. 저기서 사는 게 상상이 돼?"

"아니. 하룻밤도 못 살지."

"참, 브라이언이랑 크레이그가 저기 뒷마당에서 하룻밤을 보내라고 부추겼잖아. '아침까지 못 버틴다는 데 20달러 건다.' 우리가 얼마나 버텼지? 한 시간?"

"한 시간도 안 됐어. 30분쯤. 너는 너무 겁이 나서 침낭도 두고 집으로 달려갔잖아."

"유령을 봤으니까." 지미가 거만한 어조로 대답했다. "그날 밤에 바지에 오줌을 쌀 뻔했다고."

그리고 우리는 키득댔다. 그 웃음소리에 나는 행복한 때가 떠올랐다. 단순하던 시절을 기억하니 좋았다.

내 마음을 읽은 듯 지미가 물었다.

"여기 다시 사니까 이상하지 않아?"

"그렇기도 하고 안 그렇기도 해." 나는 어깨를 으쓱였다. "예전 방에서 자는 건 확실히 이상해. 그리고 동네도…… 어딘지 다른 느낌이 들지만…… 요즘 그건 놀라운 일도 아니지."

지미가 나를 봤다.

"그 사건 열심히 추적 중인가 봐."

"왜 그런 말을 해?"

나는 말 돌리는 것처럼 느껴지지 않기를 바라며 물었다.

지미가 자세를 고쳐 앉았다.

"글쎄. 너는 항상…… 미스터리랑…… 추리를 좋아했잖아."

"하지만 경찰도 이번 건은 해결을 못 하고 있잖아. 곧 용의자를 체포한다는 말은 계속 들려오지만, 아무 일도 벌어지지 않아. 동네 전체가 신경을 곤두세우고 있어."

"너는?"

"좀 그렇지." 나는 인정했다. 이상한 전화가 걸려 온다고 말할까 하다가 그만뒀다. 이유는 나도 잘 모르겠다. "엊그제 밤에 핸슨 로드 끝까지 조깅을 하고 돌아왔어. 겁이 더럭 나더라. 뒤에서 자꾸 발자국 소리가 들리고 그늘진 곳에서 뭔가 움직이는 것 같았어."

"오싹하네."

지미가 무서운 척하는 목소리를 내며 말했다.

"정말 그랬어. 확실히."

지미가 웃고는 맥주를 한 모금 더 마셨다.

"어, 저것 봐."

내가 길 건너를 가리켰다.

지미는 내 손끝이 가리키는 쪽을 봤지만 아무 말도 하지 않았다.

"바로 저기. 집 옆에."

어둠 속에서 희미한 그림자가 깜빡이는 불빛으로 길을 밝히며 움직이고 있었다.

"누가 손전등을 들고 가는 건가?"

"그런 것 같아." 나는 열 살 때로 되돌아간 기분으로 속삭였다. "아마 손전등 배터리가 떨어져 가나 봐."

"뭘 하는 것 같아?"

"모르겠어."

"시체를 옮기나? 아니면 묻거나!"

나는 불빛이 집 뒤쪽을 돌아 사라지는 것을 지켜봤다.

"저기 가서 한번 볼까?"

그 말에 지미가 침을 꿀꺽 삼키는 소리가 들렸다.

"그럴래?"

나는 씩 웃으며 옛 친구를 봤다.

"우리 아직도 얼간이 같다, 그렇지?"

"너나 그렇지, 치즈."

"배고파?"

"엄청."

나는 시동을 걸고 주차장에서 빠져나갔다. 5분 뒤 우리는 롤 린스 펍에 앉아서 주크박스에 넣을 동전을 바꾸고 치즈케이크 와 맥주를 주문했다.

9

지미가 다시 방귀를 뀌고 키득거리기 시작했다.

"아이고. 우리 발소리는 안 들려도 냄새는 확실히 나겠다."

"미안." 지미가 속삭였다. "내가 뭐랬어? 양파링 시키는 거 말 리랬잖아."

"맥주 피처를 셋이나 시키지 말았어야지."

"그것도."

지미는 또 웃음을 참았다.

자정이 다 된 시각이었고, 내 판단력은 반대했지만 우리는 메 이어스 저택으로 돌아갔다. 그때는 걸어서 갔다. 지미는 고주망 태가 되어서 기분이 좋았다. 나는 대체로 말짱했고 후회에 빠져

들고 있었다. 늦은 시각 쌀쌀한 날씨에 비가 오기 시작했다.

어린 시절 지미는 내게 멍청한 짓을 시키는 재주가 있었다. 정말 멍청한 짓을. 어렸을 때 내가 마법의 깃털을 9달러 50센트를 내고 산 적이 있기는 하지만, 그래도 순진하거나 손쉬운 먹잇감이라고 생각하지 않았다. 사실 우리가 자주 저지르던 장난을 내가 선동하는 편이었다. 하지만 지미 캐버노는 나의 약점이었다. 지미에겐 그런 재주가 있었다. 그는 내게서 예전의 악몽 같은 기억을 지우고 자기가 하는 말이 세상에서 제일 멋지고 합리적인 아이디어라고 믿게 했다. *야, 리치, 부탁 하나만 하자.*(이것이 그의 특기였다.) *저 솔방울 들고 있으면 내가 비비 총으로 쏠게. 걱정 마, 네 손가락은 안전하다고. 야, 치즈, 너 저 나무에 올라가서 타잔처럼 저 덩굴을 타고 내려올 수 있지. 부탁 하나만 하자, 리치. 이 나뭇가지를 가져가서 저기 말벌 집을 찔러 봐. 비어 있는 게 확실해.* 지미는 순전히 자신의 즐거움을 위해 내게 미치광이 마법사의 주문을 걸었다고 확신한다.

그리고 세월이 그렇게 흘렀는데도, 지미는 또 그러고 있었다.

저 앞에, 별 하나 없는 하늘 속으로 뾰족한 지붕이 솟아 있는 메이어스 저택이 버티고 있었다. 집 앞쪽에 난 창문은 전부 캄캄했다. 현관 불도 꺼져 있었다. 피에 굶주린 살인자 한 팀이 거기 테라스에 앉아서 칼을 갈며 기다리고 있어도 우리는 전혀 몰랐을 것이다. 발아래 그다지 조용하지 않은 자갈 밟는 소리를 들으며 나는 누구든지 우리가 다가가는 소리를 한참 전부터 들었을 것이라고 생각했다.

"잠깐만." 지미가 조용히 말했다. "오줌 눠야겠어."

"또?"

지미는 대답하지 않았다. 캄캄해서 코끝에서 두세 발자국 앞도 보이지 않았지만, 지미가 조금 멀리 걸어가더니 지퍼를 내리고 한숨을 크게 쉬는 소리와 마지막으로 꾸준한 물줄기가 자갈에 떨어지는 소리가 들렸다.

"적어도 풀밭에다 눠라, 제발."

내 옆 어둠 속에서 "늦었어."라는 대답과 지퍼를 올리는 소리, 또 한 차례 부르릉 젖은 방귀 소리가 들려왔다.

"실례. 미안."

또 키득거리는 소리.

여기가 지옥이네. 이렇게 생각했지만, 진심은 아니었다.

지미가 내 앞 어딘가에서 낮은 소리로 불렀다.

"어이. 부탁 하나만."

"아니. 말도 꺼내지 마. 뭐가 됐든 거절할게."

"내가 찾을 수 있게 계속 말을 하라고 부탁하려던 거뿐이야. 어두운 곳에 혼자 있으니까 너무 오싹해."

"아."

"내가 뭐랄 줄 알았어?"

"굉장히 바보 같은 부탁이겠지."

"계속 말해 봐. 다 온 거 같아."

"있잖아? 난 그냥 가는 게 좋겠어. 너를 여기 혼자 두고…… 아얏!"

지미의 손이 내 얼굴 앞 어둠 속에서 튀어나오더니 눈을 찔렀다. 곧이어 휙 소리와 함께 다른 손이 내 귀를 때렸다.

"잡았다."

지미는 내가 아픈 것을 모르고 속삭였다. 한쪽 눈을 뜨고도 그의 얼굴은 제대로 볼 수 없었지만, 양파 냄새와 소변 지린내를 맡을 수 있을 정도로 가까이 있었다. 오줌에 신발이 다 젖은 것이 분명했다.

"일부러 그런 거면, 집까지 걸어서 가."

"뭘 일부러 그래?"

"아냐. 이 상황 말도 안 돼. 우리 흠뻑 젖었어. 그냥 차로 돌아가자."

"저게 뭐지?"

"뭐가?"

"바로 저기."

"네가 어딜 가리키는지 안 보여. 너무 어둡다고."

"왼쪽으로 저 앞에. 밸리코 집 뒤."

어둠 속을 가만히 지켜보니 그 집 뒤쪽에서 흐릿한 빛이 번지는 것과 마당 구석 창고의 윤곽선이 겨우 보였다.

"아무것도 안 보여."

"계속 봐."

계속 보다가 지미가 예전처럼 장난을 친다고 생각하는 찰나, 그것이 보였다. 작고 희고 동그란 것이 30미터쯤 전방에서 길을 따라 움직이고 있었다.

지미가 갑자기 멀쩡한 목소리로 물었다.

"보여?"

"저게 대체 뭐지?"

그것이 무엇이든, 가까이 다가오고 있었다. 땅 위에서 둥둥 뜬 채로. 뒤에 있는 주택들의 테라스 불빛을 등진 채. 잠시 후 주택 앞 웃자란 풀밭에서 바스락거리는 발걸음 소리가 다가왔다.

"얼굴이네."

지미가 속삭였다.

우리는 예전에 숱하게 그랬듯이, 지옥의 모든 악귀에게 쫓기는 것처럼 내달렸다. 그 순간만큼은 정말 그렇다고 느껴졌다.

10

나중에 차에 돌아와 히터를 최고로 틀었다.

"여태까지 내가 본 것 중에서 제일 오싹한 광경이었어." 지미가 손을 문지르며 말했다. "경찰에 신고해야 할까?"

"신고해서 뭐라고 해?"

"어두운 데서 오싹한 알비노 녀석이 돌아다니는 걸 봤다고. 살인자일지 모른다고."

"글쎄. 우린 둘 다 술을 마셨잖아. 우리가 믿을 만한 목격자가 될지 모르겠다."

"익명 신고 전화가 있다고 하지 않았어?"

지미가 기억한 것이 놀라웠다.

"좋아. 하지만 네가 말해. 너는 이제 이곳 사람이 아니니까. 네 목소리는 모를 거야."

플라자 드럭스 앞에 차를 세우고 나는 가운데 사물함에 손을 넣어 공중전화에 넣을 25센트와 내 겨울 장갑을 건넸다.

"이건 뭐 하게?"

"지문 남지 않게."

지미가 손가락을 맞부딪혔다.

"똑똑한데."

그가 차에서 내릴 때 내가 말했다.

"우리가 본 사람이 알비노가 아닐 수도 있는 거 알지."

지미는 말없이 나를 봤다.

"복면을 쓰고 있었을지도 몰라."

11

그 후로 며칠 동안 뉴스를 보고 신문을 훑어봤다. 칼리에게 그 일을 전하자 칼리는 오가는 이야기가 있는지 귀를 기울였다. 차를 몰고 메이어스 저택 앞을 하루에 서너 차례 지나갔다.

아무 일도 없었다.

12

7월 마지막 날, 나는 집 앞에 서서 언덕의 지평선 위로 몰려드는 먹구름 군단을 보고 있었다. 에지우드는 그때까지 조용한 한 달을 보냈지만 그 평화와 고요가 곧 끝나리라는 느낌이 들었다.

폭풍우가 오고 있다.

그 말이 벌써 몇 주째 머릿속에 울리고 있었다.

어린 시절 가장 소중한 기억 중 하나는 차고에서 아버지와 나란히 일하던 것이었다. 살면서 훗날 만난 친구들 여럿이 그것을 이상하게 여겼고, 그럴 만했다.

내게 기계 만지는 취미가 없다고 말한다면 굉장히 미화한 표현이다. 그리고 나의 그런 점을 모르던 사람도 곧 알게 된다. 나는 아무리 애를 써도 가구 조립은커녕 비디오 녹화 재생 장치 연결 방법도 알아내지 못했다. 이케아의 조립식 가구들은 나의 숙적이었다. 뭐, 모든 종류의 엔진이 마찬가지지만 자동차 엔진은 내게 인간 두뇌나 매한가지다. 둘 다 내게는 영원한 미스터리였다.

내가 어렸던 시절, 그리고 지금까지도 집 앞에서 가족 자동차의 보닛 아래 머리를 묻고 계신 아버지의 모습은 지나가는 자동차 운전자나 보행자에게 흔한 광경이었다. 옆에 서서 아버지를 돕고 있는 내 모습은? 그다지 흔하지 않았다. 우리가 노력하기는 했다. 정말로 노력했다. 하지만 늘 결국에는 다음과 같았다.

1분째: 팔짱을 끼고 옆에 비켜서서 흥분한 표정으로 발을 동동거리는 리치. 열심히 집중. 질문도 한두 가지 함.

3분째: 이제는 기우뚱한 자세로, 아버지 머리가 있는 곳 근처 자동차 짐받이에 붙은 올드 스파이스 사의 최신 광고를 박자에 맞추어 손가락으로 두드리는 리치.

5분째: 언제라도 바지에 오줌을 쌀 것처럼 몸을 배배 꼬는 리치. 아버지가 굉장한 인내심을 발휘하며 가르치려는 것보다 핸슨 로드를 가로지르는 전신줄에서 잡기 놀이를 하는 뚱뚱한 다람쥐 두 마리에 더 관심을 가짐.

8분째: 아버지가 3.8인치 렌치를 집어 달라는 말을 알아듣지 못해 「혹성탈출」(내가 늘 좋아한 영화)의 코넬리우스처럼 침팬지 소리를 내면서 F5 등급 인간 토네이도처럼 집 앞을 뱅뱅 도는 리치.

10분째: 이제 꼼짝 않고서 잠자코 눈을 내리깔고는 팔을 축 늘어뜨린 리치. 그의 아버지는 애정과 짜증이 복잡하게 뒤섞인 표정을 짓고 그 앞에 서 있음. 결국 아버지는 한숨을 푹 쉬고 "그만 가봐라."라는 마법의 주문을 중얼거린다. 그리고 아버지가 마음을 바꾸기 전, 리치는 지미와 브라이언의 집을 향해 언덕을 달려가면서 어깨 너머로 "고마워요, 아빠! 사랑해요!"라고 외친다.

대체로 상황은 그렇게 전개됐다. 한 번도 빠짐없이. 결국 어느 날 우리는 현실을 받아들이고 모든 노력을 중단했다.

다행히 차고 안에서 아버지의 잦은 "프로젝트" 작업을 하는 것은 전혀 다른 경험이었다. 앞에서 아버지 차고를 보면 늘 월트 디즈니의 「판타지아」에 나오는 기묘하고 복잡한 마법사의 작업실이 떠오른다고 했다. 여름날 저녁 식사 뒤의 긴긴 밤 동안 아버지가 작업대에서 다양한 물건을 만들거나 고칠 때면 더욱 그랬다. 아버지는 현명하고 인내심 있고 비현실적인 반백의 마법사였고 나는 열심인 제자였다.

아버지는 내게 뒤쪽 벽에 세워 둔 2×4인치 목재나 선반의 철사 상자를 가져오라고 하셨고, 나는 달려가곤 했다. 아버지가 고개를 숙이고 작업을 시작하시면 나는 바로 곁에 서서 아버지 어깨 너머를 살피며, 어머니의 새 발받침이나 이웃의 망가진 텔레비전의 복잡한 내장에 섬세한 수술을 집도하는 동안 팔꿈치로 찌르지 않도록 주의했다.

무슨 영문인지 차고에서 보낸 밤 중 가장 기억에 남는 순간은 거의 항상 폭풍우를 동반했다. 우리가 안에서 수리를 하는 중에 하늘은 서서히 뒤틀리고 끓어오르며 변하고 소용돌이를 이루다가 열 살 때 내 마른 몸 여기저기 흩어져 있던 못난 진자주색 멍 자국처럼 됐다. 멀리서 들리는 길게 우릉거리는 천둥이 진격하는 거인 부대처럼 차츰 가까이 다가왔다. 아버지는 천둥소리를 좋아하셔서 그 소리를 잘 들으려고 오리올스 경기 라디오 중계를 종종 끄곤 했다.

오래지 않아 아버지가 나를 올려다보며 말씀하셨다. "잠깐 쉬면서 폭풍우가 오는 걸 구경할까?" 그리고 두말없이 하던 일을 작업대에 내려 두고 집 앞으로 느긋이 걸어 나갔다. 늘 그렇듯이 차 한 대에 기대어 핸슨 로드 쪽으로 시선을 고정시켰다.

아버지 뒤를 바짝 좇던 나는 동작을 전부 따라 했다.

우리 집은 핸슨 로드와 투필로 로드의 교차로에 자연적으로 생긴 도랑 끝에 있었다. 가끔 큰 폭풍우가 오면 그곳 도로가 범람했고 물이 60~90센티미터까지 고였다. 그럴 때면 우리 집 지하실 펌프는 초과근무를 해야 했고, 아버지는 밤새 깨어서 그것이 막히지 않도록 지키셨다.

반대편 언덕으로 올라가면 젠타일 가족과 캐버노 가족, 앤더슨 가족의 집이 있었고, 브라이언과 크레이그의 옆집 이웃 복층 주택이 가파른 비탈의 꼭대기였다.

아버지와 나, 마법사와 제자는 집 앞에 서서(오리올스 경기나 내 친구, 우리 둘 중 한 사람이 읽는 책 이야기를 하면서) 폭풍우가 그 언덕 위를 지나 에지우드의 한복판으로 다가오는 것을 지켜봤다. 특별한 밤이면 우리는 그 광경을 단순히 보는 것이 아니라, 양팔을 벌리고 환영하는 느낌이 들기도 했다.

먼저 바람이 세지면서 나무 꼭대기 사이에서 속사이며 우리 머리를 흩어 놓았다. 그다음, 우르릉거리는 천둥소리가 더 커지고 날카로워졌으며, 번쩍이는 번개가 스카이라인을 찔렀다. 번갯불이 살짝 흐려지면 하늘은 더욱 성을 냈다. 이어서 오존의 탄내가 밀려 들어왔고, 축축한 땅 냄새가 공기를 채웠다. 그때 우리는 알게 됐다. 어딘가 가까운 곳에 비가 퍼붓고 있으며 폭풍우가 점점 다가오고 있음을. 드디어 따끔거리는 전기가 오르듯 주위 대기 속에서 징징 하는 느낌이 춤추기 시작하고, 치직거리는 위험한 감각에 팔에 난 갈색 잔털이 곤두섰다.

그러고 나면 곧 굵은 빗방울이 떨어지기 시작했다. 처음에는 투둑투둑 묵직한 빗방울이 땅에 곤두박질쳤다. 비가 얼굴에 떨어지고, 머리카락에 스며들었다. 지붕과 자동차 보닛, 발치의 콘크리트 바닥에 자국이 남았다. 그러면서 깊숙한 스타카토 리듬에 맞추어 그 비는 주위 세상의 여느 소리를 지워 냈다.

아버지와 나는 나란히 서서 고개를 젖히고 눈을 감은 채 폭풍우의 불협화음을 들이마시며 달콤한 순간을 놓치지 않았다. 그럴 때면 우리 둘뿐이었다. 우리는 에지우드의 왕이었다.

그러다가 문득 정신을 차리면 우리는 어마어마한 폭포 아래 서 있었다. 온 세상이 변했고, 우리는 변한 세상을 마주하고 있었다. 그리고 어머니가 열린 차고 입구에 서서 바보 같은 짓 그만하고 폐렴 걸리기 전에 들어오라고 외치셨고, 폭포수 같은 빗속에 빠져든 아버지와 나는 폭풍우를 맞이하는 데 정신이 팔려서 웃음을 멈출 수가 없었다…….

머리 위에서 천둥이 으르렁거렸다. 번개가 지평선을 갈랐다. 사그라지는 빛이 핸슨 로드를 감싸는 것을 바라보며 나는 눈을 깜빡였고, 기억의 속삭임이 희미해졌다. 나는 아이가 아니었다. 1988년 7월의 마지막 날이었다. 그리고 나는 뼛속 깊숙이 울리는 그 소리를 들었다. 폭풍우가 오고 있다.

왼쪽: 독립기념일 퍼레이드
(데버라 린 제공)

위: 독립기념일 경기 승리 팀(9-10세부)《이지스》제공

위: 메이어스 저택으로 연결되는 긴 자갈길(알렉스 밸리코 제공)

위: 에지우드 악대(버나드 L. 위헤이지 제공)

6장
마네킹의 집

"머리를 밀고 머리칼은 싸구려 가발로 대신했어요."

1

하퍼 형사의 평범한 갈색 세단에 앉은 지 몇 분 만에, 나는 그를 보면 누가 떠오르는지 깨달았다. 대니 글로버였다. 깊고 굵은 목소리도 같았고, 활기찬 웃음도 같았으며, 슬픈 강아지 같은 눈도 닮았다. 그를 우리 집 거실에서 처음 만났을 때 그 생각을 못 한 이유를 잘 모르겠지만(아마 긴장 탓일 것이다.) 닮은 점 덕분에 나는 곧 그를 좋아하게 됐다. 대니 글로버는 내가 늘 좋아하는 배우였다.

그 전날, 하퍼 형사가 전화를 걸어 순찰차에 타게 해 줄 뿐 아니라 자신과 동행하자고 했을 때, 나는 단순히 놀란 정도가 아니었다. 왜 그런 특권을 주는지 처음에는 어리둥절했지만, 입 다물고 순찰을 즐기며 그 과정에서 뭔가 배우기로 했다.

네 시간의 순찰 중 30분째였던 그때까지, 나는 입 다물고 경청하는 두 가지 일을 확실히 하고 있었다. 하퍼 형사는 정보의 보고이자 진정한 프로인 데다, 정말 재미있었다. 그는 이미 세 자녀(위로 두 딸과 내 또래의 아들 하나)와 그들이 어릴 적 혼자서 키우며 자주 겪었던 사고에 관해 다 이야기한 뒤였다. 분명 강력계 형사의 10대 딸과 사귀는 것은 심약한 사람이 할 일은 아니었다. 나는 문득 카라의 아버지가 보험 일을 하는 것이 매우 고맙게 느껴졌다. 고달픈 직업에 종사함에도 불구하고 하퍼는 얼마 전 재혼하여 잘 사는 듯했다. 그리고 자녀들이 여전히 아버지를 좋아하는 게 작은 기적이라고 했다.

나를 보면 하퍼는 프로 음악가인 아들 벤저민이 떠오른다고 했다. 낮 동안 벤저민은 피아노, 기타, 색소폰 레슨을 했다. 밤이면 워싱턴 DC 지역의 다양한 클럽과 레스토랑에서 유명한 밴드 두 팀과(재즈와 컨템퍼러리 밴드) 연주를 했다. 그때까지 재정적으로는 힘들었지만, 아들이 그보다 행복한 적도, 열심인 적도 없었기 때문에 아버지로서 그것만 믿고 최대한 지원해 준다고 했다.

잡담이 끝나자 하퍼는 그날 오후 내내 희생자들의 가족과 친구, 이웃의 면담 기록을 읽고 앞서 놓친 사항이 있는지 찾았다고 설명했다. 나는 그 기록을 몇 번 읽었는지 물었고, 그는 나를 노려보며 알고 *싶지 않을 거*요라고 말했다. 읽기를 마친 뒤, 그는 몇 명에게 다시 전화를 걸어 추가 질문을 했다.

그리고 남은 저녁 시간 동안은 40번 도로를 따라 외곽에서 시작해 서서히 시내 중심으로 들어간 뒤 다시 돌아서 나오는 경로로 에지우드 거리를 순찰하며 하퍼 형사가 관심을 가지는 사람이나 사물은 무엇이든지 살펴볼 계획이었다.

2

경찰차 안에서 내 고향 거리를 보니 낯설게 느껴졌다. 현실 같지 않았다. 차창이 텔레비전 화면이고, 지하실에 아버지와 앉아 아버지가 좋아하는 경찰 드라마를 보는 기분이었다. 아버지 얘기가 나와서 말인데 아버지는 내가 함께 가자고 하지 않았다고 부루퉁한 채 집에 있었다. 내게 무슨 권한이 있다고. 나는 조수석 차창을 내다봤고, 마치 지평선 바로 너머에 중요한 사건이 도사리고 있는 것처럼 다시 기대감이 차올랐다. 폭풍우가 오고 있다.

알려 달라고 부탁하지 않았지만, 처음에 하퍼 형사는 경찰 무전 수신기로 여러 가지 신호가 들어올 때마다 내게 의미를 가르쳐 줬다. 나도 경찰 무전 수신기를 사서 밤에 글을 쓰는 동안 듣고 있다고 말했더니 그는 조금도 놀라지 않은 표정이었다. 나중에 이유가 떠올랐다. 처음 그가 면담을 하러 우리 집에 왔을 때 내가 경찰 무전 수신기를 샀다고 이미 말했던 것이다. 그래서 모든 신호 뜻을 가르쳐 주려고 수고한 모양이다. 그렇게 마음을 써 주다니 고마웠다.

하퍼는 또 한 가지 놀라운 사실을 알려 줬다. 《볼티모어 선》에서 얼 위버에 관해 내가 쓴 기사를 찾아내어 읽었던 것이다. 긴장해야 할지 기분 좋아야 할지 알 수 없었다. 왜 그랬는지 묻자, 하퍼는 미소를 지으며 말했다.

"형사니까요. 숙제를 해야죠."

24번 도로 교량을 건너다가 남자 어른과 소년이 낚싯대를 들고 윈터스 런 강가에 서 있는 모습을 봤다. 그들 뒤 빈터에 작은 모닥불이 타고 있었다.

하퍼가 브레이크 페달을 밟으며 물었다.

"저기서 뭘 잡을 거 같아요?"

"개복치, 송어, 메기. 살아 있는 피라미를 미끼로 쓴다면 농어나 크래피요."

하퍼는 감탄하는 표정으로 나를 봤다.

"낚시꾼이로군요."

"어릴 땐 거의 매일 낚시를 했죠."

"지금은?"

"그 정도는 아니에요. 가끔 메릴랜드 대학교 골프 코스에 몰래 들어가서 연못에서 낚시를 했어요. 독립기념일에는 만에서 놓아주지 않아도 되는 놈을 두 마리 낚았어요. 하지만 그게 전부예요."

"나는 민물에서만 잡아요. 시간이 되면 일주일에 두세 번은 낚시하러 가고 싶은데." 하퍼가 나를 봤다. "요즘은 별로 못 나갔지만."

그는 방향등을 켜고 에지우드 로드 쪽으로 좌회전을 했다. 길고 구불구불한 언덕길을 올라 시내로 들어가면서 집들이 휙휙 지나가는 광경을 지켜봤다. 나는 용기를 내어 물었다.

"그럼…… 이런 밤에는 돌아다니면서 정확히 뭘 찾으시는 건가요?"

"솔직히 보기도 하지만 생각을 더 많이 하죠. 이해가 될지 모르지만."

나는 끄덕였다.

"알 것 같아요."

"보통은 이렇게 넓은 구역을 다니지 않아요. 그건 순경들에게 맡기고." 그는 은행 주차장으로 들어서더니 지미와 내가 일주일 전 차를 세운 자리에서 열다섯 발자국도 안 되는 곳에 차를 세웠다. 문득 가슴이 철렁했다. "하지만 이따금 책상에서 일어나 전화도 없고 서류 작업거리도 없는 곳으로 나오는 것이 도움이 되니까."

"그럼, 운전을 하시면서…… 사건 내용을 전부 생각하시는 건가요? 퍼즐을 짜 맞추면서?"

"그렇죠. 놓친 것도 생각하고. 바로 눈앞에 있는데 무슨 이유에서든 아직 알아차리지 못한 것이 있는지."

"그런 경우가 많나요? 뭔가 놓쳤다가 나중에 되돌아가서 찾는 경우가?"

"흠, 항상 있죠." 하퍼는 고개를 저으며 말했다. "사람들은 형사 일이 총싸움과 차량 추격전으로 가득하고, 신나고 멋지다고 생각하죠. 실은 그런 일은 드물어요." 그는 손을 뻗어 무전 수신기 음량을 낮췄다. "아주 지루한 일이죠. 수백 건, 가끔은 수천 건의 보고서와 사진을 샅샅이 뒤지고, 길고 긴 보안 카메라 녹화 영상을 보고, 집집마다 찾아다니고, 전화를 걸고, 말하고 싶어 하지만 할 말이 없는 사람이나 핵심 정보를 갖고도 입을 꾹 다무는 사람과 면담하고."

"별로 신나는 일 같지 않네요."

"내가 장담하는데, 재미없어요."

"이 일은 얼마나 하셨어요?"

그는 곧바로 대답했다.

"올해 10월이면 19년째군요."

나는 휘파람 소리를 냈다.

"제 나이랑 비슷하네요."

"하나 물어보지요."

하퍼는 길 건너 메이어스 저택으로 올라가는 자갈길을 가리켰다. *젠장, 드디어 나오네.* 내가 생각했다.

"며칠 전에 저길 걸어 올라가는 애들을 봤어요. 어디로 간 걸까요?"

곧바로 마음이 놓였다. 문득 어둠 속에서 살그머니 돌아다니던 남자를 떠올리며 내가 말했다.

"음…… 경우에 따라 다르죠. 체리 로드나 투필로 로드로 가는 지름길이에요. 저 길을 4분의 3 정도 걸어간 다음 왼쪽 뒷마당을 가로지르면 체리 로드가 나와요. 길을 끝까지 올라가서 저 큰 집 뒷마당을 가로지르고 패터슨 씨네 뒷마당을 계속 질러가면 투필로 로드가 나와요. 대여섯 집을 지나면 제 부모님 집이죠."

"이 동네 사는 사람은 그걸 다 아나요?"

나는 어깨를 으쓱였다.

"애들은 다 알아요. 여기 살다 보면 다 알게 되죠."

형사는 잠시 생각하는 듯하더니 후진으로 주차장에서 나와 에지우드 로드로 들어섰다. 텍사코 주유소 옆 교차로에 닿자 그는 핸슨 로드로 우회전을 했다. 800미터쯤 뒤에 속도를 늦추는 것을 보고 나는 어디로 가는지 알 수 있었다.

"이 지역에 대해 내게 해 줄 만한 이야기가 있습니까?"

하퍼는 좌회전을 해서 시더 드라이브를 한 바퀴 도는 길로 접어들며 물었다.

나는 미끄럼틀 밑 케이시 로빈슨의 추모 장소를 한번 봤다. 그곳은 드디어 면적이 늘어나는 것을 멈췄다. 거의 해질녘이 다 됐던 그 시각, 있는 건 모녀간으로 보이는 그네 타는 두 사람뿐이었다. 놀이터의 다른 부분은 텅 빈 채 그림자가 드리워 보이지 않았다.

"어디 한번 볼게요." 나는 주위를 둘러보고 우리의 주요 지형지물을 가리켰다. "어릴 때는 저기서 썰매를 탔어요. 큰 야구장과 놀이터는 아직 없었어요. 바로 저기, 군인 아파트 옆에서 축구를 했어요. 저 들판을 가로지르고." 나는 도로 맞은편을 가리켰다. "이어서 구드 씨네 뒷마당을 가로지르면 저희 집에서 바로 길 건너, 투필로 코트에 들어서게 되죠."

"소년 소녀 클럽은요? 그곳도 그때 있었어요?"

"아뇨. 거긴 그냥 널찍한 주차장이었어요. 나이가 들어서 맥주를 마시고 할 때는 여자애들을 거기로 데려갔어요."

왼쪽으로 초등학교가 다가오자, 나는 버스들이 주차되어 있는 거리 바로 맞은편 줄지어 선 나무를 가리켰다. 숲속으로 좁다란 길이 나 있었다. 그 길이 향하는 곳은 검은 웅덩이 같았다.

"저기도 지름길이에요. 세븐일레븐 건너 새로 지은 사무실 건물 뒤로 연결돼요."

"에지우드와 월로비 비치 교차점 모퉁이에 있는 건물이요?"

"네. 세븐일레븐은 여기서 스페이스 인베이더스 게임기를 처음 둔 곳이었어요. 제가 아홉 살 때 저녁 식사를 마치고 주머니에 25센트 동전 하나를 넣고는 거기까지 전력질주를 하곤 했어요. 핸슨 로드를 따라 내려가, 저 숲을 통해 시더 드라이브를 가로지르고 언덕을 올랐어요. 게임 딱 한 판 하고 부모님이 제가 나갔던 걸 모르시도록 어둠 속에서 최대한 빨리 돌아왔어요."

"스페이스 인베이더스 한 판 하려고 고생 좀 했군요."

나는 웃었다.

"그러게요. 특히나 1~2분 만에 세 판 모두 죽으면서 말이에요. 뭐라고 할까, 좀 집착했어요."

시더 드라이브 끄트머리 정지 신호에 닿자, 하퍼 형사는 브레이크를 밟아 차를 세우더니 운전석에서 꼼짝 않았다. 앞에 다니는 차가 한 대도 없었지만, 그래도 우리는 꼼짝도 안 했다. 나는 하퍼가 내가 놓친 움직임을 지켜보는 것인가 하고 길 건너 덤불을 살펴봤지만, 아무것도 없었다. 한참 만에 그는 가속기를 밟고 우회전을 해 고등학교 쪽으로 향했다. 다시 입을 열었을 때 그의 목소리는 낮고 조심스러웠다.

"오늘 밤에 함께 오려고 사건에 대해 구체적인 질문은 하지 않기로 합의했잖습니까. 하지만 내가 한두 가지 질문을 하고 싶군요. 대답해 준다면."

"그럴게요."

나는 긴장감에 아랫배가 살살 아파 오는 것을 느끼며 말했다.

하퍼가 나를 보며 미소를 지었지만, 눈까지 웃지는 않았다.

"긴장 말아요, 리치. 별거 아니니까. 그저 좀…… 다른 시각이 필요한 거니까."

"그럴게요."

내가 다시 말했다.

"여기 에지우드에서 인종 간 긴장감 같은 것이 있습니까?"

"아뇨." 나는 어깨를 으쓱였다. "그러니까, 보통을 넘어서는 건 없어요. 여긴 상당히 다양한 사람들이 모여 살고, 늘 그랬거든요."

"하지만 두 희생자가 모두 어린 백인 소녀였잖습니까."

"음, 그렇죠." 내가 그를 봤다. "그게 이상한가요?"

"어떻게 생각해요?"

"이상한 것 같지는 않아요. 다만, 살인자가 백인이라는 뜻이라고 생각했어요. 대부분의 연쇄 살인범은 희생자를 고를 때 인종의 선을 넘지 않으니까요."

하퍼는 눈썹을 치켜떴다.

"나만 숙제를 한 게 아니군요. 그런 건 어디서 배웠습니까?"

"정확히 기억은 안 나요. 아마 읽은 책에서 배웠겠죠."

하퍼는 윌로비 비치 로드 쪽으로 좌회전했다.

"좋아요. 다음 질문은…… 만약에 당신이 외부에서 와 에지우드에서 납치할 어린 소녀를 찾고 있다면 범행 장소는 어디로 하겠어요? 처음 떠오르는 곳."

나는 고개를 숙이고 눈을 감았다. 나는 작가의 입장이 되어 그가 한 질문을 생각했다.

"사람이 많지 않은 곳. 공원에서 아침 일찍 혹은 해질 때. 뒷길이나 강 아래. 술집이나 식당이 문 닫는 시각." 나는 눈을 떴다. "죄송해요. 너무 많았죠."

"아뇨, 그건 좋아요. 아주 좋아요. 너무 오래 생각하지 말라는 거였지." 하퍼는 중학교 앞 주차장으로 들어서더니 차 전조등을 껐다. 그때는 완전히 어두워져서 반딧불이 밤하늘에 반짝이고 있었다. 길 건너 창문에서 따뜻한 노란 불빛이 흘러나왔고 거실과 지하실에서 텔레비전 화면의 흐릿한 불빛이 깜빡이는 것이 겨우 보였다. "자, 그럼…… 외지인이라면, 타지에서 왔다면, 에지우드에서 어린 여자애를 절대 납치하지 않을 곳은 어딜까요?"

"주택가죠."

나는 서슴없이 대답했다.

하퍼는 고개를 끄덕였지만 아무 말 없이 어둠 속을 내다보기만 했다. 잠시 나는 잘못 대답했나 싶었지만, 곧 그가 무엇을 한 것인지 떠올랐다.

"범인이 이곳 사람이라고 생각하시는 거죠?"

"아마 여기서 평생 살았을 거라고 생각합니다." 하퍼가 나를 봤다. "그럴 것 같지 않아요?"

"뭘 믿어야 할지 모르겠어요."

내가 시선을 돌리며 그렇게 답했다. 아니, 그저 믿고 싶지 않은 걸지도 모르죠.

3

"일하시다가 두려워진 적이 있어요? '누군가가 날 쏠 거야'라든가, '나 지금 위험해'라는 식의 두려움 말고. 너무 무시무시해서 등골이 오싹해지는 그런 두려움이요."

서로 돌아가는 길에 이 순찰이 나보다 하퍼 형사에게 더 이익이 된 것 같다는 생각이 들었다. 그렇다고 싫은 건 아니었다. 우리는 시내 전체를 세 번 훑었다. 어릴 적 이후로 가 본 적 없는 에지우드 지역도 봤다. 심지어 강변에서 차에서 내려 한동안 걷기도 했다. 나는 확실히 많은 것을 배웠고 하퍼 형사와 함께하는 시간이 즐거웠지만, 어쩐지 나보다는 그가 더 많은 정보를 빼냈다. 그날 밤 시간이 끝나 가자, 내가 마지막 질문 한두 가지를 해도 좋겠다는 생각이 들었다.

"그럼요. 그런 순간이 있었지."

"최악은 언제였어요?"

하퍼는 생각하느라 잠시 입을 다물더니 이렇게 말했다.

"마네킹의 집."

"우와. 그거 오싹할 것 같네요. 어떤 일이었어요?"

신호등이 초록색으로 바뀌었고, 우리는 속도를 높여 교차로를 지나갔다.

"시에서 일하던 시절, 늦은 밤이었어요. 파트너랑 같이 있는데, 이웃이 걱정된다는 신고를 받았어요. 예전 메모리얼 경기장 근처에 사는 여성이었는데, 하루 정도 옆 테라스 주택 안에서 이상한 목소리랑 두드리는 소리가 계속 들린다는 거였습니다. 여러 번 초인종을 누르고 문을 두드려 봤지만 아무도 없었다고. 이웃 이름은 토머스 맥과이어였어요. 60대 남성으로 친절한 사람이지만 좀 이상했나 봅니다. 혼잣말을 많이 하고 UFO랑 크리스털의 효능 같은 것을 믿었다는군요.

어쨌든 우리가 확인하러 갔어요. 내가 앞으로 갔고, 파트너는 뒤로 돌아갔고. 과연 아무도 나오지 않았어요. 창문으로 들여다보려고 했지만 묵직한 커튼이 시야를 막았어요. 그 순간 무전기가 치직거리더니 파트너가 당장 뒤로 오라는 겁니다.

파트너가 반쯤 열린 창문 앞에 서서 커튼 틈을 들여다보고 있더군요. 어두웠지만 그 친구 얼굴이 새하얘졌고 손에 권총을 들고 있는 게 보였어요. 그 친구가 비켜서기에 나도 들여다봤고.

집 안에 촛불이 타고 있더군요. 수백 개가 사방이며 바닥에 온통. 촛불 사이에 발가벗은 시체 수십 구가 온갖 자세로 앉혀져 있었습니다. 식탁에 앉아 있고. 싱크대에 기대어 있고. 벽에 등을 기대서 있고. 입에는 붉은 립스틱이 묻어 있고, 초점 잃은 눈이 촛불에 반짝였습니다.

창가에서 물러서며 내가 말했어요.

'이게 대체 뭐야?'

'냄새나? 피 냄새?'

파트너가 속삭였어요.

나도 총을 들었어요.

'들어갈까?'

'응.'

파트너가 대답한 그 순간 집 안에서 소리가 났어요. 누가 우는 소리. 파트너는 지체하지 않았어요. 문을 걷어차서 총을 겨누고 외쳤죠.

'경찰이다! 맥과이어 씨! 거기 있습니까?'

주방으로 한 걸음 들어가다가 우린 얼어붙었어요. 갓 흘린 피냄새가 엄청 나는 겁니다. 깜빡이는 그림자가 우리를 에워쌌고. 가까이 가 보니 시체가 인간이 아니라 마네킹인 걸 바로 알 수 있었어요. 하지만 마네킹은 피를 흘리지 않죠. *그럼 이 냄새는 어디서 나는 거지?* 온 집에 마네킹이 수십 개는 흩어져 있었어요. 넷은 거실 소파에 앉아 있고, 둘은 다리를 꼬고 있었어요. 셋은 티브이 옆에서 대화를 하듯 모여 있었고. 아래층 욕실을 들여다보니 젠장, 변기에도 앉아 있고 또 하나는 거울 앞에서 단장을 하더군요. 거실로 옮겨 갔더니 우리를 에워싸고 그 멍하니 번쩍이는 눈으로 지켜보지 뭡니까. 위층으로 올라가는 계단에는 더 많이 줄지어 있었고. 침실에는 한가득이었어요. 한 방 침대에는 둘이 몸을 딱 붙이고 누워 있었고, 또 다른 방에서는 대여섯이 섹스 파티를 벌이고, 아이 크기 마네킹이 혼자 샤워기를 틀어 놓고 서 있고, 둘은 복도 끝 바닥에 다리를 꼬고 앉아 있었어요. 그리고 보는 곳마다, 공간만 남으면 촛불이 타고 있었죠.

아래층으로 내려가니 지원 경찰이 도착했는데, 우리처럼 기겁을 하고 있었죠. 그 친구들이 한 줄로 우리를 따라 지하로 내려갔어요. 피 냄새랑 썩는 냄새가 제일 강한 곳이 거기였거든.

그리고 바로 거기, 불붙은 촛불이랑 세탁기와 건조기, 벽에 쌓아 놓은 상자, 최소한 스무 개는 되는 낡은 자전거가 얽혀 있고, 스무 개가 넘는 마네킹 사이에서 여성 시체 세 구를 발견했어요. 모두 40대였죠. 둘은 성매매 여성이었고, 세 번째는 사흘 전 실종 신고가 된 어린이집 교사였어요. 벌거벗고 배가 갈라진 채 천장에 매달려 있었어요. 머리를 밀고 머리칼은 싸구려 가발로 대신했어요. 지하실 맞은편 구석, 커다란 쓰레기 더미 뒤에서 토머스 맥과이어를 발견했습니다. 그자도 벌거벗고 태아처럼 몸을 둥글게 말고 있더군요. 흐느끼면서. 온몸 구석구석 희생자의 피를 바르고. 네 번째, 그자의 전처 시신은 그 뒤에 차 트렁크에서 발견됐습니다. 그 시신도 며칠 동안 거기 있었지요."

나는 메스꺼움을 느끼며 말했다.

"세상에. 언제 일어난 일인가요?"

하퍼는 곧바로 대답했다.

"1979년 10월 9일."

서로 돌아가는 동안 우리는 아무 말도 하지 않았다.

4

"재미없어."

내가 말했다.

칼리 올브라이트가 테이블 맞은편에 앉아 확실히 즐거운 표정으로 미소 지었다. 이튿날 이른 오후였고, 우리는 룰린스 펍에서 지정석이 되어 가는 구석 테이블에 앉아 있었다.

"내가 하려는 말은, 경찰이 아주 흔히 쓰는 전략이라는 거야. 영화에도 늘 나오잖아. 용의자를 끌어들여 신뢰를 쌓으려고 가까워지는 척하는 거야."

"그런 건 아니야. 진짜 친절한 사람이었다고."

칼리는 내 말을 무시했다.

"그러다가 용의자가 너무 편해져서 실수를 하면, 덜컥 잡히는 거지."

"그런 거 아니라니까. 그리고 잡히긴 왜? 난 아무 짓도 안 했다고."

"그 사람도 그걸 알아?"

칼리가 눈썹을 치켜뜨며 물었다.

"사건 관련해서 내 의견도 이것저것 물었다니까."

"전형적인 수법이지."

"아, 됐어." 나는 우리 사이에 놓인 치킨 나초를 집어 먹었다. "넌 못 말려."

"내 말은, 하퍼 형사가 네가 생각하듯이 좋은 친구 같은 경찰이 아닐지도 모른다는 거야."

"그렇다고 한 적 없어! 그냥 친절하다고 했지."

"음…… 그 사람을 믿어야 할지 잘 모르겠어. 그 사람에겐 해결해야 하는 사건이 있고, 부담이 아주 심할 거야."

"이제 우리 엄마처럼 말하네."

칼리는 치즈가 잔뜩 묻은 나초를 서너 개 겹치더니 입에 쑤셔 넣고 씹기 시작했다.

"마음대로 하렴."

그렇게 칼리가 우물거리자 나초 조각이 사방으로 튀었다.

5

그날 밤 글을 좀 쓰러 2층에 올라가기 직전, 나는 차고에 들어가서 버튼을 눌러 자동문을 열고 쓰레기통을 내놓으려 바깥으로 나갔다.

반쯤 내려가다가 새삼 얼마나 어두운지를 깨달았다. 나는 현관 테라스 쪽을 흘끔거리다가 실외등이 꺼져 있는 것을 발견했다. 아버지가 저녁 식사 후에 켜는 것을 잊었거나(그런 일은 거의 없었다.) 전구가 타 버린 것이었다. 하늘의 달과 별은 짙은 구름에 가려져 별 도움이 되지 않았다. 핸슨 로드는 고요하고 잠잠하기가 부자연스러울 정도였고, 내 발자국 소리는 오싹하리만큼 컸다. 쓰레기통 두 개를 이른 아침 수거해 가도록 길모퉁이에 두었을 때, 뒷덜미에 식은땀이 흥건했고 가슴 속에서 심장이 쿵쿵거리는 소리가 들렸다. 나는 초조한 마음으로 그림자 속을 여기저기 훑었다.

그리고 그때 깨달았다. 어떻게 그렇게 절대적으로 확신했는지 알 수 없지만, 부기맨이 근처에 숨어 나를 지켜보고 있었다.

돌아서서 열린 차고를 향해 달아나는 대신(내가 등을 돌린 사이 놈이 그 안으로 몰래 들어가 어둠 속에서 날 기다리면 어쩌지?) 나는 집 앞에서 오른손에는 쓰레기통 손잡이를 쥔 채로 두려움에 얼어붙어 버렸다.

전에 들었던 이야기가 불쑥 머릿속에 떠올랐다. 그때의 내 또래였지만 훨씬 용감했던, 한 선한 사람의 이야기가.

고등학교 3학년이 되기 전 여름에 에지우드 아스널에서 인부로 일했다. 일하기는 힘들었지만 매일 출퇴근 시간이 짧았고 급료가 좋았다. 이것저것 다 했다. 잔디를 깎아 정리하고, 망가진 놀이터 기구도 고치고, 아스팔트도 깔았다. 하지만 그해 여름 가장 기억에 남는 일은 정부 문서 파쇄였다.

매일 아침 트럭 한 대가 와서 파쇄가 필요한 문서 수천 장이 든 상자를 서너 통 배달했다. 로니라는 이름의 말투가 상냥한 흑인 신사인 내 감독관과 나는 상자를 내린 뒤 산업용 문서 파쇄기 앞에 쌓았다. 그것은 좁고 긴 컨베이어벨트가 금색 이빨이 난 아가리에 연결되어 있는 톱밥제조기와 비슷했다.

그다음에 우리는 돌아가며 기계에 문서를 먹였다. 한 명은 맞물리는 이빨이 얽히지 않도록 벨트에 문서를 조심스럽게 올리고 다른 한 명은 잘게 썰린 종이가 모이면 근처 쓰레기통에 비웠다. 일 자체는 길고 지루했다. 이따금 우리는 흥미로운 것을 (장거리 발사 무기 시험을 여러 차례 실시한 뒤 폭파된 차량의 흑백 사진을 나는 제일 좋아했다.) 만나기도 했지만, 대부분은 지루하고 단조로운 일이었다.

그렇게 지루한 일이었음에도, 로니와 나는 처음에는 서로 할 말이 별로 없었다. 우리는 둘 다 말수가 적었고, 표면적으로는 너무나 다른 사람이었다. 나는 교외에 살며 봄에 졸업하여 대학에 갈 준비를 하는 깡마른 17세 백인 남자였다. 그는 텍사스 서부의 작은 소도시 출신의, 근육질에 머리를 땋은 30대 초반의 남편이자 아버지였다.

하지만 어느 날 오후, 내가 점심시간에 읽는 책을 로니가 보고는 모든 것이 변했다. 정확한 제목은 기억나지 않지만 베트남 전쟁에 관한 책이었다.

그가 특유의 걸걸한 목소리로 물었다.

"학교에서 읽는 책인가?"

"읽고 싶어서 읽는 거예요. 역사책을 많이 읽거든요."

"재미있는 걸 배우나?"

"그럼요. 거기 간 게 얼마나 멍청한 짓이었는지요. 그런 밀림에 저 같은 애들을 싸우라고 보냈다니, 아직도 믿을 수가 없어요. 어떤 느낌이었을지 상상도 못 하겠어요."

그때 로니는 나를 봤다. 나를 눈여겨봤다. 훗날 그날의 대화를 돌이켜 생각하니, 로니는 그 순간 나를 믿고 자기 이야기를 털어놓을지 결정한 것이 분명했다. 그가 한참 만에 눈을 내리깔고 말했다.

"나도 거기 있었지."

그걸로 충분했다.

그 후 몇 주간 로니는 자기 이야기를 들려줬고, 나는 그에게 질문 세례를 퍼부었다. 나는 무기(미국 졸병들이 M16 소총보다 적의 AK47을 더 좋아한 이유), 총격전(30초에서 5분간 지상에 지옥불이 떨어지는 것), 전시의 인종차별(흑인 병사들이 정찰 중에 가장 위험한 자리에서 걷고, 늘 "돼지"라는 별명이 붙은 무거운 M60 기관총을 끌고 다니게 된 것)에 대해 배웠지만, 주로 그가 임무 중 사귀고 잃은 친구들("형제들"이라고 불렀다.)에 대해 알게 됐다. 우리 두 사람 모두에게 강렬하고도 감동적인 경험이었다. 그리고 그가 많은 사람과 나누지 않은 경험이었다. 나는 영광이라고 느꼈다.

로니가 그해 여름 들려준 모든 이야기 중에서 특히 한 가지가 유난히 기억에 남았다. 전장에 도착한 지 일주일도 안 됐을 때, 그는 처음으로 선두 정찰을 명령받았다. 아무것도 모르는 새파란 신참이었지만, 그것은 상관없었다. 그의 차례였다. 야간 정찰이었고 바로 며칠 전에 다른 중대가 같은 지역에서 적과 교전을 했었다. 정찰을 시작한 지 두어 시간이 지나고 가파른 산길을 오르다가 로니는 뒤따르던 병사들에게 멈추라는 신호로 주먹을 들었다. 앞의 캄캄한 밀림에서 도사리는 것이 보이지는 않았지만 느껴졌다. 온몸의 모든 신경이, 근처에 적이 숨어서 그 순간 그들을 지켜보고 있다는 사실을 느낀 것이다. 그는 그 느낌을 "께름칙했다"고 표현했다. 베트남에 있던 동안 그 느낌을, 일종의 생존 본능을 되풀이해서 경험했다고 했다. 하지만 어디서 비롯된 느낌인지는 알 수 없었다. 로니는 그곳 캄캄한 산길에 쪼그리고 앉아 있을 때 팔의 솜털이 주뼛 서고, 군복을 적신

땀이 순식간에 싸늘하게 식었으며 입에서 쓴맛이 느껴졌다고 했다. 공포의 맛이었다. 30초 뒤, 그는 첫 총격전 한복판에 있었다⋯⋯.

우리 집 앞 차고 진입로 입구에 서서 쓰레기통 뚜껑을 생명줄처럼 쥔 채, 나는 입에서 바로 그 원초적인 공포의 맛이 나를 익사시킬 것처럼 입 안에 차오르는 것을 느꼈다. 눈으로 어둠 속을 훑어도 이상한 것은 보이지 않았지만, 나는 알았다. 주위의 모든 것이 *께름칙*했다.

그자가 저기 어둠 속에 있었다.

어딘가.

가까이에.

자동차가 줄지어 핸슨 로드 언덕을 오르며 미친 듯이 차고로, 그 뒤 안전한 우리 집으로 후퇴하는 내 모습을 전조등 불빛으로 비추기까지 시간이 얼마나 지났는지 모르겠다. 45초였을 수도 있지만, 5분이나 10분에 더 가까웠을 것이다. 내 두뇌에서 톱니가 하나 *빠져나가면서* 잠시 작동이 멈췄다.

내가 아는 것은 이것뿐이다. 그날 밤 이전에도 그 이후에도 그렇게 냉혹한 공포에 몸과 마음이 다 마비된 적은 없었다. 그리고 내가 그토록 순전한 악의 면전에 있다고 확신한 것 역시 그때뿐이었다.

위: 벅 플레밍스 지구대장(왼쪽)과 라일 하퍼 형사(로건 레이놀즈 제공)

위: 시더 드라이브 군인 주택(저자 제공)

위: 시더 드라이브 초등학교 (저자 제공)

7장
매디

"8월 중순 무렵에는 에지우드 주민 대다수가
최고조의 집단 히스테리 상태였다."

1

8월 10일 오전, 이발소 회전의자에 앉아 내가 이발을 하는 동안 불평 많은 노인(내 구레나룻을 정리하느라 바빴던 빅 레이를 포함해 전부 70세 이상이었다.) 한 무리가 곧 있을 대통령 선거를 놓고 벌이는 말다툼을 듣고 있는데 라디오에서 그 뉴스가 나왔다. 또 한 명의 에지우드 소녀가 실종됐다.

이름은 매들린 윌콕스였고 열여덟 살이었다. 가족과 친구들이 매디라고 부르던 그 소녀는 핸슨 로드 끝, 도서관 동쪽에서 네 블록 떨어진 집에서 부모와 함께 살았다. 아름답고 활달한 매디는 이듬해 봄 에지우드 고등학교를 졸업할 예정이었는데, 그해 여름 보충 수업 두 개를 마쳐야 했다. 그때까지는 아무런 문제도 없었다. 실종 당시 매디는 두 수업에서 모두 B학점을 받았다. 매디의 언니 크리시는 대학 근처 듀이 해변에서 인명구조원으로 일하며 첫 여름방학을 보내고 있었다. 매디는 다음 주말 언니를 만나러 갈 계획이었다.

그날 아침 일찍, 일과에 따라 지하실에서 빨래를 가지고 올라온 윌콕스 부인은 복도를 걸어가다가 방문을 살짝 열고 딸을 깨우려고 했다. 매디가 거기 없는 데다 침대에 잔 흔적도 없는 것을 보고 부인은 놀란 동시에 염려했다.

전날 밤, 매디는 친구들을 차에 태우고 조퍼타운의 파티에 갔었다. 하지만 윌콕스 부인은 일찍 자는 습관이 있어 9시 30분에는 잠자리에 들었고 딸이 정해진 자정 귀가 시각에 맞추어 돌아왔는지 모르고 있었던 것이다. 남편은 3일간 출장 중이어서 도움이 되지 못했다. 윌콕스 부인은 빈 침실을 살펴보다가 문득 생각했다. *매디가 어젯밤에 집에 못 온 것이면 어쩌지?*

부인은 침대 위에 빨래 바구니를 올려놓고 앞쪽 창문으로 다가갔다. 밖을 내다보니 딸의 새빨간 카마로 차가 집 앞에 서 있었다. 부인은 곧바로 안도의 한숨을 내쉬었다. *주여, 감사합니다. 매디가 안전하게 돌아왔네요.*

아래층으로 내려가던 부인은 현관 테이블에 놓은 작은 크리스털 그릇에 딸의 차 열쇠가 있는지 확인했다. 거기 없었다. 나중에 부인은 그때 안 좋은 느낌이 몰려들었다고 경찰에 말했다.

맨발로 밖으로 달려 나간 윌콕스 부인은 잔디밭을 반쯤 달려가다가 카마로의 운전석 문이 살짝 열려 있고 실내등이 켜져 있는 것을 봤다. 공포가 더욱 깊어졌다.

부인이 눈물을 삼키며 문손잡이를 잡는데 오른발이 풀밭 속에서 날카로운 것을 밟았다. 놀라 소리를 지르며 내려다보니 딸의 열쇠고리였다.

그 순간 눈물이 줄줄 흘러내렸고, 부인은 다시 집으로 달려가 경찰에 신고했다.

2

오후 뉴스에 나온 매들린 윌콕스의 얼굴을 가만히 보고 있으니, 라디오에서 처음 들었을 때 그 애 이름이 왜 그렇게 익숙했는지 떠올랐다.

라크로스팀에서 뛰던 시기에 친구이자 동료 선수였던 조니 풀린이 매들린의 언니와 두어 달 사귄 적이 있었다. 처음에는 언니 이름이며 생김새도 기억나지 않았지만, 아아, 매들린은 확실히 기억했다. 내가 본 것은 두 번뿐이었음에도 인상이 상당히 오래 남았다.

두 번 모두 하퍼드 카운티 북부, 디어 하천이 구불구불 흘러가는 록스 주립공원에서 본 것이었다. 여러 세대에 걸쳐 그 지역 10대들이 찾아가 맥주를 마시고 오래된 철도교에서 다이빙을 하고 급류에서 튜브를 타는 장소였다.

조니 풀린과 내가 그해 여름 열여덟 살이었으니, 매들린은 열네 살 정도였을 것이다. 하지만 그 애는 조금도 머뭇거리지 않았다. 내가 기억하는 예쁜 소녀는 뱃사람처럼 욕을 하고 동창회에 온 미녀 졸업생처럼 모두에게 애교를 부렸으며, 자신만만하고 다 안다는 태도로 우리 넋을 앗아 갔다. 나는 그 애가 우리 아이스박스에서 맥주를 훔쳐 가는 것도 봤다.

실종 아침에 칼리가 빠르게 주위 사람들을 만나 보니, 4년 동안 크게 변한 것은 없는 듯했다. 매들린 윌콕스의 성적은 중하위권이었고 교내 흡연과 무단결석으로 자주 야단을 맞았다. 사실 무단결석이 너무 많아 9학년을 두 번 다녀야 했다.

그러나 매들린은 얼마 전부터 생활 방식을 바꾸고 마음을 바로잡은 모습을 보였다. 여름학기를 들었고 벨 에어 양로원에서 보조원으로 일주일에 사흘씩 일도 했다. 그곳 사람들은 매들린에게 좋은 말만 했다. 많은 이웃도 매들린의 상냥한 태도와 사려 깊은 마음씨를 칭찬했다. 암으로 남편을 잃은 지 얼마 안 된 옆집 할머니 피터스 부인은 부탁도 하지 않았는데 매들린이 지난겨울 내내 자기 집 앞 눈을 치워 줬으며, 대가로 돈을 주겠다고 하니 한 푼도 받지 않았다고 했다. 친구들의 말에 따르면, 매들린은 얼마 전부터 담배를 끊었고 담배에 쓰던 돈을 모아 여름이 끝날 무렵 골든리트리버 강아지를 살 계획이었다고 했다. 강아지 이름은 소여라고 지을 생각이었다.

3

현장에 도착한 과학수사대 대원들은 곧바로 매들린 윌콕스의 카마로 자동차에서 지문을 채취하고 대시보드와 좌석, 바닥 매트에서 증거를 찾았다. 제복 경찰과 형사들이 핸슨 로드 양편의 집집마다 찾아다녔고 주위 거리로 퍼져 나갔다. 두 팀의 경찰견과 추가로 파견된 경찰관들이 핸슨 로드를 따라 여러 집 뒷마당에서 시작되는 숲을 수색하기 시작했다. 윈터스 런 강은 우거진 숲 대부분을 구불구불 지나 역사적인 리커스 교량 아래를 통과한 뒤 북쪽으로 향해 24번 도로와 그 너머로 흘러갔다.

형사들은 그 전날 밤 함께 파티에 가기로 했던 매들린 윌콕스의 친구 두 명과 긴 시간 면담했다. 프래니 킬과 켄달 그랜트는 세 사람이 피곤해서 계획을 바꿔 파티에 안 가기로 했다고 설명했다. 대신 그날 저녁 몇 블록 거리의 켄달 집에서 그들은 거스 피자에서 시킨 피자를 먹고 비디오게임을 했다. 집이 가까운 매들린은 자정까지 귀가하기 위해 11시 55분에 돌아갔다. 여자아이들의 말에 따르면, 매들린은 그날 밤 내내 기분이 좋았다.

윌콕스 씨는 제정신이 아닌 아내의 전화를 받고 한 시간도 안 되어 뉴욕에서 비행기를 탔다. 보안관보 한 사람이 BWI 공항에서 그를 기다려 집으로 데리고 왔다. 1시 20분, 수만 명의 지역 시청자가 보고 있던 「올 마이 칠드런」, 「더 영 앤드 더 레스트리스」, 「데이즈 오브 아우어 라이브즈」 방송이 중단되고 뉴스 속보가 나왔다. 윌콕스 씨 부부는 자택 현관 앞에 나란히 서 있었다. 라일 하퍼 형사가 그들 뒤에 적절히 음울한 표정으로 서 있었다. 윌콕스 부인이 흐느끼며 카메라를 똑바로 보고 딸을 데려간 사람에게 부디 무사히 돌려보내 달라고 애원했다. "매디는 정말 착한 아이예요." 소녀의 어머니가 떨리는 뺨에 눈물을 흘리며 말했다. "우리 가족에게 그 애는 전부예요. 부디 매디를 집으로 보내 주세요." 돌처럼 굳은 표정의 윌콕스 씨가 아내의 떨리는 어깨에 손을 얹었지만, 말은 하지 않았다.

뉴스 속보가 끝나자 방송국 네 곳 중 세 곳은 정규 방송으로 돌아갔지만, 채널13 뉴스팀은 계속해서 프래니 킬과 켄달 그랜트를 인터뷰하고 그다음에는 이웃과의 대화로 마무리했다.

곧 누군가가 매들린의 사진과 간단한 설명(165센티미터, 54킬로그램, 금발, 녹색 눈, 왼쪽 눈 위에 작은 흉터, 오른쪽 발목에 나비 문신), 하퍼드 카운티 보안관서 전화번호를 실은 이 소녀를 찾습니다 포스터를 제작했다. 저녁때가 되자 에지우드의 모든 사업체는 현관이나 앞쪽 창문에 그 포스터를 붙이고 있었다.

그날 저녁, 카라와 나는 30~40명 규모의 민간 자원봉사팀에 참가해 길 건너 페리 애비뉴와 거의 나란히 나 있는 숲 지역을 수색했다. 야구장과 윌로비 비치 로드에 위치한 학교 세 곳 뒤쪽 숲을 다음 날 아침에 확인하자는 계획도 나왔다. 아버지는 오지 않아도 된다고 설득하셨지만(아버지까지 월차를 내고 거기 갔다가 우리와 함께 옻이 오를 필요는 없었다.) 이웃의 낯익은 얼굴이 많이 보였다. 바르가스 씨는 베이베리 코트에 사는 다른 아버지 서넛과 함께 나왔다. 팍스 코치와 부인, 칼리 올브라이트와 그녀의 어머니는 사슴 사냥철이라도 된 것처럼 밝은 주황색 조끼를 입었다. 에지우드 도서관 사서인 태년바움 씨, 텍사코 주유소의 짐 솔로몬, 예전 고등학교 레슬링팀 출신의 렌 스틸러, 프랭크 해프니, 조시 갤러거도 있었다.

수색 중 서너 차례 나는 조시를 흘끔거렸다. 그가 우리와 함께 수색을 하러 나가는데 얼마나 큰 용기가 필요했을지 가늠할 수 없었다. 카라는 그에게 다가가 인사를 하고 부모님 안부를 물었지만 나는 그러지 않았다. 나는 그를 성가시게 하지 않고 덤불만 뒤졌다.

곧 해가 졌고 숲에서 세 시간쯤 있다 보니 너무 어두워 아무것도 보이지 않아서 우리는 중단했다. 내가 알기로 수색자 중 그 누구도 매들린 윌콕스의 실종과 조금이나마 관련 있는 것은 찾지 못했다. 유일하게 흥분한 순간은 짐 솔로몬이 어떤 아이가 일주일 전쯤 떨어뜨린 22구경 새 탄약통을 발견했을 때와 프랭크 해프니가 말벌 집을 실수로 걷어차는 바람에 팔다리에 대여섯 군데 쏘였을 때뿐이었다.

이튿날 아침 수색 중 몇 가지 소문이 퍼지기 시작했다. 첫 번째, 가장 기분 나쁜 소문은 매들린 윌콕스가 유부남과 사귀었고 그 잘못된 관계 때문에 사라졌다는 것이었다. 매들린을 몰래 납치해 간 사람이 그 신원불명의 유부남이라는지, 화난 부인이라는지는 듣지 못했다.

그날 나돈 것 중 가장 널리 퍼진 가설은 매들린 윌콕스가 단순히 가출한 것이 아닌가 하는 의혹이었다. 사실 서너 차례 전적이 있기에(한번은 멀리 남쪽으로 노스캐럴라이나까지 갔다.) 많은 동네 사람들은 매들린이 또 가출했다고 확신했다.

"생각해 봐, 치즈." 우리들이 150에서 180센티미터 정도 사이를 두고 긴 인간 사슬을 만들어 들판을 가로지르고 있을 때, 커트 레이놀즈가 말했다. "부기맨은 희생자를 죽여서 누군가가 곧바로 발견하도록 해 놓잖아. 이건 그런 게 아니야. 벌써 36시간이나 지났다고."

나보다 1년 먼저 졸업한 커트는 그다지 똑똑한 편은 아니었다. 커트는 지미 캐버노에게서 10달러에 산 연필 깎은 부스러기 한 봉지를 종이에 말아 피운 적도 있었다. 현재 자원 소방관인 그의 팀 전체가 수색에 참여하고 있었다. 카라가 대학 때문에 오지 못해서 나는 그와 오전 내내 붙어 다녀야 했다. 나는 카라를 목숨보다 사랑했지만, 그때만큼은 극심한 두통이 바로 카라 탓이라고 생각했다.

나는 목소리를 낮추고 물었다.

"아직 시신을 못 찾은 거면?"

"음, 그게 바로 문제잖아? 부기맨은 우리가 시체를 찾길 원한다고. 그런데 왜 지금 와서 시체를 감추겠어?" 커트는 괴상하게 생긴 머리를 열심히 흔들었다. "아니지. 죽었으면 지금쯤 찾았을 거야. 걔는 아마 어딘가 바닷가에서 한 손에는 차가운 맥주를, 다른 손에는 퉁퉁한 놈을 쥐고 앉아 있을 거라고."

물론 나는 동창의 전문적인 범죄 분석에 동의하지 않았지만, 내 의견은 나만 알기로 했다. 그 얼간이와 논쟁을 할 정도로 내가 바보는 아니었다. 잠시 뒤 드디어 기회가 찾아왔을 때, 나는 사람들 뒤로 처지는 척하면서 슬그머니 몇 명 뒤로 물러났다. 커트와 내 사이는 150 내지 180센티미터가 아니라 3미터쯤으로 벌어져 그가 하는 말이 한마디도 들리지 않게 됐다. 기적적으로, 30분도 안 되어 두통이 사라졌다.

매들린 윌콕스의 남자친구도 실종에 관해 떠도는 그 가증스러운 소문을 들은 것이 틀림없었다. 그는 단정한 용모에 말을 잘했다. 채널11의 6시 뉴스에서 그날 저녁 인터뷰했을 때, 몹시 화가 나 있었다.

"그런 것을 대놓고 말하는 건 고사하고 생각이라도 하는 사람이 있다니 어이가 없어요. 어이없을 뿐 아니라, 명예훼손입니다. 경찰과 지역사회 모두 매디를 찾는 데 가진 에너지와 자원을 써야 합니다."

그는 새파란 눈으로 카메라를 노려봤다.

"매디는 스스로 사라진 게 아니라고 장담합니다. 원해서 떠난 게 아니에요. 매디는 학교로 돌아가 졸업하고 싶어 했고, 대학에 지원하게 되어서 더욱 기뻐했어요. 엊그제만 해도 해변으로 언니를 만나러 갈 계획을 세웠고……."

뉴스 사이 광고가 나오기 직전, 고등학교 뒤 숲에서 충격에 빠진 수색팀이 나오는 영상이 나왔다. 채널11 앵커는 우리가 앞서 짐작했던 사실을 확인했다. 참가자 수가 많았는데도 그날 수색에서는 아무런 결과도 나오지 않았다. 텔레비전을 보던 나는 사람들 앞에 선 커트 레이놀즈의 한쪽으로 치우친 걸음걸이를 알아봤다. 조지 로메로 감독의 「살아 있는 시체의 밤」에서 어기적거리는 좀비 같았다. 바로 왼쪽에는 낸시 누나의 동창 대니 언쇼가 있었다. 그는 그때 40번 도로에 법률사무소를 차려 잘 꾸려 나갔다. 그리고 사람들 무리에서 예전 야구모자와 회색 「환상특급」 티셔츠가 보였고, 내 뒤에서 멀지 않은 곳에 놀라운 것이 있었다. 나는 놀라서 다시 보고 텔레비전 화면으로 다가가서 그 모습을 확인했다. 빠른 발걸음으로 나를 거의 따라잡고 있었던 사람은, 갤러거 씨였다. 그는 긴 지팡이를 들고, 오리올스 경기 때 무료로 나눠 주는 밝은 주황색 모자를 머리 위에 올려 두고 있었다. 내가 갤러거 씨를 바라보며 수색 중에 어떻게 마주치지 않았을까 생각하는데 화면에 그가 있던 자리에 팸퍼스 기저귀 광고 아기가 나타났다.

4

 8월 12일 금요일 오전 8시 23분경, 리커스교(橋) 아래서 지역 낚시꾼 두 사람이 매들린 윌콕스의 시신을 발견했다. 실종자 명단에 처음 오른 지 정확히 48시간 뒤였다.

 늘 찾는 낚시 지점으로 다가가던 두 사람은 처음 보고 잠든 노숙자나 만취해 정신을 잃은 여대생을 마주친 것으로 여겼다. 그들은 다리 아래서 파티의 흔적(빈 맥주 캔, 병, 담배꽁초, 이따금 사용한 콘돔)을 자주 발견했고 그 여성도 광란의 밤을 보내고 잠든 줄 알았다. 여성의 등은 오래된 석조 기반에 기대어 있었고, 긴 두 다리를 앞으로 뻗고 양손은 배 위에 평화롭게 놓여 있었다. 그런데 다가가 본 두 사람은 그게 성인 여성이 아니라 10대 소녀인 것을 깨달았다. 뜬 눈은 튀어나와 있었고 부풀어 오른 목덜미는 멍이 들어 있었으며 하반신이 벗겨져 있었다. 숨을 쉬는 것 같지 않았다. 그제야 그들은 도움을 청하러 달려갔다.

 이튿날 뉴스 보도 전까지 매체에서는 공식적인 사항 중 많은 부분을 보도할 수 없었지만(그즈음 대부분 경찰은 지역 신문사든 아니든 기자와 협력할 기분이 아니었다.) 그건 사실 중요하지 않았다. 소문은 에지우드 전역에 들불처럼 퍼졌다.

 매들린 윌콕스는 구타와 성폭행을 당한 뒤 교살당했다. 수사관들은 가슴과 상체에 깊은 잇자국 세 개가 흩어져 있는 것을 발견했다. 이전 나타샤 갤러거와 케이시 로빈슨의 경우처럼 매들린의 왼쪽 귀도 잘렸고, 사후에 시신의 자세를 잡아 놓았다.

이때도 범죄 현장에는 잘린 귀 흔적이 없었다. 손목과 발목에는 끈으로 묶었다가 푼 붉은 자국이 남아 있었다. 살인범은 매들린 윌콕스를 다른 곳에 감추어 두고서 천천히 폭행하고 고문하여 만족하고 난 뒤 시신을 유기했다.

더욱 나쁜 것은(그것이 가능하다면 말이다.) 범인이 자신들을 가지고 논다고 경찰이 비로소 확신하게 된 것이다. 리커스교의 석조 아치 아래 위치한 어두운 곳 등, 주위 지역은 당국이 두 번에 나누어 철저하게 조사한 곳이었다. 처음 매들린이 실종된 날 아침, 어머니가 놀라 911에 신고한 지 몇 시간 안에 그곳을 수색했다. 두 번째는 이튿날 오후, 20여 명의 경찰 후보생이 볼티모어 시내 경찰학교에서 수색을 도우러 달려왔을 때였다.

두 번 모두 그곳에서는 아무것도 발견되지 않았고 이는 하나만을 의미했다. 어느 시점에 범인이 다시 돌아가 일부러 시신을 다리 밑에 놓아 경찰에게 아주 분명한 메시지를 전달한 것이다. 나는 너희 움직임을 모두 지켜보고 있으며 너희 모두보다 똑똑하다.

5

매들린 윌콕스가 살해된 후, 경찰관들의 말수가 점점 줄었다. 더는 자명한 사실을 부인할 수 없게 되자, 그들은 60일 내에 일어난 세 건의 살인이 나타내는 바를 내부적으로는 인정했다. 에지우드에 연쇄 살인범이 있다는 사실을. 그리고 그 미치광이에 대한 수사망을 좁혀 가는 대신, 경찰은 나날이 뒤처지고 있었다. 게다가 이제 부기맨은 그들을 비웃고 있었다.

그때까지 칼리는 범인이 숫자와 관련된 무엇인가를 남겼는지 알아내지 못했다. 칼리의 평소 정보원들은 *자신들의 정보원들이* 모든 것을 막고 있다고 주장했다. 나는 이틀 전 맥도널드 주차장에서 하퍼 형사를 만났지만, 내가 인사를 건네자 그는 거의 을러대다시피 했다. 다가가서 물어볼 상황이 아니었다. 내가 사방치기와 개를 찾는 포스터에 대해 아는지 그는 전혀 몰랐으니, 그 이야기를 꺼내면 노발대발할 것 같았다.

결국 매들린 윌콕스의 시신이 발견된 지 8일이나 지나서야 경찰의 비밀 벽에 틈이 벌어지기 시작했고, 칼리는 우리가 기다리던 특종을 얻었다.

첫 살해 이후 발견된 알 수 없는 사방치기 그림의 칸은 전부 숫자 3으로 채워져 있었다. 두 번째 살해 이후 발견된 개를 찾는 포스터에서 가장 많이 등장한 숫자는 4였다. 그리고 부검을 실시하던 부검의는 매들린 윌콕스의 목구멍 깊숙이에서 특이한 것을 발견했다. *동전 다섯 개였다.*

6

같은 주 이후, 도서관에서 집으로 가는 길에 잠시 간식거리를 사러 세븐일레븐으로 향했다. 그날의 특별 메뉴 칠리 핫도그 두 개와 디스펜서 음료 작은 것이 1.99달러였다. 아버지 말씀대로 *저렴한 점심 식사였다.*

편의점 앞 보도에서 나보다 두 학년 아래였던 옛 친구 파커 샌더스와 마주쳤다. 그는 한 손에는 빅 걸프 컵을, 다른 손에는 엠앤엠즈 초콜릿 한 봉지를 들고 나오던 길이었다.

"건강한 식사로군."

"그렇지. 참, 고등학교에서 다시 농구를 한다면서."

"너도 와."

"다음번에 농구 할 때는 프루이트한테 내게도 연락하라고 해. 걔는 아직 내 전화번호 아니까."

그는 내게 손을 흔들며 차에 올라탔다.

과연 그럴 가능성이 있을까. 나는 파커가 차를 몰고 가는 모습을 보며 생각했다. 제프 프루이트는 파커를 못 견뎌했다.

배가 꼬르륵거렸다. 나는 편의점 안으로 들어가다가 나가는 손님을 위해 문을 열어 주던 남자와 부딪쳤다.

"미안합니다." 나는 그에게 공간을 주려고 물러났다. "제대로 못 봤네요."

"괜찮아요."

남자는 주차장으로 계속 걸어가며 말했다.

갑자기 입이 바짝 말랐다. 나는 거기 얼어붙은 채 차마 돌아보지 못하고 서 있었다. 전화를 걸었던 정체불명의 사나이 목소리를 단 한 번밖에 듣지 못했고, 그것도 단 다섯 글자("뭐가 빠르지?")뿐이었지만, 바로 그 목소리라고 거의 확신했다.

한참 뒤 마비가 풀려 가게로 들어가 묵직한 유리문이 닫히는 소리를 기다린 뒤 어깨 너머를 돌아봤다. 30대 중반으로 보이는 남자는 키가 크고 탄탄한 체구에 빛바랜 애틀랜타 브레이브스 야구모자 밑에 짧은 검은 머리를 감추고 있었다. 노란색 폭스바겐 버그 운전석에 앉아서 선글라스를 쓰고 있었다. 그가 나를 보는지 알 수 없었다. 잠시 후 남자는 후진해서 떠났다.

뒤따라가야 해. 어디 사는지 보자.

하지만 다리가 꼼짝도 안 했다.

칠리 핫도그를 먹고 싶은 마음은 사라졌고, 스니커즈 하나와 초콜릿 우유 한 통을 사서 집으로 갔다.

7

8월 중순 무렵에는 에지우드 주민 대다수가 최고조의 집단 히스테리 상태였다. 총기 판매량이 다시 치솟았고, 7월에 잠잠했던 가정용 보안 시스템 설치 대기 리스트가 다시 길어졌다. 쇼핑몰의 헤어 커터리 살롱과 동네 미용실은 9월 말까지 예약이 꽉 찼다. 매체에서 부기맨의 희생자 모두의 머리칼이 길고 탐스러운 아름다움을 발 빠르게 지적하자, 전 연령층의 여성이 짧은 머리를 하려고 달려갔다. 거의 하룻밤 새, 적어도 작고 아늑한 하퍼드 카운티 내에서는 70년대 잔 다르크와 도로시 해밀[11]의 헤어스타일이 장악했다.

그리고 부기맨을 막는 데는 총기도 보안 시스템도 도움이 안 된다고 주장하는 사람들이 있었다. 그들의 수는 날마다 늘어나는 듯했다. 살해의 성격이 무시무시하고 남은 증거가 없는 것이 이상하다면서, 수는 적지만 목소리 큰 주민들은 연쇄 살인범이 인간이 아니라 모종의 초자연적 존재라고 확신했다. "그렇지 않고서야 어떻게 설명을 하겠어요?" 눈을 휘둥그레 뜬 신사 한 사람이 채널2 리포터에게 생방송 인터뷰에서 물었다. "아이들이 부모 눈앞에서 안전한 자기 집과 주택가에서 납치당해 야만적인 폭행을 당하고 살해된 뒤 사람들이 보도록 돌아왔어요. 인간이면 이런 솜씨를 부릴 수 없죠. 뭔가 다른 것, 이 세상 존재가 아닌 것의 소행이 분명해요."

바로 다음 날 오후, 핑크색 테리 천 목욕 가운을 입고 머리에 헤어컬을 만 여자가("정말이지 창피하구나." 어머니가 내 옆에서 한마디했다.) 채널13 뉴스에서 그 전날 밤 뒷마당 모션 감지등이 켜졌다고 했다. 2층 침실 창가로 달려가서 보니 검은 인간 형체가 잔디밭을 가로질러 달려갔다고 했다. 여자는 그것의 키가 최소 210센티미터는 되었고 비스듬한 이마 한가운데 뾰족한 뿔이 하나 튀어나와 있었으며, 뒷마당을 에워싼 사생활 보호용 울타리에 닿자 그냥 달아나 밤하늘 속으로 사라졌다고 주장했다. 물론 남편은 그때 자고 있어서 아무것도 보지 못했다.

이렇게 야단스러운 이야기(그밖에도 비슷한 숱한 이야기)가 날

---

11 1976년 동계 올림픽에서 금메달을 획득한 여자 피겨스케이팅 선수.

마다 텔레비전에서 펼쳐지는 것을 보고 있자니, 이런 생각이 들고 말았다. *공포영화 한 장면에서 튀어나온 것 같은데…… 다만, 이번에는 절대 사실일 뿐이지.*

이튿날 아침, 칼리가 신문사 사무실에 들러 달라고 했다. 채널11 뉴스팀이 방송하지 않은 영상이 돌아다니는데, 나더러 한번 보라는 것이었다. 도착하자 칼리가 휴게실로 안내했다. 낡은 목제 책상 위에 텔레비전과 비디오 녹화기가 놓인 그곳에서는 커피와 향수, 퀴퀴한 담배 연기 냄새가 났다. 칼리가 재생 버튼을 누르자 텔레비전 화면에 낯익은 얼굴이 떠올랐다. 부모님 집 근처에 사는 나이 지긋한 흑인 여성, 블랜치 워터스였다. 나는 열두 살 때부터 대학으로 떠날 때까지 그 집 잔디를 깎고 집 앞 눈을 치웠다. 지팡이를 짚은 워터스 부인은 기자 옆에 선 아이 같았다. "할아버지가 헨리 리 존스 이야기를 들려주곤 했어요. 악마랑 계약을 맺은 도망 노예였죠. 헨리랑 가족이 북부로 탈출하게 해 주는 조건으로, 악마는 헨리에게 농장주의 열 살 된 딸, 그 누구도 해친 적 없는 착한 아이를 죽이라고 했지요." 워터스 부인은 재채기를 하더니 돌돌 만 손수건으로 코를 길고 시원하게 팽 풀었다. 그다음 손수건을 찬찬히 살핀 뒤 블라우스 주머니에 마구 쑤셔 넣었다. 마이크를 들고 있던 리포터는 카메라를 흘끔 보더니 재미있다는 듯 숱 많은 눈썹을 치켜떴다. 부인이 계속했다. "헨리 리는 바로 그날 밤 그 아이를 침대에서 목졸라 죽였지만, 알고 보니 악마가 속인 거였어요. 아, 거래 첫 부분은 지켰어요. 헨리랑 가족이 안전하게 달아나도록 도왔죠. 하

228

지만 속임수를 써서 헨리 리가 영원히 살며 무고한 백인 여자아이를 보면 죽이고 싶은 욕구가 사라지지 않게 했어요. 얼마 후에 헨리의 아내가 아이 둘을 데리고 한밤중에 달아났고, 그 후로 다시는 만나지 못했대요. 전설에 따르면 헨리 리 존스가 아직도 악마의 무시무시한 분노에 사로잡혀 돌아다니면서 시골의 어린 여자아이를 목 졸라 죽인대요. 돌아가신 지 오래됐지만 우리 할아버지 말씀은 사실이라고 믿어요. 그분의 선한 영혼을 축복하시기를." 부인은 그리고 돌아서서 카메라를 똑바로 응시했다. "헨리 리 존스가 에지우드에 온 거예요. 피에 굶주려서. 그렇지 않고서야, 여기 사는 흑인이랑 히스패닉이 그렇게 많은데, 백인 여자애만 셋이 죽은 걸 어떻게 설명하겠어요?" 영상은 거기서 끝났다.

나는 칼리를 올려다보며 말했다.

"세상에."

"저걸 저녁 뉴스에 방송하면 어떻게 될지 상상이 돼?"

나는 고개를 저었다.

"솔직히 방송 안 한 게 조금 놀랍네."

"나도."

"부모님이 안 보셔서 다행이야. 워터스 부인을 얼마나 좋아하시는데. 뭐, 나도 좋아하고. 어릴 적부터 부인을 알고 지냈다고." 나는 한숨을 쉬었다. "적어도, 아는 줄 알았지."

칼리는 리모컨을 들어 텔레비전을 껐다.

"이 동네에서 모르는 게 얼마나 되는지 곧 알게 될 것 같아."

8

매들린 월콕스가 죽은 뒤 며칠 동안 전국의 언론사가 전력을 다해 에지우드로 몰려들었고 멀리 플로리다, 시카고, 보스턴, 캐나다의 뉴스팀까지 찾아왔다. 오후에 차를 타고 나가면 거리 한쪽에서 주민이 카메라맨과 대화를 나누고 다른 한쪽의 주민은 형사와 면담 중인 광경이 흔히 보였다. 경찰과 언론사 헬기가 상공에서 원을 그리는 것은 곧 일상이 되어 버렸다.

하퍼드 카운티 인근 소도시 부모들은 아이들에게 에지우드에, 특히 해가 진 뒤에는 가지 말라고 금지하는 데 윤리적이든 뭐든 아무런 거리낌이 없었고, 살인 사건을 "에지우드가 무지하고 가난한 마약중독자들이 사는 죄악과 타락이 가득한 우범 지대"라는 분명한 증거로 내세웠다. 그 가슴 아픈 말은 켐퍼 빌링턴이라는 머리를 부풀리고 새빨간 립스틱을 바른 여성이(우연히도 폴스턴 고등학교 사친회 부회장이었다.) 채널11 뉴스팀과의 생방송 인터뷰 중에 한 말이었다. 불난 데 기름을 부으며《이지스》가 경찰 조사에 들어간 적은 비용에 관해 특히 기분 나쁜 사설을 싣는 바람에 편집자는 10여 통의 성난 서신을 받았으며(그중 하나는《이지스》의 직원 칼리 올브라이트에게 온 것이었다.) 수십 명이 신문 구독을 취소했다.

소문은 누그러지지 않고 계속 전파됐다. 첫 두 건의 살인 사건 이후에 그랬듯이 시내 전역에 소문이 미친 듯이 퍼지기 시작했고, 가장 도색적인 것은 하퍼드 카운티 사회 이면에 사탄을 추종하는 집단이 활약하고 있다는 가설이었다. 소와 개를 아무도 모르게 잔혹하게 도살한다는 이야기가 늦은 밤 대화를 장악했고, 그해 앞서 여름에 에지우드 추모 공원에서 일어난 유난히 끔찍한 묘지 강도 사건도 마찬가지였다. 에지우드의 어린 소녀 셋의 살해는 그 광신도 집단의 사탄 고등 평의회 새로운 입문 의식 때문이라고 했다. 그 평의회의 회원으로는 경찰서장, 에지우드 중학교 교감, 치어리더 대장의 돈 많은 새엄마가 거론됐다. 신고 전화에 밤늦게 걸려 온 전화는 경찰에 쇼핑센터 뒤쪽 숲속 깊은 곳에서 임시 제단을 찾을 수 있을 것이라고 알렸다. 형사들이 그곳을 확인해 보고 완전히 실망해서 돌아왔다.

또 급속도로 퍼진 소문 한 가지는 경찰이 협력 관계의 두 명을 찾고 있다는 것이었다. 손잡고 일하는 연쇄 살인범팀이라니, 어떻게 소녀들이 그렇게 낯익은 곳에서 실마리 하나 없이 납치당했는지를 가장 그럴듯하게 설명해 주는 듯했다. 한 사람이 나타샤 갤러거의 방에 들어가 기절시키고 창문을 통해 다른 사람에게 건넸다. 혹은 한 사람이 케이시 로빈슨과 매들린 윌콕스의 시선을 끈 뒤 공범이 나타나 기절시켰다.

칼리 올브라이트에 따르면 두 가지 모두 신빙성이 별로 없었다. 칼리가 알기에 수사관들은 여전히 한 명의 범인을 찾고 있었으며, 세 건의 수법이 너무 동일하고 정확해 여러 명의 소행으로 볼 수 없다고 믿었다.

또 칼리의 말에 따르면 에지우드에서 한 가지 흥미로운 추세가 나타나기 시작했다. 사탄의 소행이라는 공포와 여러 명의 연쇄 살인범이 있다는 가설이 최근 늘어난 소문 탓으로 볼 수 있듯이(그러는 사이에 조심성 대신 의심이 자리 잡았다.) 이런 새로운 행동 패턴 역시 그러했다. 매들린 윌콕스가 죽은 후 며칠 동안 지역 주민 사이에 말다툼과 몸싸움이 갑자기 급격히 증가했다. 입이 가벼운 사람들과 술에 취해 헛소리를 늘어놓는 사람들이 주차장과 앞마당에서 주먹다짐을 일으켰다. 가벼운 농담이 심각해지고 폭력으로 변했다. 오랜 반감이 되살아나고 새로운 반감이 생겨났다. 엉뚱한 비난이 일어나면 경찰이 공식 경고로 진정시켰다. 신고 전화가 기록적인 속도로 접수됐지만 대부분은 시시한 헛소리였고 경찰은 신고 전화 자체를 폐쇄할까 고려 중이었다.

나는 가끔 하는 아침 조깅 중에 이런 새로운 역학관계를 직접 목격했다. 페리 애비뉴를 따라 올라가던 중, 자전거와 스케이트보드를 탄 아이들 무리와 마주쳤다. 대충 모여든 아이들 가운데서 남자아이 둘이 싸우고 있었다. 열한 살도 채 안 되어 보였다. 내가 달려가 아이들을 떼어 놓았다.

"너희 부모가 누군지 다 안다!" 내가 거짓말했다. "그만 악수하고 화해하면 모른 척해 줄게."

"저 새끼랑 악수 안 해요!"

둘 중 작은 아이가 으르렁댔다.

"왜?"

"우리 아빠가 부기맨이래요!"

그리고 통금이 생겼다. 8월 15일 월요일부터, 하퍼드 카운티 보안관서의 명령으로 에지우드의 모든 주민은 오후 10시까지 귀가해야 했다. 야간 근무자와 보건 노동자, 보안회사 직원의 경우만 예외였다. 주유소, 식당, 술집 모두 일찍 문을 닫아야 했는데 놀랍게도 업주들의 불만은 많지 않았다.

매들린의 시신이 부검실에서 나오자 윌콕스 가족은 이스턴 쇼어의 작은 교회에서 가족 장례식을 치르기로 했다. 나는 그것이 고마웠고 마음이 놓였다. 친구와 이웃 몇 명과 이야기를 나눠 보니 사람들 대부분의 반응이 나와 같았다. 그해 여름 에지우드의 장례식은 이미 충분했던 것이다.

소도시 전체가 혼란으로 들끓었지만, 핸슨 로드 920번지는 안전한 피난처였다. 어머니는 매디의 죽음에 당연히 슬퍼하시며 깊은 생각에 빠졌지만, 그 상황에 놀라울 만큼 평정을 유지하셨다. 어머니는 어느 날 저녁 식사 후, 믿음과 낙관적인 태도를 유지하기 위해 최선을 다하고 있으며, 추가 근무하는 경찰관들을 돕기 위해 경찰서에 캐서롤과 쿠키와 브라우니를 보내고 최대한 열심히, 자주 기도하고 있다고 하셨다. 이제 모든 것은 신의 손에 있다고 결연히 믿으셨다. 대놓고 얘기하시지는 않았지만 무슨 영문인지 살인은 드디어 끝났다고 믿는 듯했다.

아버지는 그렇게 확신하시지 않았다. 어느 토요일 아침 일찍 아버지가 나를 깨우더니 바깥쪽 지하실 문과 차고 뒤쪽 문에 새 열쇠를 설치하는 것을 도와 달라고 조용히 청했다.

그래도 대부분 밤이면 우리 셋은 대화하고 웃고 저녁 식사를 함께 했으며 나는 저렇게 상냥한 두 사람이 이 세상에서 서로를 찾아 나를 삶의 일부로 만들어 준 축복에 감사하며 잠자리에 들었다.

그 달이 지나가면서, 나는 칼리가 긴 근무 시간과 직장의 스트레스로 결국 지치기 시작했다고 생각했다. 칼리는 한 주 내내 우울했고 나와의 통화도 짧았다. 그러다 보니 나와의 통화와 전반적인 부기맨 관련 취재를 쉬고 싶은지 물었다. 놀랍게도 칼리는 울기 시작하더니 어떻게 된 일인지 모두 털어놓았다.

그 주 초, 방에서 기사를 쓰던 칼리는 창가에서 무슨 소리를 들었다. 일어나서 밖을 내다보니 검은 형체가 어둠 속으로 재빨리 달아나는 것이 거의 확실히 보였다. 이튿날, 시내를 돌아 출근하던 길에 이상한 기분이 든 칼리는 누군가가 뒤를 밟는 것을 확신했다. 그날 저녁 악몽이 시작됐다. 심한 악몽이었다. 한 주 내내 거의 자지 못했고, 스트레스와 피로가 타격을 가했다. 칼리가 사과했지만 나는 그럴 필요 없다고, 이해한다고 말했다. 내가 말하지 않은 것은 나 역시 비슷한 편집증을 경험하고 있으며, 내 나름의 악몽을 꾸고 있다는 것이었다.

9

8월 19일 금요일 오후, 하퍼드 카운티 보안관서의 라일 하퍼 형사와 벅 플레밍스 지구대장이 법정 계단에서 합동 기자회견을 열었다. 전국에서 35개 이상의 뉴스팀이 참석했다. 플레밍스 지구대장이 우선 보안관서 대원, 주 경찰, FBI 요원으로 구성된 새로운 전담반을 구성했다고 발표했다. 그 전담반을 이끌 하퍼 형사가 이어서 연단에 오르자, 나는 그가 얼마나 지치고 말랐는지 바로 알 수 있었다. 나도 모르게 집에 있는 그의 아내와 주 전체에 흩어져 있는 성년 자녀 셋이 떠올랐고, 그들이 주위에서 그를 지지해 주기를 바랐다. 가족의 지지가 필요해 보였다.

하퍼는 잠시 이야기하고 전담반이 "에지우드에서 무자비한 살해를 종결시키기 위해 24시간 노력 중"이라고 굳은 얼굴로 약속하며 말을 끝맺었다.

하퍼가 브리핑을 마치자, 나는 소파에 앉은 어머니를 흘끔 보고 그를 향해 쏟아질 또 한 차례의 비난을 들을 마음의 준비를 했다. 내가 자주 괜찮다고 했는데도 어머니는 여전히 그를 경계하셨다.

그러나 어머니는 비난하는 대신 고개를 숙이고 눈을 감고 입술을 소리 없이 움직이며 손에 묵주를 꼭 쥐고 계셨다.

위: 매들린 윌콕스(프래니 킬 제공)

위: 매들린 윌콕스 자택 앞 범죄 현장(로건 레이놀즈 제공).

왼쪽: 이 소녀를 찾습니다 포스터
(저자 제공)

위: 매들린 윌콕스(프래니 킬 제공)

위: 핸슨 로드 근처 들판을 수색하는 경찰과 주민(《이지스》 제공)

위: 수목 한계선을 수색하는 경찰과 주민(《이지스》 제공)

위: 리커스 다리 범죄 현장을 조사하는 형사들(《볼티모어 선》 제공)

8장
부기맨

"그리고 네 방 창가에 찾아온 게
부기맨이 아니라면, 대체 누구였을까?"

1

언제나 그렇듯이 나는 궁금한 것은 많지만 집에 있는 『브리태니커 백과사전』 전집에서 충분한 정보를 찾을 수 없어 그 주중에 도서관에 가서 부기맨의 기원을 조사했다.

민담과 초자연에 관한 여러 책과 잡지 기사에서 귀한 내용을 제공했지만, 내가 노트에 적은 내용 대부분은 한 권의 책, 1974년 뉴욕 레밍 출판사에서 발간한 로버트 커루더스의 『괴물과 신화』에서 나온 것이었다.

간략한 요약은 다음과 같다.

bogeyman, bogyman, bogieman 등 다양한 철자로 쓰는 부기맨은 어른들이 아이에게 겁을 주어 바른 행동을 하게 만드는 데 널리 사용하는 신비한 존재다. 부기맨이 처음으로 언급된 것은 1500년대 영국에서 묘사한 말썽쟁이 요정(hobgoblin)으로 간주된다. bogey라는 단어는 중세 영어 "무서운 존재" 혹은 "허수아비"를 의미하는 bogge/bugge에서 나왔다. 이 단어는 또한 고대 영어 bugbear(bug는 "요정"이나 "허수아비"를 뜻하며 bear는 작은 아이들을 잡아먹는 곰 모습을 한 악령을 의미한다.)에서 영향을 받았을 수도 있다. 부기맨의 모습은 문화에 따라 보통 다르지만 날카로운 발톱, 긴 발톱, 붉은 눈, 날카로운 이빨 등 공통적인 특징이 있다. 뿔과 발굽이 있다는 경우도 있다. 부기맨과 같은 존재는 거의 보편적이며 대부분의 나라 민담에 공통적으로 등장한다. 망태 아저씨, 엘 코코, 바바우, 바구, 바바로가 등의 이름으로 통하기도 한다.

2

9월 9일 금요일, 경찰은 기다리던 전환점을 맞이했다.

17세의 애니 릭스는 에지우드 고등학교의 최고 우등생 중 하나였다. 졸업 학년 대표로, 전 과목 A학점을 받았고 교내 필드하키팀과 라크로스팀의 주장이었다. 밝은 미소는 전염성이 있었고, 마음씨는 너그러운 소녀였다. 학생과 교사 모두가 겸손하고 자조적인 유머 감각을 지닌 애니를 좋아했다.

그 금요일 저녁은 고등학교 개학 첫 주의(월요일이 노동절 휴일이라서 나흘로 이뤄졌다.) 마지막 날이었고 필드하키 연습 첫 주이기도 했다. 애니는 새로운 공격 세트와 다음 월요일 오후 첫 연습경기에 관해 코치들과 논의하기 위해 금요일 연습 후에 늦게까지 남았다. 오후 7시 15분경, 애니는 학교에서 출발해 집으로 걷기 시작했다. 잠시 후, 조용한 세쿼이아 드라이브를 따라 걷던 애니의 뒤에서 복면 괴한이 공격했다. 난투 끝에 괴한에게서 벗어난 애니는 인근 주택에 도움을 청하러 달려갈 수 있었다.

시내에 수십 명의 기자들이 있었지만, 이 납치 시도 뉴스는 이튿날 아침까지 전파를 타지 못했다. 그때만큼은 관련 주민들이 입을 다물었던 것이다.

9월 12일 월요일, 칼리 올브라이트는 애니 릭스가 직접 쓴 경찰 진술서를 확보했다. 그 전문을 최초로 여기 옮긴다.

저는 연습 때 늦게까지 있었기 때문에 끝난 뒤 로커룸에서 마지막에 나왔습니다. 보통은 친구 차나 부모님 차를 타고 집으로 가는데, 팀원들은 떠난 지 한참 됐고 부모님은 직장 회식에 가셨습니다. 저는 스웨트 셔츠를 입고 시계를 차고 목걸이를 하고 로커에서 배낭을 챙겼습니다. 그제야 정말 늦었다는 걸 알았습니다. 체육관 옆문으로 학교를 나갔습니다. 나가는 길에 해리스 선생님을 만나고 월요일에 뵙겠다고 인사했습니다. 비가 올 것 같았고 천둥소리도 들렸지만, 시계를 본 뒤에도 사방이 너무 캄캄한 것에 놀랐습니다. 바깥은 유령 도시 같았습니다. 주차장은 거의 비어 있었고, 윌로비 비치 로드를 건너면서 아무도 보지 못했습니다. 거리를 좀 더 내려가니 교회에서 차에 타는 노부부가 있었지만, 그 정도가 전부였습니다. 세쿼이아 드라이브에 닿았을 때는 정말로 천둥 번개가 치고 있었습니다. 흰색 지프가 앞쪽 모퉁이를 돌아오더니 속도를 낮춰서 저는 한순간 친구 로리 앤더슨이 저를 태워 주려고 서는 줄 알았습니다. 하지만 로리가 아니었고, 탄 사람이 누군지 몰라도 계속 가던 길을 갔습니다. 어깨 너머를 돌아보고 그 지프가 가 버리는 것을 본 후에 누군가가 뒤따라오는 이상한 느낌을 받았습니다. 계속 어깨 너머를 돌아봤지만 아무도 보이지 않았습니다. 그러다가 무슨 소리가 들리기 시작했습니다. 뒤에서 보도를 밟는 발자국 소리. 누군가 밟은 것처럼 나뭇가지 부러지는 소리. 하지만 돌아볼 때마다 아무도 없었습니다.

그즈음에는 피해망상이라고 생각하고는 바보가 된 느낌이 들었지만 그렇다고 발걸음을 늦추지는 않았습니다.(성함이 기억 안 나는데, 조금 전에 키가 아주 큰 형사님이 지난 두어 달 동안 이상하거나 평소와 다른 일을 겪었는지 물으셔서 아니라고 했는데요. 하지만 이제 그렇지 않았다는 것이 기억났습니다. 며칠 전, 수업이 시작되기 직전에 학교에서 친구 두 명이랑 하키볼을 치고 있었는데 집에 걸어갈 때와 비슷하게 이상한 느낌을 받았거든요. 누군가가 뒤를 따라오는 것 같았습니다. 하지만 맑은 대낮이라서 두렵지도, 위험을 느끼지도 않았습니다. 사실 지금까지 그 일을 잊고 있었습니다.) 어쨌든 그때 세쿼이아 드라이브 중에서 집도 가로등도 없고 낡은 차고와 웃자란 나무와 덤불만 있는 구역에 접어들었습니다. 바람이 거세지고 기온도 빠르게 떨어졌습니다. 다시 발자국 소리가 들린 것 같아서 다시 한 번 더 어깨 너머를 확인했습니다. 똑같았습니다. 아무도 없었습니다. 바보가 된 느낌이었습니다. 집까지 한 블록 반만 남아서 다시는 돌아보지 않기로 마음먹었습니다. 무슨 일이 있어도. 제가 열 살짜리 어린아이는 아니니까요. 그런데 그때 또 들렸습니다. 발자국 소리가. 바로 등 뒤에서. 그때는 더 크게 들렸습니다. 억지로 돌아보지 않았습니다. 더 빨리 걸었습니다. 그랬더니 소리가 사라졌습니다. 내가 이겼다 싶어서 키득거리고는, 아마도 습관적으로 어깨 너머를 돌아봤습니다. 그랬더니 거기 있었습니다. 남자가. 키가 아주 컸어요. 덩치도 컸습니다. 검은 바지에 검은 긴 팔 상의를 입었습니다. 그리고 복면을 쓰고 있었습니다. 친구들과 여러 번 빌려 본 영화 「일몰을 두려워한 마을」에 나오는 것 같은 복면이었습니다. 포대에 눈구멍을 뚫은 것 같은 복면이었어요. 달리든 고함을 치든 뭐든 하기 전에 그 남자가 뒤에서 제 목을 잡아 들어 올렸습니다. 저는 배낭을 떨어뜨렸고 곧바로 나무가 있는 뒤로 남자와 함께 움직이고 있었습니다. 그 남자는 힘이 아주 세었습니다. 소리를 지르고 주먹으로 치고 발로 걷어차려고 했지만, 남자가 뒤에 있어서 닿기가 어려웠습니다. 남자가 소리를 지르지 못하게 한 손으로 입을 막았습니다. 장갑 같은 것을 끼고 있었는데, 어떤 장갑인지는 보지 못했습니다. 한 번은 그 남자 손을 아주 세게 물었는데, 장갑에서 고무맛이 난 기억이 나지만 남자는 신경도 안 쓰는 것 같았습니다. 아팠을 텐데 남자는 소리도 내지 않았습니다. 제 목을 조른 팔이 죄어 와서 곧 기절할 것 같았습니다. 그제야 엄마가 주신 작은 후추 스프레이가 기억났습니다. 챕스틱 튜브 정도 크기의 스프레이였고, 로커룸에서 스웨트 셔츠 주머니에 넣어 뒀습니다. 그것을 잡아 뒤로 손을 돌려 뿌리기 시작했습니다. 아주 긴 시간처럼 느껴졌습니다. 처음에는 효과가 없거나, 남자의 얼굴을 놓친 줄 알았습니다. 속도를 늦추지도, 손을 놓지도, 소리를 지르지도 않았으니까요. 남자는 저를 집으로부터 멀리, 계속 끌고 갈 뿐이었습니다. '정말로 이제 죽는구나.' 생각했던 기억이 납니다. 하지만 그러다 갑자기 제 목을 감은 팔이 사라졌고 저는 바닥에 누운 채로 남자를 올려다봤습니다. 막 헤엄을 치고 나온 개처럼 머리를 마구 젓더니 복면을 찢고 눈을 비비기 시작하더군요. 그리고 갑자기 달려갔습니다. 얼굴을 1초간, 그것도 옆에서 봤지만 짧은 검은 머리칼에 굉장히 튀어나

온 턱은 봤습니다. 저는 일어나서 가장 가까운 집으로 달려갔습니다. 그 집 문을 두드리면서 남자가 스프레이를 뿌린 뒤로도 한마디도 안 한 것을 새삼 깨달았습니다. 숨소리와 헉헉거리는 소리는 들었지만 그게 전부였어요. 남자는 알아들을 수 있는 소리는 한 번도 내지 않았습니다. 대체 그게 어떻게 가능할까요? 지금 기억나는 것은 그것이 전부입니다.

3

이튿날 아침 그 뉴스는 쓰나미처럼 충격을 줬다.

경찰 대변인은 애니 릭스가 당한 폭행이 다른 세 에지우드 소녀의 살해와 공식적으로 연결되지 않았다고 발 빠르게 주의를 주었지만, 대중은 그 말을 전혀 믿지 않았다. 애니 릭스는 어리고 매력적이었으며, 길고 구불거리는 갈색 머리칼을 지녔다. 대다수 사람의 눈에 그것이면 충분했다.

점심 무렵 괴한의 경찰 몽타주가 그가 썼던 복면의 사진과 함께 CNN과 지역 방송국 전체에서 방송됐다. 몇 시간 만에 911과 신고 전화가 쇄도했다. 한 노인은 몽타주 속 남자를 알아봤다. 자기 사위란 것이었다. 초등학교 음악 교사는 그가 자기 담당 산부인과 의사라고 확신했다. 또 다른 여성은 범인이 전남편이라고 분명하게 진술했다.

남은 복면은 거친 헤센 천으로 만든 것이었다. 눈과 입의 너덜거리는 구멍은 예리한 가위나 면도날로 자른 것이고 짧은 노끈을 뒤쪽에 끼워 고정시켰다. 하퍼드 카운티 과학 수사 연구소에서는 그걸 두고 온갖 실험을 하는 중이었다.

완전히 확신할 수는 없었지만, 나는 그것이 지미 캐버노와 내가 메이어스 저택 앞에 갔던 날 밤에 어둠 속을 떠다니던 것일 확률이 꽤 높다고 느꼈다. 그날 오후 늦게 사우스캐럴라이나의 집에 있던 지미는 CNN으로 그 복면을 자세히 본 뒤 내게 전화해 동감이라고 했다.

애니 릭스는 몇 시간이나 면담을 하고 머리끝부터 발끝까지 검사를 받았다. 손톱, 입 안, 얼굴과 머리카락, 옷가지에서 증거를 샅샅이 찾았다. 처음으로 경찰은 목격자를 얻었고, 모두 다 달려들었다. 서면 조서를 검토한 뒤 형사 한 팀이 애니에게 놓친 것이 있는지 머릿속을 뒤져 보라고 하면서 아무리 사소한 것도 살펴봐야 한다고 강조했다. 그때 애니는 괴한의 이상한 냄새를 떠올렸다. 애니가 전에 맡아 본 어떤 냄새와도 달랐지만 그 이상 구체적으로 설명하지는 못했다. "체취나 땀 냄새 같은 건 아니었어요. 다른 냄새인데…… 뭔가…… 설명하기 힘든 거예요." 더욱 캐묻자 괴한에게서 뭔가 유기적인 냄새, 흙냄새 비슷한 냄새가 났다고 했다. 옷이나 복면, 장갑에서 나는 냄새는 아니라고 했다. 애니가 할 수 있는 최대의 설명이 그것이었다.

그사이 세콰이어 드라이브의 웃자란 덤불과 잘라 내지 않은 잡초와 주위 마당과 도로를 샅샅이, 가차 없이 수색했다. 경찰은 그 땅 뒤편 오래된 차고의 잔해 뒤쪽에 홀리 애비뉴로 이어지는, 머리 높이 덤불이 나란히 만든 좁다란 길에 범인이 차량을 주차했을 가능성이 높다고 생각했다. 빠른 탈출로인 월로비 비치 로드가 겨우 두 블록 옆에 기다리고 있었던 것이다.

하퍼 형사와 전담반 인원 대부분은 애니 릭스의 용감한 행동 덕분에 새 힘을 얻고 범인을 잡을 수도 있을 거라고 낙관하게 됐다. 몇 달째 빈손이었는데 이제 목격자가 생겼을 뿐 아니라 확실한 증거도 드디어 얻었다. 그러나 다른 경찰 관료들, 유권자의 변덕에 일자리가 달린 이들은 그렇게 환호하지 않았다. 수천 달러와 수백 명의 인력을 이 괴물을 잡는 일에 썼는데 얻은 단서가 넉 달 전에 치아 교정기를 뺀 167센티미터, 50킬로그램의 필드하키 선수 덕분이었던 것이다.

애니 릭스는 하룻밤 사이에 미국 전체에서 유명인사가 됐다. 매체에서는 애니를 "부기맨을 이긴 소녀"라고 찬양할지 "유일한 생존자"라고 할지 못 정해서 두 가지 별명을 모두 쓰고 있었다. 타 지역 신문사 한 곳에서는 애니의 2학년 앨범 사진을 복면 사진 옆에 싣고 36포인트 글씨체로 '미녀와 야수'라는 헤드라인을 썼다. 에지우드에 사는 애니의 친구들과 급우들은 영화 「에일리언」에서 시고니 위버가 맡은 강한 인물의 이름을 따서 애니를 "리플리"라고 불렀다. 바로 그 친구들과 급우들은 그날 오후와 저녁 내내 텔레비전 생방송으로 애니에 관한 사적인 이야기를 전했다. 그때까지 애니의 부모에게 100군데 이상의 방송국 인터뷰 요청이 쇄도했는데, 가장 눈에 띄는 곳으로는 CNN, 연합통신, 뉴욕타임스, 뉴스위크, 피플, 엔터테인먼트 투나잇, 투나잇 쇼 등이 있었다. 애니의 부모는 딸이 휴식을 취하며 고통스러운 경험에서 회복해야 한다면서 모든 요청을 거절했다.

해질녘이 다가오며 이미 꾸준히 늘어난 911 신고 전화가 눈에 띄게 증가했다. 베이베리 드라이브에서 수상하게 행동하는 남자가 있다는 신고가 들어왔다. 서너 명의 주민은 페리 애비뉴에서 너무 느리게 운전하는 녹색 픽업트럭이 있다고 전화를 걸었다. 시민들은 나무와 전신주마다, 뒷마당의 어두운 구석마다 복면을 한 남자가 숨어 있다고 했다. 초조해진 집주인들이 그림자를 향해 총을 쏴 대니 도시 전체에 총성이 메아리쳤다. 아무도 죽지 않은 것이 기적이었다.

나는 아버지와 현관 테라스에 근 한 시간 가까이 앉아 핸슨 로드를 오가는 경찰차를 지켜봤다. 순찰차들은 전조등으로 주택 마당과 주차한 자동차 뒤를 비췄다. 나는 서른 대까지 세다가 그만뒀다. 영화를 보는 것 같은 비현실적인 느낌이 몰려들었다. 하퍼 형사와 함께 순찰차를 탔던 밤에도 비슷한 느낌이었다고 아버지에게 이야기했다. 아버지는 존중하는 말투로 의견을 달리하시며, 우리가 실제로 영화 속에 들어온 느낌이라고 하셨다. 일리 있는 말이라고 인정할 수밖에 없었다.

앞서 저녁을 먹을 때는 사랑하는 우리 어머니까지 고발에 합세했다. 어머니는 경찰 몽타주가 어머니 머리를 잘라 주는 아주머니의 서른 살 된 아들과 똑같이 생겼다고 단호히 주장하셨다. 이름은 빈스였고, 전에도 법을 어긴 적이 있는 사람이었다. 무슨 일이었는지는 모르지만, 미용실에서 서너 번 그를 본 어머니는 동일인이라고 거의 확신했다. 하지만 어머니가 기억하시지 못하는 점은, 나도 빈스를 한 번 본 적이 있다는 사실이었는데, 내 기억에 따르면 그는 몽타주의 인물과 전혀 닮지 않았다. 다행히 어머니가 신고 전화를 걸어 의심을 전하지 않도록 설득할 수 있어서 아버지와 나는 크게 마음이 놓였다.

저녁 식사 직후 전화가 울렸다. 처음에는 아무렇지도 않게 생각했다. 부모님이 칼로스와 프리실라 바르가스 부부를 만나러 간 날(부기맨이 드디어 내게 말을 걸었던 날) 밤 이후로 장난 전화는 멈췄다. 하지만 어머니가 수화기를 들고 "여보세요."라고 말한 뒤 짓는 표정을 보니 뭔가 이상했다. 어머니는 곧바로 수화기를 제자리에 쾅 내려놓았다. 아버지와 나는 거기 선 채로 어머니를 보았고, 아무 말도 하지 않았다. 어머니는 분노가 서린 눈으로 우리를 봤다. "장난질 치는 녀석이 오늘 유난히 기분이 좋은가 보네. 계속 웃어 대는데. 왜 그러는지 모르겠어." 우리가 미처 대답하기 전에 어머니는 2층으로 올라가 버렸고 설거지는 우리 몫이 됐다.

4

이튿날 점심때 뉴스 방송은 입이 딱 벌어지는 사고로 가득했다. 전부 전날 밤에 일어난 일이었다. 필시 하퍼 형사의 전담반은 흥미로운 시간을 보낸 것이 분명했다.

첫 번째 기사에서는 강을 따라 내려가면 있는 선샤인 애비뉴에서 오래 산 한 주민이 시끄러운 거위 한 무리를 쫓아내려고 뒷마당에 레이디핑거 폭죽 한 줄을 던졌다. 그의 이웃은 방금 기관총 소리를 들었다고 믿고 서랍장에서 45구경 총을 꺼내 들고는 바깥을 살펴보러 달려 나갔다. 나가는 길에 그는 어둠 속에서 수영장 가장자리에 놓은 안락의자에 걸려 넘어지면서 자기 다리를 쏘고 말았다. 성가신 거위를 쫓으려던 이웃이 옆집에서 총소리와 비명을 듣고 울타리를 뛰어넘어 자기 셔츠로 이웃 다리를 지혈한 뒤 구급차를 불렀다. 내 의견을 말하자면, 엄청 영웅적이라고 하겠다.

두 번째 기사에서는 훔친 잭 대니얼스 위스키를 마시고 취한 동네 10대 청소년 셋이 살인자의 복면을 직접 만들어 이웃집들을 돌아다니면서 창문을 들여다보자는 멋진 아이디어를 냈다. 작은 장난 덕분에 911에 대여섯 통의 신고 전화가 들어갔다. 신고자 중 한 명은 겁에 질려 심장마비가 왔다고 했으며, 그다지 겁에 질리지 않은 또 한 명은 도끼로 무장하고 뒷마당으로 달려 나가 청소년 한 명을 토막 낼 뻔했다. 세 소년은(나중에 알고 보니 주동자는 다름 아닌 나의 그다지 소중하지 않은 친구이자 자원 소방관 커트 레이놀즈의 동생이었다.) 부모가 찾아와 풀려나기 전까지 각자 다른 유치장에서 긴 밤을 보냈다.

세 번째 가장 강력한 기사에서는 주 경찰관 한 사람이 메이어스 저택 근처에서 도보로 순찰을 했다. 체리 로드를 따라 걷던 그는 한 주택 뒷마당에서 나오는 검은 옷의 남자와 문자 그대로 맞닥뜨렸다. 그가 나중에 상관에게 털어놓은 이야기는 이랬다. "보도가 보이지 않아서 발을 헛디뎠습니다. 그러다가 구두끈이 풀린 것을 봤어요. 다시 묶으려고 허리를 숙였다가 일어나니 그자가 있었습니다. 제 앞으로 6미터도 안 되는 수풀에서 남자가 나오고 있었어요. 그자도 거의 동시에 저를 마주 봤고, 우리는 둘 다 서로 빤히 보면서 잠시 거기 서 있었습니다. 한참 만에 제가 경찰이라고 밝히며 그 자리에 서라고 명령했는데, 그자가 달아났습니다."

경찰관은 무전으로 지원을 요청하면서 추격전을 시작했다. 용의자는 다른 집 뒷마당을 가로질렀고, 경찰관도 뒤따랐다. 울타리를 넘고, 수영장을 돌고, 덤불을 가로질러 빈 거리를 달려 건넜다. 경찰관은 그자를 두 번 거의 잡을 뻔했지만 다시 놓치고 말았다. 결국 어두컴컴한 뒷마당에서 뜻밖의 공격을 받고(달아난 남자가 아니라 사슬에 묶인 독일 셰퍼드에게 거의 두 다리를 먹이로 내줄 뻔했다.) 추적을 그만둘 수밖에 없었다. 지친 표정의 경찰 대변인은 해당 용의자가 애니 릭스 사건과 관련해서 찾고 있는 사람이 아닐 거라는 말까지 했다. 릭스가 폭행당한 지 24시간 정도 지난 시점이므로 경찰은 범인이 다시 범행을 저지르러 나설 만큼 무모하지 않을 것이라고 믿었다.

"그럼 대체 저들은 뭘 찾는 거지?" 그날 오후 우리가 차고에 마당 정리 도구를 치우고 있을 때 아버지가 물었다. "게다가 벌건 대낮에."

마침 길 건너 호프먼 가족의 집을 보니 제복 경찰 둘이 울타리를 넘어 이웃 뒷마당으로 사라졌다.

5

어머니는 운전을 배우지 않으셨다. 에콰도르 퀴토의 부유한 (당시의 그 지역 기준으로 부유한 것이지, 우리나라 기준과는 큰 차이가 있다.) 가정에서 자란 덕에 학교와 그밖에 가야 할 곳에는 가족 기사가 데려다줬다. 나중에 20대가 되어 아버지를 만나 결혼한 어머니의 얘기를 그대로 옮기면 "면허 시험을 치르고 딸 기회가 없었다". 법적으로 운전할 수 없는 처지를 누나들과 내가 어린 시절 많이 놀렸지만 어머니는 개의치 않는 듯했다. 어머니는 우리가 종종 놀리는 것을 당연히 여기고 아버지 이외에는 그 누구와도 차를 안 타는 것으로 복수했다. 매우 곤란한 경우만 예외였는데, 그래서 어머니는 그 주 일요일 오후에 내게 산토니에 모셔다 드리는 영광을 허락하셨다. 아버지는 이웃을 돕느라 바빴고 어머니는 그날 저녁 식사 재료를 더 사야 했는데, 나를 믿고 맡기지는 못했던 것이다.

나란히 슈퍼마켓 통로를 걸어 다니는 동안, 나는 어머니가 선반에서 가리키시는 것은 무엇이든지 들고 있던 작은 바구니에 넣었다. 걸음을 멈추는 사이사이, 우리는 에지우드 주민이 다 모였나 싶을 만큼 많은 사람에게 인사를 건넸다. 성당과 동네 활동, 주민 센터에서 매달 하는 빙고 게임을 통해 어머니는 거의 모두와 친분을 쌓으셨다. 35분 뒤 슈퍼마켓에서 나올 무렵에 우리는 시내에서 누가 아프고, 누가 임신을 했으며, 누가 가을에 어느 대학교에 입학하며, 누가 직장에서 승진했고, 누가 두 달 만에 두 번째로 해고되었는지 알게 됐다. 나는 실신 직전이었다.

주차장을 걸어가는데, 은행 앞 보도에서 누군가가 가로등 뒤에 선 채 숨어 우리를 살피는 게 보였다. 키가 큰 남자는 야구모자와 선글라스를 쓰고 있었다. 남자는 내가 빤히 보는 것을 알자 재빨리 돌아서서 모퉁이를 돌아 사라졌다. 100퍼센트는 아니지만 거의 비슷하게 확신했다. 우리를 살피던 남자는 하퍼 형사였다.

주차장에서 빠져나오는 길에 나는 은행 앞을 지나며 자세히 봤다. 하퍼는(정말로 그였다면) 아무 데서도 보이지 않았다. 그는 대체 왜 나를 지켜보고 있었을까? 아니면 그도 쇼핑센터에서 나오다가 단순히 우연히 마주친 것일까?

그날 밤, 침대에 누워 텔레비전에 나오는 11시 뉴스를 봤다. 앵커는 첫 뉴스를 소개했고, 당연히 우리 지역의 영웅 애니 릭스와 현재 진행 중인 부기맨 사냥에 관한 내용이었다. 하퍼 형사의 음울한 얼굴이 화면에 번쩍이고 깊은 바리톤 음성이 내 방을 채울 때, 나는 리모컨을 집어 티브이를 끄고 잠들었다.

6

9월이 되었을 무렵, 내게는 새로운 일과가 생겼다. 카라와 잘 자라는 통화를 한 뒤에 눈을 뜰 수 없을 때까지 잡지 일, 주로 뒤죽박죽이 된 원고 더미를 읽고 교정하고 광고를 배치하는 일을 하는 것이었다. 책상 스탠드를 끄고 침대에 기어드는 시각은 보통 자정 이후였다. 대부분 아침에는 8시 30분쯤 일어났다. 날씨와 기분에 따라서 조깅을 하거나 농구를 좀 한 뒤 집에 돌아와 샤워를 하고 글을 쓰는 날도 있었다. 천천히 느긋하게 침대에 누워 책을 읽다가 파자마를 입은 채 아래층에 내려가 시리얼을 먹으면서 조간신문을 읽으면서 하루를 시작하는 날도 있었다.

9월 14일 수요일, 오전 7시 25분에 어머니가 방문을 두드려 곤히 자던 나를 깨우셨다. 알람시계를 보고 얼마나 이른 시각인지 확인하지 않았지만, 어머니의 표정만 봐도 중요한 일인 것을 알 수 있었다.

"칼리가 전화했어. 널 좀 깨워 달라는구나. 놀란 목소리야."

나는 어머니가 내민 무선 전화를 받았다.

"여보세요?"

"여기로 지금 와 줘."

칼리의 목소리는 떨리고 있었다.

"여기가 어딘데?"

내가 하품하며 물었다.

"우리 집. 부탁이야 빨리 와."

그리고 칼리는 전화를 끊었다.

7

칼리는 에지우드 메도스 단지 반대편, 도서관과 고등학교의 중간쯤에 부모님과 함께 살았다. 내가 옷을 입고 자동차 열쇠를 찾아 칼리의 집까지 달려가는 데는 10분도 안 걸렸다.

내가 차를 세웠을 때 칼리는 양손에 턱을 괴고서 현관 테라스에 앉아 있었다. 눈이 붉게 충혈되어 부어 있었다.

"무슨 일이야?"

차에서 내리자마자 내가 물었다.

비틀거리며 일어나는 칼리가 너무 지치고 어린아이 같아서 문득 안아 주고 싶었다.

"어젯밤에 자려고 불을 끄자마자 창문에서 또 무슨 소리가 들렸어." 이웃이 잔디밭에 나와 엿듣기라도 하는 것처럼, 칼리는 주위를 둘러봤다. 아무도 안 듣는 것을 확인하고 만족한 듯 계속 말을 이었다. "이번에는 너무 겁이 나서 일어나서 확인도 못했어. 방 안은 어두웠고 창문도 어두웠는데, 잠시 누가 침대 밑에 숨어 있다가 손을 뻗어 날 붙잡으려고 한다는 생각이 들었어."

기침을 터뜨린 칼리는 떨리는 손으로 입을 막았다.

"천천히 이야기해."

"2분쯤 뒤에 똑같은 소리가 들렸어. 누가 방충망을 뜯어내려는 것처럼 긁는 소리가. 그래서 착각한 게 아니라는 걸 알았어. 나는 담요를 뒤집어쓰고 가만히 누워 있었어. 움직일 수가 없더라. 부모님을 부르려고 입을 벌릴 수도 없었어. 아무것도 할 수가 없더라고. 완전히 얼어붙은 상태였어. 좀 있으니 긁는 소리가 사라졌지만…… 서너 시간이 지나서야 겨우 눈을 감고 잠들었어."

나는 집 옆쪽을 흘끔거렸다.

"너는 여기서 기다리고, 내가 네 방 창문을 확인해 볼까?"

칼리는 고개를 저었다.

"벌써 확인해 봤어. 아무것도 없어."

"좋아, 그럼 가서 뭘 좀 먹고 내가 다시 너를 여기 데려다주면 좀 잘래?"

"내 말 잘 들어 봐……. 창문에는 아무것도 없었지만, 조금 뒤에 출근하려고 나오니까 *이게* 있었어."

그리고 칼리가 옆으로 비켜서서 내게 뒤쪽을 보여 줬다. 현관 테라스 한가운데, 올브라이트 집 현관에 놓여 있는 메릴랜드는 게가 최고라고 적힌 도어매트 바로 앞에, 누군가 파란 분필로 슬픈 얼굴을 그려 놓았다. 그 밑에는 세 개의 숫자, 666이 적혀 있었다.

"어떻게 하지?"

그렇게 물으며 칼리가 울음을 터뜨렸다.

나는 분필 그림에서 눈을 떼지 못한 채 말했다.

"이제 하퍼 형사에게 알려야 할 것 같아."

8

예상대로 하퍼는 못마땅해했다.

우선 하퍼는 우리가 경찰 일에 관여하며 실제 수사를 망치는 것을 엄격히 금지했다. 그다음으로 사방치기 그림과 개 찾는 포스터, 동전 등이 대중에게는 어떤 경우에라도 알릴 수 없는 결정적인 증거임을 아주 자세히 설명했다. 끝으로 누구에게도 이일을 발설하지 않겠다고 약속하게 한 뒤 우리가 경찰의 노고를 위협하고 있다고 무서운 목소리로 끊임없이 잔소리했다.

"이런데도 당신을 믿었다니." 그가 내 쪽을 노려봤다. "그런 실수를 다시는 범하지 않을 겁니다."

앞마당 잔디밭에 서 있던 나는 그만 사라지고 싶었다.

그런데 알고 보니, 거기까지는 오히려 쉬웠다.

어려운 부분은 이웃이 선수를 치기 전에 칼리가 직장에 있는 아버지에게 전화를 걸어 집 앞에 과학수사대 밴이 서 있고 형사들이 현관과 옆 마당에 몰려든 이유를 설명하는 것이었다. 칼리의 아버지는 그 소식에도 놀라울 정도로 침착하게 곧바로 아내에게 전화를 걸었고, 두 사람 모두 30분 안에 도착했다. 올브라이트 부인은 그렇게 냉정하지 못했다. 눈빛으로 사람이 죽을 수있다면, 나는 이미 죽은 목숨이었을 것이다. 부인은 칼리를 끌어안고 다친 데는 없는지 확인한 뒤 딸을 데리고 안으로 들어가 하퍼 형사와 이야기했다. 문이 닫히기 전, 올브라이트 씨가 그날 아침 출근했을 때는 아직 어두웠고 부부 중 누구도 테라스에서 분필 그림을 보지 못했다고 말하는 소리가 들렸다.

그리고 그날 오전, 내가 부모님에게 무슨 일이 있었는지 전화로 설명할 차례가 되자 더욱 어려웠다. 불쾌한 말이 오가고(많은 부분이 알 수 없는 스페인어로 중얼거린 것이다.) 여러 차례 겁에 질린 눈물이 흘렀다고만 해 두자.

상황이 더 악화된 것은(그것이 가능하다면 말이다.) 잠시 후 집에서 나온 칼리의 어머니가 나도 못마땅하다는 심정을 분명히 밝혔을 때다. 그분이 보기에는 내 이기적인 호기심이 자기 딸을 이미 소녀 셋을 고문하고 살해한 가학적인 연쇄 살인범의 타깃으로 만드는 데 일조했다. 게다가 이제 그 범인은 올브라이트 가족이 사는 곳도 알게 됐다.

그날 아침 두 번째로 나는 귀를 잡힌 채 창고 뒤로 끌려가서 호된 꾸중을 들었다. 올브라이트 부인이 내 면전에 손가락을 흔들며 쏘아붙였다.

"네가 말썽일 것 같았다. 칼리는 좋은 경력을 쌓으려고 열심히 일하고 있는데, 어디서 공포물 중독자가 나타나 이런 일에 끌어들이려 해? 게다가 약혼한 여자도 있으면서…… 내 딸이랑 어울릴 생각 마."

그날 아침 일찍 충격 받은 상태였음에도 불구하고, 칼리는 나서서 힘든 일을 도맡았다. 대단히 힘든 일을. 나는 칼리가 정말 자랑스러웠다. 우선 칼리는 하퍼 형사를 찾아갔다.

"조사에 대해 내부 정보원을 이용해 알아낸 건 저였어요. 리처드는 아무 상관 없었어요." 하퍼 형사가 그 익명의 정보원을 밝히라고 하자, 칼리는 비밀 유지 기준을 언급하며 거절했다. 또한 경찰이 실시하는 조사에 방해만 되지 않는다면 우리에겐 나름대로 취재와 조사를 계속할 권리가 충분히 있다고 딱 잘라 말했다. 그다음에는 칼리 어머니 차례였다. "엄마는 어떻게 내 친구한테 그런 식으로 말해. 나는 함께 작업하고 시간을 보낼 사람을 결정할 수 있는 성인이야. 애 약혼자는 카라고, 내가 좋아하는 친구야. 리처드는 단 한 번도 신사답지 않게 행동한 적 없다고."

내가 칼리를 얼마나 자랑스럽게 여기는지 말했던가?

폭풍이 지나간 뒤, 놀라운 소식이 기다리고 있었다. 칼리는 그날 아침 옆 마당에서 흥미로운 점을 발견하지 못했지만, 형사들이 엄청난 것을 찾아냈다. 올브라이트 가족의 농장 왼쪽 전체를 따라 작은 돌멩이로 표시한 좁은 화단이 있었다. 그곳 땅은 뿌리 덮개가 덮여 있었지만, 여름철 폭풍우로 그 대부분이 쓸려 나간 뒤였다. 칼리의 침실 창문 바로 아래의 드러난 흙 속에서 형사들은 거의 완벽한 발자국을 발견했다. 과학수사대 수사관이 곧바로 작업을 시작해 가능한 모든 각도에서 발자국 사진을 찍었다. 칼리와 부모에게 가족 중 누구도 그 발자국 모양을 가진 부츠가 없다는 것을 확인한 뒤, 두 번째 수사관이 작은 통에 담은 물과 치과용 경질석고 가루, 모종의 스프레이 정착제를 사용해 부츠 발자국의 본을 떴다. 텔레비전에서 여러 번 본 적이 있었지만(보통 태평양 연안 북서부의 미개척지에서 빅풋 전문 사냥꾼들이 실시하는 것이었다.) 직접 관찰한 것은 처음이었다. 그 과정 전체가 몹시 흥미로웠다. 그날의 우울했던 분위기에도 불구하고 나는 아버지가 함께 있었으면 좋았을 것이라고 느꼈다.

그날 오후 집으로 돌아가는 길에 나는 진전 없이 그곳 블록을 빙빙 돌고 있었다. 방에 갇히거나 외출금지를 당할 나이는 아니었지만(몇 달 뒤면 결혼도 할 나이였다.) 혼날 것 같다는 생각이 든건 사실이었다. 어머니가 앞으로 요리를 못 먹게 할까 봐 겁이 나기도 했지만, 그런 일 역시 일어나지 않았다. 상황이 점점 나빠지다 못해 지독한 수준에 이르러도, 어머니는 나를 먹이는 일은 계속하셨다.

칼리의 경우에는 삶이 좀 극적으로 변했다. 하퍼 형사는 3주간 올브라이트 가족의 집을 경찰관들이 돌아가며 지키도록 했고, 칼리는 24시간 보호 감시했다. 내 이름과 현관 테라스 분필 그림에 대한 언급은 모든 매체 보도에서 빠졌지만, 칼리는 당연히 그렇게 운이 좋지 못했다. 보도의 중심에 선 칼리는 부기맨이 제작한 인형극의 최신 스타가 되었고 언론은 칼리를 한 점이라도 떼어 가려고 달려들었다. 칼리가 나중에 말했다. "그 많은 마이크랑 번쩍이는 카메라 반대편에 서니 기분이 괴상했어. 우리 집이랑 사무실 앞에서 독수리 떼처럼 나를 기다리고 있는 게 싫었고." 칼리는 곧 매체와의 인터뷰를 완전히 중단했다.

이 아수라장에서 긍정적인 점이 단 한 가지 있었다면, 칼리 올브라이트가 곧 신문사에서 승진한 것이었다. 《이지스》는 기회주의적인 지혜와 탐욕 가운데, 자사의 가장 중요한 기삿거리인 부기맨과 밀접한 관련이 있는 직원이 있었음을 깨달았던 것이다. 칼리는 지역 행사나 부고 기사 따위와 작별을 고하고 1면 특집기사와 봉급 인상을 맞이했다.

그 후 나는 하퍼 형사에게 그날 저녁 쇼핑센터에서 나를 지켜봤는지, 부하 중 누군가가 검은 창문의 은색 세단을 몰았는지 종종 묻고 싶었다. 하지만 그럴 용기를 내지 못했다. 그가 칼리와 나를 낸시 드루와 조 하디(내가 어릴 적 그렇게 좋아하던 탐정 소설 『하디 보이즈』 시리즈의 인물)라고 부르기 시작한 것도 충분히 창피했다. 그러나 나는 결국 참지 못하고 우리가 받은 장난 전화 이야기를 했다. 하퍼는 그가 나나 가족에게 협박을 했는지 물었고, 내가 아니라고 하자 깊이 생각하지 않고 넘어가는 듯했다.

9

카라는 그 전화를 그렇게 무시하지 않았다. 특히 칼리의 집에서 일어난 일을 감안하면 더욱 그랬다. 해질녘, 버드나무 아래 여전히 따뜻한 잔디밭에 앉아서 옆 마당에서 춤을 추는 반딧불을 보고 있다가 카라가 그 이야기를 다시 꺼냈다.

"왜 너희 집 전화에 도청을 안 하는지 이해가 안 돼. 네가 집에 온 이후로 계속 그러잖아. 단순한 우연이 아니야. 그놈이 네 이름도 말했다면서, 젠장."

"하지만 그것뿐인걸. 협박은 안 했어. 어머니나 아버지도 협박하지 않았고."

"널 조롱하는 게 협박이나 마찬가지라고 생각 안 해?"

나는 힘없이 어깨를 으쓱였다. 피곤하고 머리가 아팠으며 화제를 바꾸고 싶은 마음이 간절했다.

"칼리네 문 앞에 남긴 메시지는? 그건 협박이라고 생각해?"

"네 말은 알겠어. 안다고. 내가 어떻게 했으면 좋겠다는 건지는 모르겠어."

"우선 하퍼 형사에게 어서 맡은 일을 하라고 말할 수 있지."

"그건 해 봤어." 나는 어둠 속에서 카라를 흘끔거렸다. "누가 장난 친 게 아니라 정말로 부기맨이 그 집에 찾아간 거라고 생각해?"

카라가 서슴없이 대답했다.

"그럼. 널 가지고 노는 것 같아."

"왜 그런 짓을 하겠어? 왜 하필이면 나를 가지고?"

카라는 다리를 꼬고 나를 보더니 내 손을 잡았다.

"*왜냐고?* 그놈은 사람들을 겁주고 괴롭히는 걸 즐기는 미친 놈이니까. *왜 너냐고?* 글쎄…… 네가 공포소설 작가라는 걸 알기 때문 아닐까. 아니면 널 개인적으로 알든가."

"그런 말은 하지도 마."

"이유가 있으니까 널 고른 거야, 리치." 카라는 내 손을 꼭 쥐었다. "그리고 이젠 칼리까지. 정말 겁이 나서 죽겠다."

"그러지 마. 아무 일 없을 거야."

내가 하는 말을 나도 다 믿지는 않았지만 달리 할 말이 없었다.

며칠 뒤, 문을 여니 현관에 칼리 올브라이트가 미소를 지으며 서 있었다. 사실, 서 있다는 말은 정확하지 않았다. 칼리는 그 자리에서 다리를 앞뒤로 종종거리며, 바지에 오줌 싸기 직전인 어린아이처럼 춤을 추고 있었다.

"그자가 아니었어!"

"누가 아니었단 거야?"

"우리 집에 왔던 사람…… 테라스에 그림 그린 사람…… 부기맨이 아니었어!"

나는 밖으로 나갔다.

"무슨 말이야?"

"하퍼 형사가 방금 우리 집에 다녀갔어. 우리 뒤에 사는 이웃 중에 그날 밤 자기 집 마당을 가로질러 가는 남자가 찍힌 보안 카메라 영상을 갖고 있는 집이 있었대. 그 집 주인이 그 남자 얼굴을 알아봤어. 얼마 전에 고용한 조경팀 일원이었대.

형사들이 찾아가서 조사했더니 바로 인정했다더라. 하퍼 형사님은 그 사람이 잡혀서 오히려 마음이 놓인 표정을 했대."

"그럼 그 사람이 살인과 무관하다는 걸 어떻게 안대?"

"세 건 중 두 건에 대해서는 확실한 알리바이가 있대. 게다가 경찰 몽타주랑 전혀 다르게 생겼어. 키가 아주 작고 마른 데다 귀를 뚫었어. 모든 게 다 엉터리 같은 장난이라고 했대. 메탈 음악 광팬이고, 사탄 추종 록 음악을 좋아한다더라. 오지, 댄직, 블랙 사바스, 다크스론 같은 밴드.《이지스》에서 사탄 추종 집단에 관한 기사를 내니까 화가 잔뜩 났다나 봐. 우리가 놀린다고 생각해서. 이웃에 그 신문사에서 일하는 사람이 있다는 걸 알고 취해서 몰래 찾아가 테라스에 666을 그려 놓으면 재미있겠다고 생각했대. 집 앞에 오각형 별모양도 그릴 생각이었는데, 겁이 나서 관뒀다나 봐. 나한테 겁만 줄 생각이었다고 경찰서에서 말했대.”

“세상에. 그럼 파란 분필이랑 숫자가…… 전부 빌어먹을 우연이었다고?”

“그렇다니까!”

“상당히 믿기 힘든데.”

“그러게, 하지만 사실인 것 같아. 정말 희한하지? 그 남자는 스프레이 페인트를 쓸 생각이었는데 구할 수가 없어서 룸메이트에게 분필을 빌렸대. 그 룸메이트 방에 형사들을 데리고 가서 책상 서랍에서 파란 분필 상자도 보여 줬다고 하고.”

“룸메이트도 확인했대?”

“응, 그 사람도 결백하대.”

“미쳤네. 그럼 이제 너희 집 앞에서 경찰은 철수하는 건가? 건장한 보디가드도 없어지고?”

칼리의 미소가 옅어졌다.

“음, 그게 좀 흥미로운 부분이야.”

“어떻게?”

“사탄의 추종자 발 사이즈가 285밀리야.”

나는 칼리를 봤다.

"그게 무슨 소리야?"

칼리는 내가 멍청이라는 듯 한숨을 쉬었다.

"경찰이 방금 조사한 남자는 285밀리 신발을 신어. 내 방 창 문 밑에 찍힌 발자국은 270밀리였어."

"오오." 나는 그제야 알아들었다. "그럼, 그날 밤에 두 사람이 있었다는 거네."

"경찰은 그렇게 생각해. 메탈 팬은 창가 쪽으로는 가지 않았 다고 맹세하고, 경찰은 그 사람 옷장에서 발자국 모양과 일치하 는 부츠를 찾지 못했어……. 그러니까 우리 집을, 그리고 나를 계속 지켜본대. 일주일 정도 더. 혹시 모르니까."

"그렇다면 살인범이 네 창가에 찾아오지 않았다고 확신하는 건 아니구나."

"아마도…… 하지만 아니겠지. 정확히 같은 날 밤에 미친놈 두 명이 우리 집 주위를 몰래 돌아다닐 확률이 얼마나 되겠어?"

"어떤 남자가 파란 분필과 숫자 6으로 장난을 칠 확률은 얼마 나 될까?"

"내가 졌네."

칼리는 생각하느라 고개를 갸우뚱하며 말했다.

"그리고 네 방 창가에 찾아온 게 부기맨이 아니라면, 대체 누 구였을까?"

"애들이 장난을 치잖아. 팬텀 폰들러라면서. 뭐, 그저 수면 부 족 탓일지도 몰라. 다 착각한 것이지."

"부츠 자국은 착각이 아니야, 칼리."

칼리는 고개를 끄덕였다.

"아마 애들이 장난친 걸 거야."

"네 생각이 맞으면 좋겠다."

"그러게." 칼리는 멀리 무엇인가에 시선을 꽂으며 말했다. "나도."

11

남은 9월은 조용히 지나갔다.

위: 애니 릭스(몰리 릭스 제공)

위: 에지우드 고등학교(저자 제공)

오른쪽: 애니 릭스가
공격당한 공터
(칼리 올브라이트 제공)

왼쪽: 세쿼이아 드라이브에서
발견된 살인범의 복면
(로건 레이놀즈 제공)

위: 뉴스 보도팀에게 살인범의 복면을 공개하는 전담반(《볼티모어 선》 제공)

위(왼쪽): 살인범 몽타주(알렉스 맥비 제공)

위(오른쪽): 올브라이트 집 현관 테라스에서 발견된 알 수 없는 분필 그림(로건 레이놀즈 제공)

"……광기로 저지른 짓."

1

"우선 그때는 10월, 소년을 위한 드문 달이었다……"

레이 브래드버리가 일생 동안 독자에게 선사한 숨 막히게 서정적인 아름다운 글 중에서도 『사악한 것이 온다』의 첫머리에 나오는 이 문장은 내가 가장 좋아하는 것이다.

브래드버리는 '10월의 나라'라는 가상의 세계를 묘사하는데, 그곳에서는 가을이 왕, 장난이 왕비이며 모든 것이 가능하다. 선과 악, 기적과 상상불가의 것들이 모두 10월이라는 달에 기다리고 있으며, 손끝이 아슬아슬하게 닿지 않는 곳에 떠다닌다.

어릴 적부터 10월은 내가 한 해 중 가장 좋아하는 때였다. 완전한 마법의 계절. 공기에서는 잘 익은 사과와 죽어 가는 낙엽과 나무 연기 냄새가 났다. 바람은 뼛속보다 깊은 어딘가를 아프게 했다. 머리 위 하늘에는 주황과 노랑, 자주와 빨강 그리고 너무 아름다워 이름 붙일 수 없는 온갖 물결치는 색이 겹겹이 펼쳐졌다. 둥글고 커다랗고 지평선 위에 너무나 가까워 손을 뻗으면 잡힐 것 같은 추수의 달이 1년에 한 번 찾아와 또 보고 싶은 마음이 간절해졌다. 구름이 흘러가며 어깨 너머를 돌아보면서 겨울이 다가오는 발자국에 자리를 내어주기 싫어했다. 드러난 나뭇가지가 지나가는 사람에게 팔을 뻗고 손길에 주린 앙상한 손가락을 내어주며, 방황하는 발밑에서 떨어진 낙엽이 밟히고 그 낙엽의 수 없는 형제들은 쌀쌀한 가을바람에 땅에서 떠나지 못하는 작은 유령처럼 스쳐 지나갔다. 땅거미와 황혼이 오래

지속됐다. 자정은 영원히 머물렀다. 테라스 난간과 창문에서 뚱
뚱한 잭 오 랜턴이 비죽비죽한 입을 벌리며 웃었고, 가는 곳마
다 깜빡이는 주황색 눈길이 따라왔다.

그리고 그날이 왔다.

모든 날 중 가장 마법의 힘이 강한 날이 당도했다.

어린아이뿐 아니라, 마음이 젊은 자에게도.

밤은 소리 없는 도둑처럼 마을을 향해 기어왔고, 그때가 드디
어 찾아왔다.

핼러윈이.

2

에지우드 시에서 10월 31일 월요일은 맑고 쌀쌀하게 밝아왔
으며, 낙관적인 기대감이 거리를 덮었다.

애니 릭스가 세쿼이아 드라이브에서 가까스로 달아난 날로
부터 거의 두 달이 흘렀고, 그사이에 더 이상의 사건은 없었다.
지역 매체는 관련 기사를(그리고 신문 판매고를) 유지시키기 위
해 이따금 이 사실을 언급하면서 최근 목격담이나 전담반의 하
급 일원과 이따금 인터뷰를 하며, 헤드라인에 "부기맨"이라는
마법의 단어를 올릴 수 있는 일이라면 무엇이든지 했다. 한편
더는 취재할 폭력이나 살인 사건이 없으니 에지우드 주위에 머
무르기에는 숙박비와 경비가 너무 많이 들자, 전국 뉴스를 다루

는 언론사의 근사한 얼굴들은 서서히 배를 버리고 떠났다. 경찰은 대체로 조용히 맡은 일을 처리했다. 일주일에 한 번 정도 대변인이 나타나 짧은 공식 발표를 했다. 그 무렵에는 전부 거의 같은 내용이었다. 전담반이 계속해서 수사 중이며 시민은 경계를 게을리하지 말라는 것이었다. 하퍼 형사가 기자회견을 마지막으로 한 지도 한 달이 다 되어 갔다. 그때 하퍼는 잠시 연설을 하고 애니 릭스를 공격한 범인의 새로운 몽타주를 공개했다. 눈썹이 두꺼워지고 윗입술이 얇아진 것 말고는 원본과 거의 똑같은 모습이었다.

에지우드 사람들의 경우, 대부분은 살인범이 드디어 다른 곳으로 이동했다고 믿었다.(혹은 적어도 그렇게 생각했다.) 나쁜 일이 벌어진 지 52일째였다. 애니 릭스를 공격한 밤에 정체가 드러난 데다 인근 지역에서 경찰과의 추격전으로 거의 잡힐 뻔하고도 계속 남아 다른 짓을 저지르려 한다면, 부기맨은 조심성 없는 얼간이가 분명했다. 그리고 그는 그렇지 않다는 것을 이미 증명했다.

여러 주민이 느끼는 낙관적인 분위기가 늘어났음에도 불구하고, 통행 금지는 3주 전부터 약간 느슨해져 오후 11시가 되긴 했지만 계속 유지됐으며 핼러윈 밤에 대비해 몇 가지 특별 법령이 정해졌다. 에지우드 쇼핑 플라자의 이사회는 사탕을 받으러 돌아다니는 아이들을 위해 대안을 발표했다. 오후 5시부터 7시 사이, 모든 상점이 사탕을 줄 것이며, 참여하는 가족은 가져온 사탕을 주차장에서 나눠 주도록 했다. 또 12세 미만 어린이는 어른 없이 주택가 거리에 다닐 수 없으며, 나이와 상관없이 사탕을 받으러 다니는 모든 사람은 오후 9시까지 귀가해야 했다. 2주 연속 「핼러윈4: 마이클 마이어스의 귀환」이 에지우드 영화관에서 상영되고 있었지만 늦은 밤 상영은 모두 취소됐다. 핼러윈 밤을 버터 팝콘과 마이클 마이어스의 느릿한 살인 파티로 기념하고 싶다면, 오후 5시 정각이나 7시 15분 상영에 줄을 서야 하고 안 되면 포기해야 했다.

다행히 10월은 칼리 올브라이트에게도 조용한 달이었다. 의사의 지시대로였다. 기자들은 드디어 칼리에게 인터뷰 요청을 하는 걸 그만뒀고, 이따금 악몽을 꾸는 것 말고는 올브라이트 가족 집에 부기맨과 관련해 흥분하거나 흥미를 품을 일은 더 이상 없었다. 분필 그림도 더는 없었다. 수상한 사람이 칼리의 창문 앞에 서성거리는 일도 없었다. 집 앞에 경찰차가 서 있지도 않았다. 경찰은 칼리의 침실 바깥 화단에서 발견한 부츠 발자국이 이웃 아이 것일 가능성이 높다는 결론을 내렸다. 두꺼비를 잡으러 다니던 시절에 친구들과 내가 에지우드 메도스 단지에서 집집마다 창문을 살펴봤던 것을 떠올리면, 그럴 가능성도 제법 충분하다고 생각했다. 칼리는 아직 퓰리처상 후보로 오르지는 않았지만(아니라고 하지만, 남모르는 평생의 소원이었다.) 전과는 달리 진짜 뉴스를 취재하고 주간《이지스》에서 자기 이름을 올린 기사를 보는 것을 즐겼다. 편집자는 칼리에게 주7일 24시간 연락할 수 있도록 전자 호출기를 주기까지 했는데, 내게는 끔찍한 운명으로 느껴졌지만 칼리는 전혀 그렇게 생각하지 않았다.

칼리는 봉급 인상보다도 그놈의 삐삐를 더 기뻐했다.

10월은 내게도 친절했다. 그 당시 특별히 많은 영감을 받았던 나는 운 좋게도 세 편의 단편을 더 게재할 수 있었고, 한 달 수치로는 내 개인 신기록이었다. 그 단편 중 어느 것도 퓰리처상 후보에 오를 가망은 없었지만(사실 그 어떤 상도 받을 가망은 없었다.) 자부심을 가져도 될 만큼 좋은 시장에 팔렸다. 나는 작가로서 자신감을 얻고 있었고, 부기맨의 그림자를 좇느라 계속 정신을 팔지 않는다면 키보드 앞에서 좀 더 오래 생산성 좋은 시간을 보낼 수 있었다. 심지어 밤에 경찰 무전 수신기를 듣는 것도 대체로 중단한 상태였다.

하지만 이따금 사람들 사이에 있을 때면 여전히 누군가가 지켜보는 느낌이 들었다. 어느 날 저녁 40번 도로에서 똑같은 은색 세단이 뒤따르는 것을 분명히 봤지만, 그때까지는 쓰레기를 내다놓으러 나갔다가 부기맨이 근처에 도사리고 있다는 확신을 한 그 끔찍한 밤이 되풀이된 날은 없었다. 치즈마 가족을 괴롭히던 장난 전화는 직전 2개월 동안 극적으로 잦아들었고, 전부 소리 없이 끊는 것으로 끝났다. 나는 그것을 단순한 장난 전화라고, 심심해진 10대 아이가 내게 겁을 주려고 하는 짓이라고 다시 한번 믿기 시작했다. 아마 《이지스》에서 기사를 읽고 내가 손쉬운 타깃이라고 여긴 듯했다.

어머니도 훨씬 기운을 차리셨고 예전의 편안하고 상냥한 모습으로 거의 돌아갔다. 전통에 따라 어머니는 오후 내내 주방에서 빵을 굽고 자기만 아는 비밀 레시피로 토마토소스와 미트볼을 만드셨다. 내가 기억하기에 우리는 핼러윈 밤에 늘 친구와 이웃을 초대했다. 모두 산더미 같은 스파게티와 미트볼, 샐러드를 실컷 먹었고 아이들이 사탕을 얻으러 나가면 어른들은 거실과 지하실에 둘러앉아 이야기를 나누거나 티브이로 대학 축구를 봤다. 현관문에 가장 가까이 앉은 사람은, 보통 부모님 중 한 분이거나 괴짜 테드 삼촌이었는데 초인종이 울릴 때마다 사탕을 건네는 일을 맡았다. 내가 베갯잇에 너무 무거워서 들기 힘들 만큼 사탕과 과자를 채워서 서너 시간 후에 집에 돌아오면, 대부분의 어른이 아직 앉아서 이야기 중인 것을 보고 늘 놀랐던 기억이 난다. 그렇게 오래 떠들어 댈 이야기가 대체 무엇일까?

3

그해 핼러윈 저녁 5시 30분, 우리 집은 손님으로 가득 찼다. 거실과 지하실에는 설 자리밖에 없었고, 주방도 다를 바 없었다. 노마 젠타일과 버니 젠타일 부부는 메리 누나, 자형 글렌, 테드 삼촌과 팻 숙모와 함께 식탁에 앉아 있었다. 그들 모두 얼굴이 불룩한 채 음식을 입에 넣고 말하지 않으려고 노력 중이었다.

카라와 나는 현관 접이식 의자에 앉아 우리 사이 테이블에 커다란 캔디 그릇을 놓고 있었다. 밖은 거의 캄캄해졌고 수십 명의 아이들이 이미 사탕을 얻으러 돌아다니고 있었다. 우리는 적어도 그 전 20분간 바빴지만(축구선수와 요정, 우주인과 외계인, 공주와 스머프가 다녀갔다.) 사탕 더미는 줄어든 흔적도 없었다.

나는 그날 따로 옷을 차려입지 않았지만(회색 트레이닝복을 의상으로 치지 않는다면) 카라는 평소처럼 최선을 다했다. 그런 점은 내가 카라에게서 사랑하는 여러 가지 중 하나였다. 카라는 삶을 최대한 포용하고 축하했다. (그해처럼) 가장 귀여운 궁전의 광대로 꾸미든지, 몇 주나 걸려 완벽한 크리스마스 선물을 찾든지, 겨울 석양을 보기 위해 길가에 차를 세우든지, 카라는 너무나 많은 평범한 일상의 순간에서 아름다움과 품위와 의미를 찾을 수 있었다. 내가 그림자와 달빛과 죽음과 괴담이라면, 카라는 햇빛과 웃음, 『오즈의 마법사』에 나오는 노란 벽돌길이었다. 우리는 서로 균형을 맞춰 주는 존재였다.

7시가 조금 지난 뒤 카라는 음료를 채우러 주방에 다녀오겠다고 떠났고, 나만 문 앞에 남았다. 몇 분 뒤 다스 베이더와 엘비스 프레슬리가 이끄는 그날의 가장 큰 무리가 키득거리고 팔짝거리고 트림을 하면서 다가오더니 현관에 몰려들었다. 엘비스가 초인종을 눌렀다. 나는 그릇을 가지고 나가 밖에 서서 베갯잇과 장바구니, 플라스틱 호박에 사탕을 한 줌씩 넣어 주기 시작했다. 사탕 받으러 온 무리가 고맙다고 합창하며 떠나는데, 나는 우연히 길 건너에 시선을 던졌다. 호프먼 가족 집 앞 보도에 검은 사람 형체가 혼자서 허수아비처럼 우뚝 서 있었다. 아이라고 보기에는 키가 너무 크고 존재를 감추려는 시도도 없는 그 남자는 나를 보는 듯했다. 아마 아이를 기다리느라 지루해진 아버지겠지. 아니면 사복 경관일 수도 있고. 오늘 밤에 전력으로 순찰 중이잖아. 아니면, 혹시 하퍼 형사가 나를 다시 감시할 수도 있잖아.

돌아서려는데 픽업트럭 한 대가 투필로 로드 모퉁이를 돌아오면서 전조등 불빛을 호프먼 가족 앞마당에 비췄다. 그때 그를 똑똑히 봤다. 하퍼 형사가 아니었다.

남자는 검은 옷을 입고 복면(그 전에 텔레비전과 신문에서 본 것과 매우 비슷하게 조악하게 만든 것)을 쓰고 있었다. 곧바로 입이 바짝 말랐고 목 뒷덜미에 식은땀이 났다.

그 낯선 사람은 거기 꼼짝 않고서, 두 팔을 늘어뜨리고 선 채 지켜보고 있었다.

집 앞에서 카메라 플래시가 갑자기 터지며 내 시선을 끌었다. "한 번만 더 찍자." 지쳐 보이는 한 엄마가 졸랐다. 헐크와 슈퍼맨은 혀를 내밀고 포즈를 취했다. 그리고 플래시가 다시 터졌다. 길 건너로 시선을 돌리자, 복면을 한 남자는 사라진 뒤였다.

"무슨 일 있어?"

카라가 술을 들고 문 앞에 와서 물었다.

"아무 일도 없어."

나는 안으로 들어서며 말했다. 레모네이드를 한 모금 길게 들이켜고 아까 본 것에 대해서는 한마디도 하지 않았다. 나는 스스로에게 말했다. *아마 장난이겠지.* 「헬러윈2」*에서 마이클 마이어스로 변장한 남자가 나오는 장면처럼.*

밤이 깊어 가면서 카라와 나는 핸슨 로드 920번지의 문지기 역할을 맡아 늦게 도착하는 손님을 맞이하고 떠나는 손님과 끝

어안고 작별 인사를 했다. 젠타일 부부가 처음 떠나며 옆집으로
달려가 대형 베이비 루스 초콜릿 바를 건넸다. 내가 어릴 적부
터 늘 그렇게 했다. 그들이 떠나기 전, 버니 씨가 외투 주머니에
서 반짝이는 1달러 동전을 꺼내 한마디 말없이 내게 던졌다. 테
드 삼촌은(아버지의 동생이자 내가 아는 가장 덩치 큰 아이였다.) 나
가다가 내 바지를 벗기려고 했지만 결국에는 헤드록으로 만족
했다. 팻 숙모는 차까지 가는 내내 삼촌을 꾸짖었다. 7시 30분
이 조금 지나자, 미키마우스 귀를 머리에 경쾌하게 얹은 칼리
올브라이트가 들러서 사탕을 받으러 끝없이 밀려드는 아이들
에게 사탕 나눠 주는 일을 도왔다. 칼리가 무릎에 스파게티 접
시를 얹고 카라와 그동안 있었던 이야기를 주고받는 것을 듣는
것이 그날 저녁 가장 즐거웠다. 둘이 그렇게 가까웠던 까닭을
쉽게 알 수 있었다.

나중에 잠자리에 누웠을 때, 나는 그날 저녁 대화에 부기맨
이 한 번도 등장하지 않았음을 깨달았다. 한 방에 사람들이 모
여서 부기맨 이야기를 마지막으로 한 것이 언제였는지 기억나
지 않았다. 그날 밤 일찍이 있었던 불안한 사건에도 불구하고(그
때가 되어서는 그 역시 바보 같은 장난이라고 거의 믿었다.) 그 사실을
깨닫고 나는 미소를 지었다. 이윽고 잠이 들려는 순간, 그 잊을
수 없는 낯익은 말(폭풍우가 오고 있다.)이 머릿속에 다시 떠올랐
다…… 다만 그때만큼은 폭풍우가 드디어 지나간 것이 아닐까
생각하게 됐다.

4

이튿날 아침, 상쾌하고 힘차게 일어나 키보드 앞에서 오랜 시간 작업할 계획이었다. 아버지와 아들에 관한 새로운 단편을 쓰고 있었다. 평소와 달리 무서운 이야기가 아니었고 공포물일 수도 없었다. 무엇보다도 내게 정말 큰 의미가 있는 한순간을 포착한, 삶의 한 단면을 보여 주는 단편이었다. 내 아버지에 관한 이야기가 되겠지 싶었지만, 그때까지는 확실하지 않았다. 어떤 이야기가 될지 어서 알고 싶었다.

시리얼 한 그릇을 만들어 책상 앞으로 가려고 아래층으로 내려갔다가 어머니의 얼굴을 보는 순간 무서운 일이 벌어졌음을 알 수 있었다.

"무슨 일이에요?"

어머니는 내게서 고개를 돌리고 주방 창문을 통해 뒷마당을 응시했다.

"어젯밤에 집에 돌아가지 않은 여자아이가 있어."

5

16세의 캐시디 버치는 코츠 오브 하퍼드 광장 제일 끝의 타운하우스에서 어머니와 여동생과 함께 살았다. 트럭 기사였던 아버지는 3년 전 95번 고속도로에서 사고로 사망했다. 162센티미터에 50킬로그램으로 몸집이 자그마한 캐시디는 가는 곳마다 환한 미소와 활달한 성격으로 주위를 밝혔다. 에지우드 고등학교 2학년이었던 캐시디는 주니어 필드하키 선수였고 라틴어 동아리 회계 담당이었다. 공부도 열심히 해서 평균 B학점을 받았고 40번 도로의 버거킹에서 아르바이트도 했다. 캐시디 버치는 반짝이는 파란 눈과 길고 아름다운 금발을 지닌 소녀였다.

핼러윈 밤 오후 5시 30분경, 어머니는 사탕을 나눠 주려고 집에 남았고, 캐시디는 열한 살 난 동생 매기를 데리고 사탕을 받으러 나갔다. 매기는 지난해 극장에서 세 번이나 본 가장 좋아하는 영화 「프린세스 브라이드」에 나오는 버터컵 옷을 입었다. 긴 금발을 땋고 어머니가 직접 만든 긴 드레스를 입은 매기는 어느 모로 보나 사랑스러운 공주 같았고 칭찬도 많이 받았다. 자매는 90분 가까이 이웃을 돌아다니며 플라스틱 호박 두 개를 가득 채운 뒤 드디어 집으로 돌아가기로 했다.

버터컵이 식탁에 앉아 산더미 같은 사탕을 정리하기 시작했을 때, 캐시디는 위층에 올라가 옷을 갈아입었다.

오후 7시 20분, 버치 가족의 타운하우스 앞에서 자동차 경적 소리가 났다. 캐시디는 모자 달린 붉은 벨벳 망토를 원더 우먼처럼 휘날리며 계단을 달려 내려왔다. 무릎 길이의 회색 스커트에 흰 레깅스를 입고 검은 단화로 옷차림을 완성한 빨간 두건 소녀는 어머니와 동생과 포옹하며 인사한 뒤 17세의 절친 신디 기번스와 파티로 향했다.

사실 그것은 파티가 아니었다. 제시카 렙이 부모에게 친구 몇 명(여덟 내지 열 명)을 불러서 놀아도 좋다는 허락을 받아 냈다. 두 가지 조건이 있었는데, 다음 날 학교에 가야 하니 자고 갈 수는 없고 10시 45분까지는 모두 돌아가야 한다는 것이었다. 제시카의 어머니는 딸 친구 중 누군가 통금에 걸렸다며 본인이 비난을 받을 수는 없다고 강조했다. 렙 가족은 코츠 오브 하퍼드 광장에서 차로 5분 거리인 라치 드라이브에 살았다. 가파르고 구불거리는 라치 드라이브의 최고 지점은 핸슨 로드 가운데를 교차했고, 그곳은 우리 부모님 집에서 겨우 45미터 거리였다.

그날 밤 여자아이들은 대부분 의상(섹시한 뱀파이어, 테이프로 붙인 안경을 쓴 공부벌레, 한 쌍의 치어리더 등)을 차려입었다. 그들은 제시카의 지하실에 모여 70년대 디스코 음악에 맞추어 춤을 추고 프레첼과 감자칩을 먹었다. 좀 지난 뒤 제시카가 「엘름가의 악몽」 비디오를 켜자 모두 소파와 안락의자에 모여 앉았고 많은 아이들은(캐시디도 마찬가지였다.) 무서운 부분에서 눈을 가렸다. 옛날 방식으로 순수하게 즐거운 시간이었다. 남자아이도, 술이나 담배도, 남을 헐뜯는 대화도 없었다. 그저 키득거리고 탄산음료를 너무 마셔 트림이나 가끔 할 뿐이었다.

10시 45분, 약속대로 아이들은 귀가하기 시작했다. 캐시디와 신디는 조금 더 남아서 친구가 피자 상자와 종이 접시, 빈 탄산음료 캔을 지하실에서 치우는 것을 도왔다. 렙 부인은 그들에게 고맙다고 인사하고 10시 55분에 서둘러 돌려보냈다. 부인은 현관에서 아이들이 신디의 차에 타고 떠나는 모습을 지켜봤다.

바로 그 순간에 캐시디의 어머니는 침대에 앉아 무릎에 역사로맨스 소설을 올려 둔 채 알람시계를 빤히 보고 있었다. 시곗바늘이 똑딱이는 것을 보면서, 버치 부인은 타운하우스 앞에 차가 서는 소리가 들리는지 기다렸다. 여러 날 밤 반복한 일과였지만 편안히 기다린 적은 없었다. 언젠가 저 애도 엄마가 되면 어떤 마음인지 알게 되겠지. 부인은 마음을 졸이며 누워서 자주 생각했다.

시계가 11시를 가리키지만 캐시디가 오는 기척이 없자, 부인은 손톱을 물어뜯기 시작했다. 그 지독한 습관은 그만두기로 마음먹었다. 내일부터.

11시 2분, 버치 부인은 차 문이 열리고 잠시 록음악 소리가 낮게 흘러나오더니 문이 쾅 닫히는 소리를 들었다. 부인은 안도의 한숨을 길게 내쉬고 읽던 책으로 시선을 돌렸다. 소설 속 여주인공이 가족의 시골집을 습격하려는 무장 괴한과 마주치려는 순간이었고 어떻게 전개될지 궁금했다.

다음 페이지 끝까지 읽고 나서야 부인은 캐시디가 열쇠로 문을 여는 소리도, 현관문이 열렸다가 닫히는 소리도, 빗장이 잠기는 소리도 듣지 못했음을 깨달았다.

발에 불이라도 붙은 듯 침대에서 뛰쳐나간 부인은 딸 이름을 부르며 계단을 달려 내려갔다. 현관은 비어 있고 실내등은 여전히 켜져 있었으며, 현관문은 단단히 잠겨 있었다. 부인은 현관문을 열고 테라스로 나가 캐시디의 이름을 다시 불렀다. 대답이 없었다. 부인은 오른쪽 불이 환히 켜진 주차장을 살피고 왼쪽 캄캄한 공터를 훑었다. 고요한 밤이었다. 아무것도 움직이지 않왔다.

안으로 급히 돌아온 버치 부인은 소파에 둔 무선 전화기를 찾아 들고 렙 가족 집에 전화를 걸었다. 첫 신호에 제시카의 어머니가 전화를 받았고 버치 부인에게 10분 전에 캐시디와 신디가 차를 타고 가는 것을 현관에서 지켜봤다고 했다. 주유소에 들렀든가 그런 거겠죠. 렙 부인이 말했다. 버치 부인은 고맙다고 인사하고 전화를 끊었다.

염려로 제정신이 아니었던 부인은 다음에는 기번스 가족에게 전화를 걸었다. 신디가 바로 헐떡이며 전화를 받았다. 신디는 버치 부인에게 캐시디를 집 앞에 내려 주고 부모님이 깨기 전에 전화를 받으러 달려왔다고 말했다.

"집 바로 앞에 내려 줬다고?"

"무슨 말씀이세요?" 신디가 영문을 몰라 물었다. "늘 그러는 걸요."

"그건 알지만…… 5분 전에…… 너랑 캐시디가 앞에 섰던 거니?"

"5분보다는 좀 더 지났을 수도 있지만 맞아요. 캐시디를 내려 주고 곧바로 집에 왔어요."

"캐시디가 차에서 내린 뒤에 봤니? 혹시 본 게 있어?"

신디는 잠시 머뭇거리다가 대답했다.

"보통은 캐시디가 집에 들어갈 때까지 기다리는데…… 이번에는 그냥 왔어요. 통금 때문에 늦으면 안 될 것 같아서."

"그럼 못 본 거구나……."

"잠깐만요." 신디의 목소리가 높아졌다. "캐시디가 집에 오지 않았다는 말씀이세요? 지금 함께 있는 게 아니에요?"

"내 말이 그 말이야."

"어떡해!" 신디는 어쩔 줄 몰랐다. "어떡하죠. 부모님을 깨워야겠어요."

"그래 주렴. 나는 경찰에 신고할게."

6

그 모든 일이 내가 자던 곳 근처에서 벌어졌다.

7

짧은 수색 뒤, 경찰은 트림블 로드에 위치한 에지우드 추모 공원에서 오전 2시 27분 캐시디 버치의 시신을 발견했다. 입구 근처에서 캐시디를 발견한 신참 경찰관은 시신이 한 비석 앞에 놓여 있고 아직 불이 켜진 잭 오 랜턴 여러 개로 에워싸여 있었기에 처음에는 핼러윈 장난이라고 생각했다. 빨간 두건 복장 일부를 입고 있었던 캐시디 버치는 구타와 성폭행을 당한 뒤 교살당했다. 왼쪽 귀가 잘렸는데 잘린 귀는 현장에서 발견되지 않았다. 살인범이 피에 굶주려 공격한 것처럼 온몸에 잇자국 열두 곳이 발견됐다. 한 베테랑 경찰관은 그것을 보고 "광기로 저지른 짓"이라고 묘사했다.

위: 캐시디 버치(캔디스 버치 제공)

위: 캐시디 버치(캔디스 버치 제공)

위: 에지우드 추모 공원(저자 제공)

위: 버치 가족의 코츠 오브 하퍼드 광장 타운하우스 인근에서 증거를 수색하는 경찰과 형사(로건 레이놀즈 제공)

10장

여파

"그자는 살해하는 느낌을 즐기니
우리가 막지 않으면 다시 저지를 겁니다."

1

    핼러윈 이튿날인 화요일 아침, 에지우드 사람들이 일어나자 악몽이 시작됐다.

    뉴스 속보가 지역 텔레비전 방송국 네 곳 전체의 이른 아침 토크쇼를 중단시켰고, 캐시디 버치의 소름 끼치는 살해 소식이 출근 시간 모든 지역 라디오 방송국 방송을 장악했다. 소식을 나누고 싶어 마음이 급한 주민들은 곧바로 전화를 걸고 집 앞 테라스와 차고 진입로에 몇 명씩 모여들었다. 여러 주민이 차에 올라타 묘지로 향했지만 하나뿐인 입구 도로를 막은 경찰 바리케이드 때문에 돌아왔다. 오전이 지나가기 전에 에지우드 주민 대다수가 소식을 접했다. 부기맨이 돌아왔다는 소식을.

    주방에서 어머니를 위로한 뒤 나는 2층으로 달려 올라가 칼리 올브라이트에게 전화를 걸었다. 칼리가 자리에 없어서 음성 메시지를 남기자 곧바로 전화가 왔다. 칼리도 나처럼 그 소식에 놀란 상태였다. 나는 그 전날 밤에 집 앞길 건너서 복면을 쓴 남자를 봤다고 이야기했고, 칼리는 더 일찍 그 이야기를 하지 않았다고 꾸짖었다. 칼리가 바빴으니 망정이지, 안 그랬다면 나는 호되게 야단맞았을 것이다. 칼리는 빠른 말투로 고등학교로 가서 교장과 교사들이랑 인터뷰를 해야 한다고 했다. 그날 학생들의 수업은 취소되었지만, 교사들은 출근해야 했다. 우리는 그날 저녁에 다시 통화하기로 약속했고 칼리는 취재에 나섰다.

    지역 정오 뉴스는 하퍼 형사가 공동묘지 정문 바로 앞에서 짧은 성명을 발표하는 생중계 방송으로 시작했다.

"현재로서는 16세 캐시디 버치의 시신이 오늘 아침 일찍 에지우드 추모 공원 안에서 발견되었음을 확인해 드릴 수 있습니다."

하퍼가 계속 이야기하는 동안 카메라는 그의 어깨 위로 넘어가 묘지 반대편 비석 사이를 돌아다니는 경관 몇 명에게 초점을 맞췄다. 모두 약 40센티미터 길이의 철사에 붙인 붉은 깃발을 한 꾸러미씩 들고 있었다. 카메라가 다른 곳으로 향하기 전, 경관 한 명이 무릎을 꿇고 발치 땅에서 무엇인가를 살펴보고는 표식으로 깃발 하나를 풀밭에 찔러 넣고 다음으로 이동하는 모습이 보였다.

"버치 가족이 이 비극적인 상실을 충분히 슬퍼할 시간과 프라이버시를 가질 수 있도록 배려를 당부드립니다." 하퍼 형사가 계속했다. "전담반에서는 여러 가지 핵심적인 실마리를 현재 쫓고 있습니다. 오늘 저녁 좀 더 많은 정보를 드리겠습니다. 감사합니다."

그날 오후 내내 나는 갈피를 잃고 어쩔 줄 몰랐다. 복면 쓴 남자가 자꾸 떠올랐다. 그가 길 건너에서 나를 지켜보는 것을 알아차린 것은 오후 7시경이었다. 경찰은 캐시디 버치가 오후 11시에 차에서 내린 직후 살해됐다고 믿었다. 네 시간. *어젯밤 부기맨이 나를 찾아왔다가 계속해서 길을 돌아다니며 새로운 희생자의 뒤를 밟아 죽인 것일까? 그렇게 생각하니 도무지 견딜 수 없었다.*

한 번에 몇 분 이상 가만히 앉아 있을 수 없으니, 글쓰기는 이미 틀렸고 잡지에 실을 기사 몇 편도 제대로 편집할 수 없는 상태였다. 잠시 후 나는 집을 나와 그저 차를 몰았다. 묘지와 코츠 오브 하퍼드 광장을 피해서 에지우드의 나머지 절반을 정처 없이 돌며 쇼핑센터와 세븐일레븐, 고등학교를 지나쳤다. 고등학교의 방문객 주차장 앞에 칼리의 차가 주차되어 있었다. 차에 앉아 30분쯤 플라잉 포인트 공원 옆 물가를 멍하니 바라보던 나는 텍사코 주유소에서 주유를 하고 마지막으로 한 바퀴 더 돌고 집으로 돌아가기로 했다. 정신을 차리고 보니 집으로 가는 길에 앞선 세 희생자의 집을 지나쳤다.

부모님과 함께 지하실에서 본 저녁 뉴스에서는 캐시디 버치 살해에 관한 추가 내용이 별로 공개되지 않았다. 경찰은 수사에 바빴고 새로운 소식이 없다 보니 인터뷰를 꺼렸다. 버치 가족의 타운하우스 옆 풀밭을 수색하는 열두 명 가까이 되는 제복 경관들의 동영상에 이어 캐시디의 친구들과 이웃들이 울먹이며 살해당한 10대 소녀에 관한 사적인 일화를 나눴다. 맬러리라는 검은 머리 소녀는 석양을 그린 수채화를 들어 올리며 캐시디가 그 전해 미술 시간에 완성한 그림인데 바로 얼마 전 놀랍게도 생일선물로 줬다고 설명했다. 또 다른 학교 친구 린지는 캐시디가 참 성품이 너그러웠고, 늘 수학 숙제를 도와줬으며 동생 매기를 몹시 사랑했다고 했다. 버치 가족과 같은 타운하우스에 사는 중년 남성은 마찬가지로 상냥한 의견을 나누고는 사탄 추종자들이 캐시디의 죽음에 책임이 있다고 덧붙였다. 그는 검은 옷을 입고 뒤집힌 십자가 귀고리를 하고 팔뚝에는 오각형 별

문신을 하고 마약에 취한 10대 아이들이 밤중에 돌아다니는 것을 봤다고 주장했다. "그놈들이 저 가엾은 아이 시체를 묘지에다 둔 겁니다. 대체 경찰은 무슨 증거가 더 필요한 겁니까?" 캐시디가 살해되던 밤 집 앞에 데려다준 소녀, 신디 기번스는 방송 어디에도 등장하지 않는 것이 흥미로웠다. 신디는 칼리의 전화도 받지 않았다. *아마 아직 너무 슬퍼서겠지.* 나는 채널을 돌리며 생각했다.

광고 후, 채널11의 은발 앵커는 들고 있던 서류 꾸러미를 보란 듯이 뒤적이더니 "새로운 국면"이라면서 긴 항목을 하나씩 읽기 시작했다. 시 전체 오후 9시 통금이 당장 엄격하게 실시된다고 했다. 여러 바와 식당, 월마트, 배스킨라빈스, 라디오 셰크, 산토니 등 몇몇 지역 소매점이 폐점 시각을 앞당긴다고 발표했다. 또 에지우드 고등학교 모든 수업이 그 주 말까지 취소됐다. 중학교와 초등학교는 수업을 하지만 출석은 필수가 아니며 보호자 재량에 맡기기로 했다. 고등학교는 다음 주 수요일, 11월 9일에(화요일은 선거일이었다.) 다시 열기로 잠정 계획했으며 학생들이 비극적인 사건에 대처할 수 있도록 애도 상담사를 배치하겠다고 약속했다.

그날 밤늦게, 나는 무감각하고 지친 느낌으로 계단을 올라 방으로 갔다. 캐시디 버치와 그 아이의 어머니, 여동생을 알지 못했다. 내가 알기로는 그랬다. 가게나 거리, 또는 그 어디서도 그들과 마주친 적이 없었다. 텔레비전에 등장한 캐시디의 친구들과 달리, 나는 그 애가 노래하거나 그림 그리거나 웃는 것을 본 적이 없었다. 그 애 목소리도 알지 못했다.

그런데 왜 그렇게 가슴 깊이 아팠을까? 왜 그렇게 화가 났을까? 캐시디 버치는 부기맨의 네 번째 희생자였다. 그때는 왜 그렇게 다른 느낌이었을까? 살인 직전에 복면을 쓴 남자를 보고도 아무 말 하지 않았기 때문에 죄책감을 느낀 것일까? 혹은, 세상에, 세월이 이렇게 흐르고 보니…… 그때 나는 드디어 어머니처럼 변해 가는 중이었던 걸까?

나는 침대로 기어들어 그날 저녁 다섯 번째로 카라에게 전화를 걸었다. 다음 날 아침 시험과 산더미 같은 과제가 있었지만, 카라는 최선을 다해 내 기운을 북돋워 주고 나서야 잘 자라고 인사했다. 잠시 뒤 칼리 올브라이트가 약속대로 전화했지만 나는 이미 침대 옆 스탠드와 전화벨을 끄고 잠든 뒤였다.

2

이튿날 아침 일찍 통화했을 때 칼리는 수면 부족으로 형편없는 상태였다. 평소 정보원 중 그 누구도 캐시디 버치의 범죄 현장에 살인범이 남긴 것을 알아내지 못했다. 하퍼 형사가 부하들이 정보를 언론사에 흘린 것에 대해 몹시 야단을 쳤는지, 그때는 아무도 말하지 않았다.

칼리는 부기맨이 평소 습관을 지켜 숫자 6에 관한 무엇인가를 남겼을 것이라고 믿었고 나도 동의했다. 짧게 논의한 뒤 우리는 가장 가능성 높은 것이 호박이라고 결론을 내렸다. 경찰은 시신 주위에서 발견된 잭 오 랜턴에 대해서는 숨김 없이 설명했지만 몇 개였는지는 한 번도 언급하지 않았다. 일리 있는 결론이었으나 확실히 알지 못하니 짜증도 나고 억울한 느낌이 들었다.

부기맨의 귀환 소식과 함께, 전국 방송사는 "핼러윈의 공포"라고 부르는 사건을 취재하기 위해 에지우드로 다시 몰려들었다. 「미국의 수배자들」이 에지우드로 와서 최근에 일어난 살인 사건을 재연한다는 소문마저 나돌았다. 대부분의 지역 사업주들은 흥분을 감췄지만, 식당의 개자식 멜 풀러턴을 비롯한 몇몇은 다시 한번 방송사 경비 지출의 수혜를 입을 전망에 대놓고 기뻐서 어쩔 줄 몰랐다. 나는 텔레비전에서 얼굴을 본 여러 뉴스 출연자를 알아봤으며, 그중 누구도 그다지 큰 감흥은 주지 않았다. 하지만 「커런트 어페어」의 모리 포비치가 동네 쇼핑센터에서 후진하다가 빌린 자동차를 들이받고 지역 전설로 남을 뻔한 일이 있었다. 당시 어두운 기분에 사로잡혀 있던 나는 아마 차에서 내려 그 잘난 얼굴에 펀치를 날렸을 것이다. 그리고 만약 시내 어딘가에서 제랄도 리베라[12]를 만났다면 크게 한판 벌어졌을 것이다.

FBI가 에지우드의 모든 주택을 수색할 계획이라는 이야기도 나돌았다. 시민권 보호 운동가들이 이미 모여서 보안관서와 법정 앞에서 피켓 시위를 펼쳤다. 뉴스에서 인터뷰하는 여러 주민은 무기 등 가능한 어떤 수단을 동원해서라도 재산을 지키겠다

---

12 미국의 저널리스트이자 정치 논평가. 1980년대 타블로이드 토크쇼 「제랄도」를 진행했다.

고 주장했다.

에지우드는 언제라도 터질 수 있는 일촉즉발의 상태로 변하고 있었다.

3

H. W. 부시가 미국 대통령 당선자가 된 다음 주 수요일에 에지우드 고등학교가 다시 문을 열었을 때, 볼티모어 시티에서 온 두 명의 애도 상담사가 상담실에 자리를 잡았다. 그 첫 주가 끝날 무렵, 날마다 상담실로 밀려드는, 슬퍼하는 학생들을 위해서 상담사 한 명이 추가 배치되었다.

돌아온 고등학생들을, 낡은 체육관 로비 접이식 테이블에 앉은 형사 세 사람의 모습이 맞이하기도 했다. 형사들은 학년마다, 반마다 찾아다니며 학생 전원(857명)을 면담했다. 거의 두 주가 걸렸다.

그 후 나는 어떤 질문을 받았는지 궁금해서 학생 몇 명과 이야기를 나눴다. 그들의 대답은 놀랍지 않았다. *살해된 소녀들을 얼마나 잘 알았나? 어떤 문제라도(양심, 소문, 안 좋은 결별 등) 알고 있는가? 소녀들이 특정한 교사나 학교 직원과 특별히 친했는가? 지난 몇 달 동안 시내에서 이상하거나 낯선 것을 본 적 있는가?*

곧 흥미로운 이야기가 시내에 떠돌기 시작했다. 일설에 따르면, 경찰이 애런 언거라는 31세 남자에게 수사의 초점을 맞춘다는 것이었다. 에지우드 고등학교의 학생들이 좋아하는 영어과 교사이자 축구 보조 코치인 그는 미시건주 플린트의 고향에서 겨우 2년 전 에지우드로 이주했다. 버니 젠타일 등 서너 명의 말에 따르면, 언거는 이미 형사들에게 네 차례 심문을 받았지만 아직 확실한 알리바이를 내놓지 못했다.

칼리 올브라이트는 며칠째 그 이야기를 추적했고, 보고된 내용 중 많은 부분이 사실 정확하다고 확인해 줄 수 있었다. 그러나 잠시 후 언거가 경찰에 처음부터 알리바이를 제출하지 않았던 이유를 마침내 드러냈다는 소식을 칼리가 접하자 모든 의혹은 풀렸다. 그는 핼러윈 밤에 두 명의 여성에게 돈을 지불하고 함께 보냈으며, 그것이 공개되면 (a)교사직을 잃고 (b)성매매로 기소될 게 두려웠던 것이다.

결국 경찰은 언거를 기소하지 않고 모든 상황에 입을 다물기로 결정했다. 하지만 결국 상관없게 됐다. 애런 언거는 그 학년도 말에 사직하고 고향 미시건으로 돌아갔다.

4

11월 18일 금요일, 칼리는 저명한 FBI 프로파일러 로버트 네빌과 만나 《이지스》 특집 기사를 위한 인터뷰를 했다.

잠재적 용의자의 심리적, 행동적 프로파일을 작성하기 위해 범죄 사건을 분석하는 일인 프로파일링은 10년 전, FBI 요원 존 E. 더글러스가 1979~1981년에 발생한 애틀랜타의 아동 살해 사건을 분석해 대중의 스포트라이트를 받으면서 검경 내에 널리 퍼졌다.

존 더글러스가 범죄 프로파일링의 대부로 널리 받들어졌다면(실제로도 대부였다.) 로버트 네빌은 곧바로 그 총아라는 칭호를 얻었다.

젊고 잘생기고 유능한 네빌은 "보스턴의 도살자"로 알려진 범인의 깊이 있으면서도 논란을 일으킨 프로파일을 작성했고, 1985년 매사추세츠주에서 존경받던 성직자가 지역 성매매 여성 일곱 명을 살해하고 강간한 혐의로 구속 및 유죄판결을 받게 됐다. 1년 뒤 시카고 교외 지역의 악명 높은 "브레이디 번치 살인" 분석 덕분에 네빌은 2년 동안 두 차례 특진했고 《피플》 표지에 등장하기도 했다.

온갖 칭찬에도 불구하고, 칼리는 그를 좋아하지 않았다. 칼리는 네빌이 여성을 차별하고 오만하며 구취가 심하다고 주장했다. 인터뷰는 30분이었지만 칼리는 어서 끝나기를 바랐다. 네빌이나 상관과 같은 의견이 없는지 내가 묻자, 칼리는 비꼬는 말을 알아듣지 못하고 나를 노려보면서 이렇게 쏘아붙였다. "넌 어떻게 생각해?" 그 후로 나는 아무 말도 하지 않았다.

칼리 올브라이트와 FBI 프로파일러 로버트 네빌의 문답 발췌문은 저자와 《이지스》 양측의 허가를 받아 다음에 실었다.

칼리 올브라이트: 좋은 범죄 프로파일러의 조건은 무엇인가요?

로버트 네빌: 범죄자의 입장과 마음이 될 수 있는 능력입니다. 다른 눈으로 세상을 보는 것이죠. 비판적 사고, 논리, 합리성 등이요. 강한 직관과 분석 능력. 감정적 거리. 배짱.

칼리 올브라이트: 작업 때문에 괴로운 적은 없나요? 악몽을 꾸거나? 우울해진 경험은요?

로버트 네빌: 없습니다. 물론 잊기 어려운 일은 있습니다. 하지만 전부 삭제하고 잊으려고 합니다. 그래야 하니까요.

칼리 올브라이트: 에지우드에 직접 오신 이유는 뭔가요? 보고서를 보고 전담반 요원들과 전화 통화만 하고는 프로파일을 작성할 수 없었습니까?

로버트 네빌: 그럴 수도 있었지만, 이 범죄의 성격 때문에 와 보는 것이 좋겠다고 생각했습니다.

칼리 올브라이트: "이 범죄의 성격"이란 무슨 뜻인가요?

로버트 네빌: 착각하지 맙시다. 에지우드에서 일어난 범죄는 폭력과 타락의 정도가 높아지고 있습니다. 151일 만에 네 건의 살인이 일어났습니다. 그 자는 살해하는 느낌을 즐기니 우리가 막지 않으면 다시 저지를 겁니다.

칼리 올브라이트: 범인이 남성이라고 확신하시나요?

로버트 네빌: 물론입니다. 목격자가 없어도 남성이라고 확신합니다.

칼리 올브라이트: 부기맨의 프로파일 중에서 또 알려 주실 사항이 있나요?

로버트 네빌: 음, 그자는 그 별명을 좋아합니다. 주목과 악명을 즐기죠. 이전의 연쇄 살인범들도 알고 있어요. 샘의 아들. BTK. 나이트 스토커. 이제 자신도 그들과 같은 존재가 됐다고 느끼고 있어요.

칼리 올브라이트: 더 있나요?

로버트 네빌: 백인 남성. 20대 중후반 혹은 30대. 독신이거나 이혼일 가능성이 높죠. 지능은 평균 혹은 평균보다 조금 높고. 신체 상태는 양호합니다. 무직이거나 밤늦게 돌아다녀도 되는 일을 할 겁니다. 근처에서 혼자 살거나 트럭이나 밴을 운전할 겁니다. 개인 공간에서 희생자를 강간, 살해하고 다른 곳에 유기합니다.

칼리 올브라이트: 그럼 그자가 이곳 에지우드에 산다고 생각하세요?

로버트 네빌: 살인범은 확실히 이곳 사람입니다. 이곳 지리와 유기 장소에 친숙합니다.

칼리 올브라이트: 그가 희생자들을 개인적으로 알까요?

로버트 네빌: 반드시 그렇지는 않습니다. 사실 그렇지 않을 가능성이 높죠. 하지만 희생자가 눈에 띄고, 타깃으로 삼기로 마음을 먹고 나면 움직이기 전에 한동안 지켜볼 겁니다.

칼리 올브라이트: 그렇다면 시내를 돌아다니면서 희생자를 무작위로 고른다는 겁니까?

로버트 네빌: 아뇨. 그런 건 아닙니다. 그자에게는 분명히 원하는 유형이 있습니다. 어리고, 매력적이고, 인기 있고, 머리가 긴 소녀. 그자는 이런 소녀에게 화가 나 있습니다. 그들을 지배하고 파괴하고 싶어 합니다. 왜냐? 오컴의 면도날이죠. 가장 가능성 있는 답은 가장 단순한 것입니다. 그런 용모의 사람이 과거에 상처를 준 겁니다. 그자는 불에 데거나, 학대를 당하거나, 속았다고 느낍니다. 아마 속고, 바보 꼴이 되어서 나약하게 보였을 것이라고 느낄 겁니다.

칼리 올브라이트: 범인은 왜 희생자들을 무는 거죠?

로버트 네빌: 무는 건 사적이고, 친밀하고, 희생자에 대한 권력을 나타내죠. 같은 이유에서 무기를 쓰는 대신 목을 조른다고 생각합니다. 그자는 이 소녀들, 그리고 대중이 자기가 멋대로 구는 것을 막

을 힘이 없다는 사실을 알길 바랍니다.

칼리 올브라이트: 그럼 잘린 귀는요?

로버트 네빌: 마찬가지죠. 기념으로, 상징으로 간직하려고 가져가는 거죠. 그자는 모든 것을 통제합니다. 아마도 시간이 흐르면 이 기념품을 감춰 놓은 곳에서 꺼내 보고 그때의 경험을 떠올릴 겁니다.

칼리 올브라이트: 범인이 시신의 자세를 잡아 두는 이유는 뭐죠?

로버트 네빌: 여러 이유가 있을 수 있죠. "시그니처"라고 부르는 것의 일부예요. 이번에도 희생자에 대한 권력을 과시하는 겁니다. "너희를 살아서뿐 아니라 죽어서도 내가 통제한다." 혹은, 살해가 끝난 뒤에 잠시나마 후회를 느낄 수도 있죠.

칼리 올브라이트: 제가 만난 경관 몇 명은 살인범을 "유령"이라고 불렀습니다. 그렇다면 유령을 어떻게 잡을 건가요, 네빌 씨?

로버트 네빌: 재미있긴 하지만 부정확한 별명이군요. 우리가 찾는 자는 잡기 어렵지만 100퍼센트 인간입니다. 그리고 언젠가는 실수를 저지를 테고 우리는 그자를 잡을 겁니다.

칼리 올브라이트: 범인이 경찰을 조롱한다고 생각하세요?

로버트 네빌: 장난을 치면서 즐기고 있다고 생각합니다. 그자

는 살인을 좋아하고 점점 능숙해지고 있어요.

5

인터뷰 내용에 다음의 말이 엄연한 사실처럼 적혀 있었다. *살인범은 확실히 이곳 사람입니다. 이곳 거리와 유기 장소에 친숙합니다.*

나는 신문을 쓰레기통에 던지고 의자를 책상에서 뒤로 밀었다. 내가 뭐라고 위대한 로버트 네빌에게 반박하는 것인가?

내 방에서 나와 내 사서함을 확인하러 우체국으로 가려고 아래층으로 향하던 중, 지난 2주 동안 왜 그렇게 불안하고 화가 났는지 이유가 서서히 떠올랐다. 내가 아무리 사실이 아니기를 바랐지만, 마음속 깊은 곳에서는 하퍼 형사와 로버트 네빌의 말이 옳다는 것을 내내 알고 있었다는 사실이. *살인범은 우리 동네 사람이었다.*

6

그 주 일요일 아침, 부모님이 프린스 오브 피스 성당에 간 동안 나는 고등학교 뒤에서 친구들을 만나 농구를 했다. 예전에 한 반이었던 빌 코론이 형 리와 함께 왔고, 제프 프루이트, 존 새크, 크로퍼드 형제, 내가 잘 모르지만 추수감사절 방학이라 대학에서 돌아온 어린 친구 두엇도 있었다. 우리는 준비운동으로 간단히 반 코트 경기를 한 뒤 한 시간 반 동안 정식 경기를 했다.

밖에 나와 땀을 뻘뻘 흘리며 옛 친구들과 대화하니 기분이 좋았다. 내게 닥친 염려에서 벗어나기 위해 꼭 필요한 시간이었다. 물론 캐시디 버치의 살해가 주된 화제였다. 제프 프루이트, 그리고 케니와 바비 크로퍼드 형제는 복셀더 드라이브에서 자랐고, 그곳은 캐시디가 살해된 밤 친구들과 파티를 했던 제시카 렙의 집에서 도보 2분 거리였다. 바비는 제시카와 캐시디를 모두 알았고 신디 기번스가 핼러윈 밤에 캐시디가 안전하게 집에 들어가는 것을 확인하지 않았다고 그때까지도 화를 냈다. "그 애 잘못이라고 생각하는 건 나만이 아니야. 걔는 죽인다는 협박도 받았다던데."

어린 친구 중 하나는 자기 어머니가 버치 부인과 함께 일한다면서, 부인이 캐시디의 여동생을 위해 강해지려고 애쓴다고 했다. 어머니들이 모여 버치 가족이 식사 걱정할 필요가 없도록 먹을 것을 장만해 주는 순번을 정했다. 그들은 번갈아 가며 버치 가족을 위한 심부름도 하고 있었다.

농구가 끝나고 목도 마르고 온몸이 쑤시기에 나는 집으로 가다가 세븐일레븐에 들렀다. 평소처럼 커피 기계 옆 뒤쪽 통로는 사람으로 가득했다. 나는 앤더슨 씨와 래리 노엘에게 묵례하고 다른 사람들에게 길을 비켜 달라고 실례한다고 한 뒤 카운터 끝 슬러피 기계로 다가갔다. 빨간 머리에 주근깨가 있고 왼쪽 콧구멍에 커다란 코딱지를 매단 아이가 나보다 앞서 기계에 다가가더니 점보 블루베리 스매시 맛을 담았다.

나는 그 애 윗입술에 위험스럽게 대롱대롱 매달린 녹색 코딱지를 빤히 보지 않으려고 기를 썼다. 그 애가 숨을 쉴 때마다 그것이 콧구멍 속으로 사라졌다가 숨을 내쉴 때마다 다시 나타났다. 그렇게 내 차례를 기다리는 동안, 근처 대화를 몇 마디씩 듣지 않을 수 없었다.

"저놈의 못난 모자를 쓰고……"

"……어젯밤에 또 나타났어. 내가 봤지……"

"그 개자식은 누굴 죽이긴 너무 게으르다고."

"……소방서 옆에서……"

"난 아직 스탠에게 걸겠어. 그자는……"

"……그 인간 전과 기록이 내 팔뚝보다 긴 걸 그렇게 모르나……"

"……게다가 경찰이 안 하면 우리가 나서야 해."

"……백인 여자아이 넷이 죽었는데 흑인 경찰이라니…… 뭐 이상한 거 없어?"

그중 한 명이 갑자기 헛기침을 했다. 크게.

"거기서 마실 거 따라 갈 텐가, 아니면 계속 서서 엿들을 텐가?"

눈을 껌뻑이던 나는 그게 나한테 한 말임을 깨달았다. 코딱지를 코에 단 붉은 머리 꼬마는 사라지고 없었다. 나는 그쪽을 보며 애써 미소를 지었다. 남자들이 모두 나를 빤히 보고 있었다.

"듣지 않았어요. 딴생각을 하느라. 죄송해요."

그들이 구시렁거리는 것을 무시하고 나는 컵을 들고 채우기 시작했다. 다 채운 뒤에는 카운터 상자에서 빨대를 하나 꺼내고 숨을 깊이 들이쉬었다. 계산대까지 가는 길은 하나뿐이었다. 내 몸을 최소한 작게 해서 옆으로 서서 계속해서 실례한다고 하며 통로를 지나가기 시작했다. 그러다 단단한 어깨가 내 팔을 치면서 진로를 막았다.

"앞을 잘 봐야지."

내가 모르는 땅딸한 대머리 남자였다.

"놔둬." 내 뒤에서 누가 말했다. 돌아보니 앤더슨 씨가 서 있었다. 담배와 커피 냄새를 풍겼다. "어떻게 지내냐, 리치?"

나는 안도감에 침을 꿀꺽 삼켰다.

"잘 있어요. 안녕하셨어요?"

"잘 있지. 부모님께 추수감사절 잘 지내시라고 전해라."

"그럴게요. 조이스 부인께도 추수감사절 잘 보내시라고 전해주세요."

앤더슨 씨는 고개를 끄덕였고 나는 거기서 어서 벗어나고 싶은 마음으로 다시 걷기 시작했다. 그 통로에서 빠져나가기 직전, 등 뒤에서 나직한 목소리가 들려왔다.

"그렇게 말썽에 휘말리는 거지, 얘야."

나는 계속 걸으며 뒤돌아보지 않았다.

7

11월 후반은 부기맨 전담반에게 유난히 정신없는 기간이었다. 연휴가 코앞으로 다가오면서, 이른 크리스마스 선물과 장식뿐 아니라 추수감사절 연휴를 위한 장보기까지 사람들은 준비에 신이 나면서도 예민하기 짝이 없었다. 911과 신고 전화에는 계속해서 기록적인 속도로 제보가 쏟아져 들어왔다.

초등학교 건너편에 사는 남자는 한밤중에 지붕 위에서 발소리가 들렸다고 신고했다.

세쿼이아 드라이브의 한 주민은 저녁 설거지를 하다가 밖에서 쿵 소리를 들었다. 그 사람이 창밖을 내다보니 검은 형체가 뒷마당 울타리를 뛰어넘었다.

우체국 여성 직원 한 명이 창고 뒤에서 알 수 없는 담배꽁초 더미를 발견했다고 신고 전화에 메시지를 남겼다. 그녀의 당황한 남편이 한 시간 뒤 전화를 걸어 사과했다. 담배꽁초는 그의 것이었다. 그는 아내에게 담배를 끊는다고 맹세했지만, 지난 한 달 동안 하루에 서너 차례 몰래 밖으로 나가 피웠다.

하퍼드 커뮤니티 대학교의 회계 강사가 방금 집 뒤 들판에서 여성의 비명을 들었다고 베테랑 911 접수대원에게 신고하며 울음을 터뜨렸다.

한 남자가 뒷문이 밤새 열려 있었다고 주장했다. 한 성난 여성은 테라스 전등이 망가졌다고 불평했다. 9세 소녀가 엘비스라는 코기 개가 울타리 친 뒷마당에서 사라졌다고 신고했다.

그리고 하퍼 형사와 그의 전담반은 모든 신고 전화를 조사했다.

8

추수감사절 이틀 전, 채널13은 오후 7시 30분 「매시」 재방송을 중단하고 바로 몇 분 전 한 남자가 하퍼드 카운티 보안관서로 걸어 들어와 에지우드 소녀 네 명의 살해를 자백했다는 속보를 전했다.

뉴스팀은 그 남성의 사진을 구하지도 이름을 알지도 못했지만, 보안관서에 나가 있는 기자에 따르면 키가 크고 탄탄한 체격에 짧은 검은 머리칼과 콧수염을 지닌 30대 중반 남성이라했다.

그날 밤, 내 부모님과 나를 비롯해 동네 전체가 드디어 악몽이 끝난 것이기를 바라고 기도하며 잠자리에 들었다.

아쉽게도 우리의 낙관은 곧 끝났다.

이튿날 아침, 남성의 자백이 가짜였다는 사실이 널리 보도됐다. 그는 사실 처음 두 소녀가 살해되었을 때 펜실베이니아 교도소에서 무단침입으로 수감 중이었다. 신원을 밝히지 않은 그 남성은 당시 경찰 구금 중이었고 심리 검사를 받고 있었다.

9

추수감사절 다음 날 아침, 여전히 파자마와 가운을 입은 채 살지고 졸린 기분으로 식탁에 앉아 신문을 읽고 있는데 칼리가 쳐들어왔다.

"여기서 뭐 하는 거야? 우리 집에는 어떻게 들어왔어?"

칼리가 내 앞 의자에 앉았다.

"네 어머니가 들여보내 주셨어."

"초인종 소리도 못 들었는데."

"내가 안 눌렀으니까. 네 어머니가 밖에서 보도를 쓸고 계셨어."

"너랑 어머니가 서로 모르는 편이 좋을 것 같은데."

칼리가 미소를 지었다.

"네 어머니는 성자 같으셔."

그 말에는 반박할 수 없었다.

"그런데 여긴 왜 왔어?"

"보여 줄 게 있어서."

칼리가 말하고 다가오더니 얼마 전부터 들고 다니는 커다란 핸드백 옆 주머니에서 파일을 하나 꺼냈다. 칼리는 파일을 열더니 식탁에 네 장의 사진을 펼쳐 놓았다.

내가 하품을 하며 말했다.

"이게 뭐야?"

"뭐 같아?"

나는 자세히 봤다.

"사람들이 아이들을 위해 가져다 놓은 추모품 사진 같은데. 좀 오싹하다."

"내가 찍은 거 아니야. 우리 사진기자가 찍은 거지."

"그래. 그래서 뭐?"

"다시 봐." 칼리가 사진을 가리켰다. "순서대로야. 흥미로운 거 없어?"

나는 첫 번째 사진을 한참 살폈다. 무슨 말을 하는지 전혀 모르겠다고 하려는 순간 그것이 보였다. 사진의 오른쪽 아래 구석에서.

나는 곧바로 두 번째 사진으로 넘어갔다. 그때는 조금 더 오래 걸렸지만, 결국에는 발견했다. 왼쪽 위 구석이었다.

나는 칼리를 올려다봤다.

"젠장."

"굉장하지, 응?"

왼쪽: 에지우드 로드 세븐일레븐
(저자 제공)

위: 캐시디 버치의 친구 린지 폴러드를 인터뷰하는 지역 뉴스 팀(《볼티모어 선》 제공)

11장

추모품

"대충 그린 것이지만,
무엇을 그린 것인지는 명확했다……"

1

나는 사진을 가지런히 모았다.

"혼자서 다 알아낸 거야?"

"그걸 믿기가 그렇게 힘들어?" 칼리는 특유의 표정으로 나를 노려보았다. "와. 넌 내 옆에 너나 로버트 네빌처럼 똑똑한 남자가 있어야 한다고 생각하는구나, 그렇지?"

"음, 아냐. 신문사에서 다른 사람이 발견한 것인지 궁금했던 것뿐이야. 사진기자라든가."

"아." 칼리가 긴장을 풀었다. "아직 아무도 몰라. 너밖에."

"그런데 이게 그동안 내내 여기 찍혀 있었던 거지." 나는 한숨을 쉬었다. "하퍼 형사에게 알려야 하는 건 알지?"

칼리는 눈살을 찌푸렸다.

"네가 그렇게 말할 것 같았어."

"네가 할래, 내가 할까?"

"그리고 공로는 네가 낚아채겠다고? 흥, 됐네. 내가 전화할게."

2

칼리가 주방 전화로 하퍼 형사와 통화하는 동안 나는 식탁에 사진 네 장을 펼쳐 놓고 다시 살펴봤다.

8×10인치 사이즈의 선명하고 초점도 잘 맞은 컬러 사진은 매끈매끈했다. 첫 번째 사진은 나타샤의 장례식 얼마 후 갤러거 가족 집 앞마당에서 찍은 것이었다. 누군가가 갤러거 집 참나무에 묶어 놓은 붉은 리본이 사라지고 나자, 곧 조금 더 정교한 물건으로 교체됐다. 아마도 여자 친구가 커다란 포스터 가운데 '우리 마음속에 영원할 거야, 나타샤.'라고 적고 주위에 커다란 빨간 하트를 그려서 가져다 놓았다. 나타샤의 작은 사진 몇 장이 하트 양쪽에 풀이나 테이프로 붙어 있었다. 포스터의 남은 흰 공간은 수십 개의 손 글씨 메시지(명복을 빌게! 보고 싶어! 널 영원히 사랑할 거야! 잊지 않을게!)로 덮여 있었고, 그림(하트, 기도하는 손, 새, 무지개, 눈물을 흘리는 슬픈 얼굴)도 함께 있었다. 포스터는 나무 밑에 못이나 스테이플러로 고정되어 있었다. 그 바로 위에는 꽃으로 덮인 커다란 나무 십자가가 못에 걸려 있었다. 그 아래 잔디밭에는 색색의 곰, 기린, 코끼리, 공룡 인형과 시든 꽃다발이 담긴 유리 화병과 열두 개쯤 되는 타고 남은 양초가 줄지어 있었다.

포스터의 오른쪽 아래로 눈길을 돌려 가운데 금이 가 두 동강 난 하트와 과장되게 찡그리고 슬퍼하는 얼굴 사이에 낀 작은 그림에 주목했다. 대충 그린 것이지만, 무엇을 그린 것인지는 명확했다. 작은 사방치기 판이었다. 네모 안에는 전부 3이 적혀 있었다.

나는 침을 삼키고 두 번째 사진으로 넘어갔다. 시더 드라이브 놀이터 미끄럼틀 아래 만들어진 케이시 로빈슨의 추모 공간이었다. 큰 포스터 대신 케이시의 추모 공간은 직접 만든 작은 표지판 세 개로 이뤄졌다. 가운데 직사각형 판을 가만히 들여다봤다. 왼쪽 위 구석을. 케이시 로빈슨이 손을 떼고 자전거를 타며 활짝 웃는 사진 바로 아래, 누군가가 로빈슨 가족 집 앞 전신주에 걸려 있던 포스터를 8센티미터 정도로 축소해 똑같이 그려 놓았다. 포스터 위에 '이 개를 보셨나요?'라고 적어 다닥다닥 붙였고 아래에는 '4444로 연락 주세요'라고 끼적여 놓았다. 그 사이에는 이를 드러내고 씩 웃는 개가 만화처럼 그려져 있었다.

심장이 여전히 쿵쾅거리는 사이, 세 번째 사진을 집어 들었다. 이번에는 매들린 윌콕스의 앞마당에 만들어진 추모 공간이었다. 산더미 같은 꽃다발, 작은 십자가 서너 개, 새 말보로 담배 두 갑이 매들린의 포스터 크기 사진 앞 잔디밭에 놓여 있었다. 매들린은 노란 원피스에 플립플롭을 신고 행복하고 편안한 표정으로 클래식 자동차 보닛에 앉아 있었다. 포스터는 최소한 가로 1미터, 세로 1.5미터는 되었고 땅에 박은 기다란 나무 기둥에 붙어 있었다. 매들린의 머리 위에 하트 모양의 풍선이 바람에 흔들렸다. 자동차 앞쪽 범퍼, 매들린의 오른발 쪽을 가만히보니 살인범이 포스터에 투명 테이프로 반짝이는 동전 다섯 개를 붙여 놓았다.

나는 생각할 겨를도 없이 마지막 사진으로 넘어갔다. 그 사진을 찍었을 때 캐시디 버치의 추모 공간은 만들기 시작한 단계였다. 직접 만든 포스터 몇 개와 조의를 표하는 카드 몇 장이 묘지 주위의 쇠울타리에 붙어 있었고, 풍선 몇 개와 초 한 개가 있었다. 얼마 전 뉴스에 나온 영상을 봤는데, 그 추모 공간은 크기가 네 배 이상 늘어났다. 가장 큰 카드 아래, 그것을 남긴 사람의 서명 밑에 살인범이 비뚤어진 미소를 짓는 뚱뚱한 호박을(그리고 여섯 개의 세모꼴 눈을) 그려 놓았다. 추악한 꼴을 본 느낌이었다.

"15분 뒤에 우리를 데리러 온대."

칼리가 내 등 뒤에서 말했을 때, 나는 비명을 지를 뻔했다.

3

"두 사람 참 놀라워요. 그거 알아요?"

하퍼 형사가 고개를 저으며 불신과 경의가 뒤섞인 표정으로 사진에서 고개를 들었다. 아니, 적어도 나는 그가 지은 표정이 그런 의미이기를 바랐다. 정확히 알 수는 없었다. 그저 다시 화가 난 것일 수도 있었다.

우리는 부모님 집에서 겨우 몇 분 거리인 시더 드라이브의 소년 소녀 클럽 앞에 차를 세웠다. 하퍼 형사와 관련해서는 굉장한 겁쟁이가 된 것은 말할 것도 없다. 신사적으로 나는 뒷자리에 앉겠다고 하면서 칼리에게 앞자리를 권했는데, 그 무렵 칼리는 그 자리에 앉은 것을 후회했는지도 모른다.

"조금이라도 감명받진 않으셨어요?"

칼리가 나직이 물었다.

하퍼가 칼리를 봤다. 그리고 천천히 고개를 끄덕였다.

"그래요. 받았어요."

"하지만……?"

"하지만…… 그 그림과 동전은 2주 전부터 이미 알고 있었습니다."

"거짓말!"

나는 이렇게 내뱉고 곧바로 후회했다.

하퍼가 몸을 돌려 뒤를 향했다.

"뭐요?"

"죄송해요." 내가 눈을 내리깔았다. "소리 칠 생각은 아니었어요. 그냥…… 놀라서."

"음, 놀랄 일은 아니지. 그리고 기자님은……" 하퍼가 다시 칼리에게 말했다. "이 건은 기사로 쓸 수 없는 거 알죠? 그리고 두 사람 모두 아무에게도 말해서는 안 됩니다."

"그건 알아요."

칼리가 입술을 내밀며 대꾸했다.

"그리고 뒷자리의 하디 보이도…… 알고 있습니까?"

나는 무슨 말이 나갈지 자신이 없어 고개만 끄덕였다.

"이건 가져가도 됩니까?"

하퍼는 사진을 집어 들었다.

"그러세요." 칼리가 말했다. "그런데 질문 하나 해도 될까요?"

"하세요."

"추모 공간에서 잠복하셨어요? 혹시 그자가 돌아올지 모르니까?"

하퍼는 잠시 생각하더니 대답했다.

"지난 2주간 매일 밤 했습니다."

"네 곳 모두요?"

하퍼는 다시 잠시 있다가 대답했다.

"네."

"그런데요?"

"공유할 내용은 없습니다."

"왜 이러세요." 칼리의 어조에 나는 놀랐다. "저랑 이 뒤의 '조
하디'는……"

"야!"

내가 다시 허리를 세우며 외쳤다.

"저희를 의심하실 이유가 하나도 없잖아요. 전에도 지금도.
오늘 바로 연락드렸고요, 그렇죠? 그럴 필요가 없었잖아요. 우
리가……."

"알았어요, 알았어……." 하퍼는 항복한다는 뜻으로 양손을
올려 보이더니 마음을 정한 표정을 지었다. 몇 초간 한숨을 내
쉬고는 이렇게 말했다. "자, 이건 모두 기밀 사항이에요, 알죠?"

"물론이죠."

칼리가 말했다.

형사는 뒷좌석도 돌아봤다.

"네, 물론이죠."

나도 같이 말했다.

"2주 전에서야 추모 공간을 24시간 감시하기 시작했어요. 그때 처음으로 그자가 하는 짓을 발견했으니까. 그건 우리 잘못입니다. 그보다 일찍 알아냈어야 하는데. 사람들이 알면 우릴 쫓아낸다 해도 할 말이 없습니다."

하퍼는 힘겹게 자세를 고쳐 앉았다.

"하지만 그걸 알아내기 전에도 경관들이 지켜보고 있었습니다. 첫날부터 규칙적으로 순찰을 했으니까."

"뭔가 있었나요?"

칼리가 물었다. 뒷자리에서 보고 있던 나는 칼리가 언젠가는 정말로 퓰리처상을 탈 수도 있겠다는 생각이 처음으로 들었다.

"가족과 친구, 몇몇 기자에게 추모 공간에서 있었던 철야 모임 중에 찍은 사진이야 영상이 있으면 달라고 부탁하긴 했죠. 아주 많은 사람이 모였어요. 지금도 들어오는 것을 전부 분석 중이고."

"그거 잘하셨네요."

"인정해 주니 고맙군요."

그러자 칼리가 소리 내어 웃었다.

"그럼 모종의 패턴이 나타나기 시작한 건가요? 반복해서 찾아오는 사람이라든가? 계속 보이는 낯익은 얼굴이라든가?"

"놀랄 거예요." 하퍼가 끄덕였다. "하루도 빠짐없이 찾아오거나 차로 지나가는 사람도 있어요. 그런 사람들을 기록했어요."

어라. 내 얼굴이 달아오르기 시작했다.

"대개는 친척이나 친구, 이미 확실한 알리바이를 확인한 사람들이에요."

손에서 땀이 나고 있었다.

"하지만 가끔 흥미로운 사람이 나타나죠."

속이 뒤집혔다.

"특이하거나 아주 이상한 행동을 하는 사람."

"이상하다니, 어떻게요?"

칼리가 물었다.

"별별 것이 다 있죠. 미친 듯이 울어 대거나. 화를 내며 폭발하기도 하고. 지나치게 기도를 하고. 가면서 추모 물품을 집어가는 사람도 있어요. 봉제 인형이나, 사진 같은 것을."

나는 침을 삼켜 보려 했지만, 입 안이 바싹 말라 있었다.

"그런 일이 있으면 보통은 신원조사를 하고 감시팀을 붙여서 지켜보기도 하죠……. 그밖에 다른 이상한 행동이 있는지."

젠장. 이런 이야기가 10초만 더 계속되면 토할 것 같아.

"죄송해요." 칼리가 불쑥 말했다. "방금 호출이 왔어요. 신문사에 연락해야 해요."

감사합니다, 감사합니다, 감사합니다. 칼리의 소중한 호출기를 신께서 축복하시길!

하퍼 형사는 시동을 걸고 주차장에서 빠져나갔다. 몇 분 뒤, 부모님 집 앞에 접어들 때 룸미러를 살짝 보니 하퍼는 나를 빤히 보고 있었다. 내가 눈길을 돌리기 전, 그는 내게 윙크했다.

위: 《이지스》에서 취재하던 칼리 올브라이트(브루클린 이윙 제공)

12장

샷건 서머

"그자야."

1

일주일 전 하퍼 형사와 만난 이후로 무엇인가 마음에 걸렸다. 룸미러로 보낸 능청맞은 윙크와 내가 희생자들의 집은 물론이고 추모 장소를 차로 자주 지나쳤던 것을 경찰이 다 안다는 사실에서 벗어나는 데 이틀이 걸렸다. 나는 분명 내 생각만큼 영리한 사람이 아니었다.

그리고 내 책상 서랍 안쪽에는 봉투 안에 넣어 둔 사진이 있었다.

몇 달 전, 나타샤 갤러거의 친구와 가족이 추모 물품을 모아 둔 나무 아래 짓밟힌 풀밭에서 그것을 발견했다. 나타샤가 수영장 피크닉 테이블에서 찐 게를 먹는 모습을 찍은 가로 세로 10센티미터의 컬러 사진이었다. 사진은 바깥에 둔 탓에 빛이 바래고 구겨져 있었다. 뒷면에는 발자국 일부가 있었고 포스터 판에 스테이플러나 압정으로 붙여 놓았던 왼쪽 위를 따라 작게 찢어져 있었다. 바람에 떨어진 것이라고 여겼다. 그 사진을 우연히 발견한 9월의 저녁, 나는 아무도 보지 않는지 주위를 살핀 뒤 허리를 굽혀 신발 끈을 묶는 척하면서 그것을 집어 걸어 나오면서 반바지 뒷주머니에 슬쩍 넣었다. 하퍼 형사가 지적했듯이 확실히 이상한 행동이었다. 그때도 그 사진을 왜 훔쳤는지 알 수 없었고, 지금도 마찬가지였다. 내가 아는 것이라고는 하퍼나 부하 경관 한 사람이 그 과정을 전부 지켜봤다는 사실뿐이었다.

하지만 그것이 마음에 걸린 것은 아니었다. 부끄러움은 잠깐이었다. 그것은 살면서 어렵게 깨우친 것이다. 문제는 다른 것, 뭔가 중요한 것이 내 의식의 표면 바로 아래에서 움직이며 벗어나 스스로를 알리려고 기를 쓰고 있었지만 그때까지는 그럴 수 없었던 것이다.

그래서 미칠 것 같았다.

내가 몹시 싫어했지만 강의가 끝날 무렵에는 내키지 않아도 존경하게 된 고급 저널리즘 교수가 가르쳐 준 오래된 방법까지 써 봤다. 중요한 사실이나 기사의 흐름을 잊어버린 뒤 기억해 내기 위해 작가는 가장 최근의 하루하루를 채운 모든 것, 아무리 사소한 것이라도 빠짐없이 목록으로 만들어야 한다고 했다.

내 목록은 다음과 같았다.

추수감사절
카라
어머니
아버지
칼리
하퍼 형사
추모 물품
부기맨
미끄럼틀
사진
시더 드라이브

농구

도서관

우체국

장보기

프린터

잡지

단편

거절

은행

피자헛

스티븐 킹

극장

캐럴 헌책방

오일 교체

진눈개비

공동묘지

소년 소녀 클럽

　스카이다이빙, 드레그 레이싱, 급류 타기를 추가해 내 삶을
조금 더 재미있어 보이게 만들까 생각해 봤지만, 그러지 않기로
했다. 그것은 중요하지도 않았다. 아무리 여러 번 이 목록을 들
여다봐도 소용이 없었고 나는 원점으로 돌아갔다.

2

나는 12월 6일 화요일 아침 늦게 일어나 낡고 추레한 갈색 가운을 걸치고 슬리퍼를 신고서 곧바로 전날 밤에 시작한 단편 작업으로 들어갔다. 딱히 좋은 이야기는 아니었지만, 주인공들이 상당히 마음에 들었고 이후 초안을 잘 쓰면 잠재력이 있다고 생각했다. 제목은「샷건 서머」였고 한 쌍의 10대 연인이 난폭한 은행 강도 무리와 얽히면서 세우는 공적이 줄거리였다. 소년은 악당들에게서 최대한 멀리 달아나 뒤돌아보지 않으려 했지만 16세의 여자친구 생각은 달랐다. 소녀는 손쉽게 얻는 돈과 폭력의 맛을 보았고, 자기가 이를 좋아한다는 것을 깨달았다. 아마 그 단편의 중간 무렵에서 다음 장면을 썼을 것이다.

톨레도를 벗어나자마자 그들은 밴에 주유를 하기 위해 필립스66 주유소에 섰다. 제레미와 트루디가 화장실을 쓰러 뒤쪽으로 가는데 행크는 혼자 들어가 휘발유와 탄산음료, 담배, 그날 아침《플레인 딜러》신문값으로 30달러를 지불했다. 계산대에 있던 여자는 읽던 잡지에서 고개도 들지 않았다.
행크는 밴으로 돌아와 신문을 리로이 앞 대시보드에 탁 놓고 말했다.
"감이 안 좋아."
1면에는 그들이 이틀 전 턴 은행 사진이 있었다. 그 배경의 보도에 시체 두 구가 쓰러져 있었다.

그 순간 기억이 떠올랐다.

나는 책상에서 명함을 찾아서 수화기를 들고 하퍼 형사에게
전화했다.

3

놀랍게도 그는 내게 화를 내지 않았다. 더욱이 나를 조 하디
라고 부르지도 않았다.

나는 핼러윈 밤에 집 앞에서 있었던 일부터 설명했다. 검은
옷을 입고 길 건너편에서 나를 빤히 보던 남자. 모퉁이를 돌아
오던 픽업트럭이 전조등을 비추는 바람에 그가 쓰고 있던 복면
이 잘 보였던 것.

나는 처음에는 그걸 보고도 대수롭지 않게 여겼다고 말했다.
특히 캐시디 버치가 그날 이후에 살해되었으므로, 그것 역시 한
달 전쯤 집에서 사람들에게 겁을 주어 말썽을 일으킨 아이들처
럼 10대 아이가 장난을 친 것으로 여겼다. 그래서 신고하지 않
았다고 했다.

하지만 그날 밤 있었던 어떤 일이, 5주나 지난 그때까지도 머
릿속에 남았다. 다만 그것이 무엇인지 기억이 나지 않았다. 바
로 그날 아침까지.

우리 집 앞에서 사진을 찍은 아주머니가 복면을 쓴 남자 쪽을
보고 있었다. 그 사진의 배경을 얼마나 넓게 잡았느냐에 따라

서, 배경에 그 남자가 나올 가능성이 높았다.

그러니 하퍼 형사가 할 일은 헐크와 슈퍼맨이 누구였는지 알아내는 것뿐이었다.

4

단 하루가 걸렸다.

핸슨 로드와 주변 지역에 부하를 보내 탐문 조사한 하퍼 형사는 그 여성의 신원과 주소를 알아낼 수 있었다. 이름은 매리언 캐플스였고 남편과 여섯 살 난 아들 브래들리 혹은 헐크와 함께 해어우드 드라이브 끝에 살았다. 슈퍼맨은 옆집 아들인 7세의 토드 리처드슨이었다.

매리언 캐플스는 핼러윈 밤에 찍은 사진을 현상하지 않았고, 하퍼 형사는 경찰서 현상실에서 대신 처리하도록 했다. 첫 번째 사진은 흐릿하고 초점이 맞지 않았고, 아마도 그래서 캐플스 부인이 아이들에게 "한 번만 더."라고 부탁하는 소리가 들렸을 것이다. 그러나 두 번째 사진은 100퍼센트 명중이었다. 그보다 더 좋은 타이밍을 바랄 수 없을 정도였다. 전경에서 헐크와 슈퍼맨이 근육과 체리 사탕 색으로 물든 혀를 자랑하는 사이, 복면을 쓴 남자는 트럭 전조등 불빛을 받아 그들 뒤에서 또렷한 옆모습을 드러냈다.

처음에 하퍼 형사는 수사가 진행 중이기 때문에 사진을 보여 줄 수 없다고 주장했다. 하지만 칼리가 우리가 정보의 대가로 비밀 엄수를 약속했다는 사실을 상기시키자 물러섰다. 칼리는 끝내주는 기자로 변하고 있었다.

하퍼가 이튿날 오후 책상 위에서 내민 사진은 8×10인치 사이즈로 확대한 컬러 사진이었고 아주 또렷했다. 경찰서에서는 별로 말하지 않았지만 칼리와 내가 차로 돌아왔을 때 내 입에서 처음 튀어나온 말은 이것이었다.

"그자야. 어떻게 아는지는 묻지 마. 하지만 확실해."

13장
질문

"그는 돌아섰고,
살인범의 흰색 복면 윤곽선이
어둠 속에서 다가오는 것을 봤다……"

1

12월 14일 수요일, 에지우드 사람들은 아침에 일어나 지면에 갓 쌓인 15센티미터의 눈을 보고 놀랐다. 학교는 임시 휴교를 결정했고 여러 주민은 결근하거나 지각했다. 밤 동안의 일기예보는 눈이 내릴 확률이 50퍼센트밖에 안 된다고 했으므로 도로에 염화칼슘을 뿌리지도 않았고, 제설기도 뒤늦게 움직이기 시작했다. 오전 10시경, 모든 거리는 여전히 눈으로 덮여 있었다. 젖은 눈이라서 잘 뭉쳐졌고 오전 늦은 시각 투필로 드라이브에서는 장대한 눈싸움이 격렬히 펼쳐지고 있었다. 도로 한쪽에서는 남자아이 셋이 눈으로 다진 가슴 높이의 벽 뒤에 버티고 있었다. 반대편, 우리 집에서 가까운 쪽에는 더 작은 아이 다섯이 용맹하게 공격에 공격을 거듭했지만 가차 없이 반격당해 매번 물러섰다. 그 애들은 함께 후퇴하고 우리 이웃집 앞 눈 덮인 차 뒤에서 전열을 가다듬은 후에 다시 화약을 재장전하여 용감하게 새로운 요새 공격을 시작했다. 나는 안전한 내 방 창가에서 그 모든 광경을 지켜보면서 나도 밖으로 나가서 함께 할 수만 있다면 뭐라도 내놓겠다고 부러워했다.

핼러윈 밤에 캐시디 버치가 살해된 후 아무 일 없이 6주가 지났다. 그달 1일 하퍼 형사의 가장 최근 기자회견에 따르면, 전담반은 여러 실마리를 가지고 FBI 요원들의 협조하에 지역사회 안전을 최고 수준으로 유지하기 위해 노력 중이라고 했다. 그것이 무슨 말인지는 알 수 없었지만. 다만 추수감사절 이후로 시내에 돌아다니는 순찰차 수가 줄어든 것만은 확실했다. 아버지도 바로 전날 내게 같은 말을 했다.

추수감사절 이후 두 명의 추가 용의자가 심문을 받았다. 첫 번째는 39세의 고등학교 버스 기사로서, 매일 학생을 태우고 내리는 경로에 살해된 소녀 중 둘의 집이 있었다. 두 번째는 26세의 전직 하퍼드 쇼핑몰 경비원으로서, 혼빔 로드에서 어머니와 함께 살았다. 쇼핑객(전원 긴 머리의 10대 소녀)을 대상으로 한 성추행 서너 건이 신고되었고, 쇼핑몰은 블랙 프라이데이[13] 직후에 그를 해고했다.

칼리 올브라이트는 《이지스》에 두 건을 모두 보도했으며, 그들에게서는 아무런 것도 나오지 않았다고 알려 줬다. 버스 기사는 네 사건에 대해 모두 알리바이가 있었으며, 전직 경비원은 경찰 몽타주와 일치하지 않는 길고 지저분한 금발인 데다 오래전 자동차 사고를 당해 오른손에 장애가 있었다. 경찰은 그가 사람의 목을 졸라 죽일 가능성은 전무하다고 판단했다.

하퍼 형사는 핼러윈 밤의 사진 이야기를 다시 꺼내지 않았고 나도 묻지 않았다. 나는 그 사진이 신문이나 저녁 뉴스에 등장하지 않을까 기대했지만 그때까지는 사진이 나오지도, 언급되지도 않았다.

어느 날 오후 어머니와 함께 볼일을 보러 나갔다가 라디오 셰크 옆 미용실이 유난히 붐비는 것이 보였다. 곧바로 '또 시작이네.'라고 생각했지만, 어머니는 그것이 연말 휴가 때문이며, 에

---

14 11월 넷째 목요일인 추수감사절 다음 날이며 미국에서 가장 많은 쇼핑이 이뤄지는 날이다.

지우드의 "짧은 머리 유행"은 끝났다는 권위 있는 의견을 밝혔다. 그 무렵 전당포의 조 프렌치와 이야기를 나눈 칼리는 총기를 사는 사람도 더 없다는 말을 들었다. 좋은 소식이라고 생각했다.

핼러윈 밤 이후 6주 동안 다른 변화도 있었다. 그 시간 동안 우리는 장난 전화를 단 한 번만 받았다. 그 전부터 서서히 줄어들더니 그때는 완전히 중단된 셈이었다. 마지막으로 그런 전화를 받은 것이 언제인지 기억도 나지 않았다. 아마 추수감사절 전 주였을 것이다.

12월에는 시간이 더 빠르게 흘러가는 듯했고 연휴와 새해에 대한 기대가 우리를 거침없이 끌어당겼다.

12월 16일 금요일, 내 인생에서 중대한 일이 일어났다. UPS 택배 트럭이 핸슨 로드 920번지 앞 도로경계석에 바짝 붙어 섰고, 나는 기사가 묵직한 상자 스무 개를 내려 차고로 옮기는 것을 도왔다. 오랜 기다림 끝에 《묘지의 댄스》 창간호가 나왔다. 1000부. 48페이지. 여섯 번의 교정 작업에도 불구하고 서너 개의 망할 오타.

아버지와 카라는 구독자에게 보낼 400부를 봉투에 넣고, 만화가게에 보낼 350부를 여러 크기의 상자들에 포장하면서 그 주말을 보냈다. 그 후로도 수백 번쯤 우리 셋이 나란히 앉아 내 거창한 꿈을 실현시키기 위해 작업했지만, 나는 바로 그 순간의 느낌을 결코 잊지 못할 터였다.

다음 주에는 다시 눈이 내렸고 12월 21일 나는 카라와 부모님, 메리 누나와 그 가족과 함께 스물세 살 생일을 축하했다. 어머니는 내가 제일 좋아하는 초콜릿으로 장식한 초콜릿 케이크를 구웠고 나는 촛불을 끄기 전에 아무도 모르는 소원을 빌었다.

그날 저녁, 카라와 나는 칼리 올브라이트과 곧 칼리의 남자친구가 될 사람(볼티모어 카운티의 1년차 경찰관)을 만나 한잔하고 크리스마스 선물을 교환했다. 나는 술집을 좋아하는 사람은 아니었지만 칼리가 자신을 진심으로 소중히 여기는 사람과 함께 미소 짓고 웃는 것을 보니 멋진 밤이 더욱 완벽하게 느껴졌다. 작별 인사를 하기 전에 칼리는 "계약서에 서명하고 유명해진 뒤에는 사인을 하도록" 내게 이름이 새겨진 만년필을 선물했고, 나는 인터뷰 때 쓰도록 소니 미니 녹음기를 줬다. 기적적으로 우리 중 누구도 그날 저녁 내내 부기맨을 거론하지 않았다.

이튿날 아침 일찍, 카라와 나는 40번 도로를 타고 화이트 마시 쇼핑몰로 가서 크리스마스 쇼핑을 마저 하기로 했다. 아마 눈을 뜨자마자 그렇게 똑똑한 생각을 해낸 것은 우리만이 아니었던 모양이다. 그곳은 동물원처럼 붐볐다.

1층과 2층 중앙 홀에 몰려드는 쇼핑객 무리를 비집고 다니며 나는 아주 오랜만에 누군가 나를 지켜보는 섬뜩한 느낌을 경험하기 시작했다. 그다음 한 시간은 끊임없이 어깨 너머를 흘깃거리며 분명 짜증을 느끼는 약혼녀에게 "미안하지만 다시 말해 줄래?"라고 말하면서 정신없이 흘러갔다. 하지만 카라가 내게 아무리 불만을 느껴도 나는 사실대로 말하지 않았다. 염려시키고 싶지 않았기 때문이다.

잠시 후 우리는 피자를 먹고 탄산음료를 마시러 푸드코트에 들렀고, 프레첼 가판대 앞에 줄을 선 갤러거 씨 부부를 봤다. 갤러거 씨의 모습이 변한 것에 나는 기분 좋게 놀랐다. 마지막으로 봤을 때보다 적어도 6킬로그램쯤 체중이 늘었고, 건강한 안색도 돌아왔다. 그는 안경을 쓰기 시작했고 부인 손을 잡고 있었다. 나는 그들을 성가시게 하지 않기로 하고 인사를 건네지 않았다.

그 후, 쇼핑을 드디어 마친 뒤 우리는 주차장에서 마이크 메러디스와 마주쳤다. 우리는 함께 고등학교에서 라크로스를 했다. 같이 뛰어 본 선수 중 최고의 골키퍼였던 그는 내가 아는 사람 중에 가장 이상하기도 했다. 그런 까닭에, 머리칼을 초록색으로 염색한 이유를 굳이 묻지 않았다. 마이크는 말이 상당히 많기도 했는데, 그래서 그가 그 소식을 알려 준 것이다.

"못 들었어?"

"뭘?"

"어이쿠, 그래. 정말로 못 들었어?"

마이크가 눈을 휘둥그렇게 뜨고 다시 물었다.

"마이크, 대체 무슨 소리를 하는지 모르겠어."

"어젯밤…… 이웃 감시조 말이야."

"그게 뭐?"

"아이고, 야. 난리가 났다고, 치즈."

"어떻게?"

마이크는 고개를 저었다.

"대환장이었어, 친구. 이웃 감시조가 없어지는 것은 확실해."

그리고 그는 무슨 일이 있었는지 들려줬다.

2

수요일 밤 11시 15분경, 멜 풀러턴, 로니 핀리, 마크 스트래턴은(전부 에지우드 이웃 감시조 대원이었다.) 페리 애비뉴를 따라 멜의 대형 픽업트럭을 타고서 고등학교 맞은편을 지나고 있었다. 밖이 상당히 추워서 멜과 로니는 커피에 버번을 탔다. 그들은 열두 개들이 버드와이저 맥주도 가져갔고, 한 시간 전쯤 윌로비 비치 로드 어두운 곳에 빈 캔을 버렸다. 그들의 "근무"는 15분 뒤 끝날 예정이었으며, 그들은 지치고 짜증이 나 있었다. 특히 멜은 내내 유난히 기분이 나빴다.

그들은 막 혼빔 로드로 좌회전을 한 뒤 도서관과 쇼핑센터 쪽 길고 가파른 언덕으로 향하는데 검은 옷을 입은 누군가가 픽업트럭 바로 앞을 가로지르더니 거리 반대편 지하 배수로 속으로 사라졌다.

멜은 곧바로 브레이크를 밟은 뒤 운전석 문을 열고 비틀거리며 도로에 내려섰다. 다른 두 사람도 뒤따랐고, 로니는 풀이 무성한 언덕을 달려 배수로로 들어가며 얕은 개울물을 부츠로 텀벙거렸다.

"마크, 그쪽 잘 봐." 멜이 왼쪽을 가리키며 명령했다. "배수관으로 기어 들어가 되돌아 나올 수 있으니까!"

마크는 아무 말 없이 어둠 속으로 향했고 손전등 불빛이 얼어붙은 땅을 비췄다.

멜은 옆으로 움직여 언덕을 내려가면서 넘어지지 않도록 조심했다. 그는 취한 것은 알았지만, 트럭에서 내리기 전까지는 얼마나 많이 취했는지 몰랐다. 그가 헉헉거리자 살집 좋은 얼굴 앞에 입김이 피어올랐다.

"로니!"

그가 어둠을 향해 외쳤다.

멀리서 개 짖는 소리가 대답했다.

멜은 언덕의 밑에 다다랐고 돌 위를 졸졸 흐르는 물소리를 듣는 순간, 그 돌을 밟고 미끄러져 차가운 물에 나자빠졌다.

"개새끼!" 그는 몸을 일으키다가 다시 넘어질 뻔하면서 외쳤다. "로니, 대체 어디 있어?"

대답이 없었다. 그때는 개도 짖지 않았다.

"괜찮아, 대장?"

마크가 도로 아래로 지나가는 배수 파이프 반대편에서 외쳤다.

잘한다. 이 꼴을 전부 다 봤으니 내일 아침 식당에서 신이 나서 떠들어 대겠지. 멜이 그렇게 생각하고는 말했다.

"괜찮아. 대체 로니는 어디 있는 거야?"

"모르겠어!"

멜은 그때 개울 반대편 언덕에서 천천히 살금살금 내려오는 발소리를 들었다. 로니라면 왜 지금쯤 아무 말도 하지 않는 것인가?

이미 겁을 먹은 채 그는 돌아섰고, 살인범의 흰색 복면 윤곽선이 어둠 속에서 다가오는 것을 봤다. 발소리는 더욱 빠르게 다가왔다.

멜은 재킷 주머니에 손을 넣어 집을 나서기 전에 넣어 둔 38구경 권총을 서둘러 꺼냈다. 그것을 가슴 높이에 들고서 명령했다.

"거기 서!"

그리고 방아쇠를 세 번 당겼다. 탕 탕 탕.

마크가 외쳤다.

"대체 뭐야?"

"내가 잡았어! 부기맨을 잡았다!"

그렇게 답한 멜은 총을 든 채로 배수로를 가로질러 첨벙첨벙 걸어갔다.

동시에 숨을 헐떡이는 마크가 위에 나타나 가드레일 위로 몸을 숙였다. 비탈에 구겨진 채 쓰러진 몸뚱이를 보고 그가 중얼거렸다.

"젠장."

멜은 허리를 숙이고, 살인범의 복면을 벗기려고 빈손을 뻗으면서 포상금으로 무엇을 할지 생각하는데, 구름이 흩어지며 달이 드러났다. 그리고 멜은 복면은 존재하지 않으며 자신이 방금 세상에서 가장 친한 친구 로니 핀리를 쏘아 죽였음을, 그리고 아주 오랫동안 떠나야 할 것임을 깨달았다.

3

나는 눈을 깜빡했고 크리스마스와 새해 첫날은 룸미러에 비친 유령 같았다. 그 후 2주는 그렇게 순식간에 지나갔다.

앞으로 있을 일을 안 카라와 나는 12월 31일에 집에서 딕 클라크의 자정 카운트다운을 텔레비전으로 봤다. 부모님은 일찍 잠자리에 들었고, 지하실 소파에서 담요를 덮고 끌어안고 있으니 고등학생 때 사귀던 시절로 돌아간 느낌이었다. 나는 오전 12시 30분경 카라를 집에 데려다줬고 1시가 되기 전 집으로 돌아와 코를 긇았다.

다음 날 저녁은 그렇게 차분하지 않았다. 그날 오후 비행기를 타고 온 지미 캐버노와 브라이언 앤더슨이 이끄는 친구들 한 무리가 집에 찾아와 총각 파티로 나를 끌고 갔다. 거기서 곧 신나는 볼링 게임과 포커, 셀 수 없이 많은 롤린스 펍의 맥주가 이어졌다. 펍이 문을 닫은 뒤, 우리는 24번 도로를 지나가는 자동차에 눈덩이를 던지면 좋겠다는 생각을 머릿속에 집어넣었다. 우리 중에 운전을 할 상태인 사람은 아무도 없어서 2.5킬로미터 거리를 걸어갔다. 수목한계선에 자리를 잡았을 때는 새벽 2시 30분이 다 된 시각이라 교통량이 다니는 차가 드물었다. 한참 만에 전조등이 나타났고, 빠른 속도로 동쪽으로 움직였다. 우리는 오랜 경험을 되살려 꼭 알맞은 순간까지 기다렸고 던지는 순간을 세심하게 계산해 전부 눈덩이를 발사했다. 탁 탁 탁. 그중 셋이 명중했다! 우리가 성공을 미처 축하하기도 전에 그 차는 고속도로 한가운데서 끼익 급정거를 하더니 경광등과 사이렌을 켰다. 운 좋게도 우리는 하퍼드 카운티 보안관 순찰차를 맞힌 것이었다. 운전자가 좁은 공간에서 유턴을 해서 우리 쪽을 향해 고속도로를 역주행했다. 우리는 곧바로 남아 있던 눈덩이를 버리고 숲속으로 내달려 겨우 도망칠 수 있었다.

이튿날 아침 부모님 집 지하실에서 가장 친한 친구 여덟 명에게 에워싸여 눈을 떴다. 브라이언 앤더슨은 상의를 벗고 있었는데, 가슴과 어깨에는 황급히 후퇴하다가 생긴 긁히고 베인 상처가 남아 있었다. 지미 캐버노의 구레나룻 한쪽이 알 수 없는 이유로 면도되어 있었고 신발 두 짝도 모두 없어졌다. 메인에서부터 찾아온 스티브 사인즈는 한쪽 눈이 멋지게 멍들어 있었지만, 대체 어쩌다가 그런 것인지 아무도 기억하지 못했다.

주빈인 나로 말할 것 같으면, 몇 시간 전만 해도 버드 라이트 열두 캔이 들어 있던 상자를 머리에 쓴 채 잠에서 깨어났다. 친구 중 한 명이(지금까지도 그 자식들 중 아무도 자수하지 않았다.) 내 이마에 지워지지 않는 매직으로 남자 성기를 그려 놓았다. 가엾은 어머니는 그것을 보고 기절하실 뻔했다. 그리고 그날 밤의 흐릿한 기억으로 충분하지 않다는 듯, 그 특별한 행사를 기념하는 폴라로이드 사진도 몇 장 남았다. 그 사진은 책상 서랍에 감춰 뒀다.

4

1월 4일 수요일, 드디어 결혼식 날이 왔다. 소중한 가족과 친구 125명 앞에서, 들러리로 긴장한 아버지를 옆에 세우고 카라와 나는 결혼 선서를 주고받았다. 결혼식과 피로연은 기대한 만큼 어느 모로 보나 훌륭했고 넓은 연회장에 모두가 웃고 춤추고 축하하며 모인 모습은 카라와 내가 언제까지나 잊지 못할 소중한 선물이었다. 내 평생 가장 행복한 날이었지만, 불행히도 오래가지는 못했다.

카라의 겨울 학기가 일찍 시작했기 때문에 진정한 신혼여행을 갈 시간이 없었다. 그 대신 우리는 웨스트버지니아의 눈 덮인 산속 깊은 곳 오두막에서 멋진 주말을 보내고 집으로 돌아와 내 짐을 싸서 롤런드 파크의 새 아파트로 들어갔다. 에지우드에서 차로 45분 걸리는 거리였고 존스 홉킨스 대학교에서는 몇 블록 떨어진 곳이었다.

1월 중순이 되자 우리는 새로운 일과에 적응했다. 카라는 일찍 강의 하나만 있는 금요일을 제외하면 대부분 오전과 오후를 학교에서 보냈고 나는 아파트에서 새 단편을 쓰고 잡지 2호 작업을 하면서 바쁘게 지냈다.

긴긴 하루를 조용히 혼자 보내니 이런저런 생각을 할 시간이 많았다. 그러니 그런 일을 겪고 난 뒤 에지우드가 가끔 떠오른 것은 당연한 일이었다.

핼러윈 밤에 캐시디 버치가 살해된 지 10주째였지만, 멜 풀러턴의 충격 사건을 제외하면 에지우드는 평화로운 상태였다. 칼리의 말에 따르면 멜은 당시 보석금을 내고 풀려나 있었지만 사람들 앞에 나타나지 않았다. 그러나 로니 핀리가 멜의 아내와 외도 중이었다는 놀라운 사실이 밝혀지면서 모든 상황은 엄청난 난장판이 되었다. 그 결과 많은 주민은 총격이 실수였다고 믿지 않게 되었다.

나는 추위에 대비해 옷을 잔뜩 껴입고 점심 식사 후에는 오래 산책을 해 휴식을 취하고 머리를 맑게 했다. 그렇게 산책하면서 종종 부기맨의 당시 상황을 곱씹었다. 칼리가 정기적으로 전하는 소식에 따르면 수사에는 별 진전이 없었다. 이따금 밤중에 수상한 사람이나 엿보는 사람이 있다는 신고가 들어왔고 칼리의 옆집 이웃은 바로 일주일 전에 볼티모어 가스 회사의 수상한 검침원이 동네를 돌아다닌다고 불평하기는 했지만, 거기까지였다. 나는 어느 날 오후 즉흥적으로 볼티모어 시내 이노크 프랫 도서관에 들렀다가 그만 토끼 굴에 빠져들어서는 펜실베이니아, 델라웨어, 버지니아의 최근 살인 사건에 대한 뉴스 기사 마이크로필름을 다섯 시간이나 검색하며 보냈다. 에지우드의 살인 사건이 멈췄다고 해서 부기맨이 다른 곳으로 옮겨 가 다시 시작하지 않는다는 뜻은 아니었다. 나는 그날 오후 늦게 침침해진 눈과 빈손으로 롤런드 파크로 돌아갔다.

그리고 질문은 여전히 남았다. 살인 사건이 갑자기 멈춘 이유는 무엇일까? 부기맨이 기다리면서, 다시 공격하기 전에 시간을 버는 것일까? 아니면 마침내 포기하고 에지우드를 떠났거나, 다른 무관한 범죄로 수감된 것일까?

하퍼 형사도 밤낮으로 같은 질문을 할 테고, 그가 대답을 구하기에 더 좋은 위치에 있는 것을 알고 있었지만, 그렇다고 내 궁금증이 가시지는 않았다. 부기맨은 내 삶의, 우리 모두의 삶의 일부가 되어 있었다. 그 오랜 한낮의 산책 동안 헤드폰에 쩌렁쩌렁 울리는 브루스 스프링스틴과 롤링 스톤즈의 음악을 들으며 나는 처음으로 그 살인 사건을 가지고 책을 쓰는 것을 생각하기 시작했다. 이전에 옆집에 살던 버니 젠타일의 말이 옳다면 시간은 계속해서 흘러가 에지우드 주민들은 결국 각자의 삶을 살아갈 것이고 죽은 네 소녀의 기억은 옅어지다가 소도시의 역사에 각주 하나로 남게 될 터였다. 나는 그것이 부당하다고 느꼈다.

그달 말쯤, 부모님이 우리를 만나러 들르셨다. 아버지는 식료품이 가득한 종이봉투 두 개를("매점에서 몇 개 더 샀다.") 안고 아파트로 들어오셨고 어머니는 한 달 치 《이지스》 지난호와 내가 읽도록 "재미있는 기사는 전부 표시한"《리더스 다이제스트》 최신호를 가지고 오셨다. 우리 넷은 좁은 미니 주방에서 수프와 샌드위치로 늦은 점심을 먹고 새로운 소식을 주고받았다. 길 건너 투필로 코트에서 자란 데이비드 구드는 대학에서 만난 여자와 약혼했다. 고등학교 시절 친구 텔 테일러는 얼마 전 UPS 택배사에서 새로 일을 시작했다. 노마 젠타일은 탈장이 심해져 다시 입원했지만 무사히 회복할 것이라고 했다. 더 이상 장난 전화도 오지 않는다고 어머니는 기쁜 표정으로 알리더니 계속 그러기를 바라며 곧바로 성호를 그었다. 아버지도 어머니도 부기 맨 이야기는 꺼내지 않으셨는데, 의도적인지 우연인지는 알 수 없었다. 나는 그 살인 사건으로 책을 쓸까 한다고 말할 뻔했지만 결국 입을 다물었다. 좋은 분위기를 망치고 싶지 않았다.

그날 저녁 돌아가기 전, 어머니는 내 뺨에 입을 맞추고 "카라 랑 언제 외식이라도 하렴."이라면서 셔츠 주머니에 50달러가 든 봉투를 넣어 주셨다. 사양하려 했지만 어머니는 아랑곳없었다. 아버지는 보도 끝에서 나를 어색하게 안은 뒤 운전석에 탔다. 부모님이 떠난 지 5분이 지난 뒤에도 내 셔츠에서 아버지의 애프터셰이브 냄새가 났다. 벌써 부모님이 미친 듯이 그리웠다.

5

바로 그날 오후 칼리가 전화를 해서 에지우드 고등학교 버스 기사가 다시 용의선상에 올랐다고 알렸다. 그의 이름은 로이드 베넷이었고 부기맨 살인 사건 밤의 알리바이가 결국 그렇게 확실하지 않았던 것이다. 네 차례 모두 함께 있었다고 주장한 여자가 겁을 먹고 그가 거짓말을 한 것이라고 경찰에 시인했다. 그 여자는 그가 어디 있었는지 모르지만, 확실히 자신과 함께 있지는 않았다고 했다.

칼리가 마지막으로 들은 바로는, 베넷과 변호사가 경찰서에서 심문을 받았으며 형사들은 그의 차와 거주지 수색 영장을 신청하고 있었다.

6

칼리는 며칠 뒤 다시 전화를 걸어 부기맨 희생자 가족에 초점을 맞추는 1면 특집기사를 할당받았다고 했다. 칼리는 처음부터 내가 기사를 스크랩하고 살인 사건에 관한 나만의 기록을 해 온 것을(대충 정리한 스크랩북 혹은 저널이었다.) 알고 있었고 자신과 공동 집필을 할 생각이 있는지 물었다. 칼리는 이미 편집자의 허락을 받은 상태였다.

나는 하룻밤 생각해 보고 알려 주겠다고 했다. 그날 밤, 카라와 그 일을 의논했고 혼자서 조깅을 하며 좀 더 생각해 봤다. 한편으로 그 작업은 재미있는 도전이자 좋은 경험이 될 것 같았다. 다른 한편, 책을 쓰든 안 쓰든 아직도 슬퍼하는 가족과 친구들을 만나 이야기를 하며 새로 상처를 남길 짓을 하고 싶지 않았다. 그날 밤 전혀 마음을 정하지 못하고 잠자리에 들었지만 다음 날 아침 일어났을 때는 모든 고민이 사라졌다. 문득 깨달았다. 남은 자들의 이야기를 전하는 것은 옳은 일이며 나도 함께 하고 싶다는 것을. 아침 식사 직후 칼리에게 전화를 걸어 좋다고 했다.

우리는 그다음 주 내내 조용한 거실과 지하실에 앉아 살해된 소녀들의 가족을 만나 인터뷰했다. 1월 초 집을 팔고 이스턴 쇼어로 이사한 윌콕스 씨 부부와 우리의 제안을 정중히 거절한 갤러거 씨는 제외였다. 침울하고 종종 눈물 나는 경험이었지만, 놀랍게도 희망이 느껴졌다. 그곳에서(그 특별한 사람들 가운데서) 느낀 압도적인 애정과 용기에 감화되어 나는 전과 다른 시각으로 세상을 보게 됐다. 그 이상은 잘 설명할 수도, 온전히 이해하기도 힘들었지만, 나는 그 경험이 내 글에 미친 영향을 어서 보고 싶었다. 칼리와 역시 같은 느낌을 받았다는 것을 대화 중에 알 수 있었다. 어느 날 저녁 신문사로 돌아가는 길에 칼리가 말했다. "이 일이 나를 바꿔 놓았어. 이 일을 마치고 나면 다른 사람이 되고 말 거야."

일단 시작하자 기사를 쓰는 데 사흘밖에 걸리지 않았다. 나는 공동 집필을 한 적이 없었고 숱한 골칫거리와 말다툼이 생겨날 줄 알았는데 그런 일은 전혀 없었다. 2월 17일 금요일, 우리는 마감보다 이틀 먼저, 할당된 최대 글자 수에 해당하는 5000자 분량 원고를 제출했다.

2월 22일, 해당 기사는《이지스》1면에 "슬퍼하고 기억하는 가족들"이라는 헤드라인으로 실렸다. 어머니는 눈물을 글썽이며 우리가 대단한 일을 했다고 전화로 칭찬했고 인터뷰한 세 가족 모두 그렇게 인정 있고 사려 깊은 헌사를 써 준 데 감사한다는 인사를 따로 보내 왔다. 아버지는 그 기사 첫 장을 액자에 넣어 칼리와 내게 선물했다. 내 액자는 여전히 내 책상 위에서 남은 가족의 용기를 날마다 기억하게 해 준다.

《이지스》가 그 기사에 대한 모든 저작권을 갖고 있기 때문에,

여기 다시 실을 수는 없었지만 우리 편집자 캐런 록우드가 고맙게도 인터뷰 기록 발췌 내용을 실을 수 있도록 허락해 줬다.

캐서린 갤러거 부인

올브라이트: 부인과 가족은 어떻게 극복하고 계신가요?

갤러거 부인: 우리가 아는 유일한 방법으로 극복하고 있죠. 조금씩, 조금씩, 시간이 지나면서요. 8개월이 지났지만 아직도 매일 새로운 어려움이 느껴지네요.

치즈마: 조금이나마 나아지셨나요?

갤러거 부인: 그렇기도 하고 아니기도 해요. 남편과 저는 6개월 가까이 상담을 받고 있어요. 애도 상담이죠. 도움이 돼요. 이제는 나타샤에게 일어난 일을 극복하는 데 필요한 도구를 더 갖게 됐어요. 그리고 건강한 방법으로 서로 기대는 법도 배웠고요. 그게 중요하죠. 처음에는 참 힘들었어요. 우리 둘 다 너무나 갈피를 잡을 수 없었고 화가 났거든요.

치즈마: 아직도 분노를 느끼세요?

갤러거 부인: 아, 그럼요. 그런 날이 있어요. 나흘이나 닷새쯤 연달아 강해진 느낌으로 행복한 기억을 붙잡고 버티다가도, 갑자기 펑하고 폭발해요. 바로 2주 전에도

저녁 먹고 그릇을 식기 세척기에 넣다가 문득 나타샤가 세제를 너무 많이 넣어서 주방에 세제 거품으로 난리가 난 일이 기억났어요. 처음에는 웃기 시작하다가 나중에는 울었죠. 그리고 저도 모르게 접시를 벽에다 던졌어요. 남편이 겁을 잔뜩 먹고 달려왔는데, 정말 미안했어요.

올브라이트: 아드님은 동생을 잃은 것에 어떻게 대처했나요?

갤러거 부인: 조시는 그 일에 관해서 이야기를 별로 안 해요. 우리랑 함께 상담받는 것도 싫다고 하고, 그 애도 우리처럼 마음이 아픈 거죠. 그 애가 정말 아름다운 크리스마스 선물을 줬어요. 나타샤가 아기일 때부터 죽기…… 살해되기 전까지 사진을 모아서 앨범을 만들어 줬죠.

로버트 로빈슨 · 에벌린 로빈슨 부부

올브라이트: 따님을 잃고 가장 힘든 점이 무엇이었나요?

로빈슨 씨: 전부요. 그 애 목소리를 못 듣는 거. 웃음소리도요. 그 애가 우리 현관 앞에서 180미터나 끌려갔는데 아무것도 못 했다는 생각이 들면 정말 괴로워요.

로빈슨 부인: 제게는 가장 힘든 점은 케이시의 동생들에게 무슨

일이 있었는지 이해시키는 거였어요. 지금도 그 애들은 이런 일이 어떻게, 왜 일어날 수 있었는지 납득하기 어려워해요. 그게 누구든지 말이죠. 잘 때가 특히 어려워요.

치즈마: 가족과 친구들이 극복하는 데 어떤 도움을 주셨나요?

로빈슨 부인: 모두 정말 고마웠어요. 모두 도와주지 않았으면 장례식과 첫 한 달을 어떻게 겪어냈을지 모르겠어요. 대부분은 기억도 잘 안 나요. 케이시 친구들과 데이비드의 친구들이 참 고마웠어요

올브라이트: 경찰이 범인을 잡을 거라고 생각하세요?

로빈슨 씨: 꼭 그러기를 바라지만, 숨죽이고 기다리진 않아요. 이제는. 케이시 사건에 대해서는 경찰 수사가 그 애가 죽은 날에서 진척이 있는 것 같지 않아요.

캔디스 버치 부인

치즈마: 제가 만나 본 사람들의 말이나 제가 지켜본 바에 따르면, 어느 모로 보나 부인은 대단한 분이에요. 몇 년 전에 부군을 잃으셨고, 또 따님을 잃으셨는데 그래도 제가 만난 분 중에 가장 강하고 긍정적

인 분이거든요.

버치 부인: 음, 그렇게 말해 주니 고마워요. 좋은 일도 겪었고 나쁜 일도 겪었죠. 힘들 때는 남을 힘들게 하지 않으려고 혼자 삭여요. 하지만 딸이 하나 더 있잖아요. 그 애한테는 아직 앞날이 창창한 예쁜 날이 있고. 그 애도 이미 힘든 일을 겪었으니 더 이상 힘들게 하지 않을 생각이에요. 저랑 매기는 한 팀이에요. 우리가 꼭 붙어서 이 세상을 더 나은 곳으로 만들기 위해 노력하며 캐시디를 기억할 거예요.

올브라이트: 최근에 경찰과 연락하신 적 있나요? 새로운 소식은 없나요?

버치 부인: 형사 한 명이 가끔 전화를 해서 캐시디가 이런 사람을 알았는지, 저런 사람을 알았는지 묻곤 해요. 아니면 캐시디가 이곳에 갔는지, 저곳에 갔는지. 매번 진전이 있는지 묻지만, 늘 대답은 똑같아요. 실마리를 좇아 사람들을 찾아서 만나 보고 있다고.

치즈마: 윌콕스 가족이 최근 에지우드에서 이사를 했다던데요. 댁 앞에도 집을 내놓으신다는 간판이 있던데. 어디로 가세요?

버치 부인: 멀리는 안 가요. 40번 도로를 따라 가면 나오는 해버 디 그레이스예요. 우리가 날마다 새로운 풍경을 보고 일어나 새 출발을 하고 싶은데 매기는 가을에

에지우드 중학교에 계속 다녀야 하거든요. 교육위원회에서 그 문제를 해결해 줘서 참 고마워요.

발레리 왓슨 씨(에드우드 고등학교 영어과 교사)

올브라이트: 나타샤 갤러거와 케이시 로빈슨 두 학생을 모두 가르치셨죠?

왓슨: 그렇습니다. 나타샤가 1학년 때, 케이시가 2학년 때 가르쳤어요.

올브라이트: 어떤 학생이었나요?

왓슨: 아, 둘 다 참 특별한 아이들이었지만, 각자 달랐어요. 나타샤는 에너지가 많아서 가만히 앉아 있지 못하는 날도 있었죠. 그렇다고 놀리면 그 애는 웃으면서 자기 어머니처럼 말한다고 했어요. 나타샤는 참 좋은 학생이었고 늘 다른 친구들을 신경 쓰며 주위 사람들을 기쁘게 했다고밖에 설명할 수 없네요. 케이시는 영어 수업에서 최고 학생이었어요. 주제가 무엇이든지, 어려운 내용이든지, 케이시는 잘 해냈고, 글도 참 잘 썼어요. 그 애가 낸 과제는 대학에서도 A를 받을 수준이었죠. 그 애 장래희망은 수의사였지만, 정말 좋은 교사나 전업 작가도 되었을 거예요. 뛰어난 학생이었지만 그런 내색을

하지 않아서 다른 아이들이 케이시를 그렇게 좋아
했답니다.

칼 랫클리프 씨(갤러거 가족 이웃)

치즈마: 나타샤에 관해서 가장 기억에 남는 일이 무엇인가
요?

랫클리프 씨: 그 애랑 친구들이 늘 마당에 나와서 재주넘기를 하
고 공중제비를 하고 신나게 놀았어요. 늘 웃고 달
리고 떠들고 장난을 쳤지만, 요즘 애들처럼 무례하
거나 성가시게 굴지 않았어요. 나타샤는 늘 만나고
헤어질 때 인사를 했고 장바구니 옮기는 것을 도와
줄까 물었죠. 그 애 부모는 딸을 아주 잘 키웠어요.
그렇게 되다니 안타까워 눈물이 나네요.

제니퍼 스타샤 부인(로빈슨 가족의 이웃)

올브라이트: 케이시에 관해서 가장 기억에 남는 일이 무엇인가
요?

스타샤 부인: 우리는 플로리다 유기견 보호소에서 구해 온 그레
이하운드 두 마리를 키워요. 케이시는 그 개들을

정말 좋아했고 늘 녀석들을 보러 찾아왔어요. 케이시는 그 녀석들에게 말도 많이 걸고, 자기 말을 알아듣는다는 듯이 실제로 대화를 했어요. 언제나 기분 좋은 아이였죠.

치즈마: 요즘 동네에서 해 진 뒤 외출에 대해 어떻게 느끼세요?

스타샤 부인: 그 일 있고 아주 오랫동안 밤이건 낮이건 혼자 밖에 나가지 않았어요. 지금은 조금 나아졌어요. 낮시간은 괜찮지만 보통 해가 진 뒤에 어딜 가야 하면 남편을 기다려요. 뒷마당에 울타리를 세워서 개 산책을 시킬 필요가 없도록 했어요. 개들이 마음대로 뛰어다닐 수 있으니까요. 그리고 이제 쓰레기 내다 놓는 일은 남편이 맡고 있어요.

애니 릭스 양

올브라이트: 9월 9일 밤 사건 이후로 매체와의 인터뷰는 처음이죠. 마음을 바꾸고 이야기하기로 결정한 이유는 무엇인가요?

릭스 양: 부모님이 정하신 거였어요. 그 일 직후에 인터뷰 요청이 쏟아져 들어왔고 부모님은 제가 주체하지 못할까 걱정하셨어요. 부모님은 제가 저를 공격한 사

람의 양심을 품게 하는 말을 하는 것도 원하지 않으셨어요. 지금도 그 걱정을 하고 계세요.

올브라이트: 범인이 다시 찾아올까 걱정한 적 없나요?

릭스 양: 가끔은 걱정하지만 저는 경찰을 믿어요. 경찰은 큰 도움이 됐어요. 그분들이 저랑 가족을 지켜 주고 있어요.

올브라이트: 그날 밤에 공격한 사람에 관해서 가장 기억에 남는 점은 무엇인가요?

릭스 양: 그 사람은 아주…… 이상했어요. 숨소리 말고는 내내 아무 소리도 내지 않았고, 복면 구멍으로 눈이 보였는데, 아무 감정도 없이 멍했어요. 아직도 가끔 꿈에 그 눈이 보여요.

라일리 홀트 양(케이시 로빈슨의 가장 친한 친구)

치즈마: 케이시를 생각할 때 가장 그리운 것 하나만 꼽으라면 무엇일까요?

홀트 양: 하나는 고르기 너무 어려우니까 두 개를 고를게요. 먼저 그 애 미소예요. 미소를 가짜로 짓거나 꾸민 적이 없어요. 진심인 것을 알 수 있었어요. 언제나 믿을 수 있는 미소였어요. 둘째는 그 애의 너그러

운 마음씨예요. 케이시는 언제나 마지막 껌을 주곤
했어요. 항상요.

7

이틀 뒤 그 소식을 가지고 전화를 건 건 아버지였다. 나는 방
금 들은 내용을 납득하기 위해 산책을 한 뒤 그날 오후 칼리와
이야기를 했고, 칼리가 상세한 내용을 알려 줬다.

그 전날 밤늦게 나타샤 갤러거의 아버지는 잠든 부인을 깨우
지 않으려고 조심스럽게 일어나 부츠를 신고 겨울 재킷을 입었
다. 그는 미닫이 유리문을 통해 집을 나서 손전등을 들고 숲으
로 들어갔다. 딸이 발견된 자리에 다다른 뒤, 그는 손전등을 내
려놓고 외투 주머니에서 38구경 권총을 꺼내 입에 물고 방아쇠
를 당겼다.

8

3월 첫 금요일, 나는 에지우드로 가서 부모님 집에서 오후를
보냈다. 무슨 영문인지 우체국에서 전달하지 못한 우편물이 한
무더기 있었고 아버지는 그 전 폭풍우에 지붕에서 떨어져 나간
배수관 수리에 도움이 필요했다. 일을 마치고 안으로 들어가니

어머니가 식탁에 핫초콜릿을 만들어 놓았다. 우리가 만난 지 한 달이 넘었고 잠시 앉아서 이야기를 나누니 좋았다. 그런 시간이 그리웠다. 그리고 부모님 얼굴도 보고 싶었다. 일주일에 서너 번 보통 저녁 식사 후, 부모님이 지하실에 앉아 텔레비전을 보는 시간에 통화는 했지만 직접 만나는 것과는 달랐다. 부모님도 비슷한 감정을 느낀 것 같았다. 집은 평소보다 조용하게 느껴졌고(사실 동네 전체가 그랬다.) 나는 돌아오기 전에 2층에 살그머니 올라가 예전 내 방을 들여다봤다. 내가 나온 지 얼마 안 됐지만 부모님은 그 방을 이미 두 번째 손님방으로 바꿔 놓았다. 내 책상과 책꽂이, 벽에 붙인 포스터가 없어지자 어쩐지 허전하고 슬퍼 보였다.

오후 5시 직후, 어머니는 저녁 식사를 준비할 때라고 했고, 나는 저녁을 먹고 갈 수 없다고 세 번째 다시 말한 뒤 어머니와 아버지와 포옹으로 작별 인사를 하고 집을 나왔다.

따지고 보면 그날 에지우드에 가기로 한 데는 세 번째 이유가 있었는데, 그 이유는 40번 도로 바로 아래서 나를 기다리고 있었다.

5시 30분이 조금 안 되어 조반니 식당 주차장에 차를 세우니 전조등 불빛에 눈발이 날리고 있었다. 나는 빠른 걸음으로 안으로 들어가며 내가 먼저 도착했기를 바랐지만 그렇지 않으리라고 짐작했다.

내 짐작이 옳았다.

라일 하퍼 형사가 이미 앉아 있었다. 갈색 정장을 입은 그는 텔레비전에서 처음 본 모습과 굉장히 비슷했다. 그 전보다 살짝 체중이 줄었고, 기자회견 때는 타이도 매고 있었다. 내가 테이블에 다가갔을 때 하퍼는 종업원과 이야기를 하고 있었다. 종업원은 내 음료 주문을 받더니 뒤쪽으로 사라졌다.

며칠 전 하퍼가 저녁 식사를 함께 하자는 제안을 받아들여서 나는 기분 좋게 놀랐다. 그가 받아들일지 알 수 없었고 애초에 내가 왜 제안을 했는지조차 확신이 없었다. 얼마 전부터 내 머릿속에 그런 생각이 떠다녀서 결국 행동에 옮기기로 결정한 것이다.

우리는 처음 30분 동안 브루스케타와 대합 구이를 먹으면서 가족, 신혼 생활, 일주일 전《이지스》에 실은 기사에 대해서 이야기를 나눴다. 하퍼는 내가 본 중 가장 편안한 모습이었다. 주요리가 나오기 직전, 하퍼는 내가 죽은 소녀들의 집을 자주 차로 지나간 것에 관해 농담을 던지기도 했다. 내가 미처 대답하기 전, 그는 그날 차에서처럼 윙크를 하더니 웃음을 터뜨렸다.

주 요리를 먹는 중에 우리는 드디어 본론으로 들어가 부기맨 이야기를 시작했다. 당연히 목소리를 낮추고 이야기했다.

"그래서 말인데요, 칼리가 로이드 베넷한테 확실한 게 없다고 하던데요."

"아직은 그렇지만 수사 중이에요."

"아직 알리바이가 없어요?"

하퍼는 라자냐를 한 번 더 입에 넣었다.

"그자가 한 말을 몇 가지 확인 중입니다. 흥미로운 사람이에요. 그자는 확실히 지켜보고 있어요."

"뉴스에서 그 사람 사진을 봤어요. 몽타주랑 전혀 안 맞지는 않던데요."

"으음, 그렇다고 잘 맞지도 않아요."

그 말은 반박할 수 없었다.

"《선》에 실린 고약한 사설은 유감이에요. 그 혹평이라니."

하퍼는 어깨를 으쓱였다.

"늘 있는 일이죠. 이제 익숙합니다."

"그걸 쓴 사람은 범죄 현장이라고는 개뿔도 모를 거예요. 인기를 노리고 하는 짓이 분명해요."

"괜찮아요. 범인을 잡고 나서 철회 기사를 요구하면 되니까."

나는 그를 빤히 봤다. *그가 내게 감추는 것이 있나?*

"아직 잡을 거라고 생각하세요?"

"그럼요."

"범인이 다시…… 안 해도요?"

"그렇죠."

나는 뭐라고 말할지 몰라서 아무 말도 하지 않았다. 베넷이라는 자가 용의선상에 있다고 해도 나는 부기맨이 잡힐 것인지 의심스러웠다. 심각하게 의심스러웠다. 사실 최종 결과에 내기를 걸어야만 한다면, 나는 살인범의 정체가 영영 비밀로 남는다는 데 내 돈을 걸 셈이었다. 잭 더 리퍼나 조디악, 그린 리버 킬러, 그 밖의 악명 높은 사건과 같이 말이다.

그렇다면 왜 저렇게 자신만만한 표정일까?

"좋아요, 얘기해 주세요. 뭘 감추고 있는 거예요?"

내가 결국 물었다.

하퍼는 이탈리아 빵을 크게 베어 물더니 입을 가리키며 말을 할 수 없는 척했다. 나는 웃으면서 다시 말했다.

"다 삼킬 때까지 가만히 앉아 기다릴게요."

"이제 두 번째로 잡을 뻔했어요." 그는 남은 맥주를 비우더니 가까이 다가와 말했다. "다음번이 있으면 잡힐 거예요."

"두 번째요?" 내가 무슨 말인가 싶어서 물었다. "경관이 개에게 물렸을 때는……"

"그게 처음이었죠."

"그럼 두 번째는요?"

"12월 초. 부하 둘이 어느 집 뒷마당에서 몰아붙였는데, 그자가 달아났어요. 또 말이죠. 도망치는 재주가 더럽게 좋아요."

"범인이라고 확신하세요?"

"확신해요."

"어떻게 그렇게 확신하세요?"

하퍼는 종업원에게 맥주를 한 잔 더 달라고 손짓하더니 말했다.

"솔직히 말할게요. 이건 전부 오프 더 레코드입니다, 알죠?"

"물론이죠."

"그리고 기자 친구에게도 이 정보는 안 알릴 거죠?"

살짝 머뭇거린 뒤 나는 대답했다.

"약속할게요."

"그놈은 복면을 쓰고 있었어요. 내 배지를 걸고 맹세하는데, 놈이 맞아요."

9

식당 주차장에 눈이 쌓여 있었고 가로등 불빛을 슬쩍 보니 식당 주인이 몇 분 전에 한 말이 사실이었다. 눈발이 세지고 있었다. 바람도 강해졌고, 내 얇은 재킷 옷깃을 당겨 등줄기가 서늘해졌다. 하퍼 형사의 경찰 표시 없는 세단에 도착했을 때, 뒤를 돌아보니 눈 위에 우리의 발자국 한 쌍이 있었다. 무슨 이유인지 그 모습에 내가 찾던 용기가 솟아올랐다.

"잘 먹었어요, 리치." 하퍼가 주머니에서 열쇠를 꺼내며 말했다. "좋은 식사였어요. 다음에도 다시 한번……"

"제게 안 하신 이야기가 또 뭔가요?"

내가 하퍼의 말을 자르고 물었다.

그는 놀란 표정으로 나를 봤다.

"죄송해요, 형사님. 하지만 또 뭔가 있죠, 그렇죠?"

하퍼는 나를 한참 동안, 짧게 자른 머리칼이 녹는 눈송이로 하얗게 덮일 때까지 보고 있었다. 그리고 말했다.

"오프 더 레코드?"

"네, 물론이죠."

하퍼는 한숨을 쉬었다.

"좋아요, 까짓것. 어쨌든 곧 《볼티모어 선》에 기사가 뜰 거니까. 누가 그쪽 기자에게 흘렸지만, 그쪽 관계자들이 4월까지는 안 낼 거라고 믿고 있습니다."

"아무한테도 말하지 않을게요. 약속해요."

"놈의 DNA가 있어요."

나는 입을 딱 벌렸다.

"네? 어떻게 그런 일이?"

"묘지의 묘비 한 곳에서 핏자국을 발견했고, 캐시디 버치의 핼러윈 복장에서도 핏자국을 찾았습니다. 둘 다 같은 사람 혈액인데, 캐시디는 아니었어요."

"그렇다면…… 좋은 소식이네요!"

나는 도저히 흥분을 억누르지 못하고 외쳤다.

하퍼는 눈을 가늘게 뜨고 고개를 끄덕였다.

"그 개자식이 드디어 실수를 했어요."

10

조반니 식당 주차장에서 출발한 때는 오후 9시 20분이었고 바람이 불어 눈이 옆에서 날렸다. 98록 기상캐스터의 예보에 따르면 도로 사정이 시시각각 나빠지고 있었다. 제설차도 이미 서너 대가 지나갔다. 그렇기에 내가 다음에 내린 결정이 더욱 의문스럽다.

좌회전을 해서 40번 도로를 따라 서쪽으로 달려 카라가 있는 아파트로 가는 대신, 나는 두 차례 연달아 우회전을 해서 에지우드 로드의 미끄러운 언덕을 오르고 있었다. 5분 뒤 나는 투필로 코트 입구, 부모님 집 길 건너에서 차를 멈추고 전조등을 껐다.

지하실 창문에서 흘러나오는 네모난 금색 불빛을 바라보면서 나는 부모님이 파자마와 가운을 입고 아늑하고 따뜻한 곳에 앉아 계신 모습을 떠올렸다. 아버지는 안락의자에 기대앉아 페이퍼백 스파이 소설을 무릎에 올리고 범죄 드라마를 켜 두고 있을 것이다. 어머니는 의자에 담요를 덮고 앉아 《리더스 다이제스트》 최신호를 훑어보거나 아버지의 작업복에 난 구멍을 꿰매고 있을 것이다. 아마 두 분 사이 테이블에는 크래커와 치즈 혹은 썰어 둔 사과 접시가 놓여 있을 것이다. 혹은 빈 아이스크림 그릇 두 개가 놓여 있을 것이다. 두 분 모두 단것을 꽤 좋아했다. 오후 10시, 눈이 그치면 두 분은 텔레비전을 끄고 문단속을 한 뒤 2층으로 올라가 잠자리에 드실 것이다. 내 예전 방의 문이 열릴 것이다. 어둡고 조용한 방이.

제설차가 덜컹거리며 지나가면서 마치 선사시대 괴물처럼 전조등으로 사방의 어둠을 비췄다. 제설차가 시더 드라이브를 향해 북쪽으로 돌아가면서 눈보라를 일으키며 미등이 사라지는 모습을 지켜봤다. 그리고 나는 오래전 열다섯 살 때 어느 겨울 저녁, 늦게까지 밖에서 새로 산 썰매를 타고 언덕을 내려왔던 일을 떠올렸다. 그날 저녁을 아주 오랫동안 잊고 지낸 것은 좀 희한했다. 멀리서 우리 집이 보이자마자 멈춰 선 그 언덕 꼭

대기는 케이시 로빈슨의 시신이 미끄럼틀 밑에서 발견된 지점으로부터 별로 멀지 않았기 때문이다.

있잖아, 내 생각이 옳았어. 나는 핸슨 로드 920번지로 시선을 돌리며 생각했다. *그날 밤 이후로 모든 것이 변해 버렸어. 세상은 변했고, 성장했고, 내가 막을 수 있는 방법은 없었어. 우리는 모두 어른이 됐어. 멀리 떠났어. 연락을 끊었어. 나조차도.*

저린 가슴을 안고 불쑥 솟아오르는 눈물에 시큰거리는 눈으로 혼자 차에 앉아 있던 바로 그때, 시간을 거슬러 올라가 예전의 신나던 10대 시절로 돌아갈 수만 있다면 나는 세상 무엇이라도 내놓을 수 있을 것 같았다. 플라스틱 썰매를 옆구리에 끼고 핸슨 로드를 올라가던 시절. 옷은 흠뻑 젖고, 심장이 두근거리고, 머리는 빙빙 돌고, 식탁에는 핫초콜릿 한 잔, 마른 옷과 미소를 머금은 어머니의 포옹이 기다리던 시절로. 아버지가 지나가다가 온화하고 현명한 목소리로 말을 건네며 내 목덜미를 꼭 잡아줄 때 손에 배긴 까끌거리는 굳은살이 느껴지고 애프터셰이브 향이 풍기던 시절로.

아주 잠시 나는 길 건너로 가서 차를 세우고 현관을 두드릴까 생각했다.

하지만 거센 바람이 차를 뒤흔들어 몽상에서 깨어났고, 눈보라가 차창을 휩쓸고 지나가며 시야를 가렸다. 나는 너무 늦었음을 깨달았다.

다음에 가자. 나는 전조등을 켜며 생각했다. *곧.*

도로로 나서자 뒤쪽 타이어가 마찰력에 좌우로 흔들렸다. 타이어가 자리를 잡기 시작하자 나는 액셀을 밟았다. 미끄러질 것을 예상했지만, 언덕 꼭대기 앤더슨 가족의 오래된 집 앞까지 올라가려면 가속이 필요했다. 조수석 창밖으로 핸슨 로드 920번지가 흐릿하게 스쳐 지나갔고 '내일 아침에 집 앞 눈은 누가 치우지?'라고 언뜻 생각하다가 언덕 비탈을 내려가며 브레이크를 밟았다.

5분 뒤 나는 40번 도로 서쪽으로 제설차 한 대를 따라 드디어 집으로 향했고, 에지우드의 불빛이 룸미러 속에서 멀어져 갔다.

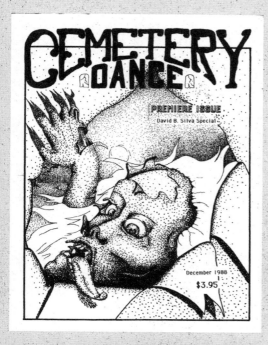

왼쪽: 《묘지의 댄스》 1호 표지
(저자 제공)

위: 멜 풀러턴이 로니 핀리를 총으로 쏘아 살해한 혼빔 로드의 배수로(저자 제공)

"……미제로 남았다."

1989년 4월 2일 일요일, 15세 나타샤 갤러거가 방에서 사라지고 나서 자택 뒤 숲에서 폭행당한 시신으로 발견된 지 정확히 10개월 뒤, 라일 하퍼 형사는 하퍼드 카운티 법원 앞 계단에서 기자회견을 했다. 하퍼는 5분 30초 동안 발표를 했고, 마친 뒤에 질문은 받지 않았다.

그날 오후 그가 전한 소식은 짧은 만큼이나 절망적이었다. 당시 DNA 분석 기술은 초기 단계였고(DNA 증거를 이용해 최초로 유죄 선고가 내려진 사건은 1987년 7월이었다.), 제대로 된 분석을 할 수 있는 연구실은 몇 곳 되지 않았다. 당시 결과가 나오는 데 걸리는 평균 시간은 3~5개월이었다. 더욱이 전국적인 DNA 데이터베이스도 존재하지 않았다.

4개월 반을 기다린 뒤 3월 초에 결과가 나왔다. 주 경찰이 캐시디 버치 범죄 현장에서 발견한 혈액 흔적과 일치하는 DNA 프로파일이 발견되지 않았다. 하퍼드 카운티 보안관서, 메릴랜드주 경찰, FBI 요원으로 구성된 전담반은 계속해서 실마리를 좇아 추가 용의자를 조사하겠다고 약속했다. 신고 전화도 계속 유지되었다.

전부 에지우드 주민인 나타샤 갤러거, 케이시 로빈슨, 매들린 윌콕스, 캐시디 버치의 살인 사건은 미제로 남았다.

후기

2019년 9월

1

엽서의 한 장면 같은 초가을 오후다. 나는 잔디 깎는 기계에 타고서 연못에 들어가지는 않고(들어간 적이 실제로 있었다. 단 한 번이었지만, 진심 그것으로 족했다.) 최대한 연못가 가까이 깎으려고 노력 중인데 주머니 속에서 휴대폰이 진동한다. 나는 휴대폰을 꺼내 화면을 확인한다. 칼리 올브라이트다.

마지막으로 통화한 지 한참(적어도 한 달, 아마 그보다 더) 되었기에 나는 기계를 세우고 시동을 끈다. 거위 두 마리가 연못 건너편에서 잘했다고 끼루룩거린다.

"여보세요?"

칼리는 특유의 과감한 목소리로 뭐라고 말하는데 잘 들리지 않는다. 갑자기 조용해지는 바람에 귀가 울리고, 칼리의 말이 너무 빠르다. 나는 다시 묻는다.

"여보세요? 칼리?"

"……잡았대!"

"한 번만 다시 말해 줘, 미안. 지금 밖이라서……"

"그놈을 잡았대!"

"누굴?"

"그놈을 잡았다고!" 칼리가 고함을 지르며 반복한다. "부기맨을 잡았어!"

2

그 이름을 실제로 들은 것이 너무 오랜만이라 이해하는 데 시간이 좀 걸린다. 얼마 전 같은 제목의 공포영화가 곧바로 VOD 서비스로 넘어갔고, 온라인에서 그 영화 광고와 예고편을 보기는 했지만 고작 그게 다라 정말이지 오랜만에 듣는 이름이었다.

부기맨이 내 고향 에지우드를 공포에 질리게 한 지 30년이 넘었다는 사실을 믿기 어려웠다. 하지만 우리가 아무리 원한다 해도, 달력은 거짓말을 하지 않는다.

30년간 많은 것이 변했지만, 여전한 것도 있다.

카라와 나는 여전히 함께하며 그 어느 때보다 더 돈독한 사이가 됐다. 주로 카라의 아름다운 마음씨와 끝없는 인내심과 이해심 덕분이다. 그사이 우리는 이제는 성인이 된 두 아들을 얻는 축복을 입었다. 21세의 빌리는 아버지 이름을 땄고, 17세의 노아는 카라의 소중한 친구이자 가장 좋아하는 물리치료 환자, 과거 노르망디 해변에서 상륙 작전을 펼쳤고 상상할 수 없이 용감한 행동으로 그 역사적인 날 수많은 인명을 구한 신사의 이름을 땄다.

가을과 봄에 빌리는 메인주의 콜비 대학교에서(우리 친구 스티븐 킹의 집에서 한 시간 정도 거리에 있다.) 영문학과 글쓰기를 공부하고 라크로스를 한다. 노아는 고등학교 1학년이며 수학을 잘하고 이미 졸업 후 마켓 대학교에서 라크로스를 하기로 되어 있다. 우리는 얼마 전 메릴랜드 벨 에어에 있는 200년 된 농장

주택을 사서 새로 꾸몄고, 여름에는 거기서 모두 함께 지낸다. 연못과 개울, 들판과 숲이 있는 그곳은 겨우 2년 전에 이사 왔지만 고향처럼 느껴진다.

어머니와 아버지가 그곳을 못 보고 돌아가신 것이 유일한 아쉬움이다. 그분들은 그곳을 구석구석 사랑하셨을 것이다. 어머니는 뒷마당에 몇 시간씩 앉아 서로 따라다니는 거북이들과 하늘 위를 맴도는 매를 구경하고, 여러 정원도 몹시 좋아하셨을 것이다. 아버지는 오래된 건축, 특히 석조 지하실에서 200년이나 된 통나무가 천장을 받치고 있는 것에 매료되었을 것이고, 매일 저녁 우리는 식사 시간이 되면 차 넉 대는 수납 가능한 차고에서 아버지를 모시고 나와야 했을 것이다.

부모님이 노후가 되면 함께 살 계획을 늘 세웠지만, 신과 계획에 관한 옛말이 있지 않은가. 어머니는 2001년 2월 돌아가셨다. 아버지는 6년 뒤, 2007년 7월 7일에 어머니를 따라 가셨다. 하루도 빠짐없이 부모님을 생각하며 그리워하고 있다.

몇 년 전 돌아가신 장인 역시 몹시 그립지만 91세의 장모님은 아직 우리와 함께 새집 1층에서 살고 계시다. 막내딸과 꼭 닮은 그분은 거침없고 의지가 굳으며 원기왕성하시다. 장모님도 카라와 나, 손자들과 함께 이곳에서 사는 것을 좋아하시는 것 같다. 적어도 나는 그러기를 바란다. 우리는 그분과 함께하는 이 시간의 축복을 날마다 감사하게 여긴다.

물론 늘 그렇게 운이 좋지만은 않아서, 그사이 사랑하는 가족 여럿과 작별을 해야 했다. 큰 누나 리타는 이 책이 원래 출간

된 지 얼마 안 되어 세상을 떠났다. 내가 아는 사람 중에 여전히 가장 훌륭하고 재미있는 사람인 테드 삼촌, 내 친구 브라이언의 동생 크레이그 앤더슨, 버니와 노마 젠타일 부부, 마이클 메러디스, 오랜 친구 라일 하퍼 형사. 모두 이제 세상을 떠났지만 늘 기억하는 사람들이다.

나도 한 번 죽음에 꽤 가까이 다가간 적이 있었다. 29세 때 나는 고환암 진단을 받았다. 의사들이 빠르게 대처해 두 건의 수술을 성공적으로 마침으로써 해결했다. 모든 치료가 끝난 뒤, 완치 가능성이 99퍼센트라고 했다. 그런 과정과 한 달가량의 회복 기간을 거친 뒤 멀쩡해졌다. 하지만 다행히도 나는 확률을 믿지 않는다. 왜냐하면 의사들의 말이 틀렸으니까. 6개월 뒤, 복부와 등에 심한 통증을 겪고 검사와 엑스레이 촬영을 줄줄이 한 뒤 바로 그 의사들이 복수하러 돌아온 암을 발견했다. 양쪽 폐, 간, 위, 림프관에 모두 퍼진 것이다. 의사들은 12주간의 집중 항암 치료를 계획하고 생존 확률이 50퍼센트라고 하면서 내가 싸울 의욕을 가지도록 그 확률을 부풀렸다는 사실을 감추지도 않았다.

하지만 의사들이 염려할 필요는 없었다. 가족과 친구들이 모든 과정에서 함께하고 신께서 나를 지켜 주신 덕분에(그렇다, 나는 신께서 내 치료를 도와주셨다고 믿으며, 어머니는 내가 이렇게 쓰는 것을 지켜보며 미소 짓고 계실 것이다.) 나는 다시 한번 확률을 이겨 냈다. 지난 7월로 나는 25년째 암 없이 살고 있다.

지금도 많은 친구들이 내가 살아남은 것은 언젠가 성공한 작가가 되어 내 이야기를 세상과 나누기 위해서라고 믿는다고 한다. 나는 늘 그들의 친절한 마음에 감사하고 같은 대답을 내놓는다. 언젠가 두 아들의 아버지가 되기 위해 살아남은 거라 믿는다고.

10년도 넘게 좁은 아파트에서 살면서 라면이나 피넛버터 샌드위치를 저녁으로 먹고 소파 쿠션이나 자동차 바닥에서 동전을 주우며 살다가, 에지우드 시절 마음속에 처음 품었던 큰 꿈이 드디어 실현이 되었다. 내 작은 잡지 《묘지의 댄스》는 이제 창간 32주년을 맞았다. 1991년 우리는 이를 악물고 출판사를 확장해 하드커버 도서를 전문으로 다루는 자회사를 만들었다. 지금까지 우리는 400권이 넘는 책을 출간했다. 나는 단편을 100편 가까이 써서 팔았고 스티븐 킹과 공저한 어두운 교훈 동화 『그웬디의 버튼 박스』를 비롯해 여러 책을 출간했다. 이 책을 낸 직후 한 기자가 언젠가 스티븐 킹과 함께 책을 쓸 거라고 꿈꾼 적이 있는지 물었다. 나는 미소를 지으며 그의 눈을 보고 사실대로 말했다. "저는 늘 꿈을 꾸긴 했지만, 그렇게 큰 꿈은 꾼 적 없습니다."

나는 내가 얼마나 큰 축복을 받았는지(그리고 계속 받을 것인지) 잘 알고 있으며, 하루도 빠짐없이 감사와 경이에 사로잡힌다. 정말 솔직히 말한다면 아직도 어떻게 그런 일이 가능했는지 잘 모르겠다. 많은 행운과 많은 노력, 그리고 놀라운 사람들의 흔들림 없는 지지와 애정 덕분이리라.

3

내가 들어가자 집은 조용하다. 카라는 한 시간 전에 볼일을 보러 나갔고 아들들은 학교에 있다. 복도 아래 방에서 장모님은 낮잠을 자고 있다. 문은 닫혀 있다. 나는 부츠 벗는 것을 잊는 바람에 가족실로 걸어가며 마룻바닥에 잘린 잔디 자국을 남긴다. 소파에 앉아 커피 테이블에서 리모컨을 집어 든다. 손이 떨린다. 칼리 올브라이트가 전화를 끊기 직전 남긴 말을 기억하며 (그리고 주머니 안에서 거의 끊임없이 울려 대는 휴대폰을 무시하고) 텔레비전을 켜서 CNN을 찾는다.

기자는 젊고 날씬하며 광대뼈는 깎은 듯하고 드라이한 금발머리 뿌리가 살짝 검다. 화면 아래 자막에 '로리 와이어트, CNN—펜실베이니아주 하노버'라고 적혀 있다. 화면 오른쪽 위에 붉은 글씨로 헤드라인이 지나간다. "부기맨" 구속. 그 아래 내가 알아보지 못하는 사람의 모습이 있다.

"……오늘 오후 속보를 정리하자면, 펜실베이니아와 메릴랜드주 경찰이 하노버 에버그린 웨이 1600 블록의 주택에서 가택 수색을 실시하여 54세 조슈아 갤러거를 구속했으며 1988년 메릴랜드주 에지우드에서 10대 네 명을 살인한 혐의로 기소했습니다. 갤러거의 여동생 나타샤도 희생자 중 한 명입니다.

경찰 대변인에 따르면 로이터 기계에서 오래 근무한 갤러거는 경찰이 DNA 테스트 결과를 기다리는 동안, 비밀에 부쳐진 시간 동안 감시를 받았으며……"

4

『부기맨을 찾아서: 소도시에서 일어난 범죄 실화』의 1990년 판본은 지금까지도 내 커리어에서 특이한 책이다. 내가 쓴 유일한 논픽션인 그 책은 1995년 절판되기 전까지 2650부가 팔렸다. 베스트셀러와는 거리가 멀지만, 오리 유인과 등대에 관한 책만 정기적으로 출간하는 소형 지역 출판사치고는 괜찮은 판매고였다.

그동안 이베이에 몇 권이 등록된 것을 봤다. 주로 제본이 망가지거나 표지가 해진 책을 원가와 비슷하게 내놓은 것이었다. 하지만 한 번은 새것 같은 서명본을 유명한 온라인 서점에서 150달러 이상에 내놓은 것도 보기는 했다.

그 책은 여전히 작지만 충성스러운 팬이 있다. 큰아들 빌리가 그놈을 아주 좋아한다. 빌리는 자기가 가진 책 낱장 테두리에 뭐라고 잔뜩 끼적여 놓았다. 하지만 나는 팬이 아니다. 그 이야기를 생각하면 괴로운 기억이 너무 많이 떠오른다.

작고한 《로커스》와 《로키 마운틴 뉴스》의 위대한 도서평론가 에드 브라이언트는 이렇게 쓴 적 있었다. "푹푹 찌는 여름을 보내면서 치즈마는 고향 부기맨 이야기에 점점 빠져들었을 뿐 아니라, 스스로 이야기 속에 꼭 필요한 인물이, 의욕적이며 두려움 없는 참가자가 된 것을 알게 됐다. 그렇기에 앉아서 글을 써야 하는 필연적인 순간이 닥치자 치즈마는 그 이야기를 전달하기에 어렵지만 훨씬 더 친밀한 시점을 용감하게 선택했다. 바로 저자 자신의 시점이었다. 그리고 그 모든 것을 꿰뚫는, 가끔은 순진한 시각을 통해 독자들은 외면할 수 없는 시기와 장소, 양심의 단면을 성실하고 솔직하게 적은 기록을 볼 수 있다."

에드의 매우 관대한 평론 덕분에 저 2650부 가운데 많은 부분을 팔 수 있었지 싶다. 또 그가 저 평론을 쓰려고 책상 앞에 앉았던 날에 매우 친절하고 관대한 기분이었던 것 같기도 하다. 돌이켜보면 『부기맨을 찾아서』를 쓰던 때 나는 어떤 작가적 시점도 선택하지 않았다. 그저 내가 아는 유일한 방법으로 이야기를 전한 것뿐이었다.

이번 주 앞서, 내 출판 에이전트가 전화를 걸어 여러 출판사에서 『부기맨을 찾아서』의 새로운 판본을 낼 생각이 있는지 문의했다는 놀라운 소식을 알렸을 때, 나는 곧바로 책상에 앉아 완전히 다시 쓰고 싶었다. 그러나 좀 더 생각한 뒤 에드 브라이언트가 적어도 한 가지는 옳았다고 판단했다. 1988년에 내가 전하기로 한 이야기는 젊은 작가가 솔직하고 능숙하게 써낸, 시간과 장소의 단면이었다. 그리고 지금에 와서도 내게는 그것으로 충분하다. 결과적으로 좀 더 편안하게 읽을 수 있도록 원래 원고의 많은 부분을 다시 썼지만, 이야기의 핵심과 영혼은 그대로 두었다. 사람들 말마따나 결점까지 모두.

1990년 원래 판본에 관해 마지막으로 한마디만 더 해 두고 싶다. 그 희한한 일만 생각하면 언제나 얼굴에 미소가 떠오른다. 이 책을 처음 출간한 뒤 내가 가장 좋아하는 두 사람, 어머니와 칼리 올브라이트가 뜻밖에 영웅이 되었다. 오늘까지도 서점

사인회나 행사에 가면, 사랑하는 어머니의 사진을 보여 줄 수 있는지 묻는 독자들이 여전히 있다. 칼리의 경우, 그 책이 출간된 지 근 1년 가까이 데이트 신청이 어찌나 밀려들었는지 결국 전화번호를 바꿔야 했다. 물론 칼리는 불편하다고 짜증을 내고 않고 나를 탓했지만, 그 순간을 모두 즐겼으리라 확신한다.

5

칼리 말이 나와서 말인데, 무선호출기는 말할 것도 없이 굉장한 진급과 급료 인상에도 불구하고 《이지스》에서 오래 일하지 않았다. 27세 생일 무렵 칼리는 《볼티모어 선》의 가장 인기 있는 칼럼 작가 중 하나가 됐다. 거기서부터 《필라델피아 인콰이어러》로 옮기고, 《배너티 페어》에서의 짧고 불행한 기간을 보낸 뒤, 《워싱턴 포스트》에 자리를 잡고 지금도 시니어 라이터로 일하고 있다. 칼리의 사생활 역시 유복했다. 30대 초 도서 클럽에 가입한 칼리는 창립 모임에서 월터 스크로긴스라는 아주 좋은 남자를 만났다. 두 사람은 곧바로 서로에게 반했다. 대머리에 안경을 쓴 월터는 메릴랜드 록빌에서 성공적인 물리치료 센터를 운영하는 전직 프로 축구선수다. 상냥한 거인인 그는 친절하고 재미있는 사람이었고 신문을 읽지 않았다. 선수 시절 생긴 버릇이었다. 정신없는 6개월간의 연애 끝에 칼리와 월터는 결혼했고 귀여운 세 딸을 키우게 됐는데, 전부 하나같이 자기주장이 강하고 대범하다.

칼리는 나더러 들어가서 CNN을 보라고 한 뒤, 자세한 내용을 알게 되면 곧바로 다시 연락하겠다고 하고 전화를 끊는다. 약속을 지키기까지 세 시간이나 걸리지만, 나는 한순간도 칼리를 의심하지 않는다. 그 오랜 세월 동안 칼리는 나를 실망시킨 적이 없다. 그 후 45분 동안 칼리는 긴 노트를 읽어 준다. 그 내용은 다음과 같다.

클라라 맥클러넌 부서장은 메릴랜드주 경찰서 미제 사건 담당 형사다. 그녀는 수사관 시절 유명한 살인 사건을 여럿 해결했고 철저하고 가차 없는 수사관으로 유명하다. 그리고 언젠가 부기맨에게 관심을 품게 된다. 과거 수사 기록을 검토하고 경찰관끼리 보통 주고받는 대화를 들어 라일리 하퍼 형사를 알게 된다. 그녀는 하퍼가 한 작업을 존중하고 그가 2019년 3월 사망하기 전 몇 차례 즐겁게 만났다. 15년 전 은퇴까지, 그리고 솔직히 그 이후에도 하퍼 형사는 계속해서 에지우드 네 소녀 살해와 그동안 거의 초자연적으로 법망을 피한 연쇄 살인범을 끊임없이 생각했다. 그가 마지막으로 사무실을 비우며 마지막으로 메모판에서 떼어 낸 것이 나타샤 갤러거, 케이시 로빈슨, 매들린 윌콕스, 캐시디 버치의 사진이었다. 맥클러넌 부서장이 요청하자 하퍼는 그 미제 사건에 관한 개인 기록을 기꺼이 넘겼다.

그리고 그 작은 스프링 노트 안 깊숙이에서 맥클러넌은 첫 번째 실마리를 찾아내 잡아당긴다.

1988년 6월 2일 나타샤 갤러거의 사망 후, 직계 가족은 아무도 DNA 검사를 하지 않았다. 이렇게 넘긴 본래 이유는 범죄가 너무 충격적이기 때문이었다. 에지우드는 그런 폭력이 잘 일어나지 않는 소도시였다. 집에서 납치해 신체를 훼손하고 시신을 앉혀 놓는 살인은 전대미문이었고 경찰은 적절한 준비를 하느라 허둥거렸다. 당시 가족의 DNA를 검사하지 않은 두 번째 이유는 그들, 특히 소녀의 아버지가 너무나 제정신이 아니었기 때문이다. 하퍼 형사는 그 점에 대해서 다음과 같이 적어 두기까지 했다. "아버지/어머니/오빠에 대해 이후 DNA 검사가 필요하지만, 가족에게 시간이 필요함."

무슨 이유인지(아마도 형사들이 갤러거 범죄 현장에서 증거 흔적도 제출할 수 없었거나 단순한 경찰의 간과 탓이었을 것이다.) 1988년 6월 20일, 케이시 로빈슨이 살해되기까지 이 문제는 다시 거론되지 않았다. 당시 로빈슨 가족의 DNA를 채취한 뒤, 하퍼 형사는 하퍼드 카운티 보안관서에 갤러거 가족의 DNA 표본도 채취하도록 명령했다. 6월 24일 금요일, 한 보안관이 갤러거 부부의 DNA 표본을 호손 드라이브에 위치한 자택에서 채취했다. 그 보안관은 보고서에 조슈아 갤러거가 타지에서 온종일 목재 배달을 하고 있어서 표본 채취를 할 수 없었다고 적었다. 그의 자택과 직장에 전화 메시지를 남겨 갤러거 씨에게 잠시 만나 DNA 채취를 할 수 있도록 전화해 달라고 지시했다.

그리고 맥클러넌 부서장이 찾은 내용은 그것이 끝이다. 그 결과, 그 건은 "그녀의 목록"으로 올라간다.

수도 없이 확인, 재확인한 것이 분명한 사건 수사에서 찾아낸

블랙홀과 먼지 앉고 망각된 구석으로 이루어진 그 목록은 날마다 늘어가지만, 미제 사건 작업이란 그런 것이다. 새로운 눈과 귀로 수사를 다시 하는 것. 처음에 놓친 것을 찾을 뿐 아니라, 다른 불빛에서 보는 것이다. *실내 전등을 바꾸면 무엇이 보일지 알 수 없다.* 맥클러넌이 좋아하는 말이다.

맥클러넌 부서장의 목록 중 1번은 1988년 당시 어떤 매체에서도 알지 못했던 가설(부기맨이 경찰 관계자일 수 있다는 의혹)을 재조사하는 것이다. 그 가설은 나타샤 갤러거의 방에서 저항한 흔적이 없고 다른 세 사건에서 도와 달라고 외치지 않은 이유를 설명해 줄 터였다. 메릴랜드주 경찰 마이클 무어(저명한 다큐멘터리 감독과는 무관하다.)가 잠재적 용의자로 뽑혔다. 살인 사건 당시 그는 두 차례 이혼을 당하고 하퍼드 카운티 숲속 외딴곳에서 살았다. 7년간 무어의 전 여자 친구 서너 명이 폭행과 성폭행으로 경찰에 신고했으나 고소는 거절 하지 않았다. 무어는 부기맨의 경찰 몽타주와 상당히 비슷한 외모였으며 DNA 프로파일의 신뢰성에도 문제가 좀 있었다. 이렇게 일찍부터 들떠서는 안 된다는 것을 잘 아는 맥클러넌은 여러 곳에 전화를 걸어 조사를 한다. 조사 결과는 실망스럽지만 놀랄 일은 아니다. 2001년 4월, 무어는 불법 감금과 강간으로 체포되었으며 메릴랜드주 컴버랜드에 수감 중이다. 그의 DNA 프로파일은 재판 때 갱신되었으며 캐시디 버치 범죄 현장에 남은 혈흔과 일치하지 않는다.

무어의 이름을 목록에서 지운 뒤, 맥클러넌은 2번으로 넘어간다. 1998년 볼티모어 시티에서 마약 및 절도로 배지를 반납

한 보안관 해럴드 포스터였다. 폴스턴의 오랜 주민인 포스터의 전처는 당시 이혼 변호사에게 포스터가 에지우드 세 소녀를(그때는 캐시디 버치가 죽기 전이었다.) 살해했다고 해도 놀라지 않을 것이라고 했다. 전처에 따르면 포스터에게는 목을 조르고 깨무는 폭력적인 성적 판타지가 있으며 문제의 세 사건이 일어난 날 모두 알리바이가 없었다. 전처의 변호사는 이 정보를 경찰 친구에게 전달했고 그 내용이 거듭 전달되어 조사하기에 이르렀다. 그러나 한 달 뒤 묘지에서 DNA 표본이 발견되었을 때, 포스터의 DNA에 관한 후속 분석에 관한 언급이 없었다. 아마 그저 누락된 것 같았다. 불행히도 전화를 몇 통 걸고 나니 맥클러넌 부서장은 사실 DNA 검사를 실시했으나 일치하지 않아 포스터가 용의선상에서 빠졌다는 정보를 얻었다.

목록의 3번에서 7번까지는 비교적 사소한 것이라 맥클러넌은 48시간 만에 확인한다. 그래도 그녀는 단념하지 않는다. 목록은 길고 계속 길어지고 있다. 시간은 많다.

그래서 맥클러넌은 8번으로 넘어간다. 조슈아 갤러거와 DNA 표본 누락 문제다. 맥클러넌은 그의 알리바이를 좀 더 자세히 살피기 시작한다. 동생이 살해된 밤, 조슈아는 동료이자 동창인 프랭크 해프니와 함께 있었다. 그들은 오후 10시쯤까지 룰린스 펍에서 술을 마시고 해프니의 에지우드 로드 아파트로 돌아간다. 거기 도착한 뒤 그들은 텔레비전을 보면서 거의 자정까지 술을 계속 마신다. 조슈아는 그때 그곳을 나서 귀가하고 오전 12시 15분경 도착한다.

나타샤 갤러거의 사망 추정 시각을 고려하면 조슈아 갤러거의 알리바이는 (증명하기 어려운 것은 고사하고) 빠듯하지만 맥클러넌은 크게 신경 쓰지 않는다. 조슈아 갤러거는 전과도 없고 고소당한 경력도 없으며 어느 모로 보나 애정이 넘치는 아들이자 오빠다. 그는 용의선상에 단 한 번도 오르지 않았다.

그 점을 확인하려는 듯, 맥클러넌은 다른 파일을 펼쳐 21세 갤러거의 얼굴을 빤히 본다. 그것을 부기맨의 경찰 몽타주 복사본과 비교한다. 그들은 전혀 닮지 않았다. 게다가 이것도 있다. 가까스로 탈출한 밤, 애니 릭스는 살인범의 덩치가 컸다고 했다. 최소 182센티미터, 근육질에 힘이 세다고 했다. 조슈아 갤러거는 175센티미터에 72킬로그램이다.

몇 주 전 갤러거의 이름을 목록에 넣었을 때 신원조사를 마친 맥클러넌 부서장은 그가 현재 결혼해 10대 아들 둘을 두고 있으며 펜실베이니아주 하노버에서 거주하고 일한다는 것을 알고 있다. 그는 여름에는 아들들의 이동 야구팀 코치를 맡고 있으며 토요일 밤마다 리그에서 다트를 던지고 사냥을 열심히 한다. 그는 유복한 생활을 이룬 듯 보인다. 그다음, 그녀는 프랭크 해프니를 확인해서 대화할 사항이 있을지 결정하기로 한다. 전과는 없다. 여전히 에지우드의 윌로비 비치 로드의 빌린 집에 거주 중이며, 벨 에어의 로우스 철물점에서 근무한다.

그다음 맥클러넌은 부모, 러셀 갤러거와 캐서린 갤러거를 찾아본다. 갤러거 씨가 1989년 초에 자살한 것을 알고 충격을 받지만, 이번에도 그렇게 놀라지는 않는다. 청소년이 살해당하고 부모가 생존하는 경우 이혼과 자살이 참 흔하다. 죄책감과 비난을 느끼기 시작하면 돌이키기 어렵다. 그리고 상대방의 존재만으로도 상실이 상기되어 너무 고통스러울 때가 있다. 컴퓨터 파일 내용에 따르면 갤러거 부인은 73세이며 여전히 에지우드 호손 드라이브에 살고 있다. 재혼은 하지 않았다.

하퍼 형사의 공책과 오래된 보고서 더미를 훑어보던 맥클러넌은 조슈아 갤러거에 관해 수기로 여기저기 작성한 노트를 보게 된다. 첫 노트에서 하퍼는 갤러거가 펜실베이니아에서 대학교를 세 학기만 다니고 에지우드로 돌아왔다고 한다. 중퇴 이유는 적혀 있지 않다. *이것도 확인해야겠네.* 맥클러넌은 생각하고 목록 안의 목록에 추가한다. 두 번째 노트는 여동생 살해 당시 갤러거의 직장 위치다. 에지우드와 조퍼타운 사이 40번 도로에 위치한 앤더슨 하드웨어다. 그곳은 이제 문을 닫았지만 맥클러넌은 아버지가 한때 목공을 열심히 해서 그곳에서 목재와 도구를 자주 구입했기 때문에 가게를 잘 안다. 부모가 DNA 샘플을 채취하던 날 목재 배달을 하느라 바빴다는 조슈아 갤러거의 주장을 기억하고, 맥클러넌은 그런 배달에 직원이 어떤 차량을 이용하는지 확인할 것을 적어 둔다. 30년이 지났지만 누군가는 기억할 것이다.

맥클러넌은 거의 빼곡히 채운 노란 공책에 펜을 내려놓고 집중하느라 얼굴을 찡그린 채 의자에 기댄다. 90분 전 24번 도로에 심한 사고가 있어서(컨버터블 머스탱 한 대가 중앙선을 침범해 자갈을 가득 싣고 가던 덤프트럭과 충돌했다.) 경찰서는 부산하게 움직이고 있다. 맥클러넌 부서장은 전혀 개의치 않는다. 잠시 후 그녀는 상체를 숙이고 펜을 다시 들더니 그 페이지 밑에 한 문장을 빠르게 적는다. *나타샤 갤러거—첫 희생자이자 성폭행을 당하지 않은 유일한 소녀.* 그녀는 유일한에 밑줄을 긋는다. 그것은 하퍼 형사도 노트에 여러 차례 강조한 점이지만, 문득 그 점을 더 깊이 파 보고 싶다.

드디어 정식으로 시작할 준비를 마친 맥클러넌 부서장은 책상에서 수화기를 들고 조슈아 갤러거의 집에 전화를 건다. 세 번째 신호음 다음에 자동응답기가 받자 맥클러넌은 전화를 끊는다. 그다음 그의 휴대폰으로 전화를 걸자, 첫 번째 신호음 다음에 음성메시지로 넘어간다. 이번에 맥클러넌은 자기 이름과 번호를 말하고 갤러거에게 연락해 달라고 부탁한다.

놀랍게도 5분 뒤 갤러거가 전화를 건다. 맥클러넌은 갤러거에게 여동생과 1988년 다른 세 건의 살인 사건을 다시 살피고 있다고 설명한다. DNA 표본이 없다는 말은 하지 않는다. 조금 어리숙하고 부드러운 말투의 갤러거는 그 사건을 아직 수사 중이란 사실에 크게 놀란 듯하다. 몇 분 뒤, 부서장이 가능한 한 속히 만날 수 있는지 물으며 그렇다면 하노버까지 찾아가겠다는 뜻을 밝히자 더욱 놀란다. 갤러거는 한 치의 망설임 없이, 메릴랜드에 찾아가 만나고 싶지만 다음 주에 가능하다고 말한다. 낚연어 철이라서 서스쿼해나 강으로 나흘간 낚시 여행을 간다는 것이다. 다음 주 수요일 오전 11시에 서에서 만날 약속을 한 뒤, 맥클러넌 부서장은 갤러거에게 시간을 내주어 고맙다고 인사한 뒤 전화를 끊는다.

맥클러넌의 다음 통화 상대는 캐서린 갤러거, 조슈아의 어머니다. 그녀는 첫 신호에 전화를 받고, 같은 날 오후 2시 맥클러넌은 노부인 집 거실에서 험멜 도자기 인형 수십 개와 긴 털 고양이 세 마리에 에워싸여 따뜻한 차 한 잔을 앞에 놓고 앉아있다. 맥클러넌 부서장은 나타샤에 대해 질문하며 대화를 시작하고, 자주 그러듯이 가만히 앉아 경청하기만 한다. 갤러거 부인은 딸의 미소와 엉망인 침실, 체조 국가대표와 올림픽 대표 선발을 위해 훈련하던 이야기를 할 수 있어 기쁠 뿐이다. 부인은 맥클러넌에게 나타샤가 대학에서 연기 수업을 받고 졸업 후 뉴욕시로 갈 계획이라고 말해 준다. 그리고 커피 테이블 밑 서랍에서 두툼한 앨범을(투명 포장 아래 박제된 한때 행복했던 삶을) 꺼내 맥클러넌에게 옆으로 와서 함께 보자고 한다.

젊은 조슈아 갤러거가 집 앞에서 모터사이클에 걸터앉은 사진을 보고, 맥클러넌은 대화의 방향을 그쪽으로 옮길 기회를 잡는다. 아들 이름을 들은 갤러거 부인은 곧바로 벽난로 위의 사진을 가리킨다. 손자들이라고 설명한다. 앤드루와 필립. 그들은 펜실베이니아에 살지만, 조슈아와 상냥한 아내 서맨사와 함께 자주 찾아온다. 맥클러넌은 차를 한 모금 마시고 조슈아의 펜실베이니아 주립대학교 시절에 대해 자연스럽게 질문한다.

조슈아는 레슬링 장학금으로 대학에 다녔지만, 어깨 부상을 입은 직후 1부 학생 선수 훈련이 시간이 너무 많이 들고 자신 같은 A형 성격에는 스트레스가 심하다고 판단했다. 그는 여러 날 잠을 설치며 고민 끝에 레슬링을 그만두고 공부에 집중했다. 곧 등록금에 보탬이 되도록 파트타임으로 창고에서 일하기로 했다. 여자 친구도 생겼다. 이름은 애나였고 뉴욕 교외의 부유한 가정에서 자란 사람이었다. 한동안 그 두 사람은 떨어질 수 없는 사이로 지냈다. 그리고 정신을 차려 보니 봄 학기가 끝났고 여름 방학 동안 각자의 집으로 돌아갈 때였다. 조슈아는 해피 밸리에 남아 일을 하며 두 사람이 함께 쓸 아파트를 빌리고 싶었다. 애나는 그렇지 않았다. 가족이 그립고 해변의 집에서 여름을 보내고 싶었다. 조슈아는 서운했지만 그들은 방학 동안 서로를 만나러 찾아가며 지냈다. 가을이 되어 두 사람 모두 학교로 돌아왔을 때 초조해진 조슈아는 그만 다른 사람을 만나 볼 때라고 판단했다. 애나는 어쩔 줄 몰랐다. 잠도 못 자고 강의에 집중도 못 하던 애나는 결국 학교를 그만두고 크리스마스 방학 직후에 뉴욕으로 돌아갔다. 그리고 얼마 지나지 않아 우울해진 조슈아가 집으로 전화를 걸어 대학은 자신과 맞지 않는다고 부모에게 설명했다. 그는 제대로 된 일자리를 찾아 삶을 개척하고 싶어 했다. 물론 부모는 실망했지만, 결국에는 아들의 결정을 지지했다.

그러자 드디어 맥클러넌은 그날 오후의 마지막 화제로 넘어간다. 갤러거 씨다. 가능한 한 조심스럽게, 맥클러넌은 갤러거 부인에게 딸이 죽은 후 남편의 마음 상태에 관해 질문한다. 갤러거 부인이 길게 설명하는 동안 맥클러넌 부서장은 방대한 양을 기록한다. "처음에 그이는 완전히 상실감에 빠져서 아무것도 못 했어요. 입원을 시켜야 하나 생각했는데, 나타샤의 장례식 날 아침에는 회복한 듯 보였어요. 그 후에 우리는 오랫동안 함께 상담을 받았고 효과가 있는 것 같았어요. 그이도 확실히 나아졌어요. 주말에는 골프를 다시 치기 시작했으니까요. 그러다가 다시 곤두박질쳤어요. 제대로 못 자고, 잠을 청하려고 매일 밤마다 술을 마시기 시작했는데, 그것도 효과가 없었어요. 화만 더 낼 뿐이었죠. 왜 다시 터진 건지 모르겠지만 분명 이유가 있었어요. 그이는…… 변했어요. 이야기를 해 보려고 했지만 그이는 내게 털어놓지 않았어요. 그러더니 상담도 가지 않았어요. 결국, 마지막 방편으로 어느 날 저녁 식사 후에 저는 외출 계획을 세우고 조시에게 가서 이야기 좀 해 보라고 보냈어요. 하지만 도움이 안 됐어요. 제가 자길 배신했다고 노발대발했고, 그 후로 상태는 더 심해졌어요. 며칠 뒤에…… 그이는 떠났어요. 그리고 지금까지도 그이 상태가 그렇게 나빠진 이유를 알 수가 없었어요."

갤러거 부인의 고양이들 덕분에 눈이 붉어지고 재채기를 하면서 서로 돌아오던 길에 맥클러넌은 전화번호 안내 서비스에 연락해 펜실베이니아 주립대학교 행정실 전화번호를 알아낸다. 오후 늦은 시각이어서 자동응답기로 연결되리라 예상한 그녀는 명랑한 목소리의 여성이 전화를 받자 반갑게 놀란다. 맥클러넌이 확인하고자 하는 내용을 설명하니 곧 교무과장실로 연결된다. 똑같이 명랑한 여성이 조슈아 갤러거의 이름과 사회보장 번호, 맥클러넌의 휴대폰 번호를 적더니 요청한 정보를 확인하는 대로 다시 연락하겠다고 약속한다.

휴대폰을 조수석에 던지고 그날 일과를 마감하려던 맥클러 넌 부서장은 마음을 바꿔 프랭크 해프니의 집으로 전화를 건다. 그의 파일에는 그 번호밖에 없다. 오후 4시 55분이므로 연락이 될 가능성이 반반이라고 생각한다. 이번에도 운이 좋다. 해프니 가 전화를 받는데, 술을 마시고 있는 것 같다.

5분 뒤 맥클러넌은 원하는 것을 모두 얻었다.

프랭크 해프니는 10년 이상 조슈아 갤러거를 만나거나 통화 한 적이 없다. 그는 나타샤 갤러거가 살해된 날 밤을 어렴풋이 기억하고 있으며, 당시 조시의 알리바이를 증명하기 위해 경찰 관과 이야기한 것은 기억하지만 맥클러넌에게도 그때 형사에 게 말한 것과 똑같이 말한다. 그날 밤 만취해서 기절했다고. 그 는 조시가 자정쯤 떠난 것으로 기억하는 것 같지만, 자정보다 훨씬 전이거나 한참 뒤일 수도 있었다. 더군다나 이렇게 세월이 지났으니 그는 확실히 말할 수가 없다. 끝으로 맥클러넌 부서장 은 해프니에게 앤더슨 하드웨어와 그곳에서 조슈아와 함께 일 한 18개월은 어땠는지 묻는다. 해프니가 혀 꼬부라진 소리로 말한다. "맞아요. 나는 신참이었지만, 조시는 내가 일을 시작했 을 때 거기서 벌써 꽤 일을 했고, 배달을 많이 처리했어요. 조시 가 가장자리 금속 난간을 조정할 수 있는 대형 트럭을 몰고 퇴 근하는 날도 있었고, 밴을 몰고 퇴근하는 날도 있었어요. 그날 운반한 짐에 따라 달랐어요."

맥클러넌 부서장은 그날 밤 목록의 8번에 대해 좋은 감정으로 잠든다. 따지고 보면 조슈아 갤러거에게는 부기맨의 프로파일과 일치하는 것이 하나도 없다. 살인 사건 당시에는 너무 젊었고, 양편에 이웃이 있는 타운하우스에 살았으며 네 희생자 중 세 명과 알려진 관계가 없는 데다 경찰 몽타주와도 전혀 닮지 않았다. 게다가 현대 연쇄 살인 중에서 누이 살해는 극히 드물다. 현재의 방향으로 수사가 계속된다면 조슈아 갤러거는 쉽게 제외될 가능성이 높고, 목록의 9번으로 넘어가게 될 것이다.

하지만…… 8번에 관한 여러 가지 심란한 문제가 머릿속을 떠나지 않는다.

DNA 표본이 없고, 알리바이가 의심쩍고, 여자 문제가 있고, 밴을 손쉽게 사용할 수 있는 점이 있다. 맥클러넌의 자체 경보 시스템이 발동할 정도는 아니지만, 이따금 크게 삐삐 소리가 날 정도는 된다. 백번 양보하더라도 흥미로운 패턴이 보이기 시작했으며, 맥클러넌 부서장은 다음 주면 찾는 모든 정보를 손에 넣을 수 있을 것으로 믿는다.

하지만 운명의 간섭으로 그 상황은 훨씬 빨리 일어난다.

이틀 뒤, 펜실베이니아 주립대학교 행정실의 제니퍼 셸이 전화를 걸어 오자 맥클러넌은 조슈아 갤러거의 대학 중퇴에 관한 진실을 알게 된다. 1985년 10월, 전 여자 친구 애나 가필드가(그녀가 조슈아에게 헤어지자고 했지, 그 반대가 아니었다.) 스토킹 및 괴롭힘으로 고소한 뒤 조슈아는 대학교에서 근신 처분을 받고 애나에게 다시 접근하지 말라는 경고를 받았다. 애나가 1985년 12월 초에 두 번째로 고발하며 그가 자신의 기숙사 방에 침입해 개인 소지품을 망가뜨렸다고 하자(기숙사 복도 보안 카메라에 이 사건이 녹화됐다.) 조슈아 갤러거는 퇴학당하고 대학 구내에 영구 접근 금지를 당했다. 캠퍼스 보안 요원이 지역 경찰에 신고하고 싶은지 물었지만 애나는 거절하며 철회 요청서에 서명했다. 갤러거가 18세로서 법적 성인으로 간주되었으므로 행정실에서는 따로 부모에게 연락하지 않았다. 한 페이지짜리 간략한 퇴학 통지서만 집으로 보냈다.

맥클러넌 부서장이 생각한다. *이상하네. 이렇게 오래 지났는데 캐서린 갤러거는 아들을 보호하려고 거짓말을 하나? 아니면 아직도 사실을 모르는 건가?*

맥클러넌은 제니퍼 셸에게 정보를 줘서 고맙다고 하고 펜실베이니아 주립대학교에서 과거 학생 사진(예전 졸업앨범이나 학생증에 넣은 것)을 갖고 있는지 묻는다. 그녀는 애나 가필드의 사진을 자세히 보고 싶다. 제니퍼는 확인해 보고 다시 연락하겠다고 약속한다.

제니퍼에게 이메일 주소를 알려 주고 전화를 끊은 뒤, 맥클러넌은 곧바로 하노버의 로이터 기계에 전화를 걸어 조슈아 갤러거의 상사를 찾는다. 예민한 상황임을 인지했으므로 갤러거에게 겁을 주고 싶지 않았지만, 그녀의 자체 경보가 조금 더 커지기 시작했으며 한 가지 중요한 질문에 대한 대답이 필요하다. 5분 가까이 기다린 뒤, 걸걸한 목소리의 남자가 전화를 받는다. 맥클러넌은 자신이 누군지 밝히고 조슈아 갤러거의 여동생 사건에 관해 중요한 질문이 있다고 한다. 그러고는 조슈아 갤러거가 그날 근무하지 않는 것을 알지만 연락을 취할 방법을 아는지 묻는다. 맥클러넌은 상사의 대답에 전혀 충격을 받지 않는다. 그리고 머릿속 경보음 음량이 곧바로 한층 높아진다. 조슈아 갤러거는 서스쿼해나 강에서 낙연어 낚시를 하는 중이 아니다. 사실 그는 바로 그날 아침이 되어서야 회사에 전화를 걸어 심한 설사와 38도의 고열에 시달린다고 하면서 병가를 냈다.

맥클러넌은 전화를 끊고 갤러거 씨 부부의 DNA 프로파일이 든 파일을 꺼낸다. 30년 된 인쇄물을 바라보며 캐서린 갤러거의 거실에서 나눈 대화와 그 부인이 앨범을 넘기다가 했던 말을 떠올린다. 그 말이 좀 이상하다 싶었지만, 그때는 대화의 흐름을 방해하고 싶지 않아 아무 말도 하지 않았다. 다년간 어렵게 얻은 경험에 따르면, 특히 어려운 주제로 이야기하는 사람의 말을 끊고 나면 다시 시작하게 만들기가 어렵다는 것을 알기 때문이었다.

맥클러넌은 수화기를 들고 노트에서 번호를 찾아 입력한다. 캐서린 갤러거는 두 번째 신호음에서 전화를 받더니 진심으로 반가워한다. 인사를 나눈 뒤, 맥클러넌이 본론을 꺼낸다.

"오늘 아침에 노트를 확인하다가 두어 가지 확인하고 싶은 점을 발견했어요."

"물론이죠. 제가 도와 드릴 수 있는 건 뭐든 답변 드릴게요."

맥클러넌은 버리는 질문부터 시작한다.

"따님이 대학에서 연기 수업을 받고 졸업한 뒤 떠날 계획이라고 하셨죠. 어디라고 말씀하셨는데, 메모하지 않았어요. 뉴욕이었나요, 로스앤젤레스였나요?"

"아, 뉴욕이었어요." 갤러거 부인은 음성에 아쉬움을 드러낸다. "그 애는 늘 브로드웨이 연극에 출연하고 싶어 했어요."

"그렇군요. 이제 기억나네요. 감사합니다."

"천만에요."

"또 한 가지 여쭤 볼 것이 있어요, 갤러거 부인. 아드님과 따님 사진을 보여 주셨을 때, 둘이 꼭 닮았다고 두어 번 말씀하셨어요. '이상하게'라는 말을 쓰셨어요."

부인이 대답하기 전에 긴 침묵이 이어지더니, 결국 대답할 때 목소리가 달라진다.

"아…… 제가 그렇게 말했나요?"

"네, 부인. 그러셨어요. 특이하게 느껴져서 노트에 적어 두기도 했으니까요. 해변에서 두 사람이 찍은 사진을 보면서 처음 말씀하셨어요. 아주 어릴 때이고, 모래성을 만들고 있었어요. 두 번째는 온 가족이 펜실베이니아 주립대학교에 갔을 때 부군께서 찍은 사진을 보실 때였어요."

"기억이 안 나네요. 죄송해요."

"아드님, 조슈아는…… 입양하신 거죠?"

수화기에서 놀라 숨을 들이쉬는 소리가 들려오자 맥클러넌은 육감이 맞았음을 깨닫는다.

"괜찮으세요, 갤러거 부인?"

"조시에게 말하지 말자고 한 건 남편이었어요."

맥클러넌 부서장은 의자에서 허리를 세우고 갤러거 부인이 계속 말하기를 기다린다.

"조시가 자라서 외부인처럼 느끼기를 바라지 않았어요. 그이는 그 애가 한 가족이라고 느끼기를 원했죠. 그런데 몇 년 뒤, 의사들이 기적의 아기라고 부른 나타샤가 태어났고, 둘이 너무 닮아서 비밀 지키기가 더욱 쉬웠어요."

"아무도 모르나요?"

"사우스캐럴라이나에 사는 제 여동생과 친척 두 분이 알지만, 그게 전부예요."

"조슈아는 아직도 모르나요?"

"네." 부인은 이제 울기 시작한다. "그 애가 행복하길 바란 것뿐이에요……."

전화를 끊은 뒤, 맥클러넌 부서장은 갤러거 부인의 DNA 검사지 아래 '입양―가족 간 일치 없음'이라고 적은 뒤 파일에 다시 넣는다. 그녀는 그 파일을 책상 위에 던지고 오전 내내 하퍼 형사의 노트를 다시 살핀다. 이미 대여섯 번은 읽었지만, 한 번 더 읽는다고 나쁠 것은 없다고 생각한다. 정오가 몇 분 지난 뒤, 그녀는 펜실베이니아 주립대학교의 제니퍼 셀에게서 이메일을 한 통 받는다. 빛바랜 컬러 사진이 첨부되어 있다. 그 사진을 빤히 보는 맥클러넌의 심장과 경보는 쿵쿵거린다. *조시가 그렇게 매달린 이유가 있네.* 애나 가필드는 커다란 갈색 눈과 도톰한 입술, 섬세하고 귀족적인 코, 어깨 한참 아래까지 떨어지는 길고 빛나는 갈색 머리칼을 지닌 아름다운 여성이다.

빙고.

맥클러넌은 책상에서 일어나 브래드퍼드 서장의 사무실 문을 두드린다. 재빨리 서장에게 모든 사실을 보고하고 나서 하퍼드 카운티 보안관에게 연락하는 일은 그에게 맡긴 뒤, 책상으로 돌아와 요크 카운티 형사팀에 전화를 건다. 요크, 인근 랭카스터, 애덤스 카운티는 0을 내놓는다. 지난 10년간 긴 머리의 10대 소녀가 교살당한 적은 없다. 귀를 자르거나 잇자국을 남긴 경우도, 시신을 앉혀 놓은 범죄 현장도 없었다.

하지만 형사들이 조사 범위를 넓혀 카운티 여섯 곳을 더 포함시키자 곧바로 답이 나온다.

2년 전, 북서쪽의 주니아타 카운티에서 긴 금발을 지닌 17세 소녀가 교살되어 발견됐다. 그 희생자 실라 래퍼티의 왼쪽 어깨에 잇자국으로 보이는 것이 하나 있었지만, 부검의는 시신이 강에 오래 있었기 때문에 확신하지 못했다. 어부들이 서스쿼해나 강의 자갈 많은 강가 얕은 물에서 시신을 발견했다.

이제 모든 것이 맞아 들어간다. 그것도 빠르게.

이틀 뒤 메릴랜드주 경찰서에 도착한 조슈아 갤러거는 이미 24시간 감시 대상이었다. 그가 움직이기만 하면 형사들은 그가 무엇을 하는지 정확히 알고 있다. 맥클러넌 부서장은 로비에서 갤러거를 맞이해 책상 앞에 있는 의자에 앉으라고 청한다. 그들은 약 30분간 이야기를 나눈다. 맥클러넌의 태도는 편안하고 친절하다. 그녀는 어려운 질문을 하지 않는다. 갤러거는 자리에 기대 앉아 이따금 거의 지루한 표정을 짓는다. 목소리는 흔들림 없고 대답은 간결하며 명료하다. 한번은 하품을 하기도 한다.

면담을 마치기 몇 분 전, 맥클러넌은 왼쪽 귀에 건 작은 후프형 귀고리를 만지작거린다. 반대편 재닛 엘리스 형사가 신호를 보고 곧바로 책상에서 일어나 파일을 든다. 긴 갈색 머리칼이 등 가운데까지 물결친다. 확실한 경찰서 규정 위반이다. 그녀는 맥클러넌 부서장 책상에 다가와 조슈아 갤러거에게 상냥한 미소를 던지며 말한다.

"방해해서 죄송합니다, 부서장님. 말씀하셨던 파일 여기 있어요."

"고마워요, 애나."

맥클러넌은 파일을 받으며 대답한다.

조슈아 갤러거는 곧바로 의자에서 허리를 세우더니 책상으로 돌아가는 엘리스 형사에게서 시선을 돌리려고 애쓴다. 맥클러넌 부서장은 파일을 열어 내용을 읽는 척한다. 파일 너머로 갤러거의 괴로워하는 얼굴이 보인다. 30초쯤 지난 뒤 그녀는 파일을 덮고 면담을 마친다.

조슈아 갤러거가 경찰서 주차장을 지나갈 때 맥클러넌 부서장은 책상에 앉아 갤러거가 방금 일어난 의자의 팔걸이를, 그리고 그가 남긴 번들거리는 땀을 본다. 그녀는 장갑을 끼고 일어나 멸균 시험관에서 면봉을 꺼내 양쪽 팔걸이에서 조심스레 표본을 채취한다.

6

재판은 열리지 않을 것이다. 법정 앞에서 플래시를 터뜨리는 카메라도 없을 것이다. 극적으로 중계하는 소송 절차도 없을 것이다. 매일 괴물을 일별할 일도 없을 것이다. 부기맨을. 조슈아 갤러거를.

그는 모든 것을 인정한다. 그리고 몇 건이 더 있다. 1988년 자기 여동생을 포함한 에지우드의 네 소녀 외에도 셋(하나는 2001년 메릴랜드 서부, 둘은 2006년과 2018년 펜실베이니아)이 더 있다.

그리고 경찰은 그밖에도 더 있을 것으로 믿는다.

7

2019년 12월 2일 월요일, 내 집 서재 책상에 앉아 그날 쓴 글을 인쇄하고 있는데 휴대폰이 울리기 시작한다. 발신자를 확인하니 메릴랜드주 경찰이다. 나는 호기심을 느끼며 전화를 받는다.

"여보세요?"

"리처드 치즈마 씨인가요?"

여자 목소리다.

"네, 그런데요. 누구시죠?"

"저는 맥클러넌 부서장입니다. 메릴랜드주 경찰서의."

"누구신지 알아요. 요즘 많이 뵈었어요."

그녀는 웃는다. 명랑한 웃음소리는 아니다.

"저도 제가 지겹네요."

"그런 뜻은 전혀 아니었어요."

그녀는 본론으로 바로 들어간다.

"들어 보세요. 선생님께 특이한 제안을 드리려고 해요."

"뭔가요?"

"조슈아 갤러거 사건에 관해 새 책을 쓰고 계시는 걸로 아는데요."

"그게 질문인가요?"

나는 무슨 이야기가 나오려나 알 수 없어 묻는다.

"아뇨."

기다려 보지만 맥클러넌은 아무 말도 하지 않는다.

"원래 원고를 수정하고 새로운 후기를 쓰는 계약을 하자는 제안은 받았어요."

"잘됐네요." 맥클러넌은 진심인 듯하다. "그 계약 아직 안 하셨으면 좋겠군요."

"왜죠?"

"훨씬 더 큰 고료를 받게 되실 것 같아서요."

"왜죠?"

"조슈아 갤러거가 선생님과…… 선생님하고만 대화하고 싶어 하니까요."

8

　기본 규칙은 간단하다. 나는 아무것도 가지고 들어갈 수 없다. 종이나 필기도구도, 종류를 불문하고 녹음기도. 면담은 경찰이 영상 및 음성으로 기록할 것이고 나는 원본 영상 전체를 볼 수 있을 것이다. 내가 작성한 질문 목록에 덧붙여 경찰에서도 몇 가지 질문을 제공할 것이다. 나는 이 면담에 관한 모든 출판 권리를 갖는다. 그러나 영상은 메릴랜드주 경찰의 소유다. 면담 시간 동안 조슈아 갤러거는 팔다리를 결박한 상태일 것이다. 무장 교도관이 계속 접견실에 함께 있을 것이다. 인터뷰 시간은 60분이다.

9

인터뷰 일자: 2019년 12월 5일 목요일

시각: 오후 1시 30분

장소: 메릴랜드주 볼티모어, 메릴랜드 교도소

　조슈아 갤러거는 나와 함께 고등학교를 다녔던 조용하고 자신만만하며 건장한 10대와 전혀 달라 보인다. 세월의 흔적이 고스란히 느껴진다. 과체중에 수염이 덥수룩하다. 교도관들이 테이블 맞은편에 앉히는 동안 그의 온화한 표정은 변하지 않는다. 땀과 강력한 세탁세제 냄새를 풍기는 그는 나를 만나서 반가운 것 같지도, 불쾌한 것 같지도 않다. 오른쪽 눈에 가벼운 틱이 있다. 그는 초조한 듯 발로 바닥을 굴러 발목을 결박한 사슬이 철겅거린다. 어린 여성 일곱 명을 살해했다고 인정한 사람으로는 보이지 않는다.

치즈마: 왜 날 불렀지, 조시? 내가 여기 왜 온 거야?

갤러거: 여러 가지 이유가 있어. [목청을 가다듬는다.] 네 커리어를 아주 흥미롭게 지켜봤어. 잘했더라고. 레드박스 대여점에서 「로드 하우스2」를 빌리기도 했어. 네가 내 동생 장례식에 온 것도 잊지 않았고.

치즈마: 동네 사람 절반은 나타샤의 장례식에 갔어.

갤러거: 너는 그 일을 전부 겪었어. 그 일의 일부가 됐지.

치즈마: 정확히 언제 내가 그 일의 일부가 된 건데?

갤러거: 너랑 네 기자 친구가 동네 사람 절반에게 이것저것 묻기 시작했을 때. 네가 살인 사건 스크랩북을 만들기 시작했을 때.

치즈마: 내 책을 읽었군.

갤러거: 당연히 읽었지.

치즈마: 그 책이 출간됐을 때 내 아파트에 전화를 했다가 끊은 사람이 너지?

갤러거: 네 목소리가 듣고 싶었어.

치즈마: 그럼 우리 부모님 댁에 계속 전화한 것도 너였어?

갤러거: [끄덕이며] 응.

치즈마: 왜?

갤러거: 잘 모르겠어. 아마 그분들도 일부가 됐으니까.

치즈마: 어머니가 엄청 두려워하셨어.

갤러거: 미안해. 그분은 상관없는데. 하지만 바로 그게 효과가 있었지. 네게 겁을 주는 게 목적이었으니까.

치즈마: 내가 그만두길 바랐어?

갤러거: 그건 아니야. 내가 정말로 뭘 원했는지 모르겠어.

치즈마: 내 뒤를 밟았어?

갤러거: 언제?

치즈마: 88년 때. 에지우드에서.

갤러거: [끄덕이며] 가끔. 좀 뒤에도.

치즈마: 책이 나온 뒤에?

갤러거: [끄덕인다.]

치즈마: 어디서?

갤러거: 그건 중요하지 않아.

치즈마: 내겐 중요해.

갤러거: 다른 질문은 없어?

치즈마: [침묵] 애나 가필드. 이 모든 것이 애나와 함께 시작한 건가?

갤러거: [한숨] 그렇기도 하고 아니기도 해.

치즈마: 무슨 뜻인지 설명해 줄 수 있어?

갤러거: 해 볼게. [긴 침묵, 발 구르는 소리가 더 빨라진다.] 내 마음

속은 뭔가 망가졌어. 내 기억에는 항상 그랬어. 머릿속에 뭔가 고장이 났어. 그건…… 그건 잘못됐어.

치즈마: 계속해.

갤러거: 그 이상 설명할 방법을 모르겠어. 책을 읽어 봤는데. 얼마나 진부한 소리인지 알지만…….

치즈마: 책?

갤러거: 살인범에 관한 책들. 대량 살인자들.

치즈마: 그런 책이 네 자신에 관해 가르쳐 준 게 있어?

갤러거: [침묵] 나만 그런 게 아니란 사실.

치즈마: 나타샤가 처음이었어? 아니면 그전에도 있었어?

갤러거: [고개를 저으며] 생각은 했지. 많이. 두어 번은 직전까지 갔어.

치즈마: 무엇 때문에 멈췄어?

갤러거: 두려움. 선 넘기가 두려웠어. 잡힐까 봐 겁이 났어. 내가 그걸 좋아할까 봐 겁이 났고. 그래서 다른 걸로 만족했어.

치즈마: 동물?

갤러거: [끄덕인다.]

치즈마: 언제부터 동물을 해치기 시작했어?

갤러거: 여덟 살이나 아홉 살 때쯤.

치즈마: 어떤 동물?

갤러거: 아, 온갖 종류. 물고기, 개구리, 토끼. 결국에는 고양이랑 개. 한 번은 들판의 말도. 그건 밤에 했어. 정말 대단했지.

치즈마: 잘못인 건 알았고?

갤러거: 응.

치즈마: 네게서 뭐가 잘못이라고 생각했어?

갤러거: 몰랐어. 내가 안 건 내 안에 뭔가…… *나쁜* 것이 있는데, 그것이 꼭 필요하다고 했고, 아무에게도 그걸 말할 수 없었어. 그걸 문 뒤에 가둬 두려고 했지만 가끔은 역부족이었어.

치즈마: 동물 괴롭히는 게 즐거웠어?

갤러거: 처음에는 즐겁지 않았지만…… 시간이 지나면서 바뀌었어. 쉬워졌지. 그리고 더 능숙해졌고.

치즈마: 어린 시절에 이런 생각에 불을 붙인 일이 있었어? 뭐든 시작점이나 촉매 같은 것?

갤러거: 내가 성적으로나 물리적으로 학대를 받았냐고? 부모님이 나를 때리거나 옷장에 온종일 가둬 뒀냐고? 넘어져서 머리를 다쳐서 이상해졌냐고? [고개를 젓는다.] 아니. 그런 일은 없었어.

치즈마: 네 안에 그 "나쁜 것"을 처음으로 느낀 건 언제지?

갤러거: [긴 침묵] 일곱 살 때, 친구 생일 파티였어. 그 애 누나가 뒷마당 그네를 타고 있었어. 그 애가 날 보고 웃었는데, 나는 종이 접시랑 케이크를 들고 서서 이렇게 생각했어. 오늘 밤에 다시 와서 집에 몰래 들어가 네 두개골을 벽돌로 부술 거야. 그냥 퍼뜩 그런 생각이 들었어. 왜 그 애를 해치고 싶었지? 모르겠어. 왜 벽돌이지? 모……모르겠어.

치즈마: 고등학교 때 인기가 많았지. 파티에서 널 본 기억이 나. 남자아이들, 여자아이들과 모두 어울리던 거.

갤러거: [고개를 저으며] 그건 레슬링을 잘하기 때문이었지. 걔들은 나를 제대로 알지도 못했고, 알고 싶어 하지도 않았어.

치즈마: 그러면 레슬링 경기를 하고, 동창 모임과 학년 말 파티와 졸업식을 하는 세월 동안 계속해서 그 나쁜 감정과 싸운 건가?

갤러거: [끄덕이며] 일주일, 이주일은 그런 감정이 사라졌지만, 항상 돌아왔어. 항상.

치즈마: 대학 시절과 애나 가필드 이야기로 돌아가고 싶어. 어떻게 된 일인지 말해 줄 수 있어?

갤러거: 우리는 사랑했어. 앞으로 함께하자고 약속했지. 그런데 그 여자는 금방 딴 사람을 원했지.

치즈마: 그래서 해치고 싶었어?

갤러거: 그때는 아니었어. 너무 우울했지. 땅이 꺼지는 것 같았어. 어떻게든지 그 여자 마음을 바꾸고 싶을 뿐이었어. 그러다가 나중에는…… 그랬지. 해치고 싶었어. 그 여자가 내게 한 짓, 내게 준 감정 때문에 미웠어. 그리고 결과적으로 나 자신도 싫었어.

치즈마: 캠퍼스에서 그 여자를 따라다니고 자동차와 기숙사 방에 침입했지만, 해칠 생각은 안 했어?

갤러거: 아, 사실은 했어. 그다음 해 두 차례, 그 여자가 부모랑 사는 곳까지 찾아갔는데, 마지막 순간에 겁이 나서 그

만뒀어. 그래서 나 자신이 더욱 싫어졌지.

치즈마: 애나 가필드가 최근에 기자에게 네가 성적으로 거칠게
했다고 말했어.

갤러거: 그래? 뭐, 그걸 좋아했는데. 자길 묶어 달라고 한 건 그
여자였어. 목을 졸라 달라고 한 것도 그 여자였고. 그 여
자 만나기 전에는 그런 걸 한 적 없었어. 그 전에 사귀었
던 여자 아무에게나 물어봐.

치즈마: 긴 머리에 끌리는 것…… 그건 애나 때문이었어?

갤러거: 있잖아, 우습지…… 나중에 기사를 읽기 전까지는 내가
그런 줄도 몰랐어.

치즈마: [긴 침묵] 이 질문은 할 수밖에 없는 것 알지. 나타샤는
왜 죽인 거야?

갤러거: 언젠가는 일어날 일이었어. 더 어렸을 때부터 그 일을
많이 생각했어. 한 해 전쯤에는 거의 저지를 뻔했지. 로
크 레이븐에서 하이킹을 하다가 내 주먹만 한 돌을 집
어 들었어. 그 애 뒤로 다가가서 [손가락을 몇 센티미터 간
격으로 벌린다.] 이 정도까지 다가갔었어.

치즈마: 그날은 왜 멈췄어?

갤러거: 겁이 났어.

치즈마: 그럼 1988년 6월 2일 밤에는 어떻게 된 거야? 왜 그때
였어?

갤러거: [한숨] 있잖아, 뭔가 극적인 일이 있었다는 말이 듣고 싶
지…… 온몸에 초능력 같은 것이 솟아나는 걸 느꼈다거

나 꿈을 꿨다거나, 목소리를 들었다거나. [조시가 눈을 크게 뜬다.] 아니면 악마가 시켰다거나. 하지만…… 아니야. 그런 게 아니었어. 그날 저녁에 체육관에서 운동을 했는데, 샤워를 하다가 머릿속에 모든 것이 또렷하게 그려졌어. 그 애를 숲으로 어떻게 데려가고, 어떻게 죽이고, 어떻게 다른 사람이 한 짓으로 꾸밀지, 모든 것이. 눈 깜빡할 사이에 모든 게 떠올랐어. 운동을 한 뒤에 [프랭크] 해프니를 만날 약속이 있어서 걔랑 몇 시간 놀다가 집으로 가는 대신, 에지우드의 부모님 집으로 갔어.

치즈마: 그다음에 그 애 창문을 두드렸어?

갤러거: [고개를 젓는다.] 아니. 창문 쪽에는 가지 않았어. 도착하니 자정이 지난 시각이었어. 현관문을 내 열쇠로 열고 살그머니 들어갔어. 우리는 똑같이 몰래 빠져나왔어.

치즈마: 방충망은? 창틀에 피는?

갤러거: 걔가 옷장에서 부츠를 찾다가 손가락을 베었어. 어두워서 잘 보이지 않았대. 내 셔츠로 지혈을 하고 일부러 창틀에 피를 조금 묻혔어. 동시에 창문을 끝까지 열고 방충망을 떨어뜨렸지.

치즈마: 앞서 샤워하다가 떠올린 대로?

갤러거: 그렇지.

치즈마: 그날 밤에 동생에게 뭐라고 했어? 어떻게 데리고 나갔지?

갤러거: 그 애는 열다섯 살이었잖아. 별로 어렵지 않았어. 해프

니랑 숲속 늘 만나는 곳에서 술을 마셨는데, 그 녀석이 정신을 잃었다고 했어. 차까지 데리고 오는 데 도움이 필요하다고.

치즈마: 그리고 동생을 숲으로 데려가서 죽인 건가?

갤러거: 응.

치즈마: 하지만 저항이 없지는 않았지. 동생이 맞서 싸웠잖아.

갤러거: 그랬지.

치즈마: [침묵] 그리고 에지우드의 다른 여자아이 셋은…… 왜 고른 거지?

갤러거: 거의 같은 이유였어. 그 애들을 보니까 알았어. 곧바로. 결국에는 죽이게 되리란 걸 알았어. 어떻게 죽일지도.

치즈마: 경찰은 희생자들 사이에 접점을 찾지 못했어. 그중에서 아는 아이는 아무도 없었어?

갤러거: [고개를 끄덕이며] 응. 어느 날 오후에 케이시 로빈슨이 도서관에서 나오는 걸 봤어. 그 애는 혼자였고 나는 산토니 주차장에서 나오는 길이었어. 그날 그 애를 집까지 따라갔고 다음 한 주 동안 지켜봤어. 다른 애들도 같았어. 매들린 윌콕스는 신호등에서 봤어. 릭스 여자아이는 고등학교 앞에서 하키를 했고. 캐시디 버치는 스톱앤숍에서 다이어트 콜라랑 감자칩을 사고 있었지. 나는 휘발유 값을 내느라고 그 애 바로 뒤에 줄을 서 있었어.

치즈마: 그러면 긴 머리 말고는 그 애들을 묶어 주는 신체적인 특징이나 성격 특징은 하나도 없는 건가?

갤러거: [침묵] 나를 보는 눈빛. 웃을 때…… 나를 놀리는 것 같은 표정.

치즈마: 애니 릭스는 자길 공격한 사람이 너보다 훨씬 덩치가 크다고 했는데.

갤러거: [어깨를 으쓱이며] 난 덩치는 크지 않았지만 항상 힘이 세고 빨랐어. 나머지는 다 그 애가 상상한 거지. 경찰 몽타주처럼…… 그건 나랑 전혀 달랐어.

치즈마: 귀는 왜 잘랐지?

갤러거: 벌로.

치즈마: 무슨 벌?

갤러거: 나보다 잘났다고 생각한 벌.

치즈마: 경찰은 잘린 귀를 찾지 못했어. 네가…… 먹었다는 설이 있던데.

갤러거: [고개를 저으며] 그런 일은 없었어. 한동안 낡은 커피 캔에 넣어 뒀는데 냄새가 나기 시작해서 건파우더 강에 버렸어. 아마 결국 메기가 먹었겠지.

치즈마: 시신을 앉혀 놓는 것도 네 시그니처가 됐어. 왜 그렇게 한 거야?

갤러거: 누가 발견하든지 평화로워 보이게 하고 싶었어. 가족들을 위해서.

치즈마: 사방치기 선, 개를 찾는 포스터, 동전, 호박…… 그 의미가 뭐였지? 그리고 그 숫자를 고른 이유는?

갤러거: [침묵] 그 이야기는 아직 할 준비가 안 됐어.

치즈마: 왜?

갤러거: 아직 하고 싶지 않은 이야기를 꺼내게 되니까.

치즈마: 그 이야기는 언제 하고 싶어질 것 같아?

갤러거: 모르겠어.

치즈마: 희생자를 왜 문 거야?

갤러거: 문 기억은 없어. 경찰에서 그렇게 말했는데, 믿지 않는 것 같았어.

치즈마: 전혀 기억이 없어?

갤러거: [고개를 끄덕이며] 전혀.

치즈마: 그럼, 언제부터는 잡히지 않는 것이 놀이가 된 건가? 경찰을 놀리고, 추모 물품에 흔적을 남기고, 우리 집에 전화를 걸었다가 끊고, 칼리 올브라이트 집 근처를 돌아다니고.

갤러거: 칼리 올브라이트 집 근처에는 안 갔어. 그 여자는 마음에 안 들었어. 다른 짓은 왜 했는지 잘 모르겠어. 내가 하던 일에서 주의를 딴 데 돌리려고 그런 것 같아.

치즈마: 하던 일이 뭐였지?

갤러거: 그 여자아이들 죽이는 거.

치즈마: 매체에서 네 별명을 여러 개 지었지. "부기맨"이 제일 오래갔어. 그 이름이 마음에 들었나, 아니면 관심 없었나?

갤러거: 마음에 들었어. [침묵] 어울리는 것 같았고, 그 덕분에 처음으로 내 속에 사는 나쁜 것에게 이름을 붙일 수 있었으니까.

치즈마: 네 일부를 "부기맨"이라고 생각하기 시작한 건가?

갤러거: 맞아, 그랬어.

치즈마: 그 이름이 어울린다는 건 무슨 말이지?

갤러거: 사냥을 하는 밤에는 내가…… 달라진 느낌이 들었어. 강해진 느낌이. 대담하고. 무적이 된 것 같은. 내 주위의 밤과 하나가 된 것 같았어. 날아오르고 벽을 통과하고 투명인간이 될 수 있을 것 같았어.

치즈마: 그런 일을 할 수 있다고 정말로 믿었어?

갤러거: 할 수 있었어. 그렇게 했어. 그래서 날 잡지 못한 거지.

치즈마: 몇몇 사람 의견처럼 정신 질환이 있다고 생각하나?

갤러거: [침묵] 있잖아, 그러기를 바랄 때도 있어. 하지만 아니야. 내게 이상한 점이 있긴 하지만, 미친 건 아니야.

치즈마: 어떻게 그리 철저하게 증거를 하나도 남기지 않았지?

갤러거: 대체로 상식 덕이었지. 잡히고 싶지 않아서 우선 모든 것을 미리 충분히 생각하려고 했어. 양손에 두 개씩 수술 장갑을 꼈고, 그건 펜실베이니아에서 현금으로 샀어. 콘돔을 썼고. 사냥하는 밤에 갈아입을 옷을 항상 샀어. 중고물품 가게에서 현금으로 샀지. 전부 기본적인 것이야. 그 순간까지는 경찰이 항상 몇 발자국 뒤처졌지. 솔직히 묘지에서 그날 밤 내 운이 다했어. 울타리에 손목을 벤 건 알았지만, 긁힌 정도였거든. 셔츠 소매가 찢어지지도 않았어. 나중에 집에서 확인해 보니 피도 묻지 않았기에 그냥 넘겨도 된다고 생각했어.

치즈마: 그럼 복면은?

갤러거: 그게 뭐?

치즈마: 스키 마스크나 다른 것으로 얼굴을 가릴 수 있었잖아. 왜 복면을 직접 만들었지? 사람들 말처럼 공포영화 흉내를 낸 건가?

갤러거: 그건 부기맨의 복면이었어. 그가 원한 것이지.

치즈마: [침묵] 묘지에서 그날 밤으로 돌아가서, 경찰이 혈액 샘플을 갖고 있다는 것을 몰랐다면 캐시디 버치 다음에 멈춘 이유가 뭐지?

갤러거: 그 모든 일이 시작되기 전에 아무도 죽이지 않았던 것과 같은 이유였어. 부기맨을 그 문 안에 가둬 둘 수 있었으니까. 버치 여자애 다음에도 여러 번 유혹이 있었지만 싸워서 이길 수 있었어. 두어 번 자살할 생각도 했지만 그럴 용기가 없었어. 그래서 그 문만 닫아 뒀지.

치즈마: 2001년 루이스 러더포드와 2006년 콜렛 보든, 2018년 에린 브라운까지.

갤러거: [끄덕이며] 응.

치즈마: 뭐가 변했어? 그 여자들은 뭐가 달랐지?

갤러거: 전과 똑같았어. 모두 보면 알 수 있었어. 그리고 그 일을 막을 수 없었어. 그때가 되니 버틸 힘이 없었어. 그것 말고 더 심오하거나 신비한 이유는 없어.

치즈마: 그때는 귀를 자르지 않은 이유가 있었나? 경찰에게 보라고 남기지 않은 이유가?

갤러거: 필요 없다고 생각했어.

치즈마: 여자들이 더 있나, 조시?

갤러거: [긴 침묵]

치즈마: 더 있지, 그렇지?

갤러거: 응.

치즈마: 맥클러넌 형사에게 누군지 말할 건가? 어디 있는지?

갤러거: [긴 침묵]

치즈마: 내게 말할 건가?

갤러거: 오늘은 말고.

치즈마: 그럼 언제?

갤러거: 곧. [침묵] 아마도.

치즈마: 가족들도 마음을 정리할 수 있어야지. 그들도 알아야 할 권리가 있어.

갤러거: '아마도'라고 했잖아.

치즈마: 구속된 후로 어머니와 이야기한 적 있어?

갤러거: 아니.

치즈마: 왜 안 했어?

갤러거: 어머니를 찾지 않았어.

치즈마: 어머니가 그리운가? 아내랑 아이들도?

갤러거: 응. 매일 그립지.

치즈마: 나타샤는?

갤러거: 응. 그 애를 많이 사랑했어.

치즈마: 아버지도 그리운가?

갤러거: [긴 침묵]

치즈마: 안 그리워?

갤러거: 안 그립다곤 안 했어. 물론 그립지.

치즈마: 어머니 말씀으로는 네 아버지가 돌아가시기 이틀 전에 저녁을 함께 보냈다던데. 둘이서 무슨 이야기를 했지?

갤러거: 아버지가 왜 괴로워하는지 어머니가 알아보라고 하셨어. 어머니에게는 말을 안 한다고.

치즈마: 딸이 살해됐다는 사실 이외에.

갤러거: 그것 이외에.

치즈마: 그래서 알아냈어?

갤러거: [미소를 지으며 침묵] 아는군, 그렇지?

치즈마: 뭘 알아?

갤러거: 우리가 그날 무슨 이야기를 했는지 알고 있군.

치즈마: 확실하진 않아. 알 것 같기도 해.

갤러거: 아냐, 넌 알아. [미소가 사라지며 침묵] 그래서 너랑 이야기하고 싶다고 한 거야, 리치. 넌 영리해. 그래서 사람들이 네 이야기를 좋아하는 거지.

치즈마: 정말인데, 난 그렇게 영리하지 않아. 아무나 붙잡고 물어봐.

갤러거: 하지만 넌 영리해. 그리고 아버지랑 내가 무슨 이야기를 했는지 정확히 알고 있고. 아버지가 뭔가 봤거나, 뭔가 기억해 내고 의심한 걸 알고 있어. 아버지가 경찰에 신고할까 생각 중이던 것을 알고 있어.

치즈마: 그럼 아버지가 뭘 보신 거지, 조시?

갤러거: [긴 침묵] 아버지는 어느 날 열 살 난 아들이 숲에서 노는 걸 봤어. 위낙 조용하셔서 아버지가 내 등 뒤에 다가올 때까지 나는 몰랐지. 아버지는 내가 개한테 한 짓을 보고 소리를 질렀어. 기찻길에서 본 길 잃은 개였는데, 바짝 말라 벼룩이 들끓었어. 나는 그 개를 무릎으로 눌러 꼼짝 못 하게 하고 양손으로 목을 졸랐어. 개가 다쳐서 고통을 끝내 주려던 것이라고 설명하려고 했어. 처음에는 아버지가 내 말을 믿는 것 같았어. 아니, 적어도 믿고 싶어 했지. 하지만 아버지가 내 손에 묻은 피를 보고 주머니칼로 개 귀를 어떻게 한 거냐고 물었어. 그리고 아버지는 알았지. 그렇게 화를 내신 건 처음이었어. 아버지는 내 멱살을 잡아 끌고 집으로 갔고 우리는 그 일을 다시 이야기하지 않았어.

치즈마: 아버지는 그날 밤에 자살하신 게 아니지?

갤러거: [테이블을 내려다보며] 응, 자살이 아니었어.

치즈마: [긴 침묵] 날 해칠 생각을 한 적 있어?

갤러거: [고개를 들며] 네가 고등학교에서 농구를 하는데 내가 가서 함께 한 날 기억해?

치즈마: [끄덕이며] 응.

갤러거: 그게 내 평생 가장 행복한 날 하루였던 걸 아나?

치즈마: 어떻게 그렇지?

갤러거: [어깨를 으쓱이며] 그냥 그랬어. 그 전에 플라잉 포인트

강가에서 차를 몰고 있었어. 차창을 내리고 음악 소리를 높이고 기분이 좋았어. 나쁜 생각도 나지 않고. 염려도 없고. 부기맨도 없이. 거의…… 정상이 된 느낌이었어. 그러다가 돌아오는 길에 네가 농구하는 걸 보고 차를 세우기로 했어. 너는 내게 잘해 줬어. 별 말은 없었지만 친절했지. 우리는 호스 게임을 했고 세 판 중에 내가 두 판을 이겼어.

치즈마: [끄덕인다.]

갤러거: 그리고 돌아가야 할 때 너는 공 가지고 계속하라고 했어. 집에 공이 서너 개 더 있다고.

치즈마: 기억나.

갤러거: 좀 뒤에 집으로 가면서 멈출 수 있을 것 같다고 생각한 기억이 나. 어딘가로 가서 도움을 받은 뒤 돌아와서 남들처럼 살 수 있을지도 모른다고. 너처럼. [침묵] 하지만 그렇게 되지 못했고……

교도관: 실례합니다. 시간 다 됐습니다, 치즈마 씨.

10

면담 뒤 로비에서 맥클러넌 부서장이 기다리고 있다. 맥클러넌은 내게 휴대폰과 지갑, 자동차 열쇠를 건네고 우리는 함께 밖으로 걸어 나온다. 오후의 태양이 하늘 높이 떠 있지만, 기온은 떨어졌고 주차장에는 새로 생긴 물웅덩이가 있다. 우리가 안에 있는 동안 비가 왔다.

"괜찮으세요?"

"그런 것 같아요."

"잘하셨어요. 대화를 끌어내셨어요. 그러고 나면 보통 계속 이야기하죠."

"주신 질문 중에서 대답하지 않은 것이 많아요."

"충분히 대답했어요. 그리고 아버지 건은…… 아버지 살해를 처음으로 인정한 거예요. 어떻게 그 질문을 하셨어요? 목록에 없었는데."

나는 대답하기 전에 발이 꼬여 휘청거리다가 자동차 열쇠를 구정물이 고인 자리에 빠뜨렸다. 나는 인상을 쓰며 허리를 숙여 조심해서 열쇠를 집어든 뒤 젖은 손을 바지에 닦는다.

"운전 괜찮으시겠어요?

"괜찮을 겁니다." 나는 돌아서서 맥클러넌을 본다. "제 예상과 다른 사람이었어요."

"대개 그렇죠."

"아버지에게서 입양됐다는 말을 들었다고 할 줄 알았어요. 조시가 아버지를 죽인 날에." 나는 고개를 저었다. "하지만 모르는 모양이에요."

"우리도 가능한 한 오랫동안 모르게 하고 싶어요."

그리고 나는 아무 말도 하지 않았다. 그저 차에 타고 출발했다.

11

FBI에서 2009년 실시한 연구에 따르면, 미국의 연쇄 살인범 중 약 16퍼센트가 어릴 때 입양됐다. 한편 양자는 전체 인구의 2퍼센트밖에 안 된다.

피고가 입양된 여러 사형 선고 사건에서 성공적인 법적 변론으로 이용된 '입양아 증후군'이라는 상태도 존재한다.

12

볼티모어 시내 그린 마운트 공동묘지의 중앙 입구는 중세 성의 외부 입구와 비슷하다. 도개교가 없을 뿐이다. 주차장에서 내 트럭에 앉아 두 개의 석탑을 올려다보면 갑옷을 입은 궁수들이 활시위를 당기는 모습이 자꾸만 보일 듯하다.

오후 5시가 몇 분 지난 뒤, 드디어 새빨간 아우디가 먼지를 일으키며 주차장으로 들어와 내 옆에 선다. 커다란 겨울 외투에 헐렁한 검은 방수 바지를 입고 분홍색 장화를 신은 칼리 올브라이트가 차에서 내린다. 임신한 에스키모 같은 모습이다.

나는 트럭에서 내려 시계를 보는 척한다.

"늦었네."

"어쩌라고." 칼리는 250달러를 주고 한 머리에 인조 모피를 댄 모자를 쓰며 말한다. "일이 있는 사람도 있거든, 알잖아."

"나도 일 있어."

"*진짜* 일이 있는 사람도 있거든." 칼리는 자동차 앞좌석으로 허리를 숙이더니 생화 꽃다발을 들고 나온다. "조화를 살 걸 그랬나. 내일이면 다 죽겠다."

"이미 죽었을걸."

나는 트럭 짐칸으로 가서 오는 길에 화원에서 고른 작은 크리스마스 리스를 꺼낸다.

"좋네."

칼리의 말에 진심인 것을 알 수 있다. 칼리가 내 팔짱을 끼고 우리는 걷기 시작한다.

"눈보라라도 칠 것 같아?"

나는 웃지 않으려고 애쓰며 말한다.

"아, 입 다물어." 칼리가 팔꿈치로 나를 쿡 찌른다. "추운 거 싫어하는 거 알잖아." 그러더니 내 가벼운 옷차림을 본다. "얼어 죽어도 내 탓 하지 마."

그 말이 신호라도 되는 듯, 묘지의 입구를 표시하는 어두운 석조 터널에 들어서자마자 기온이 섭씨 5도는 뚝 떨어진다. 반대편으로 나가자, 30만 제곱미터 넓이의 장식 기념비와 묘비로 에워싸인 조약돌 깔린 통로에 서게 된다. 지난주에 내린 눈보라에서 남은 눈이 완만한 경사의 언덕을 덮고 있다. 멀리 볼티모어시의 스카이라인이 보이지 않는다면, 경치 좋은 뉴잉글랜드의 얼어붙은 언덕처럼 느껴지는 곳이다.

칼리가 말한다.

"여기가 얼마나 아름다운지 항상 잊는다니까."

"나도."

"여기 마지막으로 온 게 언제였어?"

"카라랑 늦여름에 들렀어." 나는 칼리를 본다. "넌?"

칼리는 고개를 젓는다.

"장례식 후로 처음이야."

"가자." 나는 다시 걸으며 말한다. "곧 어두워질 거야."

"맥클러넌 부서장이나 갤러거의 변호사한테서 연락 없어?"

"아직은 없어."

조슈아 갤러거는 이달 앞서 했던 대화를 계속하자고 얼마 전 요청했다. 나는 의욕 없음을 표명했지만, 맥클러넌 부서장과 내 출판 에이전트는 간절히 바라고 있다. 이제는 형식적인 절차상의 문제만 남아 있다.

"그분도 여기서 이 광경을 보면 좋겠네."

"난 아냐."

"왜?"

칼리가 놀란 표정으로 묻는다.

"사건을 종료시키고, 살인범, 특히 이 살인범을 잡아넣는 건 기뻐하셨겠지. 그건 확실해." 나는 어깨를 으쓱인다. "하지만 조시 갤러거라는 데 실망하셨을 거야. 우리는 그동안 괴물을 찾고 있었는데…… 다른 걸 발견한 느낌이야."

"여덟 명을 죽인 자야, 리치. 최소 여덟 명. 그럼 괴물이지."

나는 머리를 끄덕인다.

"맞아."

"그자가 불쌍하다는 말 같은데."

"그런 건 아니야. 그냥…… 이해할 수가 없어."

"뭐, 나도 마찬가지야."

우리는 그 후 말없이 걷다가 차츰 통로에서 벗어나 들판을 가로지른다. 발목까지 쌓인 눈을 헤치고 가는 동안 양말이 흠뻑 젖는 것이 느껴지지만 아무 말도 하지 않는다. 그러면 잔소리가 끝없이 이어질 것이다.

칼리가 한참 뒤 침묵을 깨고 묻는다.

"여기 누가 묻혀 있는지 알아?"

"존 윌크스 부스."[14]

칼리가 걸음을 멈추고 나를 본다.

"대체 그건 어떻게 알았어?"

"장례식 때 네가 말했어."

"아."

칼리는 내 팔을 잡고 다시 걷기 시작한다.

점점이 흩어진 소나무 덤불이 에워싼 완만한 오르막 위에서 우리는 멈춰 선다. 칼리가 주위를 둘러보며 말한다.

"참 평화로운 안식처네."

나는 곧바로 무릎을 꿇고 두 손으로 소박한 화강암 묘비에서 눈과 얼음과 나뭇가지를 닦아 낸다. 마치고 나자 나는 리스를 표지 옆에 두고 일어선다.

---

14 에이브러햄 링컨 암살 사건의 범인으로 가장 잘 알려진 미국 배우.

라일 앨빈 하퍼

1938-2019

자애로운 아버지

"희한하네." 칼리는 허리를 숙이고 표지 아래 꽃다발을 놓으면서 말한다. "경찰 경력은 적지 않다니."

"나도 그렇더라."

"왜 그런 것 같아?"

"마지막엔 좋은 경찰이었던 것보다 좋은 아버지인 것이 더 자랑스러우셨던 모양이지."

칼리가 나를 본다.

"그분이 그립지?"

"그리워."

"마지막으로 뵌 게 언제였어?"

"그게 참 이상해." 나는 눈을 닦으며 말한다. "빌어먹을 13년이나 됐다고. 아버지 장례식 다음 주에 함께 낚시를 갔어. 이런 기분이 드는 게 이해가 안 돼."

"난 이해해."

우리는 거기 말없이 서서, 각자의 생각에 잠겨 묘지 표지를 내려다보며 서 있다. 한참 뒤에 나는 목청을 가다듬는다.

"네가 할래, 내가 할까?"

칼리는 무슨 말이냐는 표정으로 나를 본다.

"드디어 그 개자식을 잡았다고 누가 말할까?"

"아아." 칼리가 미소를 짓는다. "그리고 전부 네 공으로 돌리라고? 사양할게. 내가 말할래."

칼리는 다시 내 팔을 잡고 손에 힘을 꼭 주더니 내 어깨에 머리를 기댄다. 우리 웃음소리가 눈 덮인 완만한 언덕에 울려 퍼진다. 듣기 좋은 소리다.

위: 22세의 조슈아 갤러거가 살인을 저지르던 시기에 살던 조퍼타운 타운하우스(저자 제공)

왼쪽: 펜실베이니아 주립대학교 시절
19세의 조슈아 갤러거(셰인 레너드 제공)

위: 조슈아 갤러거가 아내와 두 아들과 함께 살던 펜실베이니아 주 하노버의 집(저자 제공)

위: 일터에서의 조슈아 갤러거(셰인 레너드 제공)

위: 54세 조슈아 갤러거의 범인 식별용 사진(《볼티모어 선》제공)

위: 하퍼드 카운티 법정에서 호송되는 조슈아 갤러거(로건 레이놀즈 제공)

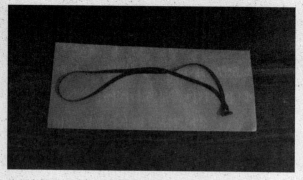

위: 조슈아 갤러거의 지하 작업실에서 경찰이 발견한 매들린 윌콕스의 금목걸이(《볼티모어 선》 제공)

위: 펜실베이니아 주립대학교를 방문 중인
나타샤 갤러거와 조슈아 갤러거 (셰인 레너드 제공)

오른쪽: 어린 조슈아 갤러거를 안고 있는 러셀 갤러거
(셰인 레너드 제공)

작가의 말

1986년 8월부터 1990년 초까지, 메릴랜드주 에지우드에 거주하는 여성 최소 스물다섯 명의 집에 누군가가 들어가서 잠든 그들의 발과 다리, 복부, 머리칼을 만졌다. 깨어난 여성들은 그 남성이 침대 옆에 서서 쳐다보거나 옆의 바닥에 누워 있는 것을 발견했다. 모든 경우 남성은 밖으로 달아나 사라졌다. 지역 경찰은 범인을 잡지도 정체를 밝히지도 못했는데, 1993년 10월 볼티모어 시티에서 무단침입죄로 수감된 예전 에지우드 주민이 자기가 소위 "팬텀 폰들러"였다고 자백했다. 여러 신문에서 붙인 별명이었다. 그의 지문은 숱한 에지우드 범죄 현장에서 발견된 증거와 일치했고 해당 사건은 마침내 종결됐다.

『부기맨을 찾아서』의 내용 중 이 부분은 분명한 사실에 근거했다.

어린 시절에 경험한 다채로운 이야기 여럿과 애정을 담아 기록한 어머니와 아버지의 모습, 고등학교 시절에 사귄 연인과 결혼하기 전까지 핸슨 로드에서 살았던 시절의 여러 소중한 기억도 마찬가지다. 에지우드라는 소도시 자체, 상점과 주유소, 학교와 공원, 동네와 도로는 모두 사실이다. 모두 실재하는 것이다. 적어도 1988년 당시 이 이야기의 사건 대부분이 일어난 때에는 실재했다.

『부기맨을 찾아서』의 나머지 부분, 가령 살해된 네 소녀, 경찰조사, 기자들이 몰려든 소도시, 칼리 올브라이트, 라일 하퍼, 조슈아 갤러거 등의 인물은 순전히 허구다. 과도한 상상력, 평생 어둠의 탐구에 느끼는 매혹 그리고 아주 강한 그리움의 결과다.

나는 늘 고향을 배경으로 소설을 쓰고 싶었다. 내 단편을 많이 읽은 사람이라면 에지우드가 나의 이야기 목록에서 중요한 역할을 하는 것을 이미 알 것이다. 핸슨 로드와 마찬가지로 윈터스 런 개울, 버드나무들, 그밖에 숱한 어린 시절의 추억도 그렇다.

2년 전, 새집으로 이사한 지 얼마 안 되어 아내 카라와 결혼 앨범에서 사진을 보다가 나는 오래전 대학교를 졸업하고 나서 집으로 돌아가며 기분이 참 이상했다고 무심코 말했다. 결혼식까지의 몇 달이 생생하고 정답게 자세히 떠올랐다. 물론 카라가 기억한 것은 내가 청첩장 보내기나 그 밖의 준비를 많이 돕지 않았던 것뿐이다. 카라가 말했다. "음식만 빼고. 당신은 메뉴 선택에는 아주 관심이 많았어."

그 앨범을 덮어 원래 들어 있던 상자에 다시 넣어 둔 직후에

또 한 가지 과거의 대사건이 머릿속에 슬그머니 떠올랐다. 팬텀
폰들러였다.

그를 떠올린 것은 몇 년 만에 처음이었는데, 구름 한 점 없는
여름 하늘의 날벼락처럼 내게 충격을 줬다. 곧바로 우리의 작은
주간지를 뒤덮었던 경고성 헤드라인이 줄줄이 생각나면서 에
지우드 주민들이 얼마나 긴장했는지 기억났다. 밤이면 창문을
잠그기 시작하고, 경보 시스템을 설치했던 것. 미지의 침입자가
곧 잠든 여성을 만지는 짓보다 더한 짓을 하게 될까 봐 염려하
고 겁을 먹었던 것.

거기서 『부기맨을 찾아서』를 쓰기 위한 아이디어가 탄생했다.

그런데 많은 작가가 이야기하듯이 어떤 이야기는 너무 일찍
태어난다. 적당한 아이디어의 골격과 주인공을 떠올리기는 했
지만 나머지, 즉 조연과 줄거리의 요소, 시작과 중간, 결말은 없
는 것이다. 물론 통통하고 건강하게 태어나는 이야기도 많다.
이런 경우 중요한 줄거리 요소가 제자리에 있고 인물이 전원 등
장해 마음속에 진실하게 느껴지며, 남은 것은 점들을 연결해 매
끈하고 재미있는 서사를 창조하는 일뿐이다. 귀한 보석처럼 드
물기는 하지만, 완전히 모습을 갖춘 채 태어나는 이야기도 있
다. 마치 모래 더미에 묻혀 있어서 모래만 털어내면 완전한 이
야기를, 생명력과 활기와 경이에 빛나는 이야기를 그 밑에서 찾
아낼 수 있는 경우다.

『부기맨을 찾아서』가 내게 그랬다. 이 이야기는 모래 밑에서
잠자코 기다리고 있었다.

알 수 없는 것과 놀라운 것으로 빽빽이 가득 찬 채 완성되어 있었다.

첫 번째 놀라운 사실. 이유는 알 수 없지만, 나는 범죄 실화를 전달하는 『부기맨을 찾아서』를 곧바로 떠올렸다. "소도시에서 일어난 범죄 실화"(이 소설의 원래 부제)로 내놓는 것이다. 두 번째 놀라운 사실. 약간은 은둔자이고 스포트라이트를 그다지 좋아하지 않는 것으로 유명했지만, 나는 이 소설을 내 개인적인 시점으로 이야기해야 한다는 것도 확실히 알 수 있었다. 22세의 리치 치즈마는 부기맨의 어두운 이야기를 전하는 화자 역할을 할 뿐 아니라, 소설의 양심이 되어야 했다. 세 번째 놀라운 사실. 범죄 실화 도서의 평생 팬으로서 내가 보통 처음 하는 일은 사진이 실린 곳을(주로 책 가운데, 미화 없는 흑백 사진으로 이뤄진다.) 찾아 그 책에 실린 실제 사람들과 장소가 어떻게 생겼는지를 보는 것이다. 사람의 얼굴과 범죄 현장(집과 골목과 숲)을 살펴보면 내가 읽는 글에 현실감과 통렬함이 한 겹 더해지기 마련이다. 나는 처음부터 『부기맨을 찾아서』에는 그런 사진을 수십 장 실어야 한다는 것을 인정했고, 그 사진은 의심의 여지 없이 진짜 같아야 했다. 그러기 위해 가장 먼저 한 일은 심파티코 미디어(서너 편의 영화를 함께 작업했던 지역 제작사)에서 유능한 인재들을 부르는 것이었다. 길고 자세한 사진 목록을 제공했더니 그 회사는 경찰관, 형사, 취재 기자, 지역 주민 역할을 할 배우를 구했다. 그리고 이틀 밤낮 동안 이 책에 쓸 사진 대부분을 찍었다. 다른 좋은 친구들 서너 명이 나서서 부기맨의 희생자 역할을 자원했다. 어린 이웃은 유일한 생존자 애니 릭스 역할을 했다. 자주 마주친 내 이웃 애니 릭스를 죽일 용기는 나지 않았다. 나머지 사진은 아들 빌리와 내가 구도를 정하고 찍었다. 놀랍게도 다양한 역할과 변화하는 요소가 들어갔지만, 창피한 실수는 하나밖에 저지르지 않았다. 1988년의 형사 한 명이 2020년 사진에도 등장한 것인데, 저런, 그는 하나도 변하지 않았다.

그러니 『부기맨을 찾아서』를 어떻게, 왜 썼는지 정리하면 이상과 같다. "실제로 일어난 일"과 "일어날 수도 있었던 일"을 독특하고 만족스럽게 뒤섞은 소설이자, 아주 특별한 소도시에서 일어난, 내 인생에서 아주 특별한 시기를 한 장면, 한 장면 기록한 글이 되길 바란다. 나처럼 여러분도 이 여정이 즐거웠기를.

감사의 말

언제나 그렇듯이 이 책을 쓰면서 많은 도움을 받았다. 다음의 분들께 진심 어린 감사를 전한다.

카라와 빌리, 노아에게. 거의 모든 것에 감사한다. 날마다 생각하고 그리워하는 어머니와 아버지께. 형과 누나이자 수호천사인 존, 리타, 메리, 낸시에게. 의형제인 우드의 옛 친구들, 특히 핸슨 로드의 소년들에게.

여기 다 쓰기에는 너무 많은 친절을 베푼 팁턴 가족에게.

재능과 신뢰를 베풀어 준 애니 킬, 나타샤 슬러츠키, 케이시 뉴먼, 매들린 앤더슨, 캐시디 워드에게.

바쁜 시간을 내어 가장 놀이를 해 준 브라이언 앤더슨, 스티브 사인즈, 더그 셰럿, 멜빈 퍼트럴에게.

초고를 읽어 주고 관대한 조언을 해 준 베브 빈센트, 빌리 치즈마(다시 한번), 로버트 민지, 제프 마틴에게.

뛰어난 사진과 평범한 연기를 해 준 심파티코 미디어의 브랜던 레스큐어와 에버렛 글로비어에게.

기술 및 디자인 부분에서 협조해 준 데저트 아일 디자인의 게일 크로스에게.

소중한 기술적 조언을 해 준 FBI, 메릴랜드주 경찰, 하퍼드 카운티 보안관서의 익명의 여러 분에게. 보면 알 겁니다.

개인 앨범을 뒤지게 해 준 데이브 위헤이지, 데버라 린, 알렉스 밸리코, 맷과 네이트 슬러츠키에게.

멋진 경찰 몽타주를 만들어 준 알렉스 맥비에게.

내 정신 나간 아이디어를 실현하도록 도와주고 이상하지만 매력적인 옆집 이웃을 견뎌 준 킬 가족에게.

처음부터 함께해 준 지미 캐버노에게.

좋은 싸움을 해 주고 훌륭한 서문을 써 준 제임스 레너에게.

우정과 조언을 선사한 스티븐 킹에게.

우정과 지치지 않는 후원, 격려를 선사한 대니얼 메리와 제이슨 마이어스에게.

이 저자와 이 프로젝트를 믿어 주고 열심히 노력해 준 『부기맨을 찾아서』 마케팅팀에게.

서점을 지키고 나를 지휘해 준 브라이언 프리먼, 민디 재러섹, 댄 하커에게. 쉬운 일이 아닙니다.

좋은 사람이 되어 주고 라-라 랜드(아버지는 늘 이렇게 부르셨다.)의 끝없는 미로의 길을 찾게 해 준 라이언 루이스에게.

나를 위해 그렇게 열심히 일하고 늘 음성에서 미소를 느끼게

해 주는 크리스 넬슨에게. 어떻게 그러는지 모르지만, 무한히 감사하다.

『부기맨을 찾아서』를 매우 자랑스러운 책으로 만들어 내는 데 도움을 주고, 그토록 친절하고 관대하게 대해 준 에드 슐레진저에게.

그리고 마지막으로, 언제나 "고향"이라고 부를 수 있는 곳을 선사해 준, 과거와 현재 에지우드에 사는 모든 좋은 분들에게.

옮긴이 | 이나경

이화여자대학교 물리학과를 졸업하고 서울대학교 영문학과에서 르네상스 로맨스를 연구해 박사학위를 받았다. 현재 전문 번역가로 일하고 있다. 옮긴 책으로는 『메리, 마리아, 마틸다』, 『어쌔신 크리드: 르네상스』, 『어쌔신 크리드: 브라더후드』, 『불타 버린 세계』, 『세상의 모든 딸들』(전2권), 『애프터 유』, 『로그 메일』, 『세이디』, 『프랑켄슈타인』, 『너의 집이 대가를 치를 것이다』, 『길고 빛나는 강』, 『떠도는 별의 유령들』 등이 있다.

부기맨을 찾아서

1판 1쇄 찍음 2023년 9월 20일
1판 1쇄 펴냄 2023년 9월 27일

지은이 | 리처드 치즈마
옮긴이 | 이나경
발행인 | 박근섭
책임편집 | 장은진
편집인 | 김준혁
펴낸곳 | 황금가지

출판등록 | 2009. 10. 8 (제2009-000273호)
주소 | 06027 서울 강남구 도산대로 1길 62 강남출판문화센터 5층
전화 | 영업부 515-2000 **편집부** 3446-8774 **팩시밀리** 515-2007
홈페이지 | www.goldenbough.co.kr

도서 파본 등의 이유로 반송이 필요할 경우에는 구매처에서 교환하시고
출판사 교환이 필요할 경우에는 아래 주소로 반송 사유를 적어 도서와 함께 보내주세요.
06027 서울 강남구 도산대로 1길 62 강남출판문화센터 6층 민음인 마케팅부

㈜민음인은 민음사 출판 그룹의 자회사입니다.
황금가지는 ㈜민음인의 픽션 전문 출간 브랜드입니다.